W9-AQV-579

LA APELACIÓN

JOHN GRISHAM

LA APELACIÓN

Traducción de
Laura Martín de Dios

La apelación

Título original: *The Appeal*

Primera edición en España: septiembre, 2008
Primera edición en México: agosto, 2008
Primera edición en Estados Unidos: agosto, 2008

www.randomhousemondadori.com.mx

Comentarios sobre la edición y contenido de este libro a:
literaria@randomhousemondadori.com.mx

ISBN Random House Mondadori México 978-970-810-562-0
ISBN Random House Inc. 978-030-739-237-4

Impreso en México / *Printed in Mexico*

Distributed by Random House, Inc.

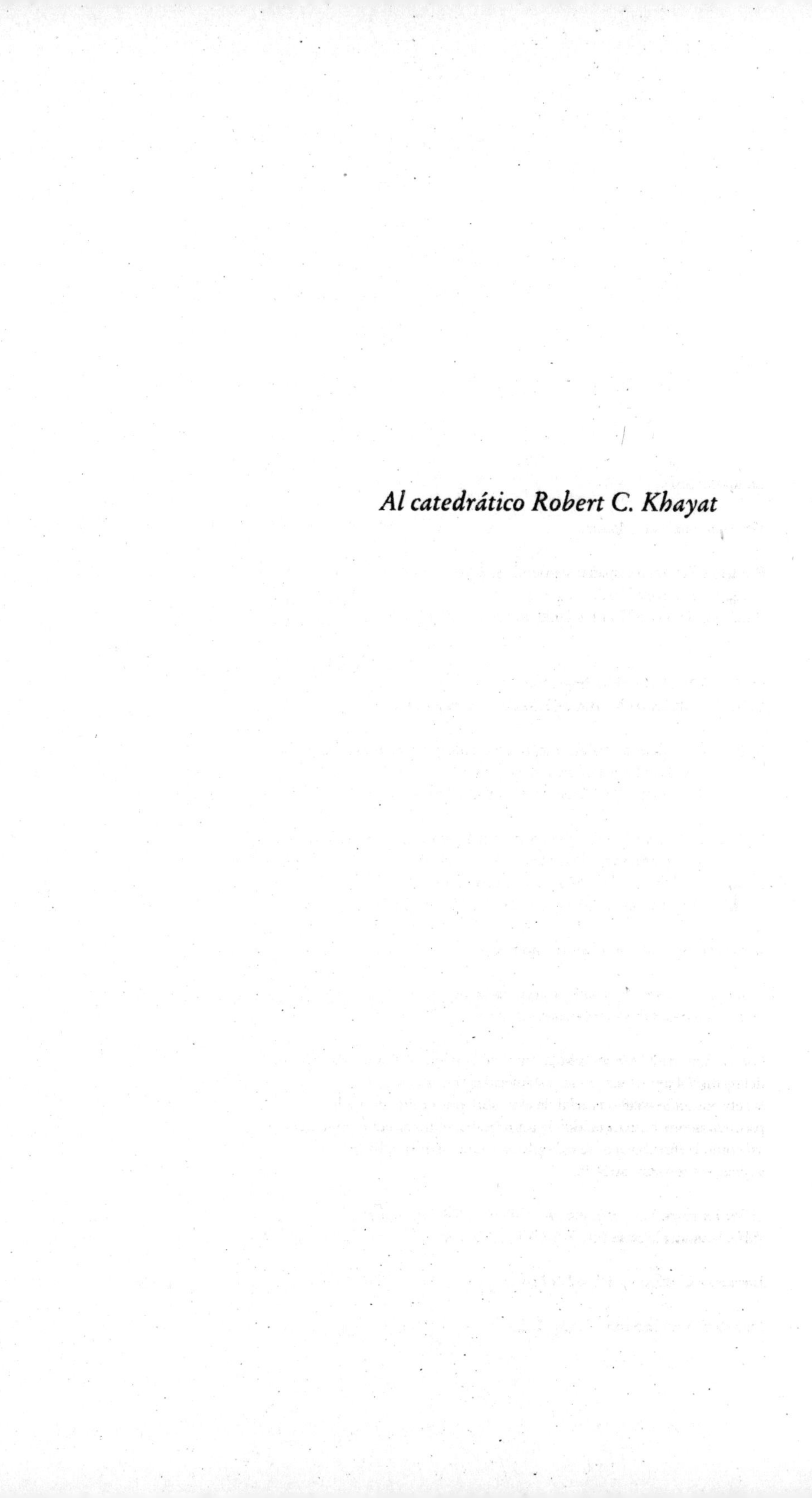

Al catedrático Robert C. Khayat

Primera parte

El veredicto

1

El jurado estaba listo.

Después de cuarenta y dos horas de deliberaciones, que siguieron a setenta y un días de juicio con más de quinientas treinta horas de declaraciones prestadas por cuarenta y ocho testigos, y después de pasar una eternidad sentados en silencio mientras los abogados discutían, el juez los reprendía y los asistentes observaban como halcones a la caza de señales reveladoras, el jurado estaba listo. Encerrados en su sala, aislados y a buen recaudo, diez de ellos firmaron el veredicto satisfechos mientras los otros dos ponían mala cara en un rincón, apartados y desanimados por no haber impuesto su postura. Hubo abrazos, sonrisas y mutuas felicitaciones por haber sobrevivido a aquella pequeña guerra y poder, por fin, volver orgullosos a la palestra con una decisión tomada gracias a su absoluta determinación y a la búsqueda tenaz de un acuerdo. La pesadilla había llegado a su fin y ellos habían atendido su deber cívico. Habían cumplido de sobra con su obligación. Estaban listos.

El presidente del jurado llamó a la puerta e interrumpió de un sobresalto el sueño de Uncle Joe. El viejo alguacil los había custodiado y, al mismo tiempo, se había encargado de las comidas, de oír sus quejas y de transmitir discretamente al juez sus mensajes. Se rumoreaba que de joven, cuando todavía tenía buen oído, Uncle Joe incluso escuchaba a escondidas las deliberaciones del jurado a través de una puerta de pino muy fina que él mismo se había encargado de escoger e instalar. Sin embargo, los días de escuchar habían quedado atrás y, tal como le había confesado a su mujer, y a nadie más que a ella, después de la tortura en que se había convertido aquel juicio en particular, colgaría su vieja arma de una vez por todas. La presión de controlar a la justicia estaba acabando con él.

—Fantástico. Iré a buscar al juez —dijo con una sonrisa, como si el juez se encontrara en las entrañas del juzgado esperando una llamada de Uncle Joe.

En realidad, y según la costumbre, fue en busca de una secretaria judicial, a quien le comunicó la buena noticia. Era muy emocionante: el viejo palacio de justicia nunca había acogido un litigio ni tan largo, ni tan importante. Habría sido una pena acabar sin llegar a una decisión.

La secretaria llamó con suavidad a la puerta del juez y entró en el despacho.

—Tenemos veredicto —anunció ufana, como si ella personalmente hubiera participado en las negociaciones y le ofreciera el resultado como un regalo.

El juez cerró los ojos y dejó escapar un profundo suspiro de satisfacción. Esbozó una sonrisa feliz y nerviosa de auténtico alivio, como si no diera crédito a lo que acababa de oír.

—Reúna a los abogados —dijo al fin.

Después de casi cinco días de deliberación, el juez Harrison había aceptado la posibilidad de tener que disolver el jurado por no ponerse de acuerdo, su peor pesadilla. Tras cuatro años de demandas enérgicas y cuatro meses de juicio enconado, la perspectiva de un empate le ponía enfermo. No quería ni imaginarse tener que empezar todo otra vez, desde el principio.

Se calzó sus viejos mocasines, se levantó de un salto sonriendo de oreja a oreja como un niño y fue en busca de la toga. Por fin había acabado el juicio más largo de su variopinta carrera.

La secretaria llamó primero a Payton & Payton, un bufete local de abogados formado por un matrimonio que había tenido que trasladar las oficinas a un local comercial abandonado, en un barrio alejado del centro de la ciudad. Un pasante contestó al teléfono, la escuchó unos segundos y colgó.

—¡El jurado ya tiene veredicto! —gritó.

Su voz resonó por el cavernoso laberinto de diminutos cubículos provisionales y sobresaltó a sus colegas. Volvió a gritarlo mientras se dirigía corriendo al Ruedo, donde todos sus compañeros ya acudían sin perder tiempo. Wes Payton ya estaba allí y cuando su mujer, Mary Grace, entró a toda prisa cruzaron una fugaz mirada cargada de miedo y desconcierto irrefrenables. Dos pasantes, dos secretarias y una contable se reunieron alrededor de la alargada y abarrotada mesa de trabajo, paralizados, mirándose embobados a la espera de que alguien dijera algo.

¿De verdad se había terminado? Después de haber esperado una eternidad, ¿acababa así sin más? ¿De manera tan imprevista? ¿Con una llamada de teléfono?

—¿Qué os parece una breve oración en silencio? —propuso Wes, y todos enlazaron sus manos hasta formar un estrecho círculo y rezaron como nunca lo habían hecho.

Dirigieron todo tipo de ruegos a Dios todopoderoso, pero la petición común fue la de depararles una victoria. Por favor, Señor, después de tanto tiempo, de tanto esfuerzo, dinero, miedo y dudas, por favor, te ruego que nos concedas una victoria divina. Sálvanos de la humillación, la ruina, la bancarrota y muchísimos otros males que acarrearía un veredicto en contra.

La segunda llamada de la secretaria judicial fue al móvil de Jared Kurtin, el artífice de la defensa. El señor Kurtin estaba echado relajadamente en un sofá de cuero alquilado en su despacho provisional de Front Street, en el centro de Hattiesburg, a tres manzanas de los juzgados. Leía una biografía mientras mataba el tiempo a setecientos cincuenta dólares la hora. La escuchó sin inmutarse y colgó el teléfono con fuerza.

—Vamos. El jurado está listo.

Sus soldados uniformados con traje oscuro reaccionaron de inmediato y formaron para escoltarlo por la calle hacia una nueva victoria aplastante. Marcharon sin más, sin encomendarse a nadie.

También se realizaron llamadas a otros abogados, luego a los periodistas, y al cabo de unos minutos la noticia ya estaba en la calle y se extendía a toda velocidad.

En uno de los últimos pisos de un rascacielos del sur de Manhattan, un joven, presa del pánico, irrumpió en una reunión importante y le susurró la noticia urgente al señor Carl Trudeau, que perdió de inmediato el interés por los temas que estaban debatiéndose y se levantó con brusquedad.

—Parece que el jurado ha alcanzado un veredicto —dijo.

Salió de la habitación a grandes zancadas y atravesó el pasillo hasta un despacho monumental que ocupaba toda una esquina del edificio. Se quitó la chaqueta, se aflojó la corbata, se acercó al ventanal y contempló el río Hudson en la distancia, a través de la incipiente oscuridad. Esperó y una vez más volvió a preguntarse cómo era posible que gran parte de su imperio pudiera depender de la decisión de doce personas normales y corrientes de un lugar atrasado de Mississippi.

Para un hombre que sabía tanto, la respuesta seguía escapándosele.

La gente entraba corriendo en el juzgado desde todas direcciones cuando los Payton aparcaron en la calle de atrás. Se quedaron un momento en el interior del vehículo, sin soltarse de la mano. Durante cuatro meses habían intentado no tocarse estando cerca del palacio de justicia pues siempre había alguien observando, ya fuera un miembro del jurado o un periodista, y era fundamental aparentar toda la profesionalidad posible. A la gente le sorprendía que un matrimonio llevara un caso conjuntamente y los Payton intentaban comportarse en público como abogados y no como esposos.

Además, durante el juicio habían tenido algunos momentos para el afecto fuera del juzgado.

—¿En qué estás pensando? —preguntó Wes, sin mirar a su mujer.

Tenía el pulso acelerado y la frente húmeda. Todavía asía el volante con la mano izquierda y no dejaba de repetirse que se relajara.

Relajarse. Menudo chiste.

—Nunca he tenido tanto miedo —dijo Mary Grace.

—Yo tampoco.

Hubo un largo silencio mientras respiraban profundamente y miraban una furgoneta de una cadena de televisión a punto de arrollar a un peatón.

—¿Sobreviviremos a una derrota? Esa es la cuestión.

—Tendremos que hacerlo, no nos queda más remedio. Pero no vamos a perder.

—Así es. Vamos allá.

Se juntaron con el resto de su pequeño bufete y entraron en los juzgados. Su cliente, la demandante Jeannette Baker, les esperaba donde siempre, junto a la máquina de refrescos del primer piso. Se echó a llorar en cuanto vio a sus abogados. Wes la cogió por un brazo y Mary Grace por el otro y acompañaron a Jeannette escalera arriba, hasta la sala del tribunal de la segunda planta. Podrían haberla llevado en volandas. Pesaba menos de cuarenta y cinco kilos y había envejecido cinco años durante el juicio. Pasaba de la alegría al llanto con suma facilidad y aunque no era anoréxica, apenas comía. Tenía treinta y cuatro años, había enterrado a un hijo y a su marido y se encontraba al final de un litigio espantoso que en secreto deseaba no haber iniciado nunca.

La sala del tribunal estaba en estado de máxima alerta, como si se avecinara un bombardeo y aullaran las sirenas. Docenas de curiosos pululaban por todas partes en busca de asientos o charlaban nerviosos mirando hacia todas partes. Cuando Jared Kurtin y el ejército defensor entraron por una puerta lateral, todo el mundo se lo quedó mirando boquiabierto, como si él supiera algo que ellos desconocían. Día tras día en los últimos cuatro meses había demostrado su capacidad para anticiparse a los acontecimientos, pero en esos momentos su expresión no dejaba adivinar nada. Se limitó a cerrar filas, muy serio, con sus subordinados.

Al otro lado, a apenas unos pasos, los Payton y Jeannette tomaron asiento en la mesa del demandante. Las mismas sillas, las mismas posiciones, la misma estrategia deliberada para dejar claro al jurado que aquella pobre viuda y sus dos únicos abogados se enfrentaban a una corporación gigantesca con recursos ilimitados. Wes Payton se volvió hacia Jared Kurtin, sus miradas se encontraron y ambos se saludaron con una breve inclinación de cabeza. Lo milagroso en aquel proceso era que los dos hombres todavía fueran capaces de tratarse con un mínimo de educación, incluso de conversar cuando no quedaba otro remedio. Se había convertido en una cuestión de orgullo. Tanto daba lo desagradable que hubiera llegado a ponerse la situación, y había habido momentos muy desagradables, ambos estaban decididos a actuar con dignidad y a tenderle la mano al otro.

Mary Grace no se volvió hacia ellos, pero si lo hubiera hecho, no habría saludado ni sonreído. Menos mal que no llevaba un arma en el bolso o la mitad de los picapleitos trajeados del otro lado ya no estarían allí. Colocó una libreta nueva de páginas amarillas encima de la mesa, delante de ella, escribió la fecha, a continuación su nombre y luego ya no se le ocurrió nada más. En setenta y un días de juicio había rellenado sesenta y seis cuadernos, todos del mismo tamaño y color, que ahora estaban perfectamente ordenados en un archivador metálico de segunda mano en el Ruedo. Le tendió un pañuelo de papel a Jeannette. Aunque lo controlaba casi todo, Mary Grace había perdido la cuenta del número de cajas de pañuelos que Jeannette había gastado durante el juicio. Por lo menos varias docenas.

La mujer lloraba sin parar, y aunque Mary Grace era muy comprensiva, también estaba harta de tantas malditas lágrimas. Estaba harta de todo: del cansancio, del estrés, de las noches en vela, del escrutinio, de no ver apenas a sus hijos, de su piso destartalado, de la montaña de facturas sin pagar, de los clientes desatendidos, de la comida china a medianoche, del reto que suponía maquillarse y peinarse todas las mañanas para estar mínimamente presentable ante el jurado. Era lo que se esperaba de ella.

Intervenir en un proceso importante es como zambullirse con un cinturón de plomo en un estanque oscuro y lleno de hierbajos. Consigues subir a la superficie para respirar, pero el resto del mundo deja de tener importancia. Y siempre tienes la sensación de estar ahogándote.

Unas cuantas filas detrás de los Payton, en el extremo de un banco que se estaba llenando rápidamente, el asesor financiero del matrimonio se comía las uñas intentando aparentar calma. Se llamaba Tom Huff, o Huffy para los conocidos. Huffy se había dejado caer por allí de vez en cuando para ver cómo iba el juicio y ofrecer en silencio su personal oración. Los Payton debían cuatrocientos mil dólares al banco de Huffy y la única garantía eran unas tierras de cultivo en el condado de Cary, que pertenecían al padre de Mary Grace. Con suerte podrían venderse por cien mil dólares, lo que dejaba, obviamente, una cantidad considerable de deuda sin respaldo. Si los Payton perdían el caso, la que en su día había sido una prometedora carrera de banquero habría llegado a su fin. El presidente del banco había dejado de gritarle hacía tiempo. Ahora todas las amenazas las recibía por correo electrónico.

Lo que había empezado, bastante inocentemente, como una segunda hipoteca de noventa mil dólares sobre su preciosa casa se había convertido en una creciente vorágine de números rojos y gasto insensato. Insensato según Huffy al menos. Sin embargo, la bonita casa había pasado a la historia, igual que el bonito despacho del centro, los coches de importación y todo lo demás. Los Payton se lo habían jugado todo y Huffy no podía por menos que admirarlos. Un gran veredicto y él sería un genio. El veredicto equivocado y tendría que hacer cola detrás de ellos en el tribunal de quiebras.

El equipo financiero del otro lado de la sala no se comía las uñas y no parecía demasiado preocupado por una posible quiebra, aunque se había debatido la cuestión. Krane Chemical contaba con suficiente efectivo, beneficios y activos, pero también con centenares de demandantes potenciales que, como buitres, esperaban escuchar lo que el mundo estaba a punto de oír. Una sentencia disparatada y los pleitos les lloverían del cielo.

Sin embargo, en esos momentos parecían bastante tranquilos. Jared Kurtin era el mejor abogado defensor si se tenía suficiente dinero para pagarlo. Las acciones de la empresa apenas habían bajado y el señor Trudeau, en Nueva York, parecía satisfecho.

Tenían ganas de volver a casa.

Gracias a Dios, las bolsas ya habían cerrado.

—No se levanten —anunció en voz alta Uncle Joe cuando el juez Harrison entró por la puerta que quedaba detrás de su silla.

Hacía mucho tiempo que había puesto fin a esa costumbre absurda de pedir a todo el mundo que se pusiera en pie mientras él subía a su trono.

—Buenas tardes —dijo enseguida. Eran cerca de las cinco—. El jurado me ha informado de que ha alcanzado un veredicto. —Miró a su alrededor para comprobar que todos los abogados estuvieran presentes—. Espero que sepan guardar el decoro. No quiero protestas y nadie saldrá hasta que despida al jurado. ¿Alguna pregunta? ¿Alguna petición frívola adicional por parte de la defensa?

Jared Kurtin nunca se inmutaba. Fingió no haber oído al juez y siguió haciendo garabatos en su cuaderno como si estuviera creando una obra de arte. Si Krane Chemical perdía, apelaría sin dudarlo y la base de la apelación sería la obvia parcialidad de su señoría Thomas Alsobrook Harrison IV, veterano abogado con una demostrada antipatía por las grandes compañías en general y, ahora, por Krane Chemical en particular.

—Alguacil, haga entrar al jurado.

Se abrió la puerta que había junto a la tribuna del jurado y un gigantesco e invisible vacío succionó hasta el último centímetro cúbico de aire de la sala del tribunal. Los corazones dejaron de latir. Los cuerpos se enderezaron. Todos buscaron algún objeto que mirar. Solo se oían las lentas pisadas del jurado sobre la alfombra raída.

Jared Kurtin siguió garabateando en el cuaderno como si nada. Tenía por costumbre no mirar nunca a los miembros del jurado a la cara cuando volvían con el veredicto. Después de un centenar de litigios, sabía que era imposible leer la respuesta en sus rostros. Además, ¿para qué molestarse? De todos modos anunciarían la decisión en cuestión de segundos. Su equipo tenía órdenes estrictas de hacer caso omiso del jurado y de mantenerse impasibles ante el fallo.

Evidentemente, Jared Kurtin no tendría que enfrentarse a la ruina profesional o económica. Pero Wes Payton sí, y por eso no podía apartar la mirada de los ojos de los miembros del jurado mientras estos iban tomando asiento. El lechero desvió la vista, mala señal. El maestro evitó la mirada de Wes, otra mala señal. Cuando el portavoz tendió el sobre a la secretaria, la esposa del pastor lo miró apenada, aunque en realidad había tenido la misma expresión afligida desde el inicio de los alegatos.

Mary Grace captó la señal, y eso que ni siquiera la buscaba. Mientras pasaba otro pañuelo a Jeannette Baker, que en esos momentos prácticamente sollozaba, Mary Grace lanzó una mirada furtiva a la jurado número seis, la que tenía más cerca, la doctora Leona Rocha, una profesora universitaria de inglés jubilada. Desde detrás de sus gafas de lectura con montura roja, la doctora Rocha le dedicó el guiño más fugaz, alegre y sensacional que Mary Grace había recibido nunca.

—¿Han alcanzado un veredicto? —preguntó el juez Harrison.

—Sí, señoría —contestó el portavoz.

—¿Es unánime?

—No, señor, no lo es.

—¿Al menos nueve de ustedes coinciden en el veredicto?

—Sí, señor. Los votos son diez contra dos.

—Pues no hay más que hablar.

Mary Grace se apresuró a anotar lo del guiño, pero con la ira del momento ni siquiera ella podría leer su propia letra. «Intenta aparentar serenidad», no dejaba de repetirse.

El juez Harrison recibió el sobre de manos de la secretaria, extrajo una hoja de papel de su interior y empezó a repasar el fallo. La frente se le llenó de profundas arrugas y entrecerró los ojos mientras se pellizcaba el puente de la nariz.

—Parece que todo está correcto —anunció al cabo de una eternidad.

Ni un solo parpadeo, sonrisa o mirada sorprendida, nada que pudiera indicar lo que había escrito en la hoja de papel. Miró a su relator, asintió con la cabeza y se aclaró la garganta disfrutando del momento. Las arrugas alrededor de sus ojos se suavizaron, los músculos de la mandíbula se distendieron y los hombros se relajaron un poco, lo que, al menos para Wes, significó una repentina esperanza de que el jurado hubiera sentenciado al demandado.

—Cuestión número uno —leyó el juez Harrison lentamente, en voz alta—: «¿Consideran que, según se desprende de las pruebas, Krane Chemical Corporation contaminó las aguas subterráneas objeto de esta causa?». —Al cabo de una pausa efectista que no duró más de cinco segundos, continuó—: La respuesta es «Sí».

Una parte de la sala recuperó la respiración mientras que la otra empezó a ponerse azul.

—Cuestión número dos: «¿Consideran que, según se desprende de las pruebas, dicha contaminación fue la causa directa del fallecimiento o fallecimientos de a) Chad Baker o b) Pete Baker?». Respuesta: «Sí, de ambas».

Mary Grace se las ingenió para sacar varios pañuelos de una caja y pasarlos con la mano mientras no dejaba de escribir con la derecha. Wes dirigió una mirada furtiva al jurado número cuatro, que resultó que estaba mirándolo con una sonrisa divertida que parecía decir: «Ahora viene lo bueno».

—Cuestión número tres: «En cuanto a Chad Baker, ¿con qué cantidad indemnizan a Jeannette Baker por el fallecimiento de su hijo?». Respuesta: «Quinientos mil dólares».

Los niños muertos no valen mucho, ya que no tienen ingresos, pero la impresionante indemnización por Chad hizo sonar las alarmas pues daba una rápida idea de lo que podía venir a continuación. Wes miró fijamente el reloj que había encima del juez y dio gracias a Dios por haberlos sacado de la quiebra.

—Cuestión número cuatro: «En cuanto a Pete Baker, ¿con qué cantidad indemnizan a su viuda, Jeannette Baker, por la injusta muerte de su esposo?». Respuesta: «Dos millones y medio de dólares».

El equipo financiero de la primera fila detrás de Jared Kurtin se removió inquieto. Krane podía hacer frente a un contratiempo de tres millones de dólares sin problemas, pero era el efecto dominó lo que de repente los aterrorizó. En cuanto al señor Kurtin, seguía sin inmutarse.

Todavía no.

Jeannette Baker empezó a escurrirse de la silla. Sus abogados la asieron a tiempo para devolverla al asiento, le pasaron el brazo sobre sus frágiles hombros y le hablaron en voz baja y suave. Sollozaba, fuera de control.

La lista contenía seis cuestiones que los abogados habían negociado no sin esfuerzo, y si el jurado respondía afirmativamente a cinco de ellas, todo el mundo enloquecería. El juez Harrison llegó al quinto punto, lo leyó para sí con atención, se aclaró la garganta y estudió la respuesta. En ese momento reveló su vena mezquina con una sonrisa. Levantó la vista unos centímetros por encima de la hoja de papel que sostenía y de las gafas de lectura baratas que se aguantaban en su nariz, y miró fijamente a Wes Payton. Esbozaba una sonrisa tensa, de complicidad, aunque llena de enorme satisfacción.

—Cuestión número cinco: «¿Consideran que, según se desprende de las pruebas, el comportamiento de Krane Chemical Corporation fue intencionado o lo suficientemente negligente como para justificar la imposición de daños punitivos?». Respuesta: «Sí».

Mary Grace dejó de escribir y miró a su marido por encima de los cabeceos de su cliente, que también tenía los ojos clavados en ella. Habían ganado, y solo eso ya era estimulante de por sí, una inyección de euforia casi indescriptible. Pero ¿qué tipo de victoria habían obtenido? En esas milésimas de segundo cruciales, ambos supieron que sería aplastante.

—Cuestión número seis: «¿Qué cantidad destinan a la indemnización por daños punitivos?». Respuesta: «Treinta y ocho millones de dólares».

Se oyeron respiraciones entrecortadas, toses y silbidos a medida que la onda expansiva recorría toda la sala. Jared Kurtin y los suyos estaban ocupados escribiéndolo todo, intentando permanecer impávidos ante aquella bomba. Los mandamases de Krane de la primera fila estaban intentando recuperarse y respirar con normalidad. La mayoría dirigía miradas iracundas al jurado, a quienes también destinaban pensamientos poco agradables relacionados con los pueblerinos, la estupidez en esos lugares atrasados y demás.

El señor y la señora Payton devolvieron su atención a su cliente, que estaba abrumada por el rotundo peso del fallo y trataba de mantenerse en la silla como podía. Wes susurró palabras tranquilizadoras a Jeannette mientras no dejaba de repetirse las cifras que acababa de oír. No sabía cómo, pero había conseguido mantenerse serio y reprimir una sonrisa bobalicona.

Huffy, el asesor financiero, dejó de comerse las uñas. En menos de treinta segundos había pasado de ser un director bancario caído en desgracia y en la bancarrota a una estrella emergente destinada a recibir un salario y un despacho mayores. Incluso se sentía más inteligente. Ay, menuda maravillosa entrada en la sala de juntas del banco que prepararía para primera hora de la mañana del día siguiente. El juez procedía con las formalidades y los agradecimientos al jurado, pero eso a Huffy ya no le interesaba. Había oído todo lo que le interesaba oír.

El jurado se puso en pie y salió de la sala mientras Uncle Joe sujetaba la puerta y asentía con la cabeza con aprobación.

Más tarde le contaría a su mujer que él ya había predicho ese veredicto, aunque ella no lo recordaba. Uncle Joe aseguraba que no había fallado una sola sentencia en las numerosas décadas que llevaba trabajando de alguacil. Cuando el jurado hubo salido, Jared Kurtin se levantó y, con perfecta compostura, recitó de un tirón las solicitudes habituales posteriores a un juicio, que el juez Harrison recibió con gran magnanimidad una vez terminado el derramamiento de sangre. Mary Grace seguía sin reaccionar. A Mary Grace le daba igual. Tenía lo que quería.

Wes pensaba en los cuarenta y un millones de dólares mientras luchaba contra sus emociones. El bufete sobreviviría, así como su matrimonio, la reputación de ambos y todo lo demás.

Cuando finalmente el juez Harrison anunció: «Se levanta la sesión», los asistentes salieron en tropel de la sala con el teléfono móvil en la mano.

El señor Trudeau seguía de pie junto al ventanal contemplando las últimas luces del atardecer más allá de New Jersey. En el otro extremo del amplio despacho, Stu, su ayudante, contestó la llamada y se aventuró un par de pasos al frente antes de reunir el valor para hablar.

—Señor, han llamado de Hattiesburg. Tres millones en daños y perjuicios, treinta y ocho en punitivos.

Desde su posición, distinguió un ligero vencimiento de los hombros, un mudo suspiro de frustración y luego una retahíla de obscenidades murmuradas.

El señor Trudeau se volvió lentamente y fulminó con la mirada a su ayudante como si deseara matar al mensajero.

—¿Estás seguro de que has oído bien? —preguntó.

Stu deseó con todas sus fuerzas haberse equivocado.

—Sí, señor.

La puerta seguía abierta a su espalda. Bobby Ratzlaff irrumpió en el despacho, sin aliento, conmocionado y asustado, en busca del señor Trudeau. Ratzlaff era el jefe de abogados de la casa y su cabeza sería la primera en peligrar. Ya estaba sudando.

—Quiero aquí a tu equipo en cinco minutos —le ladró el señor Trudeau, antes de volverse de nuevo hacia la ventana.

La conferencia de prensa se celebró en la primera planta de los juzgados. En dos grupos pequeños, Wes y Mary Grace hablaron pacientemente con los periodistas. Ambos ofrecieron las mismas respuestas a las mismas preguntas. No, el veredicto no era un récord en el estado de Mississippi. Sí, creían que estaba justificado. No, no lo esperaban, al menos no una cantidad tan alta. Era evidente que apelarían. Wes sentía un gran respeto por Jared Kurtin, pero no por su cliente. Su bufete representaba en esos momentos a treinta querellantes más que habían interpuesto una demanda a Krane Chemical. No, no esperaban llegar a un acuerdo en esos casos.

Sí, estaban exhaustos.

Al cabo de media hora se disculparon y salieron de los juzgados de distrito del condado de Forrest de la mano, llevando un pesado maletín en la otra. Los fotografiaron cuando entraron en el coche y cuando enfilaron la calle.

Por fin a solas, permanecieron callados. Cuatro manzanas, cinco, seis. Pasaron diez minutos sin intercambiar ni una sola palabra. El coche, un Ford Taurus destartalado, con millón y medio de kilómetros, al menos una de las ruedas medio deshinchadas y el ruidito constante de una válvula obstruida, avanzaba sin rumbo por las calles que rodeaban la universidad.

Wes fue el primero en hablar.

—¿Cuánto es una tercera parte de cuarenta y un millones?

—Ni lo pienses.

—No lo pienso, solo bromeaba.

—Limítate a conducir.

—¿A algún sitio en concreto?

—No.

El Taurus se adentró en las urbanizaciones de las afueras, sin rumbo aparente, aunque decididamente no hacia el bufete. Se mantuvieron lejos del barrio donde seguía la bonita casa que una vez habían compartido.

La realidad se asentó lentamente a medida que los abandonaba el aturdimiento. Un pleito que habían iniciado a regañadientes hacía cuatro años acababa de decidirse de la manera más espectacular posible. La agotadora maratón había llegado a su fin y aunque habían logrado una victoria provisional, lo habían pagado caro. Las heridas seguían abiertas y las cicatrices de la batalla no se habían cerrado.

El indicador de la gasolina anunciaba que les quedaba menos de un cuarto de depósito, algo en lo que Wes ni siquiera habría reparado un par de años atrás. Ahora se trataba de un problema bastante más serio. Por entonces conducía un BMW —Mary Grace tenía un Jaguar— y cuando necesitaba repostar, se limitaba a detenerse en su gasolinera preferida y a llenar el depósito pagando con una tarjeta de crédito. Nunca repasaba las facturas, de eso se encargaba su contable, a quien se las entregaba. Ahora ya no tenía tarjeta de crédito, ni BMW, ni Jaguar, aunque seguía trabajando con ellos la misma contable, que cobraba la mitad y administraba el dinero con cuentagotas para mantener el despacho de los Payton a flote.

Mary Grace también miró el indicador, una costumbre que había adquirido recientemente. Se fijó en el indicador y recordó los precios de todo: del litro de gasolina, de una barra de pan, de un litro de leche. Ella era la ahorradora y él el derrochador, pero no muchos años atrás, cuando los clientes acudían a ellos y ganaban casos, se había relajado demasiado y había disfrutado del éxito. Ahorrar e invertir no era prioritario. Eran jóvenes, el bufete estaba creciendo y el futuro parecía no tener límites.

Sin embargo, hacía tiempo que el caso Baker había devorado todo lo que había conseguido poner en fondos de inversión inmobiliaria.

Hacía apenas una hora, sobre el papel, estaban en la miseria y las deudas exorbitantes superaban con creces los contados bienes que pudieran quedarles. Ahora las cosas eran distintas. Las obligaciones no habían desaparecido, pero su balance de situación había mejorado notablemente.

¿O no?

¿Cuándo iban a ver toda o parte de esa maravillosa indemnización? ¿Les ofrecería Krane llegar a un acuerdo? ¿Cuánto tiempo duraría la apelación? ¿Cuánto tiempo podían destinar ahora al resto de los casos?

Ninguno de los dos deseaba pensar en las cuestiones que los atormentaban. Sencillamente estaban demasiado cansados y aliviados. Durante una eternidad apenas habían hablado de otra cosa, y ahora no hablaban de nada. Ya empezarían el informe al día siguiente, o al otro.

—Casi no nos queda combustible —dijo Mary Grace.

—¿Y la cena? —preguntó Wes, incapaz de hacer pensar una respuesta a su agotada mente.

—Macarrones con queso, con los niños.

El proceso no solo había consumido su energía y sus ahorros sino que también había quemado todas las calorías que pudieran sobrarles al principio del litigio. Wes había adelgazado cerca de siete kilos como mínimo, aunque no estaba seguro, porque hacía meses que no se subía a una báscula. No tenía intención de preguntar a su mujer acerca de un tema tan delicado, pero era evidente que ella también necesitaba alimentarse. Se habían saltado muchas comidas: desayunos mientras bregaban con los niños para vestirlos y llevarlos al colegio, comidas durante las que uno presentaba alguna petición en el despacho de Harrison mientras el otro se preparaba para el siguiente turno de preguntas, cenas en las que trabajaban hasta entrada la medianoche y simplemente se olvidaban de comer. Las barritas y las bebidas energéticas les habían ayudado a ir tirando.

—Me parece genial —dijo, y viró el volante a la izquierda, hacia una calle que les llevaría a casa.

Ratzlaff y dos abogados más tomaron asiento alrededor de la elegante mesa forrada de cuero, en uno de los rincones del despacho del señor Trudeau. El cristal de los ventanales ocupaba toda la pared, lo que proporcionaba unas vistas espectaculares de los rascacielos que se apiñaban en el distrito financiero, aunque nadie estaba de humor para apreciar la vista. El señor Trudeau estaba al teléfono en la otra punta de la estancia, detrás de su escritorio cromado. Los abogados esperaban nerviosos. Se habían mantenido en comunicación constante con los testigos presenciales que tenían en Mississippi, pero seguían disponiendo de pocas respuestas.

El jefe acabó de hablar por teléfono y atravesó la estancia con paso decidido.

—¿Qué ha ocurrido? —les espetó—. No hace ni una hora estabais muy gallitos y ahora resulta que nos han machacado. ¿Qué ha pasado?

Tomó asiento y miró a Ratzlaff, iracundo.

—Un juicio con jurado está siempre lleno de riesgos —se justificó Ratzlaff.

—He pasado por otros juicios, por muchos, y suelo ganarlos. Creía que habíamos contratado a los mejores picapleitos de la profesión. A los mejores que el dinero puede comprar. No hemos reparado en gastos, ¿no es cierto?

—Ya lo creo. Les pagamos con creces. Seguimos pagándoles.

El señor Trudeau estampó un puño sobre la mesa.

—¿Qué ha fallado? —gritó.

Bueno, pensó Ratzlaff, que desearía poder decirlo en voz alta, aunque apreciaba demasiado su trabajo como para hacerlo, empecemos por el hecho de que nuestra compañía construyó una planta de pesticidas en un pueblo de mala muerte de Mississippi porque el suelo y la mano de obra estaban regalados, que luego nos pasamos los siguientes treinta años vertiendo productos y residuos químicos en el suelo y los ríos, todo ilegal, por descontado, y que contaminamos el agua para consumo humano hasta que supo a leche agria, lo que aunque de por sí ya es malo, no fue ni mucho menos lo peor. Porque luego la gente empezó a morir de cáncer y leucemia.

Eso, señor Jefazo, señor Alto Ejecutivo y señor Tiburón Empresarial, es exactamente lo que ha fallado.

—Los abogados tienen un buen pálpito con la apelación —acabó diciendo Ratzlaff, sin demasiada convicción.

—Vaya, es fabuloso. Ahora mismo confío ciegamente en mis abogados. ¿Se puede saber de dónde has sacado a esos payasos?

—Son los mejores, ¿de acuerdo?

—Seguro. Y ahora digámosle a la prensa que estamos eufóricos con la apelación y así tal vez nuestras acciones no se desplomarán mañana. ¿Es eso lo que estás diciendo?

—Podemos darle un giro favorable —dijo Ratzlaff.

Los otros dos abogados no apartaban la vista de los paneles de cristal. ¿Quién quería ser el primero en saltar?

Uno de los móviles del señor Trudeau empezó a sonar y este lo cogió con brusquedad de la mesa.

—Hola, cariño —respondió, levantándose y alejándose unos pasos.

Era la (tercera) señora Trudeau, el último trofeo, una chica insultantemente joven, a quien Ratzlaff y todos los de la compañía evitaban a toda costa. Su marido dijo algo en voz baja y luego se despidió.

Se acercó a uno de los ventanales que quedaba cerca de los

abogados y contempló los altos y titilantes edificios que los rodeaban.

—Bobby —dijo, sin volverse—, ¿tienes alguna idea de dónde sacó el jurado la cifra de treinta y ocho millones por daños punitivos?

—Pues ahora mismo no.

—Lo suponía. Durante los nueve primeros meses del año, Krane ha obtenido un promedio de treinta y ocho millones al mes en beneficios. Un hatajo de paletos ignorantes, que juntos no ganan ni cien mil al año, se sientan ahí como dioses, desplumando a los ricos para dárselo a los pobres.

—Todavía tenemos el dinero, Carl —dijo Ratzlaff—. Pasarán años antes de que vean un solo centavo, si es que llegan a verlo alguna vez, claro.

—¡Genial! Pues mañana intenta darle un giro positivo a eso cuando se lo cuentes a las hienas mientras nuestras acciones caen por los suelos.

Ratzlaff se calló y se arrellanó en el asiento. Los otros dos abogados no iban a abrir la boca.

El señor Trudeau no dejaba de pasearse arriba y abajo con aire dramático.

—Cuarenta y un millones de dólares. Y ¿cuántos casos más hay abiertos, Bobby? ¿No dijo alguien que eran doscientos, trescientos? Pues si esta mañana había trescientos, mañana por la mañana habrá tres mil. Cualquier paleto del sur de Mississippi al que le haya salido una llaga por la fiebre asegurará que hemos vertido el brebaje mágico desde Bowmore. Ahora mismo, cualquier abogaducho de tres al cuarto con un título se dirige hacia allí para tratar de hacerse con una cartera de clientes. Se suponía que esto no iba a pasar, Bobby. Me lo aseguraste.

Ratzlaff tenía en su poder un documento interno guardado bajo llave. Se había redactado y preparado ocho años atrás, bajo su supervisión. A lo largo de un centenar de páginas se describía a grandes trazos el vertido ilegal de residuos tóxicos que la compañía estaba llevando a cabo en la planta de Bowmore. Resumía los esfuerzos denodados que había realizado la empresa para ocultar sus actividades ilícitas, engañar a la EPA, la Agencia de Protección del Medio Ambiente, y comprar a los políticos de los ámbitos local, estatal y federal. El pliego recomendaba una limpieza clandestina, aunque efectiva, del lugar, que ascendía a unos cincuenta millones de dólares. Pedía a quien lo leyera que detuviera los vertidos.

Además, y tal vez lo más importante en estos momentos, el informe también predecía una resolución en contra si eran llevados a juicio.

Solo la suerte y una flagrante indiferencia por las normas del procedimiento civil le habían permitido a Ratzlaff mantener el informe en secreto.

Al señor Trudeau también se le había entregado una copia hacía ocho años, aunque él aseguraba no haberla visto jamás. Ratzlaff se sintió tentado a desempolvarlo y leer determinados pasajes, pero, una vez más, se lo impidió el apego que sentía por su trabajo.

El señor Trudeau se acercó a la mesa, colocó las palmas sobre el cuero italiano y fulminó a Bobby Ratzlaff con la mirada.

—Créeme, jamás ocurrirá. Ni un solo centavo de esos beneficios que tanto nos ha costado ganar caerá jamás en manos de esos paletos que viven en caravanas. —Los tres abogados miraron fijamente a su jefe, cuyos ojos entrecerrados eran dos ascuas inflamadas por los que echaba fuego y acabó diciendo—: Os juro sobre la tumba de mi madre que esos catetos nunca tocarán ni un centavo del dinero de Krane, aunque tenga que llevarla a la quiebra o dividirla en quince trozos.

Y con esa promesa, atravesó la alfombra persa a grandes zancadas, recogió la chaqueta del colgador y salió del despacho.

2

Los parientes de Jeannette Baker se ofrecieron para llevarla a Bowmore, donde vivía, a unos treinta kilómetros de los juzgados. Se sentía sin fuerzas después de tanta agitación y tranquila, como siempre, y no le apetecía ver a mucha gente y fingir que estaba de ánimo para celebraciones. Las cifras representaban una victoria, pero el veredicto también era el final de un largo y arduo camino, y su marido y su pequeño seguían estando muertos.

Vivía en una vieja caravana con Bette, su hermanastra, en una carretera de grava de un barrio abandonado de Bowmore, conocido como Pine Grove. Muchas otras caravanas se repartían por calles aledañas, sin pavimentar. La mayoría de los coches y los camiones aparcados alrededor de las roulottes tenían bastantes años, la pintura había saltado y estaban abollados. También se veía alguna que otra vivienda de carácter permanente, inmóvil, calzada con bloques cincuenta años atrás, aunque estas también habían sucumbido al paso del tiempo y mostraban evidentes señales de abandono. Apenas había trabajo en Bowmore, y aún menos en Pine Grove. Un paseo por la calle de Jeannette habría deprimido a cualquiera.

La noticia llegó antes que ella y una pequeña multitud la esperaba cuando llegó a casa. La metieron en la cama y luego se sentaron en el apretado habitáculo a murmurar sobre el veredicto y a especular sobre qué significaba todo aquello.

¿Cuarenta y un millones de dólares? ¿Cómo afectaría esa resolución al resto de las demandas? ¿Se vería Krane obligada a limpiar la basura que había vertido? ¿Cuándo iba a ver Jeannette aquel dinero? Se cuidaron mucho de ahondar en la última cuestión, aunque era la que dominaba todos sus pensamientos.

Fueron llegando más amigos y conocidos y la gente ya no cupo en la caravana, así que tuvieron que acomodarse en la frágil tarima de madera del exterior, donde desplegaron varias sillas y se sentaron al fresco de la tarde, a charlar. Bebían agua embotellada y refrescos. Para una gente acostumbrada a sufrir, la victoria era dulce. Al final, habían ganado. Algo. Se habían rebelado contra Krane, una compañía a la que odiaban con toda su alma, y por fin le habían asestado el golpe mortal. Tal vez su suerte hubiera cambiado. Por fin alguien de fuera de Bowmore los había escuchado.

Charlaron sobre abogados, declaraciones, la Agencia de Protección del Medio Ambiente, y sobre los últimos informes toxicológicos y geológicos. A pesar de la escasa formación que poseían, manejaban con fluidez términos como residuos tóxicos, contaminación de acuíferos y conglomerados de cáncer, una incidencia mayor de la esperada de casos de cáncer en una misma zona. Estaban viviendo una pesadilla.

Jeannette estaba despierta en su dormitorio a oscuras; escuchaba el murmullo de las conversaciones a su alrededor. Se sentía segura. Era su gente: amigos, familiares y otras víctimas. Los lazos eran fuertes y compartían el sufrimiento. Igual que lo harían con el dinero. Si alguna vez veía un centavo, había pensado repartirlo entre todos.

No se sentía abrumada por el veredicto, allí tumbada, mirando fijamente el techo. El alivio que sentía tras la horrible experiencia del juicio superaba con creces la emoción de haber ganado. Deseaba dormir una semana entera y despertarse en un mundo nuevo con su pequeña familia intacta, felices y sanos. Sin embargo, por primera vez desde que había oído el fallo, se preguntó qué iba a comprar exactamente con la indemnización.

Dignidad. Un lugar digno donde vivir y un lugar digno donde trabajar. En otro lugar, por descontado. Dejaría atrás Bowmore, el condado de Cary y sus ríos, riachuelos y acuíferos contaminados. Aunque no demasiado lejos, pensó, porque toda la gente a la que quería vivía cerca de allí. No obstante, soñaba con una vida nueva en una casa nueva con agua corriente limpia, agua que no apestara, manchara ni trajera la enfermedad y la muerte.

Oyó que alguien cerraba la puerta de un coche de golpe, y agradeció contar con tantos amigos. Tal vez debería de arreglarse el pelo y atreverse a salir a saludar. Entró en el diminuto cuarto de baño que había junto a la cama, encendió la luz, abrió el grifo del lavamanos y luego se sentó en el borde de la bañera y se quedó mirando fijamente el chorro de agua grisácea que caía sobre las manchas oscuras del lavabo de porcelana de imitación.

Solo era adecuada para tirar de la cadena, para nada más. La estación de bombeo que abastecía de agua era propiedad del ayuntamiento de Bowmore, el mismo que había prohibido su consumo. Tres años atrás, el ayuntamiento había aprobado una resolución en la que se rogaba a los ciudadanos que la utilizaran únicamente para tirar de la cadena. Colocaron carteles de aviso en todos los baños públicos: «AGUA NO POTABLE, por Orden del Ayuntamiento». Se trajo agua por camión desde Hattiesburg, y todas las casas de Bowmore, tanto las móviles como las demás, disponían de un tanque de unos veinte litros y un dispensador. Los que podían permitírselo, instalaban cerca de los porches traseros depósitos de cientos de litros que se aguantaban sobre soportes. Las casas más bonitas incluso disponían de aljibes para recoger el agua de lluvia.

El agua era una batalla diaria en Bowmore. Cada vaso de agua planteaba dudas, preocupación y se utilizaba con moderación porque el suministro nunca estaba asegurado. Cada gota que entraba o tocaba el cuerpo humano procedía de una botella, la cual a su vez provenía de una fuente suficientemente inspeccionada y certificada. Beber y cocinar eran tareas sencillas comparadas con ducharse y lavarse. La higiene era una lucha diaria y la mayoría de las mujeres de Bowmore llevaban el pelo corto. Muchos hombres se habían dejado crecer la barba.

Los problemas con el agua eran legendarios. Diez años atrás, la ciudad había instalado un sistema de irrigación en el campo de béisbol juvenil, solo para ver cómo el césped se secaba y moría. La piscina municipal se cerró cuando un especialista intentó tratar el agua con cantidades industriales de cloro y lo único que consiguió fue que se volviera salobre y apestara como un pozo de aguas residuales. Cuando ardió la iglesia metodista, los bomberos se percataron de que, durante aquella batalla perdida, el agua que bombeaban de unas reservas sin tratar no hacía más que avivar las llamas. Unos años antes, varios ciudadanos de Bowmore empezaron a sospechar que el agua causaba pequeñas grietas en la pintura de sus coches después de lavarlos varias veces.

Y la bebimos durante años, se dijo Jeannette. La bebimos cuando empezó a apestar. La bebimos cuando cambió de color. La bebimos aunque no dejábamos de quejarnos amargamente al ayuntamiento. La bebimos después de que la analizaran y de que el ayuntamiento nos asegurara que era potable. La bebimos después de hervirla. La bebimos con el café y el té, seguros de que las altas temperaturas acabarían con los gérmenes. Y cuando no la bebíamos, nos duchábamos y nos bañábamos con ella y respirábamos el vaho.

¿Qué se suponía que debíamos hacer? ¿Ir a buscarla al pozo todas las mañanas como los antiguos egipcios y llevarla a casa en ollas sobre la cabeza? ¿Excavar nuestros propios pozos a dos mil dólares cada uno y encontrar la misma aguachirle pútrida que el ayuntamiento había encontrado? ¿Ir en coche hasta Hattiesburg, buscar un grifo y cargarla hasta casa en baldes?

Todavía oía los desmentidos, esos que ya quedaban tan lejos, y veía a los expertos señalando sus gráficos e informando al ayuntamiento y a la gente que se apiñaba en un salón de juntas abarrotado, repitiéndoles una y otra vez que habían analizado el agua y que no le pasaba nada, siempre que la trataran con ingentes cantidades de cloro. Todavía oía cómo los flamantes expertos que Krane Chemical había llamado a declarar decían al jurado que sí, que tal vez había habido alguna insignificante «fuga» a lo largo de los años en la planta de Bowmore, pero que no había motivo para preocuparse porque el suelo ya había absorbido el dicloronileno y otras sustancias «no autorizadas» que las corrientes subterráneas ya se habían llevado y que, por tanto, no suponían ninguna amenaza para el agua potable de la ciudad. Todavía oía a los científicos del gobierno con su rebuscado vocabulario hablando con la gente y asegurándole que podían beber el agua que ni ellos se atrevían a oler.

Desmentidos por todas partes mientras el número de víctimas aumentaba. El cáncer golpeó en todas partes en Bowmore, en cada calle, en prácticamente cada familia. Se cuadruplicó el índice de incidencia de casos nacional. Luego se multiplicó por seis; más tarde por diez. Durante el proceso, un experto contratado por los Payton explicó al jurado que, en la zona geográfica definida por los límites de Bowmore, la tasa de casos de cáncer era quince veces mayor que la media nacional.

Había tantos casos de cáncer que los estudiaron todo tipo

de investigadores, públicos y privados. El término «conglomerado de cáncer» se hizo habitual en la ciudad, y Bowmore pasó a ser radiactiva. Un periodista ocurrente bautizó al condado de Cary como el condado del Cáncer, y el nombre triunfó.

El condado del Cáncer. El agua provocó mucha tensión en la Cámara de Comercio de Bowmore. El desarrollo económico desapareció y la ciudad inició un veloz declive.

Jeannette cerró el grifo, pero el agua seguía allí, invisible en las tuberías invisibles que recorrían las paredes y se hundían en el suelo, en algún lugar debajo de ella. Siempre estaba allí, esperando como un acosador con paciencia infinita. Silenciosa y mortal, extraída de esa tierra tan contaminada por Krane Chemical.

Solía permanecer despierta, de noche, atenta al agua que corría en el interior de las paredes.

Un grifo que goteaba era como un merodeador armado.

Se peinó sin poner demasiado esmero y una vez más intentó no mirarse demasiado en el espejo; luego se cepilló los dientes y se enjuagó la boca con el agua de una taza que siempre tenía a mano en el lavamanos. Encendió la luz de su habitación, abrió la puerta, se obligó a sonreír y salió a la salita, abarrotada de gente, donde sus amigos se apiñaban entre las cuatro paredes.

Era hora de ir a la iglesia.

El coche del señor Trudeau era un Bentley negro que conducía un chófer negro llamado Toliver, que aseguraba ser jamaicano, aunque su documentación levantaba tantas sospechas como su forzado acento caribeño. Toliver llevaba una década a las órdenes del señor Trudeau, por lo que le resultaba fácil adivinar su estado de ánimo. Y este era uno de los peores, decidió Toliver sin vacilar a medida que se adentraban en el denso tráfico de la FDR en dirección al extremo del centro de la ciudad. Había percibido con claridad la primera señal cuando el señor Trudeau había cerrado la puerta trasera del coche con un portazo antes de que un solícito Toliver pudiera cumplir con sus deberes.

Había observado que su jefe podía tener los nervios de acero en la sala de juntas. Imperturbable, decidido, calculador, entre otras cosas, pero en la soledad del asiento trasero, incluso con la intimidad que proporcionaba la ventanilla que los separaba subida hasta arriba, a menudo afloraba su verdadero carácter. Ese hombre era un intolerante al que no le gustaba perder, con un ego que no le cabía en el cuerpo.

Y estaba claro que esta vez había perdido. Estaba al teléfono, y aunque no gritaba, tampoco hablaba en susurros. Las acciones se vendrían a pique. Los abogados eran unos majaderos. Todos le habían mentido. Control de daños. Toliver solo captaba fragmentos de lo que decía, pero era evidente que fuera lo que fuese que hubiera ocurrido allí, en Mississippi, había sido desastroso.

Su jefe tenía sesenta y un años y, según la revista *Forbes*, poseía una fortuna neta de cerca de dos mil millones de dólares. Toliver solía preguntarse dónde estaba el límite. ¿Qué iba a hacer con otro millar de millones y luego con otro más? ¿Para qué trabajaba tan duro cuando tenía más de lo que nunca podría gastar? Casas, aviones privados, esposas, barcos, coches Bentley, todos los caprichos que un hombre blanco pudiera desear.

Sin embargo, Toliver sabía la verdad: ninguna cantidad de dinero podía satisfacer al señor Trudeau. En la ciudad había hombres más ricos que él y Trudeau estaba dejándose la piel para darles alcance.

Toliver dobló hacia el oeste en la Sesenta y tres y avanzó lentamente hacia la Quinta, donde giró bruscamente para quedarse frente a unas enormes puertas de hierro que se abrieron con rapidez. El Bentley desapareció bajo tierra, donde se detuvo junto a un guardia de seguridad a la espera, que abrió la puerta de atrás.

—Solo tardaré una hora —mascullló el señor Trudeau hacia donde suponía que estaba Toliver, y desapareció llevando un par de pesados maletines.

El ascensor subió dieciséis pisos a toda velocidad, hasta lo más alto, donde el señor y la señora Trudeau vivían en medio del lujo y el esplendor. Su ático ocupaba las dos plantas superiores y muchos de sus gigantescos ventanales daban a Central Park. Lo habían comprado por veintiocho millones de dólares poco después de su memorable boda, seis años atrás, y luego habían invertido otros diez millones en acondicionarlo hasta conseguir un hogar digno de una revista de diseño. Entre los gastos generales se contaba el sueldo de dos empleadas domésticas, un cocinero, un mayordomo, los ayudantes de uno y de otro, una niñera como mínimo y, por descontado, la secretaria personal indispensable que organizaba la agenda de la señora Trudeau y se encargaba de que llegara a la hora a la comida.

Uno de los ayudantes recogió los maletines y el abrigo al vuelo cuando se los lanzó. El señor Trudeau subió la escalera, en dirección al dormitorio principal, en busca de su esposa. En realidad no había nada que le apeteciera menos en esos momentos que verla, pero se suponía que debían mantener sus pequeños rituales. Ella estaba en su vestidor; dos peluqueros, uno a cada lado, trabajaban febrilmente su cabello rubio y lacio.

—Hola, cariño —la saludó él con diligencia, principalmente para guardar las formas delante de los peluqueros, dos jóvenes que no parecían intimidados en lo más mínimo por el hecho de que ella estuviera prácticamente desnuda.

—¿Te gusta el peinado? —preguntó Brianna, con la mirada clavada en el espejo, mientras los jóvenes le cepillaban y modelaban el cabello sin dejar las manos quietas ni un solo segundo.

Ni un «¿Qué tal te ha ido el día?», ni un «Hola, cariño», ni un «¿Qué ha pasado con el juicio?», sino un simple «¿Te gusta el peinado?».

—Precioso —contestó él, alejándose.

Una vez cumplido el ritual era libre de irse y dejarla con sus cuidadores. Se detuvo junto al lecho gigantesco y echó un vistazo al vestido de noche de su mujer, un Valentino, del que ella ya le había hablado. Era de color rojo intenso con un escote muy profundo que podía cubrir, o no lo suficiente, sus fantásticos pechos nuevos. Era corto, de una tela muy fina, seguramente no pesaba más de cincuenta gramos y probablemente debía de costar unos veinticinco mil dólares como mínimo. Era una talla 36, lo que significaba que cubriría y colgaría de su escuálido cuerpo lo justo para que las demás anoréxicas de la fiesta babearan con fingida admiración ante su supuesta «buena forma». Sinceramente, Carl estaba empezando a cansarse de las rutinas obsesivas de su esposa: una hora al día con el entrenador (trescientos dólares), una hora de yoga *tête-à-tête* (trescientos dólares), una hora diaria con un nutricionista (doscientos dólares), y todo con el objetivo de quemar hasta la última célula de grasa que le quedara en el cuerpo y mantener su peso entre los cuarenta y los cuarenta y cinco kilos. Nunca se negaba a mantener relaciones —formaba parte del trato—, pero a Carl últimamente le preocupaba que le clavara el hueso de la cadera o que la aplastara si se le echaba encima. Su mujer tenía treinta y un años, pero él ya había detectado un par de arruguitas justo sobre la nariz. La cirugía podía solucionar los problemas, pero ¿acaso no sería ese el precio por seguir una dieta tan extrema?

Tenía cosas más importantes de las que preocuparse. Una esposa joven y deslumbrante solo era una parte de su imagen y Brianna Trudeau todavía podía hacer detener el tráfico.

Tenían una hija, un vástago al que Carl podría haber renunciado sin esfuerzo. Él ya tenía seis por su parte, más que suficientes, a su entender. Tres eran mayores que Brianna, pero ella había insistido en tener uno, por razones obvias. Un hijo significaba seguridad, y puesto que se había casado con un hombre al que le gustaban las mujeres y adoraba la institución del matrimonio, un hijo representaba la familia, lazos, raíces y, de más está decirlo, complicaciones legales en el caso de que las cosas se pusieran feas. Un hijo era la protección que toda esposa trofeo necesitaba.

Brianna dio a luz a una niña y escogió el espantoso nombre de Sadler MacGregor Trudeau. MacGregor por ser el apellido de soltera de Brianna, y Sadler porque le había dado por ahí. Al principio aseguraba que Sadler había sido un pariente escocés algo pendenciero, pero abandonó esa historia cuando Carl tropezó con un libro de nombres de bebés. En realidad a él no le importaba. La niña era suya porque compartían el mismo ADN, nada más. Ya había probado el papel de padre con parejas anteriores y había fracasado estrepitosamente.

Sadler tenía ahora cinco años y sus padres prácticamente la habían abandonado. Brianna, en su momento tan heroica en sus esfuerzos por convertirse en madre, había perdido rápidamente el interés en la maternidad y había delegado sus obligaciones en una serie de niñeras. La actual era una joven y recia chica rusa cuyos papeles eran tan dudosos como los de Toliver. En esos momentos, Carl no recordaba su nombre. Brianna la había contratado y estaba entusiasmada porque la joven hablaba ruso y tal vez se lo contagiaría a Sadler.

—¿Qué lengua esperas que hable? —le había preguntado Carl.

Brianna no había sabido qué responder.

Carl entró en el cuarto de juegos, se abalanzó sobre la niña como si no pudiera esperar para verla, la abrazó, la besó, le preguntó qué tal le había ido el día y al cabo de pocos minutos emprendió una digna retirada hacia su despacho, donde cogió el teléfono y empezó a gritar a Bobby Ratzlaff.

Tras varias llamadas infructuosas, se duchó, se secó su cabello perfectamente teñido, canoso, y se enfundó su nuevo esmoquin de Armani. La cinturilla le iba un poco ajustada, tal vez necesitaba una 44, una talla más que en los tiempos en los que Brianna lo acechaba por el ático. A medida que se vestía, maldijo la velada que le esperaba, la fiesta y la gente a la que tendría que ver. Todos lo sabrían. En esos momentos, la noticia corría como la pólvora en el mundo de los negocios. Los teléfonos no dejaban de sonar y sus rivales se reían a mandíbula batiente, regodeándose con la desgracia de Krane. Internet estaba colapsado con las últimas noticias procedentes de Mississippi.

Si se hubiera tratado de cualquier otra fiesta, él, el gran Carl Trudeau, simplemente se habría excusado aduciendo una indisposición. Siempre hacía lo que le venía en gana y si decidía saltarse una fiesta sin miramientos en el último minuto, pues ¿qué coño?, lo hacía y punto. Sin embargo, no se trataba de un acto cualquiera.

Brianna se había abierto camino hasta el consejo de dirección del Museo de Arte Abstracto y esa noche se celebraba la fiesta del año. Habría vestidos de alta costura, abdominoplastias, pechos retocados y firmes, barbillas nuevas, bronceados perfectos, diamantes, champán, foie gras, caviar, una cena ofrecida por un chef de renombre, una subasta para los jugadores suplentes y otra para los titulares. Sin embargo, lo más importante de todo era que habría montañas de cámaras, suficientes para convencer a los invitados de altura que ellos y solo ellos eran el centro del mundo. Nada que envidiar a la noche de los Oscar.

El plato fuerte de la noche, al menos para algunos, sería la subasta de una obra de arte. Todos los años, el comité encargaba a un pintor o escultor «emergente» la creación de una obra para la ocasión y por lo general solían desembolsar más de un millón de dólares por el resultado. La pintura del año anterior había sido una visión desconcertante de un cerebro humano después de recibir un disparo, y se había vendido por seis millones. La obra de ese año era una triste pila de arcilla negra con varillas de bronce que se alzaban para dibujar vagamente la silueta de una joven. Llevaba el sorprendente título de *Abused Imelda* y se habría muerto de asco en una galería de Duluth si no fuera por el escultor, un torturado genio argentino del que se rumoreaba que estaba al borde del suicidio, un triste destino que doblaría al instante el valor de sus creaciones, algo que no se le había pasado por alto a los espabilados inversores en arte neoyorquinos. Brianna había dejado folletos por todo el ático y había ido lanzando indirectas con las que daba a entender que *Abused Imelda* quedaría sensacional en el vestíbulo, justo delante de la entrada del ascensor.

Carl sabía que se esperaba de él que comprara ese maldito cachivache y rezaba para que a nadie más le diera por pujar. Además, si al final acababa siendo su dueño, contaba con que el suicidio no se hiciera esperar.

Valentino y ella salieron del vestidor. Los peluqueros se habían ido y Brianna consiguió meterse en el vestido y ponerse las joyas ella sola.

—Deslumbrante —dijo Carl, y no mentía.

A pesar de que se le marcaban todos los huesos, seguía siendo una mujer muy bella. Su pelo tenía prácticamente el mismo aspecto que cuando lo había visto a las seis de la mañana al ir a despedirse con un beso, mientras ella daba sorbos al café. Ahora, mil dólares después, apenas sabía apreciar la diferencia.

En fin, conocía muy bien el precio de los trofeos. El contrato prematrimonial le concedía a Brianna cien mil dólares al mes para sus gastos mientras estuvieran casados y veinte millones cuando rompieran. También se quedaba con Sadler, aunque el padre tenía libre derecho de visita, si así lo quería.

—Vaya por Dios, se me ha olvidado darle un beso a Sadler —comentó Brianna ya en el Bentley, mientras enfilaban la

Quinta Avenida después de salir apresuradamente del aparcamiento subterráneo—. ¿Qué clase de madre soy?

—Estará bien —contestó Carl, a quien también se le había pasado por alto despedirse de su hija.

—Me siento fatal —insistió Brianna, fingiendo contrariedad.

Llevaba abierto el largo abrigo negro de Prada, de modo que sus fabulosas piernas dominaban el asiento trasero. Todo era piernas, desde el suelo a las axilas. Piernas sin adornos de medias, ropa, ni nada. Piernas para Carl, para que las observara, admirara, tocara y acariciara. A Brianna ni siquiera le importaba si Toliver echaba un vistazo. Estaba en exposición, como siempre.

Carl las acarició porque eran bonitas, pero le habría gustado decir algo como: «Están empezando a parecer palos de escoba».

Lo dejó pasar.

—¿Se sabe algo del juicio? —preguntó Brianna al fin.

—El jurado nos ha dejado fuera de combate —contestó.

—Lo siento.

—No pasa nada.

—¿Cuánto?

—Cuarenta y un millones.

—Paletos ignorantes.

Carl apenas le había contado nada del misterioso y complejo mundo del Trudeau Group. Brianna tenía sus fiestas de beneficencia, sus causas, comidas y entrenadores, y eso la mantenía ocupada. Carl no quería, ni toleraba, que se le hicieran demasiadas preguntas.

Brianna lo había consultado en internet y sabía exactamente qué había decidido el jurado. Sabía lo que los abogados opinaban sobre la apelación y también que las acciones de Krane sufrirían un gran revés a primera hora de la mañana siguiente. Llevaba a cabo sus investigaciones y mantenía sus descubrimientos en secreto. Era guapa y delgada, pero no era tonta. Carl volvía a hablar por teléfono.

El edificio del MuAb se encontraba a unas cuantas manzanas hacia el sur, entre la Quinta y Madison. A medida que iban acercándose, empezaron a ver los destellos de cientos de cámaras disparándose sin cesar. Brianna se animó, se tocó sus perfectos abdominales y se recompuso sus últimas adquisiciones para que llamaran más la atención.

—Dios, cómo odio a esa gente —dijo.

—¿A quién?

—A todos esos fotógrafos.

Carl se rió por lo bajo ante aquella flagrante mentira. El coche se detuvo y uno de los encargados, ataviado con un esmoquin, abrió la puerta al tiempo que las cámaras se abalanzaban sobre el Bentley negro. El gran Carl Trudeau salió con semblante serio, seguido por las piernas. Brianna sabía exactamente cómo dar a los fotógrafos lo que querían y, por ende, a las páginas de sociedad, incluso, tal vez, a un par de revistas de moda: kilómetros de piel sensual sin llegar a revelarlo todo. El pie derecho fue el primero en tocar el suelo, calzado con unos Jimmy Choo a cien dólares el dedo, y al tiempo que giraba en redondo como una experta, se abrió el abrigo y Valentino colaboró para que todo el mundo viera los verdaderos beneficios que reportaba ser millonario y poseer un trofeo.

Atravesaron la alfombra roja con los brazos entrelazados, haciendo caso omiso de un puñado de periodistas, uno de los cuales tuvo la audacia de gritar: «Eh, Carl, ¿algún comentario sobre el veredicto de Mississippi?». Carl no lo oyó, o fingió no haberlo oído; sin embargo, aceleró el paso ligeramente y al cabo de unos instantes ya habían entrado para lidiar en una plaza tal vez menos peligrosa. Eso esperaba. Los recibieron gente contratada para atender a los invitados; se llevaron sus abrigos; les sonrieron, aparecieron fotógrafos más cordiales;

encontraron a viejos amigos y en un abrir y cerrar de ojos estaban perdidos en medio de una agradable amalgama de gente rica que fingía disfrutar de su mutua compañía.

Brianna encontró a su alma gemela, otro trofeo anoréxico con el mismo cuerpo excepcional: un esqueleto andante salvo por los pechos desproporcionados. Carl se dirigió derecho al bar y estaba a punto de llegar a la barra cuando prácticamente lo abordó el único gilipollas al que esperaba poder evitar.

—Carl, viejo amigo, he oído que llegan malas noticias desde el sur —lo saludó, con voz atronadora.

—Sí, muy malas —contestó Carl, en voz mucho más baja al tiempo que asía una copa de champán y empezaba a vaciarla.

Pete Flint ocupaba el número doscientos veintiocho en la lista Forbes de las cuatrocientas personas más ricas de Estados Unidos. Carl se situaba en el trescientos diez y ambos sabían exactamente la posición que el otro ocupaba en la lista. Los números ochenta y siete y ciento cuarenta y uno también se encontraban allí, junto con un ejército de aspirantes que todavía no habían podido optar a entrar en la lista.

—Creía que tus chicos lo tenían todo bajo control —continuó presionando Flint, y dio un sorbo a una copa llena hasta el borde de whisky escocés o bourbon. Intentaba disimular su complacencia, frunciendo el ceño.

—Sí, nosotros también —contestó Carl, deseando poder abofetear esos rollizos carrillos que tenía apenas a treinta centímetros de él.

—¿Y qué tal la apelación? —preguntó Flint, muy serio.

—Estamos preparados.

En la subasta del año anterior, Flint había aguantado hasta el emocionante final con valentía y se había llevado el *Brain After Gunshot*, un desperdicio artístico de seis millones de dólares que había lanzado la actual campaña de recaudación de fondos del MuAb. Por descontado, participaría en la subasta de esa noche para volver a llevarse el gran premio.

—Menos mal que nos deshicimos de las acciones Krane la semana pasada —dijo.

Carl empezó a maldecirlo, pero mantuvo la calma. Flint dirigía un fondo de inversión libre, famoso por su temeridad. ¿Se había desprendido de las acciones de Krane Chemical previendo un veredicto en contra? La mirada desconcertada de Carl no dejaba lugar a dudas.

—Sí —prosiguió Flint, llevándose la copa a los labios y relamiéndoselos—. Nuestro hombre de allí nos dijo que estabais jodidos.

—No vamos a soltar ni un centavo —dijo Carl, animosamente.

—Pagarás por la mañana, viejo amigo. Nosotros apostamos a que las acciones de Krane bajarán un 20 por ciento.

Y dicho esto, se dio media vuelta y se alejó. Carl apuró su copa y se abalanzó sobre otra. ¿Un 20 por ciento? La mente supersónica de Carl hizo los cálculos: poseía el 45 por ciento de las acciones ordinarias de Krane Chemical, una compañía con un valor de mercado de tres mil doscientos millones de dólares, según la cotización de cierre del día. Un 20 por ciento le costaría doscientos ochenta millones de dólares, en teoría. Por descontado, no supondría una pérdida real de caja, pero no por eso dejaría de ser un día duro en la oficina.

Pensó que un 10 por ciento se acercaría más a la realidad. Los de finanzas estaban de acuerdo con él.

¿El fondo de inversión libre de Flint podía haberse desprendido de una parte tan importante de las acciones de Krane sin que Carl lo supiera? Miró fijamente a un camarero desconcertado y consideró la cuestión. Sí, era posible, pero no probable. Flint solo estaba hurgando en la herida.

El director del museo apareció de repente, cosa que Carl agradeció profundamente. Aquel hombre no mencionaría el veredicto, ni siquiera aunque estuviera enterado del fallo. Solo le diría palabras amables y, por descontado, comentaría lo deslumbrante que estaba Brianna. Se interesaría por Sadler y le preguntaría cómo iban las reformas de la casa que tenían en los Hamptons.

Charlaron de todo aquello mientras paseaban sus bebidas entre la gente que abarrotaba el vestíbulo, evitando los corrillos que podían representar una conversación peligrosa, hasta que llegaron frente a *Abused Imelda*.

—Magnífica, ¿no cree? —musitó el director.

—Muy bonita —contestó Carl, mirando a su izquierda cuando el número ciento cuarenta y uno apareció a su lado—. ¿Por cuánto saldrá?

—Hemos estado discutiéndolo todo el día. Con esta gente nunca se sabe. Yo digo que al menos por cinco millones.

—¿Y cuánto vale en realidad?

El director sonrió cuando un fotógrafo les sacó una foto.

—Bueno, esta es otra cuestión, ¿no cree? La última gran obra del escultor la compró un caballero japonés por unos dos millones. Por supuesto, dicho caballero japonés no donaba grandes sumas de dinero a nuestro pequeño museo.

Carl le dio un nuevo trago a su copa y comprendió el juego. El objetivo de la campaña del MuAb era recaudar cien millones en cinco años. Según Brianna, iban por la mitad y necesitaban una gran inyección de dinero, que pretendían sacar de la subasta de esa noche.

Un crítico de arte de *Times* se presentó y se unió a la conversación. Carl se preguntó si sabría algo sobre el veredicto. El crítico y el director se pusieron a charlar sobre el escultor argentino y sus problemas mentales mientras Carl estudiaba *Imelda* y se preguntaba si de verdad quería tener aquello para siempre en el vestíbulo de su lujoso ático.

Ciertamente, su mujer lo quería.

3

El hogar provisional de los Payton era un piso de tres habitaciones en la segunda planta de un viejo complejo de edificios cerca de la universidad. Wes vivía cerca de allí en sus años universitarios y todavía le costaba creer que hubiera vuelto al barrio. Sin embargo, su vida había sufrido tantos cambios drásticos, que era difícil centrarse en uno solo.

¿Hasta cuándo iba a ser provisional? Esa era la gran cuestión que debatían entre marido y mujer, aunque hacía semanas que no habían vuelto a discutir de ello y ese tampoco era el momento de hacerlo. Tal vez dentro de un par de días, cuando se hubieran repuesto del cansancio y el estupor y pudieran encontrar un rato de tranquilidad para hablar del futuro. Wes disminuyó la velocidad mientras recorría el aparcamiento y pasaba junto a un contenedor con basura apilada alrededor, casi todo latas de cerveza y botellas rotas. Los jóvenes universitarios se entretenían lanzando los envases desde los pisos más altos a través del aparcamiento, por encima de los coches, apuntando más o menos al contenedor. Cuando las botellas se rompían, el ruido resonaba en todo el complejo de edificios y los estudiantes disfrutaban de lo lindo. Aunque otros no tanto. Para la pareja privada de sueño de los Payton, el estrépito a veces era insoportable.

El dueño de aquellos cuchitriles, un viejo cliente, estaba

considerado el peor casero de la ciudad, al menos en opinión de los estudiantes. Les ofreció el piso a los Payton y con un apretón de manos acordaron un alquiler de mil dólares al mes. Llevaban siete meses viviendo allí y habían pagado tres, pero el casero insistía en que no estaba preocupado. Esperaba pacientemente a la cola, como muchos otros acreedores. El bufete de abogados de Payton & Payton ya había demostrado que podía atraer clientes y generar honorarios, y sus dos socios eran muy capaces de una recuperación espectacular.

¿Qué te parece esta recuperación?, pensó Wes mientras giraba el volante para aparcar en una de las plazas libres. ¿Un fallo de cuarenta y un millones de dólares es lo bastante espectacular? Por un instante se sintió animado, pero el cansancio se abatió sobre él al momento siguiente.

Esclavos de una malsana costumbre, ambos bajaron del coche y cogieron los maletines del asiento trasero.

—No —dijo Mary Grace, de pronto—, esta noche no se trabaja. Dejémoslos en el coche.

—Sí, señora.

Fueron empujándose escalera arriba, mientras por una de las ventanas se oía un impúdico rap a todo volumen. Mary Grace hizo ruido con las llaves, abrió la puerta y segundos después ya estaban dentro, con sus hijos y Ramona, la canguro hondureña, que veían la tele. Liza, de nueve años, fue corriendo a recibirlos.

—¡Mami, hemos ganado, hemos ganado! —chilló, emocionada.

Mary Grace la levantó y la abrazó con fuerza.

—Sí, cariño, hemos ganado.

—¡Cuarenta mil millones!

—Cuarenta, cielo, no cuarenta mil.

Mack, de cinco años, corrió hacia su padre, quien también lo levantó en volandas; durante un rato se quedaron en el estrecho recibidor abrazando a sus hijos con fuerza. Wes vio lágrimas en los ojos de su mujer por primera vez desde el anuncio del jurado.

—Os hemos visto en la tele —dijo Liza.

—Parecíais cansados —dijo Mack.

—Estoy cansado —contestó Wes.

Ramona los observaba a cierta distancia, con una sonrisa tensa apenas visible. No estaba segura de lo que significaba el veredicto, pero sabía que las noticias eran buenas.

Se quitaron los abrigos y los zapatos y la pequeña familia Payton se sentó en el sofá, un bonito sofá de piel gruesa, donde se abrazaron, se hicieron cosquillas y hablaron del colegio. Wes y Mary Grace habían conseguido conservar la mayoría de sus muebles y el destartalado piso estaba decorado con objetos que no solo les recordaban su pasado, sino también, y quizá más importante, les recordaban su futuro. Aquello era solo una parada, una escala inesperada.

El suelo del cuchitril estaba cubierto de libretas y papeles, prueba irrefutable de que los deberes se habían hecho delante de la televisión encendida.

—Me muero de hambre —anunció Mack, mientras trataba de deshacer el nudo de la corbata de su padre en vano.

—Mamá me ha dicho que cenaremos macarrones con queso —dijo Wes.

—¡Bien! —gritaron los dos niños, entusiasmados, y Ramona desapareció en la cocina.

—¿Eso quiere decir que vamos a tener una casa nueva? —preguntó Liza.

—Creía que esta te gustaba —dijo Wes.

—Sí, pero seguimos buscando otra casa, ¿no?

—Por supuesto.

Habían sido muy prudentes con los niños. Le habían explicado los rudimentos del juicio a Liza —una empresa mala había contaminado el agua que a su vez le había hecho daño a la gente— que enseguida se había posicionado y había declarado que a ella tampoco le gustaba esa empresa. Si la familia tenía que mudarse a un piso para luchar contra esa compañía, podían contar con ella.

Sin embargo, dejar su bonita casa había sido un trauma. La antigua habitación de Liza era de color rosa y blanco y contenía todo lo que una niñita podía desear. Ahora compartía una habitación más pequeña con su hermano, y aunque no se quejaba, quería saber cuánto tiempo faltaba para que acabara el trato que habían hecho. El jardín de infancia al que Mack acudía todo el día ocupaba suficientemente sus pensamientos como para preocuparse de dónde vivían.

Ambos añoraban su antiguo barrio, donde las casas eran grandes y en los jardines había piscina y juegos para niños. Sus amigos vivían en la puerta de al lado o a la vuelta de la esquina. La escuela era privada y segura. La iglesia se encontraba a una manzana de casa y conocían a todos los que asistían.

Ahora iban a un colegio de enseñanza primaria donde había muchas más caras negras que blancas, y rezaban en una iglesia episcopal del centro de la ciudad que recibía a todo el mundo.

—No nos mudaremos pronto —dijo Mary Grace—, pero tal vez podríamos empezar a mirar algo.

—Me muero de hambre —insistió Mack.

Solían evitar hablar de la vivienda cada vez que uno de los niños sacaba la cuestión. Mary Grace se puso en pie.

—Vamos a cocinar —le dijo a Liza.

—¿Qué te parece si vemos *Sports-Center*? —le dijo Wes a Mack, después de encontrar el mando a distancia.

Cualquier cosa menos las noticias locales.

—Vale.

Ramona había puesto el agua a hervir y estaba cortando un tomate. Mary Grace le dio un rápido abrazo.

—¿Has tenido un buen día? —le preguntó.

Sí, lo había tenido. Sin problemas en el colegio. Habían

acabado los deberes. Liza se escaqueó en dirección a su cuarto; las cuestiones culinarias no le llamaban la atención.

—¿Qué tal el tuyo? —preguntó Ramona.

—Muy bueno. Le pondremos queso Cheddar.

Encontró un trozo en la nevera y empezó a rallarlo.

—¿Ahora ya podéis relajaros?

—Sí, al menos por unos días.

A través de un amigo de la congregación, habían encontrado a Ramona escondida y medio muerta de hambre en un refugio de Baton Rouge. Dormía en un catre y se alimentaba de comida envasada que habían enviado para las víctimas del huracán. Había sobrevivido a un angustioso viaje de tres meses desde América Central a través de México, luego Texas y después Louisiana, donde no se cumplió nada de lo que le habían prometido. Ni trabajo, ni una familia que la acogiera, ni papeles, ni nadie que se preocupara por ella.

En circunstancias normales, a los Payton jamás se les habría pasado por la cabeza contratar a una niñera sin papeles y sin nacionalizar. La adoptaron de inmediato, le enseñaron a conducir, aunque solo por determinadas calles, le enseñaron lo básico para utilizar un móvil, un ordenador y los electrodomésticos y la presionaron para que aprendiera inglés. Tenía una buena base gracias a la escuela católica de su país, y se pasaba todo el día encerrada en el piso limpiando e imitando las voces que oía en la televisión. En ocho meses, sus progresos habían sido impresionantes. Sin embargo, prefería escuchar, especialmente a Mary Grace, que necesitaba a alguien con quien descargarse. En los últimos cuatro meses, durante las excepcionales noches en las que Mary Grace preparaba la cena, hablaba por los codos mientras Ramona asimilaba cada palabra que decía. Era una terapia fantástica, sobre todo después de un día duro en una sala de juzgado llena de hombres al borde de un ataque de nervios.

—¿Ningún problema con el coche?

Mary Grace preguntaba lo mismo todas las noches. El otro coche que tenían era un viejo Honda Accord al que Ramona todavía no le había hecho ni la más mínima abolladura. Por muchas y buenas razones, les aterraba soltar en las calles de Hattiesburg a una inmigrante ilegal, sin carnet de conducir y sin seguro en un Honda con tropecientos kilómetros y sus dos felices retoños en el asiento de atrás. Habían entrenado a Ramona para que recorriera una ruta memorizada a través de calles pequeñas para ir al colegio, a comprar y, cuando fuera necesario, a su bufete. Si la policía la paraba, habían pensado suplicar a los agentes, al fiscal y al juez. Los conocían a todos muy bien.

Wes sabía a ciencia cierta que el juez del distrito primero tenía su propio ilegal, que arrancaba las malas hierbas y le cortaba el césped.

—Ha sido un buen día —contestó Ramona—. Ningún problema. Todo bien.

Pues sí que ha sido un buen día, pensó Mary Grace mientras empezaba a fundir el queso.

El teléfono sonó y Wes cogió el auricular a regañadientes. Su número no aparecía en el listín porque un chiflado los había amenazado, así que utilizaban los móviles para prácticamente todo. Escuchó, contestó algo, colgó y se acercó a la cocina para interrumpir la preparación de la cena.

—¿Quién era? —preguntó Mary Grace, preocupada.

Todas las llamadas que se recibían en el piso se acogían con gran recelo.

—Sherman, del despacho. Dice que hay varios periodistas merodeando por allí, buscando a las estrellas.

Sherman era uno de sus pasantes.

—¿Por qué está en el despacho? —preguntó Mary Grace.

—Supongo que no sabe desconectar. ¿Hay olivas para la ensalada?

—No. ¿Qué le has dicho?

—Le he dicho que dispare a uno de ellos y que los demás desaparecerán.

—Remueve la ensalada, por favor —le dijo a Ramona.

Los cinco se sentaron alrededor de una pequeña mesa encajada en un rincón de la cocina. Se dieron las manos mientras Wes bendecía la mesa y daba gracias por las cosas buenas de la vida, la familia, los amigos y la escuela. Y por la comida. También estaba agradecido por haber tenido un jurado tan sensato y generoso y por un resultado tan fantástico, pero eso lo dejaría para después. Primero sirvieron la ensalada y luego vinieron los macarrones con queso.

—Papá, ¿podemos acampar? —soltó Mack, después de tragar.

—¡Claro que sí! —contestó Wes, sintiendo un repentino dolor de espalda.

En el piso, acampar significaba cubrir el suelo del cuchitril con mantas, colchas y almohadas y dormir allí, normalmente con la televisión encendida hasta altas horas de la noche y por lo general los viernes. Aunque solo valía si sus padres se unían a la fiesta. Ramona siempre estaba invitada, pero ella declinaba la oferta prudentemente.

—Pero a dormir a la misma hora de siempre —avisó Mary Grace—, que mañana hay colegio.

—A las diez en punto —aseguró Liza, la negociadora.

—A las nueve —insistió Mary Grace, una media hora adicional que hizo sonreír a los niños.

Las rodillas de Mary Grace entrechocaban con las de sus hijos; saboreaba el momento y se alegraba pensando que cada vez faltaba menos para que el cansancio solo fuera un recuerdo. Tal vez ahora podría descansar y llevar a los niños al colegio, visitar sus aulas y comer con ellos. Añoraba hacer de madre, únicamente de madre. Qué triste sería el día que se viera obligada a volver a entrar en una sala de juicio.

En la iglesia de Pine Grove, el miércoles por la noche era el día en el que cada feligrés llevaba un plato cocinado en casa, y el resultado siempre era impresionante. El bullicioso templo se levantaba en medio del barrio, y los miércoles y los domingos muchos feligreses se acercaban caminando desde sus casas, a apenas un par de manzanas de allí. Las puertas estaban abiertas dieciocho horas al día y el pastor, que vivía en la parroquia de detrás de la iglesia, siempre estaba allí, a disposición de los suyos.

La reunión se celebraba en una de las salas auxiliares, un anexo espantoso de metal, pegado a uno de los lados de la capilla. Las mesas plegables estaban repletas de todo tipo de manjares caseros. Había una cesta con panecillos, un enorme dispensador de té azucarado y, por descontado, montones de botellas de agua. Esa noche acudiría más gente de lo habitual y todos esperaban que Jeannette también asistiera. Había que celebrarlo.

La iglesia de Pine Grove era férreamente independiente y no se adscribía a ninguna denominación, fuente de secreto orgullo para su fundador, el pastor Denny Ott. La habían construido los baptistas hacía unas décadas, pero luego se había quedado anclada en un dique seco, como el resto de Bowmore. A la llegada de Ott, la congregación estaba constituida por apenas unas cuantas almas en pena. Años de luchas internas habían diezmado la asistencia. Ott hizo borrón y cuenta nueva, abrió las puertas a la comunidad y llegó a la gente.

Aunque le costó que lo aceptaran, sobre todo porque era de «por allí del norte» y hablaba con ese acento claro y entrecortado. Había conocido a una chica de Bowmore en un Instituto Superior de Estudios Bíblicos de Nebraska, y regresó al sur con ella. Después de una serie de contratiempos, acabó siendo el pastor interino de la Segunda Iglesia Baptista. En realidad él no era baptista, pero con tan pocos predicadores jóvenes en la zona, la iglesia no podía permitirse ser demasiado selectiva. Seis meses después no quedaba ni un baptista y la iglesia había recibido un nuevo nombre.

Llevaba barba y solía predicar con camisa de franela y botas de montaña. Las corbatas no estaban prohibidas, pero no se veían con buenos ojos. Era la iglesia de la gente, un lugar al que cualquiera podía acudir en busca de paz y consuelo sin preocuparse de ir vestido de domingo. El pastor Ott se deshizo de la Biblia y del viejo salterio. No le interesaban los tristes himnos escritos por los peregrinos. Las ceremonias abandonaron la rigidez y se introdujeron elementos modernos como la guitarra o las exposiciones con diapositivas. Creía, y así lo predicaba, que la pobreza y la injusticia eran asuntos sociales más importantes que el aborto y los derechos de los homosexuales, aunque intentaba no entrar en cuestiones políticas.

La iglesia creció y prosperó, aunque el dinero no le importaba. Un amigo del seminario estaba al cargo de una misión en Chicago y, a través de este contacto, Ott había recogido un amplio inventario de ropa usada, aunque perfectamente servible, en el «armario» de la iglesia. Daba la lata a las congregaciones mayores de Hattiesburg y Jackson y con sus contribuciones tenía un banco de alimentos bien provisto en uno de los extremos de la sala auxiliar de la iglesia. Mareaba a las compañías farmacéuticas hasta que estas le entregaban las sobras, y la «farmacia» de la iglesia siempre estaba bien abastecida de medicamentos sin receta.

Denny Ott consideraba que todo Bowmore era su misión y, si de él dependía, nadie pasaba hambre, carecía de un lugar donde dormir o se ponía enfermo. No mientras él estuviera de guardia, y sus guardias eran permanentes.

Ya había celebrado dieciséis funerales de gente fallecida por culpa de Krane Chemical, una compañía a la que detestaba tan profundamente que constantemente rezaba pidiendo perdón por ello. No odiaba a la gente sin rostro ni nombre que dirigía la empresa, eso comprometería su fe, pero desde luego odiaba a la compañía en sí. ¿Era pecado odiar a una compañía? No había día que no atormentara su alma con ese debate acalorado y rezaba a todas horas para curarse en salud.

Los dieciséis feligreses habían sido enterrados en el diminuto cementerio que había detrás de la iglesia. Cuando hacía buen tiempo, Ott cortaba el césped que crecía alrededor de las lápidas y, cuando llegaba el frío, pintaba la valla blanca que rodeaba el camposanto y mantenía bien alejados a los ciervos. Aunque no lo había planeado, la iglesia se había convertido en el centro de la actividad contra Krane en el condado de Cary. Casi todos sus miembros habían padecido la enfermedad o la muerte de un familiar por culpa de la compañía.

La hermana mayor de su mujer había acabado el instituto en Bowmore con Mary Grace Shelby. El pastor Ott y los Payton habían trabado una gran amistad, y los abogados a menudo ofrecían asesoramiento legal en el despacho del pastor a puerta cerrada, mientras uno de ellos atendía el teléfono. Muchas tomas de declaraciones se habían llevado a cabo en la sala auxiliar, abarrotada de abogados procedentes de la gran ciudad. Ott aborrecía a los abogados de la empresa casi tanto como a la compañía.

Mary Grace había llamado al pastor Ott a menudo durante el juicio y siempre le había recomendado que no fuera optimista. En realidad, no lo era. Cuando un par de horas antes había recibido la llamada de Mary Grace para comunicarle la increíble noticia, Ott había ido en busca de su mujer y habían bailado por toda la casa entre risas y chillidos emocionados. Habían derrotado a Krane, les habían pillado, humillado, desenmascarado y llevado ante la justicia. Por fin.

Estaba recibiendo a sus feligreses cuando vio que Jeannette

entraba con su hermanastra, Bette, y el resto de la comitiva que la seguía. De repente se vio rodeada de la gente que la quería, de los que deseaban compartir con ella ese gran momento y ofrecerle palabras de aliento. La hicieron sentarse en el otro extremo de la sala, cerca del viejo piano, y enseguida se formó una cola de personas que deseaban saludarla. Jeannette forzaba una sonrisa de vez en cuando, incluso consiguió musitar algún que otro agradecimiento, pero parecía extenuada y muy frágil.

Viendo que la comida empezaba a enfriarse y que ya tenía la casa llena de gente, el pastor Ott decidió poner orden y se arrancó con una rebuscada oración de agradecimiento.

—A comer —dijo, acabando con una floritura.

Como siempre, los niños y los ancianos fueron los primeros en colocarse a la cola y empezó a servirse la cena. Ott fue abriéndose camino hacia el final de la sala y no tardó en sentarse junto a Jeannette.

—Me gustaría ir al cementerio —le comentó al pastor, aprovechando que dejaba de ser el centro de atención en favor de la comida.

La acompañó hasta una puerta lateral que daba a un camino de gravilla que se perdía por detrás de la iglesia en dirección al pequeño camposanto, a unos cincuenta metros. Avanzaron con paso tranquilo, en silencio, casi a oscuras. Ott abrió la puerta de madera y entraron en el cuidado cementerio. Las lápidas eran pequeñas. Se trataba de gente trabajadora, por lo que no había monumentos, ni criptas, ni tributos llamativos erigidos a personas importantes.

Jeannette se arrodilló entre dos tumbas en la cuarta hilera de la derecha. Una era la de Chad, un niño enfermizo que solo había vivido seis años antes de que los tumores lo asfixiaran. La otra contenía los restos de Pete, su marido desde hacía ocho años. Padre e hijo descansaban juntos para siempre. Solía visitarlos una vez a la semana como mínimo y nunca se cansaba de desear poder unirse a ellos. Acarició ambas lápidas al mismo tiempo y empezó a hablarles en voz baja.

—Hola, chicos, soy mamá. No vais a creer lo que ha ocurrido hoy.

El pastor Ott se alejó y la dejó sola con sus lágrimas, sus pensamientos y las palabras quedas que no deseaba oír. La esperó junto a la puerta, viendo cómo las sombras se deslizaban entre las hileras de sepulturas al tiempo que la luna asomaba y se ocultaba entre las nubes. Había enterrado a Chad y a Pete. Dieciséis feligreses en total, y los que quedaban por venir. Dieciséis víctimas mudas que tal vez pronto iban a dejar de serlo. Por fin se había alzado una voz desde el pequeño cementerio vallado de la iglesia de Pine Grove. Un vozarrón enojado que suplicaba que lo escucharan y que reclamaba justicia.

Veía la sombra de Jeannette y la oía.

Ott había rezado con Pete en los momentos finales antes de que los abandonara para siempre, y había besado al pequeño Chad en la frente en su último suspiro. Había reunido dinero para los féretros y los funerales, y luego, con una diferencia de ocho meses, un par de diáconos y él habían cavado sus tumbas.

Jeannette se levantó, se despidió y echó a andar.

—Tenemos que entrar —dijo Ott.

—Sí, gracias —contestó Jeannette, secándose las mejillas.

La mesa del señor Trudeau le había costado cincuenta mil dólares y, puesto que había sido él quien había firmado el cheque, bien podía decidir quién se sentaba a ella con él. A su izquierda estaba Brianna y al lado de ella se sentaba su amiga íntima, Sandy, otro esqueleto viviente que acababa de rescindir su último contrato matrimonial y que ya estaba a la caza del marido número tres. A la derecha del señor Trudeau se sentaba un banquero retirado amigo suyo y la esposa de este, gente agradable que prefería charlar sobre arte. El urólogo de Carl estaba justo enfrente de él. Tanto él como su mujer estaban invitados porque apenas abrían la boca. El extraño hombre desparejado era un ejecutivo de poca relevancia del Trudeau Group que simplemente había sacado la pajita más corta y estaba allí por obligación.

El cocinero de renombre había preparado un menú de degustación que empezaba con caviar y champán para pasar luego a una sopa de langosta, espuma de foie gras salteado con guarnición, codorniz para los carnívoros y ramillete de algas para los vegetarianos. El postre era una espectacular creación de helado estratificado. Cada plato requería un vino distinto, incluido el postre.

Carl dejó impolutos todos los platos que le pusieron delante y bebió en exceso. Charlaba únicamente con el banquero porque este había oído las noticias que llegaban del sur y parecía compadecerse de él. Brianna y Sandy cuchicheaban maleducadamente y a lo largo de la cena destriparon a todos los arribistas que se les pusieron a tiro. Juguetearon con la comida, esparciéndola por el plato sin apenas probar bocado. Carl, medio borracho, estuvo a punto de intercambiar unas palabras con su mujer al verla incordiar con las algas. «¿Sabes cuánto cuesta esta maldita comida?», tuvo ganas de preguntarle, pero no valía la pena iniciar una discusión.

Presentaron al chef de renombre, alguien de quien Carl jamás había oído hablar, y los cuatrocientos comensales se levantaron para ovacionarlo, prácticamente todos ellos hambrientos después de cinco platos. Sin embargo, la velada no se había organizado para ensalzar la cena, sino el dinero.

El subastador subió al estrado tras un par de breves discursos. *Abused Imelda* fue introducida en la sala colgada de manera efectista de una pequeña grúa que la mantuvo en vilo a seis metros del suelo para que todos pudieran contemplarla.

La luz de unos focos, como los que se usan en los conciertos, le añadía mayor exotismo. La gente guardó silencio mientras un batallón de inmigrantes ilegales con traje y corbata negros recogía las mesas.

El subastador empezó a divagar sobre las excelencias de *Imelda* y la gente le escuchó. A continuación habló del artista, y la gente escuchó con todavía más atención. ¿Estaba loco de verdad? ¿Era un demente? ¿Estaba a punto de suicidarse? Querían saber los detalles, pero el subastador no entró en particularidades escabrosas. Era británico y tenía un aire distinguido, lo que como mínimo sumaría un millón de dólares a la oferta que se llevara la obra.

—Propongo empezar la subasta en cinco millones —dijo con voz nasal, y los invitados ahogaron un grito.

Brianna perdió súbitamente el interés por Sandy. Se acercó a Carl, parpadeó zalamera y le puso una mano sobre el muslo. Carl respondió haciendo un gesto de cabeza al ayudante del salón que tenía más cerca, un hombre con el que había hablado previamente. El ayudante hizo una señal en dirección al estrado e *Imelda* cobró vida.

—Alguien ofrece cinco millones —anunció el subastador. Aplausos clamorosos—. Un buen comienzo, gracias. ¿Quién ofrece seis?

Seis, siete, ocho, nueve, y Carl volvió a hacer un gesto de cabeza al llegar a diez. Mantenía la sonrisa en su rostro, pero tenía el estómago revuelto. ¿Cuánto iba a costarle esa abominación? En la sala había seis multimillonarios como mínimo y otros tantos les iban a la zaga. No escaseaban ni los egos desmedidos, ni el dinero, pero en esos momentos ninguno necesitaba una primera plana tan desesperadamente como Carl Trudeau.

Y Pete Flint lo sabía.

Dos postores se retiraron en la carrera hacia los once millones.

—¿Cuántos quedan? —le susurró Carl al banquero, que observaba a los comensales para controlar a la competencia.

—Pete Flint y tal vez uno más.

Ese hijo de puta. Cuando Carl asintió para pujar hasta doce, Brianna prácticamente le había metido la lengua en la oreja.

—Ofrecen doce. —Los invitados estallaron en aplausos y ovaciones—. Tomémonos un respiro —dijo el subastador, con prudencia.

Todo el mundo cogió su copa. Carl bebió más vino. Pete Flint estaba detrás de él, dos mesas más allá, pero Carl no se atrevió a volverse y reconocer que habían entablado una pequeña batalla.

Si Flint no había mentido y se había desprendido de las acciones de Krane, el veredicto le reportaría millones. Obviamente, Carl acababa de perderlos por el mismo motivo. En teoría, claro, pero ¿no ocurría lo mismo con todo?

Con *Imelda* no. Eral real, tangible, una obra de arte que Carl no podía permitir que se la arrebataran, y mucho menos Pete Flint.

El subastador alargó con destreza los asaltos trece, catorce y quince hasta obtener un rendido aplauso al final de todos ellos. Había corrido la voz y todo el mundo sabía que la disputa estaba entre Carl Trudeau y Pete Flint. Cuando se acallaron los aplausos, los dos pesos pesados se prepararon para un nuevo asalto. Carl asintió en los dieciséis y agradeció las felicitaciones.

—¿Diecisiete, alguien ofrece diecisiete millones? —preguntó el subastador con voz de trueno, incapaz de disimular la emoción.

Un largo silencio. La tensión se respiraba en el aire.

—Muy bien, vamos con dieciséis. Dieciséis a la una, dieciséis a las dos, ah, sí, ofrecen diecisiete.

Carl había estado haciéndose promesas y rompiéndolas

durante toda aquella tortura, pero estaba decidido a no pasar de los diecisiete millones de dólares. Cuando ya no se oyeron más aclamaciones, se recostó en su asiento, impasible como cualquier otro tiburón de los negocios con miles de millones en juego. Estaba acabado, pero se sentía feliz. Flint estaba tirándose un farol y ahora tendría que cargar con el muerto por diecisiete millones.

—No sé si atreverme a preguntar si alguien ofrece dieciocho.

Más aplausos. Más tiempo para pensárselo. Si había estado dispuesto a pagar diecisiete, ¿por qué no dieciocho? Además, si se atrevía con dieciocho, Flint comprendería que él, Carl, tenía intención de permanecer hasta el final.

Valía la pena probarlo.

—¿Dieciocho? —preguntó el subastador.

—Sí —dijo Carl, lo bastante alto para hacerse oír.

La estrategia funcionó. Pete Flint se retiró a la seguridad del dinero que no había gastado y observó divertido cómo el gran Carl remataba uno de los peores negocios de la historia.

—Vendido por dieciocho millones al señor Carl Trudeau —bramó el subastador, y los invitados se pusieron en pie.

Bajaron a *Imelda* para que sus nuevos dueños pudieran posar con ella. Muchos de los asistentes miraban boquiabiertos a los Trudeau y su nueva adquisición, tanto con envidia como con orgullo. La orquesta empezó a tocar, anuncio de que había llegado la hora de bailar. Brianna estaba acalorada —el dinero la había excitado— y, a mitad del primer baile, Carl la apartó ligeramente de él, con suavidad. Estaba ardiendo, le dirigía miradas libidinosas y enseñaba tanta piel como era posible. La gente la miraba y a ella le parecía bien.

—Larguémonos de aquí —dijo Carl, después del segundo baile.

4

Durante la noche, Wes había conseguido hacerse con un sitio en el sofá, un lugar mucho más cómodo en el que descansar, y cuando despertó antes del amanecer, tenía a Mack pegado a él. Mary Grace y Liza estaban estiradas a sus anchas en el suelo, debajo de ellos, envueltas en mantas y dormidas como un tronco. Habían estado viendo la televisión hasta que los niños habían caído rendidos, y luego habían abierto y apurado en silencio una botella de champán barato que habían estado guardando para la ocasión. El alcohol y el cansancio los habían dejado fuera de combate y se habían jurado dormir eternamente.

Cinco horas después, Wes abrió los ojos y fue incapaz de cerrarlos de nuevo. Volvía a estar en los juzgados, sudoroso y hecho un manojo de nervios, viendo entrar al jurado, rezando, buscando una señal y oyendo las solemnes palabras del juez Harrison. Las palabras que resonarían en sus oídos para siempre.

Aquel iba a ser un gran día y Wes no iba a seguir perdiéndolo tumbado en el sofá.

Se levantó con suavidad para no despertar a Mack, lo tapó con una manta y entró en su atestado dormitorio sin hacer ruido para ponerse los pantalones cortos, las zapatillas de deporte y una camiseta. Durante el juicio, había procurado correr a diario, a veces al mediodía y otras a las cinco de la mañana. Un día del mes anterior, había acabado a diez kilómetros de casa a las tres de la madrugada. Correr le ayudaba a despejar la mente y a aliviar el estrés. Ideaba estrategias, interrogaba a los testigos, discutía con Jared Kurtin, apelaba al jurado, hacía miles de cosas mientras pateaba el asfalto en la oscuridad.

Tal vez ese día se concentraría en algo distinto mientras corría, en lo que fuera menos en el juicio. Tal vez pensara en las vacaciones. Una playa. Sin embargo, la apelación ya había empezado a reconcomerlo.

Mary Grace no se movió cuando él salió sigilosamente del piso y cerró la puerta detrás de él. Eran las cinco y cuarto.

Echó a correr sin estiramientos previos y poco después ya se encontraba en Hardy Street, en dirección al campus de la Universidad Southern Mississippi. Le gustaba la seguridad de aquel lugar. Rodeó los colegios mayores en los que había vivido, el estadio de fútbol en el que había jugado y al cabo de media hora entró en el Java Werks, su cafetería predilecta, que se encontraba en la calle de enfrente del campus. Dejó cuatro monedas de veinticinco centavos sobre el mostrador y pidió una tacita del café de la casa. Un dólar. Casi se echó a reír al contarlas. Planeaba el café con antelación y siempre andaba buscando monedas.

Al final del mostrador había una colección de periódicos del día. El titular de primera plana del *Hattiesburg American* anunciaba: «Krane Chemical sancionada con cuarenta y un millones de dólares». Iba acompañado de una enorme y magnífica foto de Mary Grace y él saliendo de los juzgados, cansados, pero felices, y una foto más pequeña de Jeannette Baker, llorosa. Había muchas citas de los abogados, unas cuantas del jurado, incluso una corta aunque enrevesada declaración de la doctora Leona Rocha, que evidentemente había ejercido gran influencia en la sala del jurado. Según el diario, se le atribuía haber dicho, entre otras perlas: «Nos indignaba el calculado y arrogante abuso de la tierra que había hecho Krane, su total desprecio por la seguridad y su hipocresía al intentar ocultarlo».

Wes adoraba a esa mujer. Devoró el extenso artículo, olvidando el café. El diario estatal más importante era *The Clarion-Ledger*, de Jackson, y aunque el titular era un poco más comedido, no por ello dejaba de ser impactante: «El jurado falla contra Krane Chemical: indemnización astronómica». Más fotos, citas, detalles del juicio; al cabo de unos minutos, Wes acabó leyendo por encima. Hasta el momento, el mejor titular se lo llevaba *The Sun Herald*, de Biloxi: «Jurado a Krane: afloja la pasta».

La noticia y las fotos iban en la primera plana de la mayoría de los principales periódicos. No era un mal día para el pequeño bufete de Payton & Payton. La vuelta a los escenarios estaba próxima y Wes estaba preparado. Los clientes potenciales empezarían a hacer sonar los teléfonos del despacho en busca de asesoramiento legal para sus divorcios, quiebras y un centenar de incordios para los que Wes no tenía estómago. Se los quitaría de encima con educación, los mandaría a otros abogados de poca monta —bastaba con darle una patada a una piedra para encontrarlos— y se dedicaría a navegar por internet todas las mañanas en busca de los peces gordos. Una indemnización astronómica, fotos en los periódicos, la noticia del día y el negocio estaba a punto de crecer considerablemente.

Apuró la taza de café y salió a la calle.

Carl Trudeau también salió de casa antes del amanecer. Podría haberse escondido en el ático todo el día y dejar que los del gabinete de prensa se encargaran del desastre. Podría haberse escudado detrás de sus abogados. Podría haber subido al jet y volar hasta la villa de Anguilla o la mansión de Palm Beach.

Sin embargo, Carl no. Jamás había rehuido una pelea y no iba a empezar ahora.

Además, quería alejarse de su mujer. La noche anterior le había costado una fortuna y todavía no lo había digerido.

—Buenos días —saludó con brusquedad a Toliver, mientras se acomodaba en el asiento trasero del Bentley.

—Buenos días, señor.

A Toliver no se le habría ocurrido preguntarle algo tan estúpido como qué tal se encontraba esa mañana. Eran las cinco y media, y aunque no era una hora desacostumbrada para el señor Trudeau, tampoco era habitual. Por lo general, salían hacia las oficinas una hora más tarde.

—Pisa a fondo —dijo el jefe, y Toliver enfiló la Quinta Avenida a toda velocidad.

Veinte minutos después, Carl estaba en el ascensor privado con Stu, un ayudante cuya única tarea consistía en estar disponible las veinticuatro horas del día, siete días a la semana, siempre que el gran hombre lo necesitara. Stu había recibido una llamada una hora antes para acatar instrucciones: preparar café, un bollo de trigo tostado y zumo de naranja. Le había llegado una lista con los seis periódicos que el señor Trudeau debía encontrar sobre su escritorio y estaba enfrascado buscando por internet de todo lo que se comentara sobre el veredicto. Carl apenas se fijó en él.

Ya en el despacho, Stu le cogió la chaqueta, le sirvió un café y recibió la orden de que espabilara con el bollo y el zumo.

Carl se acomodó en su sillón aerodinámico de diseño, hizo crujir los nudillos, se acercó al escritorio, respiró hondo y cogió *The New York Times*. Primera plana, columna izquierda. No la primera plana de la sección de economía, ¡sino la primera plana del puñetero periódico! Justo en medio de una guerra, un escándalo en el Congreso y los cadáveres de Gaza.

La primera plana. El titular rezaba: «Krane Chemical hallada culpable de varias muertes por intoxicación». Carl casi se quedó con la boca abierta. El artículo, Hattiesburg, Mississippi: «Un jurado estatal ha concedido tres millones de dólares a una joven viuda por daños y perjuicios y treinta y ocho por daños punitivos en un proceso iniciado contra Krane Chemical por la muerte de los afectados». Carl lo leyó por encima; conocía de sobra los detalles escabrosos. El periódico apenas se equivocaba en nada. Las declaraciones de los abogados eran predecibles. Bla, bla, bla...

Pero ¿por qué en primera plana?

Lo encajó como un golpe bajo y no tuvo que esperar demasiado para recibir otro, en la página dos de la sección de economía, donde un analista hablaba largo y tendido sobre los otros problemas legales de Krane, a saber, cientos de posibles demandas reclamando lo mismo que Jeannette Baker. Según el experto, alguien de quien Carl jamás había oído hablar, y eso no solía ocurrir, la vulnerabilidad de Krane podría suponerle «varios millones de dólares» y, teniendo en cuenta que Krane estaba prácticamente «desprotegida» debido a su «cuestionable política en lo tocante a seguros de responsabilidad civil», dicha vulnerabilidad podría resultar «catastrófica».

Carl estaba maldiciendo cuando Stu entró a toda prisa con el zumo y el bollo.

—¿Algo más, señor? —preguntó.

—No, cierra la puerta.

La sección de cultura le levantó el ánimo brevemente. En la primera plana, mitad inferior, estaba la crónica sobre el acto de la noche anterior en el MuAb, cuyo momento álgido había sido la cruenta batalla entre los postores de la subasta. En la parte inferior derecha aparecía una foto a color de tamaño considerable del señor y la señora Trudeau posando con su nueva adquisición. Brianna, fotogénica como siempre, como por otra parte más le valía ser, derrochaba glamour. Carl parecía rico, esbelto y joven, a su entender, e *Imelda* era tan desconcertante en foto como en persona. ¿Se podía considerar una obra de arte? ¿O no era más que un batiburrillo de bronce y cemento amalgamado por un alma en pena que hacía todo lo que estaba en sus manos para parecer atormentado?

Según el crítico de arte del periódico, el agradable caballero con quien Carl había estado charlando antes de la cena, era eso último. A la pregunta del periodista de si el desembolso de dieciocho millones de dólares que había hecho el señor Trudeau había sido una buena inversión, el crítico había contestado: «No, pero desde luego es un buen empujón para la campaña de recaudación de fondos del museo». A continuación explicaba que el mercado de la escultura abstracta llevaba estancado más de una década y que no parecía que fuera a repuntar, al menos en su opinión. Le veía muy poco futuro a *Imelda*. El artículo concluía en la página siete, con dos párrafos y una foto del escultor, Pablo, que sonreía a la cámara y parecía estar muy vivo y, en fin, sano.

Sin embargo, Carl estaba satisfecho, aunque solo fuera por un momento. El artículo era positivo. Él no parecía preocupado por la sentencia, estaba muy entero, como si aún llevara las riendas de su universo. La buena prensa valía para algo, a pesar de saber que dicho valor ni siquiera se acercaba a los dieciocho millones de dólares. Masticó el bollo sin saborearlo.

Regresó a la carnaza. Salpicaba las primeras planas de *The Wall Street Journal*, *The Finantial Times* y *USA Today*. Después de cuatro diarios, estaba cansado de leer las mismas citas de los abogados y las mismas predicciones de los expertos. Se apartó del escritorio sin levantarse del sillón, tomó un sorbo de café y volvió a repetirse lo mucho que detestaba a los periodistas. Sin embargo, seguía vivo. El vapuleo de la prensa había sido brutal y no tenía visos de detenerse, pero él, el gran Carl Trudeau, aguantaba sus golpes bajos y todavía se tenía en pie.

Puede que ese fuera el peor día de su carrera profesional, pero mañana mejoraría.

Eran las siete. La bolsa abría a las nueve y media. Las acciones de Krane habían cerrado a cincuenta y dos con cincuenta dólares el día anterior; un uno con veinticinco dólares más de su último valor debido a que la decisión del jurado se eternizaba y podía incluso ser disuelto. Los expertos de la mañana predecían ventas motivadas por el pánico, pero las estimaciones de los daños no eran más que conjeturas.

Recibió una llamada del director de comunicaciones y le dijo que no hablaría con reporteros, periodistas, analistas o como quisiera que se llamaran, por mucho que insistieran o acamparan fuera del vestíbulo. Había que ceñirse a la línea oficial de la compañía: «Estamos estudiando la presentación de una contundente apelación y esperamos que prospere». Palabra por palabra.

Bobby Ratzlaff llegó con Felix Bard, el director financiero, a las siete y cuarto. Ninguno había dormido más de dos horas y a ambos les sorprendía que su jefe hubiera encontrado tiempo para asistir a una fiesta. Sacaron las gruesas carpetas, se saludaron con el laconismo habitual y se sentaron alrededor de la mesa de reuniones. Permanecerían allí las siguientes doce horas. Había muchos asuntos que discutir, pero la verdadera razón por la que estaban reunidos era porque el señor Trudeau quería estar acompañado en su búnker cuando la bolsa abriera y se armara una buena.

Empezó Ratzlaff. Presentarían montañas de peticiones, nada cambiaría y el caso pasaría al tribunal supremo del estado de Mississippi.

—El tribunal arrastra un historial según el cual suele decantarse por el querellante, pero eso está cambiando. Hemos revisado las resoluciones de las acciones civiles importantes por reclamación de daños de los últimos dos años y el tribunal acostumbra a votar cinco a cuatro a favor del demandante, pero no siempre.

—¿Cuánto tiempo hasta que la última apelación termina? —preguntó Carl.

—De año y medio a dos años.

Ratzlaff siguió adelante. Krane tenía abiertas ciento cuarenta causas pendientes de juicio por culpa del lío de Bowmore y cerca de un tercio por fallecimiento de la parte demandante. Según el estudio exhaustivo que Ratzlaff estaba llevando a cabo junto con su personal y sus abogados de Nueva York, Atlanta y Mississippi, podían existir otros trescientos o cuatrocientos casos con posibilidades «legítimas», lo que significaba que había un fallecimiento, un fallecimiento próximo o una enfermedad, ya fuera leve o grave, de por medio. Tal vez hubiera miles de pleitos en los que los demandantes sufrían achaques menores como sarpullidos, lesiones en la piel o tos persistente, pero esos apenas les preocupaban por el momento.

Teniendo en cuenta la dificultad y el coste de demostrar que había una responsabilidad y relacionarla con una enfermedad, la mayoría de los casos pendientes no se habían defendido agresivamente. Pero eso estaba a punto de cambiar.

—Estoy convencido de que esta mañana los abogados de los demandantes están con resaca —dijo Ratzlaff, pero Carl ni siquiera esbozó una sonrisa.

Nunca sonreía. Siempre leía y jamás miraba a la persona que tuviera la palabra, pero aun así no se le escapaba nada.

—¿Cuántos casos llevan los Payton? —preguntó.

—Unos treinta. No lo sabemos con seguridad porque todavía no los han incoado todos. Habrá que esperar bastante.

—Uno de los artículos aseguraba que el caso Baker había estado a punto de llevarlos a la ruina.

—Cierto, están endeudados hasta las cejas.

—¿Créditos?

—Sí, eso se dice.

—¿Sabemos con qué bancos?

—No estoy seguro.

—Averígualo. Quiero saber los números de cuenta de los créditos, los plazos, todo.

—De acuerdo.

A grandes trazos, y desde el punto de vista de Ratzlaff, la cosa no pintaba nada bien. El dique se había resquebrajado y se avecinaba una inundación. Los abogados se abalanzarían sobre ellos con saña y los costes de los procesos se cuadruplicarían hasta alcanzar fácilmente los cien millones de dólares anuales. El próximo caso estaría listo para ir a juicio en unos ocho meses, en el mismo juzgado y con el mismo juez. Otra indemnización de esas características y, bueno, quién sabía lo que podía ocurrir.

Carl consultó la hora en su reloj de pulsera y musitó algo sobre hacer una llamada. Volvió a abandonar la mesa, se paseó por el despacho y luego se detuvo en uno de los ventanales que daban al sur. El edificio Trump llamó su atención. Se ubicaba en el número cuarenta de Wall Street, muy cerca de la Bolsa de Nueva York, donde dentro de muy poco las acciones ordinarias de Krane Chemical serían la comidilla del día, mientras los inversores abandonaban el barco y los especuladores se quedaban boquiabiertos ante la desmembración. Qué cruel, qué irónico que él, el gran Carl Trudeau, un hombre que a menudo había mirado divertido desde lo alto cómo alguna compañía desafortunada se consumía, tuviera ahora que quitarse de encima a los buitres. ¿Cuántas veces había maquinado él mismo el colapso del precio de una acción para poder lanzarse en picado sobre ella y comprarla por una miseria? Su leyenda se había construido sobre ese tipo de tácticas despiadadas.

¿Hasta qué punto iba a afectarles? Esa era la gran pregunta, seguida de muy cerca de la segunda: ¿cuánto duraría?

Esperó.

5

Tom Huff se puso su mejor y más oscuro traje y, después de darle muchas vueltas, decidió entrar a trabajar en el Second State Bank unos minutos más tarde de lo habitual. Llegar a primera hora habría sido demasiado predecible, tal vez incluso un poco engreído por su parte. Además, y eso era lo más importante, quería que todo el mundo ya hubiera ocupado su sitio cuando él llegara: los viejos cajeros de la planta principal, las secretarias monas de la segunda y los vice lo que fueran, sus rivales, de la tercera. Huffy quería hacer una entrada triunfal con el mayor público posible. Se la había jugado con los Payton y merecía disfrutar de ese momento.

Sin embargo, en realidad recibió el rechazo absoluto de los cajeros, el vacío colectivo de las secretarias y suficientes sonrisitas taimadas de sus rivales como para empezar a recelar. Encontró un mensaje sobre su mesa calificado como «urgente» para que fuera a ver al señor Kirkhead. Allí se cocía algo y Huffy empezó a perder aplomo. Menuda entrada triunfal. ¿Cuál era el problema?

El señor Kirkhead estaba en su despacho, esperando, con la puerta abierta: mala señal. El jefe odiaba las puertas abiertas; de hecho, se jactaba de un estilo de dirección a puerta cerrada. Era mordaz, grosero, cínico y tenía miedo hasta de su propia sombra, por lo que las puertas cerradas eran sus aliadas.

—Siéntese —le espetó, sin un mísero «Buenos días» o un «Hola» o, no fuera a sentarle mal, un «Felicidades».

Estaba pertrechado detrás de su pretencioso escritorio, con la oronda y despejada cabeza inclinada, como si esnifara las hojas de cálculo a medida que las leía.

—¿Y cómo está usted, señor Kirkhead? —preguntó Huffy, alegremente.

Qué ganas tenía de llamarlo «Kirkabrón», como solía hacer siempre que se refería a su jefe. Incluso las viejas cajeras de la primera planta a veces lo llamaban así.

—Fenomenal. ¿Ha traído el expediente de los Payton?

—No, señor. No me dijeron que lo trajera. ¿Pasa algo?

—De hecho, dos cosas, ahora que lo menciona. Primera: tenemos un préstamo catastrófico con esa gente de más de cuatrocientos mil dólares, vencido, por descontado, y sin apenas garantías.

Había dicho «esa gente» como si Wes y Mary Grace fueran ladrones de tarjetas de crédito.

—No es nada nuevo, señor.

—¿Le importaría dejarme acabar? Y ahora tenemos esa indemnización desorbitada del jurado que, como entidad que ha emitido el préstamo, se supone que debemos sentirnos satisfechos, pero como entidad crediticia y cabeza empresarial de esta comunidad, creo que es una verdadera mierda. ¿Qué tipo de mensaje estamos enviando a posibles clientes industriales con este tipo de veredictos?

—¿Que no viertan residuos tóxicos en nuestro estado?

Los rollizos carrillos de Kirkabrón se sonrojaron mientras desechaba la respuesta de Huffy con un gesto de la mano. Se aclaró la garganta y a punto estuvo de hacer gárgaras con su propia saliva.

—Esto no es bueno para nuestro clima empresarial —dijo—. La primera plana en todo el mundo esta mañana. Me están llamando de la oficina central. Hoy es un día de perros.

Bowmore también tiene muchos días de perros, pensó Huffy. Sobre todo con todos esos funerales.

—Cuarenta y un millones de dólares —siguió Kirkabrón— para una pobre mujer que vive en una caravana.

—Las caravanas no tienen nada malo, señor Kirkhead. Por aquí hay mucha gente, buenas personas, que viven en ellas, y nosotros les concedemos préstamos.

—No lo entiende. Es una cantidad de dinero desorbitada, es poner el sistema patas arriba. ¿Por qué aquí? ¿Por qué se conoce a Mississippi como un infierno judicial? ¿Por qué los abogados adoran nuestro pequeño estado? Eche un vistazo a los números, es malo para los negocios, Huff, para nuestros negocios.

—Sí, señor, pero el préstamo de los Payton ya no debe preocuparle.

—Quiero que lo devuelvan, y pronto.

—Yo también.

—Preséntteme un calendario. Quede con esa gente y prepare un plan de devolución, que solo aprobaré cuando lo encuentre sensato. Hágalo ya.

—Sí, señor, pero puede que aún necesiten varios meses para ponerse al día. Prácticamente han cerrado...

—Me importan un pimiento, Huff. Solo quiero que ese préstamo no aparezca en los libros.

—Sí, señor. ¿Eso es todo?

—Sí. Y se acabaron los créditos judiciales, ¿entendido?

—No se preocupe.

A tres puertas del banco, el ilustrísimo señor Jared Kurtin hizo un repaso general de las tropas antes de volver a Atlanta y enfrentarse a la gélida bienvenida que le esperaba allí. La oficina central se encontraba en un viejo edificio de Front Street, que habían restaurado hacía poco. La defensa de Krane Chemical, con recursos ilimitados, lo había alquilado hacía dos años y lo había puesto al día con un impresionante equipo tecnológico y personal.

Como era lógico, los ánimos estaban por los suelos, aunque a muchos de los que eran de por allí no les inquietaba el veredicto. Después de estar meses trabajando para Kurtin y sus arrogantes secuaces de Atlanta, sentían una muda satisfacción al ver cómo se retiraban, vencidos. Además, volverían. El veredicto alentaría el ánimo de las víctimas y eso garantizaba demandas, litigios y todo lo demás.

Por allí también se encontraba Frank Sully, como testigo de la partida, un abogado local y socio de un bufete de Hattiesburg, que Krane había contratado al principio, antes de decantarse por un «bufete mayor» de Atlanta. Le habían ofrecido un asiento en la apretada mesa de la defensa y había sufrido la ignominia de tener que asistir a un juicio de cuatro meses de duración sin abrir la boca durante la audiencia pública. Sully había estado en desacuerdo con prácticamente todas las tácticas y estrategias que había empleado Kurtin. Era tal su desconfianza y manía a los abogados de Atlanta, que había hecho circular una nota interna entre sus socios en la que predecía una indemnización astronómica por daños punitivos. En esos momentos se regodeaba en secreto.

Sin embargo, era un profesional. Había servido a su cliente hasta donde este le había permitido, había hecho todo lo que Kurtin le había pedido y volvería a hacerlo encantado, porque, hasta la fecha, Krane Chemical había pagado a su modesto bufete más de un millón de dólares.

Kurtin y él se estrecharon la mano en la puerta principal. Ambos sabían que volverían a hablar por teléfono antes de que acabara el día. Ambos estaban secretamente encantados con la partida. Dos furgonetas de alquiler llevaron a Kurtin y a diez personas más al aeropuerto, donde un precioso y pequeño jet privado les esperaba para emprender el viaje, de setenta minutos de vuelo, a pesar de que no tenían ninguna prisa. Echaban de menos sus casas y a sus familias, pero ¿qué podía haber más humillante que regresar renqueantes de un pueblo de mala muerte con el rabo entre las piernas?

Carl permaneció parapetado, a salvo en la planta cuarenta y cinco, mientras los rumores rugían en la calle. A las nueve y cuarto, llamó su banquero de Goldman Sachs, era la tercera vez que lo hacía, y le comunicó la mala noticia: cabía la posibilidad de que la bolsa no pusiera en circulación las acciones ordinarias de Krane de inmediato. Eran demasiado volátiles. Había demasiada presión para vender.

—Parece una liquidación total por incendio —dijo sin tapujos, y a Carl le entraron ganas de maldecirlo.

La bolsa abrió a las nueve y media, y las operaciones bursátiles de Krane se pospusieron. Carl, Ratzlaff y Felix Bard estaban en la sala de reuniones, exhaustos, con las mangas arremangadas, los codos hundidos en montañas de papeles y con un teléfono en cada mano por los que hablaban frenéticamente. Al final, la bomba cayó poco después de las diez, cuando Krane empezó a cotizarse a cuarenta dólares por acción. No hubo compradores, ni tampoco a treinta y cinco dólares la acción. El desplome sufrió un repunte temporal en veintinueve dólares y medio, cuando los especuladores entraron en acción y empezaron a comprar. Estuvieron subiendo y bajando durante la hora siguiente. Al mediodía estaban a veintisiete con veinticinco, en un día de gran volumen de operaciones, y para empeorar las cosas, Krane era la comidilla empresarial de la mañana. Para saber el estado de la bolsa, los programas por cable contactaban alegremente con sus analistas en Wall Street, quienes les informaban con entusiasmo de la caída aplastante de Krane Chemical.

Luego volvían al resumen de las noticias: más muertes en Irak, el desastre natural del mes y Krane Chemical.

Bobby Ratzlaff pidió permiso para ir a su despacho. Bajó por la escalera, un solo piso, y apenas tuvo tiempo de llegar al servicio de caballeros. Los cubículos estaban vacíos. Se dirigió al último, levantó la tapa y vomitó violentamente.

Sus noventa mil acciones ordinarias de Krane habían pasado de valer unos cuatro millones y medio de dólares a unos dos y medio, y la caída todavía no se había detenido. Utilizaba la bolsa como una garantía real para sus caprichos: la casita de los Hamptons, el Porsche Carrera y sus participaciones en un barco de vela. Por no mencionar otros gastos generales, como el colegio privado y el carnet de socio del club de golf. Bobby estaba extraoficialmente en la ruina.

Por primera vez en su trayectoria profesional, comprendió por qué la gente saltaba por las ventanas en 1929.

Los Payton habían pensado ir juntos en coche hasta Bowmore, pero la visita inesperada de su asesor financiero a última hora cambió sus planes. Wes decidió quedarse y atender a Huffy mientras Mary Grace cogía el Taurus y visitaba su ciudad natal.

Primero fue a Pine Grove y luego a la iglesia, donde Jeannette Baker la esperaba, junto al pastor Denny Ott y otro grupo de víctimas que también representaba el bufete de los Payton. Se vieron en privado en la sala anexa y comieron sándwiches. Jeannette se acabó uno, algo que no era demasiado corriente. Estaba serena, descansada, contenta de estar lejos del juzgado y de todo lo demás que envolvía el proceso.

La conmoción que había provocado el veredicto empezaba a mitigarse. La posibilidad de que el dinero cambiara de manos animaba el ambiente, pero también conllevaba un aluvión de preguntas. Mary Grace intentó cautelosamente rebajar las expectativas. Les detalló los recursos de apelación que se interpondrían en el caso Baker. No confiaba en obtener una resolución extrajudicial, ni en llegar a un acuerdo, ni siquiera las tenía todas consigo en el caso de que tuvieran que embarcarse en un nuevo juicio. Sinceramente, Wes y ella no disponían de los fondos ni de la energía para llevar a Krane a otro largo juicio, aunque no compartió esos pensamientos con los demás.

Se mostró firme y segura de sí misma. Sus clientes estaban en el bando correcto; Wes y ella lo habían demostrado. Pronto habría una legión de abogados merodeando por Bowmore en busca de las víctimas de Krane, a quienes harían promesas e incluso ofrecerían dinero. Y no se refería únicamente a los abogados de la zona, sino a los chicos de reclamación de daños de todo el país que iban a la caza de casos, de costa a costa, y que solían llegar al lugar de los hechos incluso antes que los bomberos. No confiéis en nadie, les dijo con suavidad, pero con firmeza. Krane enviará a un ejército de investigadores, chivatos e informadores para que busquen cualquier cosa que un día puedan utilizar contra vosotros en un juicio. No habléis con los periodistas, porque algo dicho de broma podría sonar de manera muy distinta ante un tribunal. No firméis nada salvo que lo hayan revisado los Payton. No habléis con otros abogados.

Les dio esperanza. El veredicto resonaba en el sistema judicial. Los legisladores tendrían que tomar nota. La industria química no podía seguir dándoles la espalda. Las acciones de Krane caían en picado en esos momentos, y cuando los accionistas hubieran perdido el dinero suficiente, exigirían cambios.

Cuando terminó, Denny Ott rezó con ellos. Mary Grace abrazó a sus clientes, les deseó buena suerte, prometió volver a verlos al cabo de unos días y luego salió de la iglesia acompañada de Ott, para dirigirse a su siguiente cita.

El periodista se llamaba Tip Shepard. Había llegado un mes antes y, tras muchos intentos, se había ganado la confianza del pastor Ott, quien lo presentó a Wes y a Mary Grace. Shepard era un *free lance* con unas credenciales increíbles, varios libros en su haber y un acento texano que desarmaba parte de la desconfianza que Bowmore sentía hacia los medios de comunicación. Los Payton se habían negado a hablar con él durante el juicio, por muchas y diversas razones. No obstante, ahora que se había acabado, Mary Grace había accedido a concederle su primera entrevista. Si iba bien, puede que hubiera otra.

—El señor Kirkhead quiere su dinero —dijo Huffy.

Estaba en el despacho de Wes, una oficina provisional con paredes de pladur sin pintar, suelo de cemento lleno de manchas y mobiliario procedente de los excedentes del ejército.

—No lo dudo —contestó Wes. Le irritaba que su asesor financiero se presentara con exigencias apenas unas horas después del veredicto—. Dile que se ponga a la cola.

—Vamos, Wes, el pago venció hace siglos.

—¿Acaso Kirkhead es imbécil? ¿Cree que el jurado falla un día y que el demandado firma el cheque al siguiente?

—Sí, es imbécil, pero no tanto.

—¿Te ha enviado él?

—Sí. Esta mañana le ha faltado tiempo para saltarme a la yugular y me temo que voy a tener que seguir aguantándolo bastante más.

—¿Es que no podéis esperar ni un día, dos, una semana? Dejadnos respirar un poquito, ¿no?, y disfrutar del momento.

—Quiere que le presente un calendario, por escrito, con plazos de pago y cosas por el estilo.

—Ya le daré yo calendario —contestó Wes, arrastrando las palabras.

No quería discutir con Huffy. A pesar de que no podía considerarlo un amigo, Huffy le caía bien y disfrutaban de su mutua compañía. Wes le estaba profundamente agradecido por el valor que había tenido al jugársela por ellos. Huffy admiraba a los Payton por haberlo perdido todo al arriesgarse. Había pasado interminables horas con ellos mientras hipotecaban la casa, el despacho, los coches y los planes de pensiones.

—Hablemos de los próximos tres meses —propuso Huffy.

Las cuatro patas de la silla plegable no eran iguales y se balanceaba ligeramente mientras hablaba.

Wes respiró hondo y puso los ojos en blanco. El agotamiento le sobrevino de repente.

—Antes obteníamos unos ingresos brutos de cincuenta mil al mes y nos sacábamos unos treinta mil netos. La vida nos iba bien, ¿lo recuerdas? Tardaremos un año en volver a arrancar el negocio, pero podemos hacerlo. No nos queda más remedio. Sobreviviremos hasta que las apelaciones sigan su curso. Si el veredicto sigue en pie, Kirkhead puede coger su dinero e irse a paseo, y nosotros nos retiraremos y tendremos tiempo para salir a navegar. Si lo revocan, estaremos en la bancarrota y empezaremos a anunciarnos como abogados de divorcios rápidos.

—Seguro que el fallo atraerá clientela.

—Por supuesto, pero la mayoría será morralla.

Al utilizar la palabra «bancarrota», Wes había devuelto elegantemente a Huffy a su área, junto con el viejo Kirkabrón y el banco. La sentencia no podía considerarse un activo, y sin ella el balance de los Payton tenía un aspecto tan poco alentador como el día anterior. Lo habían perdido prácticamente todo, por lo que declararse en quiebra era una humillación más que estaban dispuestos a soportar. Exagerando.

Volverían a ser los de antes.

—No voy a darte un calendario, Huffy. Gracias por preguntar. Vuelve dentro de treinta días y entonces hablaremos. Ahora mismo tengo clientes a los que llevo varios meses sin atender.

—¿Y qué le digo al señor Kirkabrón?

—Sencillo: que apriete un poquito más y que use el préstamo para limpiarse. Relájate; dadnos tiempo y satisfaremos la deuda.

—Se lo diré.

Mary Grace y Tip Shepard tomaron asiento en uno de los reservados junto a los ventanales del Babe's Coffee Shop de Main Street y charlaron sobre la ciudad. Ella recordaba aquella calle como una de las más transitadas, donde la gente se reunía e iba a comprar. Bowmore era demasiado pequeña para tener grandes almacenes, y gracias a eso sobrevivían los comerciantes del centro. Recordaba que de pequeña solía haber bastante tráfico y que era difícil encontrar un sitio donde aparcar. Ahora, la mitad de los escaparates estaban tapados con planchas de contrachapado y la otra mitad apenas hacía caja.

Una adolescente con delantal les llevó dos tazas de café y se alejó sin una palabra. Mary Grace se puso azúcar mientras Shepard la observaba con atención.

—¿Está segura de que el café puede beberse? —preguntó.

—Por supuesto. Al final, el ayuntamiento emitió una ordenanza por la que se prohibía utilizar el agua en los restaurantes. Además, conozco a Babe desde hace treinta años. Fue una de las primeras que empezó a comprar agua embotellada.

Shepard dio un sorbo con reticencia y luego sacó la grabadora y la libreta.

—¿Por qué aceptó los casos? —preguntó.

Mary Grace sonrió, sacudió la cabeza y siguió removiendo el azúcar.

—Me he hecho esa misma pregunta millones de veces, pero la respuesta es muy sencilla. Pete, el marido de Jeannette, trabajaba para mi tío. Yo conocía a varias de las víctimas. Es una ciudad pequeña y cuando enferma tanta gente es obvio que tiene que haber una razón. Los casos de cáncer se multiplicaban y la gente sufría mucho. Después de asistir a los primeros tres o cuatro funerales, comprendí que había que hacer algo.

Shepard siguió anotando en su libreta, sin aprovechar la pausa para hacerle otra pregunta, así que Mary Grace continuó:

—Krane era el mayor contratante de los alrededores y el rumor de los vertidos alrededor de la planta corría desde hacía años. Muchos de los que enfermaron trabajaban allí. Recuerdo que al volver a casa de la universidad, después de mi segundo año, empecé a oír que la gente decía que el agua sabía mal. Vivíamos a un par de kilómetros de la ciudad y nos abastecíamos de nuestro propio pozo, por eso nunca fue un problema para nosotros. Sin embargo, las cosas en la ciudad empeoraron. Al cabo de los años, los rumores sobre los vertidos fueron cobrando fuerza, hasta que todo el mundo los dio por ciertos. Por entonces, el agua se había convertido en un líquido pútrido imbebible. Luego vino lo del cáncer: de hígado, riñones, próstata, estómago, vejiga, muchos casos de leucemia. Un domingo, estando en la iglesia con mis padres, me fijé en cuatro calvas relucientes. Quimio. Pensé que estaba en una película de terror.

—¿Se arrepiente de haber aceptado el caso?

—No, en absoluto. Hemos perdido mucho, pero mi ciudad también. Esperemos que todo haya terminado. Wes y yo somos jóvenes, sobreviviremos, pero mucha gente de aquí ha muerto o está gravemente enferma.

—¿Piensa en el dinero?

—¿En qué dinero? El recurso llevará dieciocho meses y ahora mismo eso me parece una eternidad. Hay que planteárselo a largo plazo.

—¿Y eso cuánto es?

—Unos cinco años. En cinco años habrán limpiado los

vertidos tóxicos y nadie más volverá a enfermar por su culpa. Habrá un acuerdo extrajudicial, un gran acuerdo colectivo, por el que Krane Chemical y sus aseguradoras se verán obligados a sentarse a la mesa con todos sus millones y tendrán que compensar a las familias que han destruido. Todo el mundo obtendrá una compensación por los daños sufridos.

—Incluidos los abogados.

—Por supuesto. Si no fuera por los abogados, Krane seguiría fabricando pillamar 5 y vertiendo sus derivados en los pozos de detrás de la planta y nadie le pediría cuentas.

—Sin embargo, ahora están en México...

—Sí, fabricando pillamar 5 y vertiendo sus derivados en los pozos de detrás de las plantas. Y a nadie le importa. Allí no se celebran este tipo de juicios.

—¿Qué posibilidades tienen ante el recurso?

Mary Grace dio un sorbo al café quemado y demasiado azucarado. Estaba a punto de contestar, cuando un agente de seguros se detuvo a su lado, le estrechó la mano, la abrazó, le dio las gracias repetidas veces y al final se alejó al borde de las lágrimas. A continuación, el señor Greenwood, su antiguo director de instituto, ahora jubilado, la vio al entrar y prácticamente la asfixió en un abrazo de oso. El señor Greenwood ni siquiera se percató de la presencia de Shepard mientras divagaba sobre lo orgulloso que se sentía de ella. Le dio las gracias, le prometió que seguiría rezando por ella y le preguntó por la familia. Cuando ya se marchaba, despidiéndose por enésima vez, Babe, la dueña, se acercó para darle otro abrazo y una nueva ronda de felicitaciones.

Al final, Shepard se levantó y salió por la puerta disimuladamente. Minutos después, Mary Grace lo siguió.

—Lo siento —se disculpó—. Es un gran logro para la ciudad.

—Están muy orgullosos.

—Vayamos a ver la planta.

La Planta Número Dos de Krane Chemical de Bowmore, como se la conocía oficialmente, se levantaba en un polígono industrial abandonado al este de las afueras de la población. Las instalaciones estaban compuestas por un conjunto de edificios de hormigón ligero y tejado plano, comunicados por tuberías y gigantescas correas transportadoras. Depósitos de agua y silos se alzaban detrás de los edificios. El kudzu y las malas hierbas lo habían conquistado todo. A causa del pleito, la compañía había protegido las instalaciones con kilómetros de vallas de tela metálica de tres metros y medio de alto, coronadas por un reluciente alambre de cuchillas. Las enormes puertas estaban cerradas con candados. La planta le cerraba la puerta al mundo y guardaba sus secretos enterrados en su interior, como una cárcel donde han ocurrido hechos atroces.

Mary Grace la había visitado durante el proceso, pero siempre con una multitud de abogados, ingenieros, antiguos empleados de Krane, guardias de seguridad, incluso con el juez Harrison. Había realizado la última visita un par de meses atrás, cuando también fueron a verla los miembros del jurado.

Shepard y ella se detuvieron en la entrada principal y se fijaron en los candados. Una enorme señal, muy deteriorada, identificaba la planta y su dueño.

—Hace seis años, cuando fue obvio que el juicio era inevitable —dijo Mary Grace, mientras escudriñaban a través de la valla de tela metálica—, Krane se trasladó a México. Dieron tres días de preaviso a los trabajadores y quinientos dólares en concepto de indemnización por despido, cuando muchos de ellos llevaban trabajando aquí más de treinta años. No pudieron hacerlo peor al marcharse de la ciudad de esa manera, porque muchos de sus antiguos trabajadores acabaron siendo algunos de nuestros mejores testigos durante el juicio. Existía, y sigue existiendo, un gran rencor. Si Krane tenía algún amigo en Bowmore, lo perdió cuando jodió a sus empleados.

Un fotógrafo que trabajaba con Shepard se reunió con ellos en la puerta principal y empezó a sacar fotos. Fueron paseando a lo largo de la valla, mientras Mary Grace dirigía la breve visita.

—No utilizaron candados durante años y fue objeto de muchos actos vandálicos. Los adolescentes venían aquí a beber y drogarse. Ahora la gente se mantiene lo más alejada posible de este lugar. En realidad, las puertas y las vallas no son necesarias, a nadie le apetece acercarse por aquí.

Hacia el norte, una larga hilera de enormes cilindros metálicos se alzaba en medio de la planta.

—A eso se lo conocía como Unidad de Extracción Dos —explicó Mary Grace, señalándolos—. El dicloronileno se obtenía como un derivado reducido y se almacenaba en esos tanques. De ahí, una parte se enviaba a otro lugar para eliminarla de manera adecuada, pero la mayoría se llevaba al bosque de allí, detrás de la propiedad, y simplemente se tiraba a un barranco.

—¿En el Pozo de Proctor?

—Sí, el señor Proctor era el supervisor a cargo de la eliminación de residuos. Murió de cáncer antes de que pudiéramos citarlo. —Recorrieron veinte metros junto a la valla—. Desde aquí no se ven, pero hay tres barrancos en el bosque, donde arrojaban los bidones y luego los cubrían con tierra y barro. Al cabo de los años, los tanques empezaron a perder, ni siquiera los habían sellado como era debido, y los productos químicos se filtraron al subsuelo. Este proceso continuó igual durante años, toneladas y más toneladas de dicloronileno, cartolyx, aklar y otros productos demostradamente cancerígenos. Según nuestros expertos, y el jurado así lo creyó, los contaminantes acabaron en el acuífero del que Bowmore se abastecía.

Un equipo de seguridad en un carrito de golf se dirigió hacia ellos desde el otro lado de la valla. Dos guardias orondos y armados se detuvieron a su lado y los miraron con atención.

—No les haga caso —murmuró Mary Grace.

—¿Qué andan buscando? —preguntó uno de los guardias.

—No hemos cruzado la valla —contestó la abogada.

—¿Qué andan buscando? —repitió el guardia.

—Soy Mary Grace Payton, uno de los abogados. Así que circulen, amigos.

Ambos asintieron al unísono y se alejaron lentamente. Mary Grace consultó la hora.

—Tengo que irme.

—¿Cuándo podemos volver a vernos?

—Ya veremos, no le prometo nada. Últimamente vamos como locos.

Volvieron a la iglesia de Pine Grove y se despidieron. Cuando Shepard se hubo ido, Mary Grace se acercó caminando hasta la caravana de Jeannette, a tres manzanas de allí. Bette estaba trabajando y reinaba el silencio. Durante una hora, se sentó con su cliente bajo un arbolito y bebieron limonada embotellada. No hubo lágrimas ni pañuelos, solo estuvieron charlando sobre la vida, la familia y los últimos cuatro meses que habían pasado juntas en una sala del tribunal.

6

A una hora del cierre de la bolsa, Krane había llegado a su valor más bajo: sus acciones se vendían a dieciocho dólares, aunque luego empezó una leve recuperación, por llamarlo de algún modo. Rozó los veinte dólares por acción durante una media hora, antes de estancarse en ese precio.

Por si eso no fuera suficiente, los inversores decidieron ensañarse con el resto del imperio de Carl. El Trudeau Group poseía el 45 por ciento de Krane y participaciones más pequeñas de otras seis compañías que también cotizaban en bolsa: tres químicas, una prospectora de yacimientos petrolíferos, un fabricante de recambios de automóvil y una cadena de hoteles. Poco después de comer, las acciones ordinarias de estas seis compañías empezaron a bajar. No tenía sentido, pero la bolsa a veces era así de imprevisible. La desgracia es contagiosa en Wall Street. Suele dejarse llevar por el pánico, que pocas veces tiene explicación.

El señor Trudeau no vio venir la reacción en cadena, ni él ni Felix Bard, su inteligente mago de las finanzas. A medida que pasaban los minutos, contemplaron horrorizados cómo el Trudeau Group perdía mil millones de dólares en valor de mercado.

Era obvio quién tenía la culpa. Todo se debía a la sentencia de Mississippi, aunque muchos analistas, sobre todo los expertos charlatanes de la televisión por cable, insistían en achacarlo a que Krane Chemical llevara tantos años operando con descaro sin el colchón que suponía un buen seguro de responsabilidad civil. La empresa había ahorrado una fortuna en primas, pero ahora tendría que pagarlas con creces.

—¡Apaga eso! —espetó Carl a Bobby Ratzlaff, que estaba escuchando a uno de esos analistas de la televisión en un rincón.

Ya eran cerca de las cuatro de la tarde, la hora mágica en la que la bolsa cerraba y acababa el derramamiento de sangre. Carl estaba en su escritorio, con el teléfono pegado a la oreja. Bard estaba en la mesa de reuniones, mirando dos monitores y apuntando los últimos valores de las acciones. Ratzlaff estaba demacrado, mareado e incluso más arruinado que antes, y no dejaba de pasearse de un ventanal a otro, como si estuviera eligiendo el más idóneo para el vuelo final.

Los otros seis grupos de acciones se recuperaron con el último aviso de cierre y aunque el precio había bajado significativamente, las pérdidas eran asumibles. Las compañías eran sólidas y las acciones se reajustarían a su debido tiempo. Por otra parte, Krane era un tren descarrilado. Había cerrado a veintiuno con veinticinco dólares por acción, un desplome de treinta y uno con veinticinco respecto al día anterior. Su valor de mercado se había reducido de tres mil doscientos millones de dólares a mil trescientos, por lo que el señor Trudeau, con su 45 por ciento de participación en aquella desgracia, acababa de perder más de ochocientos cincuenta millones de dólares. Bard sumó apresuradamente los descensos de las otras seis compañías y estimó las pérdidas totales en unos mil cien millones de dólares en un solo día. No batían ningún récord, pero lo más probable era que fuera suficiente para que Carl apareciera entre los diez primeros de alguna lista.

Después de repasar las cifras al cierre de la bolsa, Carl ordenó a Bard y a Ratzlaff que se pusieran la chaqueta, se arreglaran la corbata y lo siguieran.

Cuatro plantas más abajo, en las oficinas de Krane Chemical, los altos ejecutivos escondían la cabeza en un pequeño comedor reservado exclusivamente para ellos. La comida era de una insipidez supina, pero las vistas eran impresionantes. Ese día, la hora de comer había quedado relegada a un segundo plano, nadie tenía apetito. Llevaban allí una hora, conmocionados, a la espera de una explosión en las alturas. Habría habido más animación en un funeral colectivo. Sin embargo, el señor Trudeau consiguió alentar al personal. Entró con decisión, con sus dos secuaces a la zaga —Bard con una sonrisa forzada, Ratzlaff con mala cara—, y, en vez de ponerse a gritar, agradeció a los chicos (todos ellos hombres) su duro trabajo y su compromiso con la empresa.

—Caballeros, no ha sido uno de nuestros mejores días —dijo Carl, con una amplia sonrisa—. Estoy seguro de que no lo olvidaremos en mucho tiempo —añadió, con voz agradable, como si solo fuera otra amistosa visita del hombre de las alturas—. No obstante, todo se ha acabado por hoy, menos mal, y todavía seguimos en pie. Mañana empezaremos a repartir leña.

Unas cuantas miradas nerviosas, tal vez una o dos sonrisas. La mayoría esperaba que los despidieran sin más.

—Quiero que recordéis tres cosas que voy a decir en esta ocasión histórica —continuó—. Primera: nadie de aquí va a perder su trabajo. Segundo: Krane Chemical sobrevivirá a este error judicial. Y tercero: no tengo intención de perder esta batalla.

Era el paradigma del líder seguro de sí mismo, el capitán que animaba a las tropas en las trincheras. Un signo de victoria y un puro y habría sido la viva imagen de Churchill en su mejor momento. Esa cabeza bien alta, esos hombros atrás, etc.

Incluso Bobby Ratzlaff empezó a sentirse mejor.

Dos horas después, Ratzlaff y Bard pudieron recoger sus cosas y volver a casa. Carl necesitaba tiempo para reflexionar, para lamerse las heridas y aclarar las ideas. Se sirvió un whisky y se descalzó para ayudar a relajarse. El sol se ponía más allá de New Jersey y se despidió hasta nunca de aquel día inolvidable.

Echó un vistazo al ordenador y repasó las llamadas telefónicas. Brianna había llamado cuatro veces, nada urgente. Si hubiera sido importante, la secretaria de Carl lo habría anotado como «Su mujer» y no como «Brianna». La llamaría más tarde. No estaba de humor para oír el resumen de sus actividades del día.

Había otras cuarenta llamadas; la que hacía veintiocho llamó su atención. El senador Grott había intentado ponerse en contacto con él desde Washington. Carl no lo conocía personalmente, pero todo jugador de las altas finanzas sabía quién era el Senador, con mayúscula. Grott había cumplido tres mandatos en el Senado por Nueva York antes de retirarse, voluntariamente, y entrar a formar parte de un bufete, para hacer dinero. Era don Washington, la persona en posesión de información privilegiada de mayor importancia, el experimentado abogado y asesor con oficinas en Wall Street, Pennsylvania Avenue y donde le apeteciera. El senador Grott tenía más contactos que cualquier otra persona, solía jugar al golf con quien ocupara la Casa Blanca en esos momentos, viajaba por todo el mundo en busca de más contactos, solo asesoraba a los poderosos y era considerado por todos como la principal conexión entre el mundo de las altas finanzas estadounidenses y los altos mandos del gobierno. Si el Senador llamaba, había que devolver la llamada, aunque acabaran de perderse mil millones de dólares. El Senador sabía cuánto se había perdido exactamente y estaba preocupado.

Carl marcó el número privado.

—Grott —respondió una voz ronca, al cabo de ocho timbrazos.

—Senador Grott, soy Carl Trudeau —se presentó Carl, con educación.

Se mostraba respetuoso con muy poca gente, pero el Senador exigía y merecía su respeto.

—Ah, sí, Carl —contestó el otro, como si estuvieran cansados de jugar al golf juntos, como un par de viejos amigos. Carl oyó la voz y pensó en las innumerables ocasiones en las que había visto al Senador en las noticias—. ¿Cómo está Amos? —preguntó.

El contacto, el hombre que los relacionaba en una misma conversación.

—Genial. Comí con él el mes pasado.

Mentira. Amos era el socio gerente del bufete de abogados con el que Carl trabajaba desde hacía una década. No era la firma del Senador, ni siquiera se le acercaba. Sin embargo, Amos era una persona de peso, lo suficiente para que el Senador la mencionara.

—Dale recuerdos.

—No se preocupe.

Vamos, suéltalo ya, pensó Carl.

—Escucha, sé que ha sido un día muy largo, así que no quiero entretenerte. —Silencio—. Hay un hombre en Boca Ratón que deberías ir a ver, se llama Rinehart, Barry Rinehart. Es una especie de asesor, aunque no lo encontrarás en el listín telefónico. Su firma está especializada en campañas electorales.

Un largo silencio. Carl tenía que decir algo.

—De acuerdo, le escucho —dijo, al fin.

—Es muy competente, inteligente, discreto, eficiente y caro. Si alguien puede enmendar esa sentencia, ese es Rinehart.

—Enmendar la sentencia —repitió Carl.

—Si te interesa —prosiguió el Senador—, le haré una llamada, abriré la puerta.

—En fin, sí, desde luego que me interesa.

Enmendar la sentencia. Sonaba a música celestial.

—Bien, estaremos en contacto.

—Gracias.

La conversación había terminado. Típico del Senador. Un favor por aquí, el cobro de ese favor por allá. Los contactos iban arriba y abajo, y todo el mundo tenía la espalda cubierta como era debido. La llamada era gratuita, pero algún día el Senador exigiría su pago.

Carl removió el whisky con un dedo y repasó el resto de las llamadas. Más desgracias.

Enmendar la sentencia, no dejaba de repetirse.

En medio de su mesa inmaculada había un informe interno en el que se leía: «CONFIDENCIAL». ¿Acaso no lo eran todos? En la portada, alguien había escrito el nombre «PAYTON» con rotulador negro. Carl lo cogió, puso los pies sobre el escritorio y empezó a hojearlo. Había fotos, la primera de ellas del señor y la señora Payton del día anterior, cuando salían de los juzgados cogidos de la mano, triunfantes. Había una un poco más antigua de Mary Grace, de una publicación especializada en derecho, con una breve biografía. Nacida en Bowmore, universidad en Millsaps, escuela de derecho en el viejo Mississippi, dos años como letrada de un tribunal federal, dos de pasante en el bufete de un defensor de oficio, ex presidenta de la asociación de abogados del condado, abogada litigante, miembro del consejo escolar, miembro del Partido Demócrata estatal y de varios grupos de ecologistas fanáticos.

En la misma publicación aparecía una foto y una biografía de James Wesley Payton. Nacido en Monroe, Louisiana, buen jugador de fútbol en la Southern Mississippi, facultad de derecho en Tulane, tres años como ayudante del fiscal, miembro de todos los grupos habidos y por haber de abogados litigantes, miembro del Rotary Club, del Civitan, entre otras cosas.

Dos picapleitos paletos que acababan de orquestar la salida de Carl de la lista Forbes de las cuatrocientas personas más ricas de Estados Unidos.

Dos hijos, una niñera ilegal, colegios públicos, Iglesia Episcopal, a punto de tener que enfrentarse a la ejecución de una hipoteca tanto por la casa como por el despacho, a punto de serles embargados los coches, una carrera profesional en la abogacía (sin socios, solo personal auxiliar) de diez años que en su momento fue considerablemente rentable (para trabajar en una ciudad pequeña), pero habían acabado buscando refugio en un local comercial abandonado cuyo alquiler llevaban tres meses sin pagar. A continuación venía lo mejor: grandes deudas, al menos de cuatrocientos mil dólares con el Second State Bank en una línea de crédito prácticamente sin garantía. Ni un solo pago, ni siquiera de los intereses, en cinco meses. El Second State Bank era un consorcio local con diez oficinas en el sur de Mississippi. Cuatrocientos mil dólares prestados solo para financiar el litigio contra Krane Chemical.

—Cuatrocientos mil dólares —musitó Carl.

Hasta el momento, él había pagado catorce millones para la defensa del puñetero caso.

Las cuentas corrientes estaban en números rojos. Las tarjetas de crédito ya no valían. Se rumoreaba que otros clientes (no los de Bowmore) se sentían decepcionados por la poca atención que les prestaban.

Ninguna otra sentencia de importancia de la que hablar. Nada que se acercara a un millón de dólares.

En resumen: esa gente estaba endeudada hasta las cejas y al borde del precipicio. Un leve empujón y todo solucionado. Estrategia: alargar las apelaciones, demorarlas hasta el infinito. Aumentar la presión del banco. Posible compra de Second State y luego exigir el pago inmediato del préstamo. No tendrían más remedio que declararse en quiebra. Grandes distracciones mientras se suceden las apelaciones. Además, los

Payton no podrían dedicarse a sus otros treinta casos (más o menos) contra Krane y seguramente tendrían que rechazar nuevos clientes.

En resumidas cuentas: el pequeño bufete podía ser destruido.

El informe interno no estaba firmado, lo que no era ninguna sorpresa, pero Carl sabía que lo habían escrito uno o dos subalternos de la oficina de Ratzlaff. Averiguaría quiénes habían sido y los ascendería. Buen trabajo.

El gran Carl Trudeau había desmantelado grandes conglomerados, había tomado el mando de consejos de administración hostiles hacia él, había despedido a altos directivos que eran supuestas eminencias, había desbaratado industrias al completo, desplumado a banqueros, manipulado precios de acciones y destruido la carrera de incontables enemigos.

Desde luego podía arruinar un bufete familiar y de andar por casa de Hattiesburg, Mississippi.

Toliver lo dejó en casa poco después de las nueve de la noche, una hora que Carl elegía porque Sadler ya estaría en la cama y no se vería obligado a adorar a alguien por quien no sentía el más mínimo interés. A la otra niña, en cambio, no podría evitarla. Brianna estaba esperándolo, como era su deber. Cenarían junto a la chimenea.

Cuando cruzó la puerta, se encontró de frente con *Imelda*, instalada cómoda y permanentemente en el vestíbulo y con peor aspecto que la noche anterior. No pudo evitar mirarla boquiabierto. ¿De verdad que ese amasijo de varillas de latón tenía que parecerse a una mujer? ¿Dónde estaba el torso? ¿Dónde estaban las piernas? ¿Dónde estaba la cabeza? ¿De verdad había pagado tanto dinero por ese revoltijo abstracto?

¿Durante cuánto tiempo iba a acecharlo en su propio ático?

Carl estaba contemplando tristemente su obra de arte mientras uno de los ayudantes se llevaba el abrigo y el maletín. Entonces oyó las temidas palabras.

—Hola, cariño. —Brianna entró en la habitación arrastrando un largo y vaporoso vestido rojo tras ella. Se dieron un beso en las mejillas—. ¿No es increíble? —preguntó, entusiasmada, extendiendo un brazo en dirección a *Imelda*.

—Increíble es la palabra —contestó él.

Miró a Brianna, luego a *Imelda* y le entraron ganas de asfixiarlas a ambas, aunque enseguida se le pasó. Jamás admitiría una derrota.

—La cena está lista, cariño —le susurró Brianna.

—No tengo hambre. Tomemos una copa.

—Pero Claude ha preparado tu plato preferido: lenguado a la parrilla.

—No tengo apetito, querida —insistió él, arrancándose la corbata y lanzándosela a su ayudante.

—Ha sido un día espantoso, lo sé —dijo ella—. ¿Un whisky?

—Sí.

—¿Te apetece contármelo? —preguntó Brianna.

—Me encantaría.

La administradora personal de Brianna, una mujer que Carl no conocía, había estado llamando a lo largo del día para ponerla al corriente de la caída. Brianna conocía las cifras y había oído en las noticias que su marido había perdido cerca de mil millones de dólares.

Despidió al servicio de cocina y se puso un camisón mucho más atrevido. Se acomodaron delante de la chimenea y estuvieron charlando hasta que él se durmió.

7

El viernes, dos días después de la sentencia, el bufete de los Payton se encontró a las diez de la mañana en el Ruedo, un amplio espacio despejado, con paredes de pladur sin pintar, forradas de estanterías caseras y abarrotadas de fotos aéreas, certificados médicos, perfiles de miembros del jurado, informes de expertos llamados a declarar y un centenar de documentos y objetos relacionados con el proceso. En el centro de la estancia había una especie de mesa: cuatro planchas de contrachapado de tres centímetros de grosor, montadas sobre caballetes y rodeadas de una lastimosa colección de sillas de madera y metálicas. No había prácticamente ninguna a la que no le faltara alguna pieza. Era evidente que la mesa había sido el ojo del huracán durante los últimos cuatro meses, abarrotada como estaba de papeles y montañas de volúmenes de derecho. Sherman, uno de los pasantes, había dedicado casi todo el día anterior a recoger tazas de café, cajas de pizza, recipientes de comida china y botellas de agua vacías. También había barrido el suelo, aunque nadie lo diría.

El despacho anterior, en un edificio de tres plantas de Main Street, estaba decorado con elegancia, bien situado y un equipo de limpieza lo dejaba como los chorros del oro cada noche. La apariencia y la pulcritud eran importantes entonces.

Ahora solo intentaban sobrevivir.

A pesar del deprimente entorno, la gente estaba animada, y por razones obvias: la maratón había acabado, aunque todavía les costaba creer el veredicto. Unidos por el sudor y los apuros que habían pasado, la pequeña y consolidada firma había superado a la bestia negra y había anotado un tanto para el equipo de los buenos.

Mary Grace intentó imponer un poco de orden. Habían descolgado los teléfonos porque Tabby, la recepcionista, también formaba parte del bufete y querían que participara en la toma de decisiones. Por fortuna, los teléfonos volvían a sonar.

Sherman y Rusty, el otro pasante, llevaban vaqueros y sudaderas, pero no usaban calcetines. Trabajando en un antiguo local comercial abandonado, ¿a quién iba a importarle el código en el vestir? Tabby y Vicky, la otra recepcionista, habían dejado de ponerse la ropa buena cuando empezaron a enganchársela en el mobiliario improvisado. Solo Olivia, la contable con aspecto de matrona, aparecía un día tras otro ataviada con ropa de oficina.

Estaban sentados alrededor de la mesa de contrachapado, dando sorbos al mismo imbebible café al que se habían hecho adictos, y escuchaban sonrientes a Mary Grace mientras esta hacía un rápido resumen.

—Presentarán las peticiones de costumbre —decía—. El juez Harrison ha fijado una vista para de aquí a un mes, pero no se esperan sorpresas.

—A la salud del juez Harrison —dijo Sherman, y todos brindaron con su taza de café.

Se había convertido en un bufete muy democrático. Todos los presentes se sentían como iguales, todo el mundo podía decir lo que creyera conveniente y se tuteaban. La pobreza era un gran rasero.

—En los próximos meses —continuó Mary Grace—, Sherman y yo llevaremos el caso Baker y pondremos los demás casos de Bowmore al corriente. Wes y Rusty se encargarán de todos los demás y empezarán a generar algo de dinero.

Aplausos.

—Por el dinero —dijo Sherman, invitando a un nuevo brindis.

Sherman estaba licenciado en derecho, certificado que había obtenido en una escuela nocturna, pero no había conseguido aprobar el examen con que se obtenía el título de abogado. Tenía cuarenta y tantos años, un pasante de carrera que sabía más de leyes que la mayoría de los abogados. Rusty tenía veinte años menos y estaba planteándose probar con la medicina.

—Ya que hablamos de ello —continuó Mary Grace—, Olivia me ha facilitado el último estado de nuestro déficit presupuestario. Todo un detalle. —Cogió una hoja de papel y repasó las cifras—. Llevamos un retraso de tres meses en el pago del alquiler, así que oficialmente debemos un total de cuatro mil quinientos dólares.

—Que nos desahucien, por favor —dijo Rusty.

—Pero el casero sigue siendo cliente nuestro y no está preocupado. También llevamos un retraso de un par de meses en el pago de las demás deudas, salvo, por descontado, la del teléfono y la luz. Hace cuatro semanas que no se pagan sueldos...

—Cinco —puntualizó Sherman.

—¿Estás seguro? —preguntó Mary Grace.

—Contando hoy. Hoy es día de pago o, al menos, antes lo era.

—Disculpa, cinco semanas de retraso. La semana que viene debería de empezar a entrar dinero, si conseguimos llegar a un acuerdo con el caso Raney. Intentaremos ponernos al día.

—Saldremos de esta —aseguró Tabby.

Era la única soltera del bufete, los demás tenían pareja con trabajo. Aunque las perspectivas de cobro eran muy poco halagüeñas, todos estaban dispuestos a sobrevivir.

—¿Y la familia Payton? —preguntó Vicky.

—Vamos tirando —contestó Wes—. Gracias por preocuparte, pero nos defendemos, igual que vosotros. Ya lo he dicho cientos de veces, pero volveré a repetirlo si es necesario: Mary Grace y yo os pagaremos tan pronto como sea posible. Las cosas van a mejorar.

—Vosotros nos preocupáis más —añadió Mary Grace.

Nadie iba a irse. Nadie iba a presionarlos.

A pesar de que no había nada por escrito, hacía tiempo que habían firmado un acuerdo: cuando cobraran los casos de Bowmore, si eso sucedía algún día, el dinero se repartiría entre todos los empleados. Tal vez no de manera igualitaria, pero todos los presentes sabían que serían recompensados.

—¿Y el banco? —preguntó Rusty.

No había secretos. Sabían que Huffy se había pasado por allí el día anterior y sabían muy bien cuánto se le debía al Second State Bank.

—Les paré los pies —contestó Wes—. Si siguen presionándonos, incoaremos un procedimiento concursal y los joderemos bien jodidos.

—Voto por joder al banco —dijo Sherman.

Por lo visto, los demás también compartían la opinión de que debían joder al banco, aunque todos sabían la verdad: el juicio no habría sido posible sin la presión que había ejercido Huffy a su favor para convencer al señor Kirkabrón para que les aumentara la línea de crédito. También sabían que los Payton no descansarían hasta que hubieran saldado la deuda con el banco.

—Deberíamos sacar limpios unos doce mil del caso Raney —dijo Mary Grace—. Y otros diez mil de la mordedura del perro.

—Quizá quince mil —dijo Wes.

—Y luego, ¿qué? ¿Cuál será el siguiente acuerdo? —Mary Grace lanzó la pregunta a los presentes para debatirlo.

—Geeter —dijo Sherman. Era algo más que una sugerencia.

Wes miró a Mary Grace. Ambos miraron a Sherman, desconcertados.

—¿Quién es Geeter?

—Resulta que Geeter es un cliente. Resbaló y se cayó en la tienda de Kroger. Acudió a nosotros hace unos ocho meses.

Varios de ellos intercambiaron unas miradas extrañadas. Era evidente que los dos abogados habían olvidado a uno de sus clientes.

—No lo recuerdo —admitió Wes.

—¿Qué posibilidades tiene? —preguntó Mary Grace.

—No demasiadas. La responsabilidad se sostiene con pinzas. Tal vez unos veinte mil. El lunes repasaré el caso contigo.

—Buena idea —dijo Mary Grace, y cambió rápidamente de cuestión—. Sé que los teléfonos empiezan a sonar y que estamos en la más absoluta miseria, pero no vamos a aceptar basura. Ni inmobiliarias ni quiebras. Nada de causas penales, salvo que paguen a tocateja. Nada de divorcios contenciosos, llevaremos los rápidos y cobraremos mil dólares, pero todo debe estar pactado. Somos un bufete que se dedica a llevar casos de daños personales y si nos cargamos con minucias, no tendremos tiempo para los casos grandes. ¿Alguna pregunta?

—La gente llama por cosas muy raras —dijo Tabby—, y de todo el país.

—Cíñete a lo que acabamos de decir —dijo Wes—. No podemos llevar casos en Florida o Seattle. Necesitamos cerrarlos rápido y aquí, al menos durante los próximos doce meses.

—¿Cuánto tiempo durarán las apelaciones? —preguntó Vicky.

—De dieciocho a veinticuatro meses —contestó Mary Grace—, y no podemos hacer nada para acelerar el proceso. Por eso es tan importante ponernos las pilas y empezar a generar honorarios con otras cosas.

—Lo que nos lleva a otra cuestión —dijo Wes—. La sentencia cambia el panorama de manera radical. Primero: las expectativas están por las nubes en estos momentos y nuestros clientes de Bowmore pronto empezarán a darnos la lata. Querrán sus minutos de fama en los juzgados y una indemnización espectacular. Debemos ser pacientes y no podemos permitir que esa gente nos vuelva locos. Segundo: los buitres van a lanzarse en picado sobre Bowmore. Los abogados irán a la caza de clientes. Será una auténtica batalla campal. Se deberá informar de inmediato de cualquier contacto que establezcan. Tercero: el fallo supone una presión mayor para Krane. Sus sucias artimañas se volverán aún más rastreras. Tienen a gente observándonos, así que no confiéis en nadie, no habléis con nadie. Nada saldrá de este despacho, se destruirá toda la documentación. En cuanto podamos permitírnoslo, contrataremos un servicio de vigilancia nocturna. Resumiendo: tened cuidado con todo el mundo y vigilad vuestras espaldas.

—Qué divertido —comentó Vicky—. Es como una peli.

—¿Alguna pregunta?

—Sí —dijo Rusty—. ¿Sherman y yo podemos volver a la caza de víctimas de accidentes? Han pasado cuatro meses desde que empezó el juicio y echo de menos la emoción.

—Llevo semanas sin ver una sala de urgencias —añadió Sherman— y añoro el sonido de las sirenas.

Aunque no sabían si bromeaban o no, el ambiente distendido invitaba a las risas.

—En realidad, no me importa lo que hagáis, siempre que no me lo contéis —dijo Mary Grace, al final.

—Se levanta la sesión —concluyó Wes—. Y es viernes. Todo el mundo tiene que marcharse al mediodía porque cerraremos las puertas. Nos vemos el lunes.

Recogieron a Mack y a Liza en el colegio y, después de detenerse en un establecimiento de comida rápida, se dirigieron hacia el sur por el campo, durante una hora, hasta que vieron la primera señal del lago Garland. Las carreteras se estrecharon hasta convertirse en caminos de gravilla. La cabaña estaba al final de un camino de tierra y descansaba sobre el agua, encima de unos pilotes, encajada entre los árboles que bordeaban la orilla. El inmenso lago parecía extenderse durante kilómetros desde el corto embarcadero del porche, que se adentraba en el agua. No había señal de actividad humana, ni en el lago ni en los alrededores.

La cabaña pertenecía a otro abogado, un amigo de Hattiesburg, un hombre para quien Wes había trabajado y que había preferido no verse implicado en lo de Bowmore. Una decisión que se había demostrado muy sensata, al menos hasta hacía cuarenta y ocho horas. En esos momentos, las dudas eran razonables.

En un principio, la idea había sido seguir el viaje hacia el sur unas cuantas horas más, en dirección a Destin, y pasar un largo fin de semana en la playa, pero no podían permitírselo.

Descargaron el coche e inspeccionaron la espaciosa cabaña de tejado a dos aguas, con una buhardilla enorme, que Mack declaró idónea para llevar a cabo otra noche de «acampada».

—Ya veremos —dijo Wes.

Había tres dormitorios pequeños en la planta baja y soñaba con encontrar una cama cómoda. Recuperar el sueño atrasado era uno de los objetivos del fin de semana. Dormir y pasar más tiempo con los niños.

Tal como le habían prometido, los aparejos de pesca estaban guardados en un trastero debajo del porche, y la barca estaba subida con un cabestrante al final del embarcadero. Los niños esperaron expectantes mientras Wes la bajaba hasta el agua. Mary Grace estuvo dando vueltas a los salvavidas hasta asegurarse de que los niños los llevaban bien puestos. Una hora después de su llegada, se encontraba cómodamente a resguardo bajo una colcha en una tumbona del porche, con un libro en la mano, viendo cómo su familia se alejaba sin prisas en el horizonte azulado del lago Garland, tres pequeñas siluetas en busca de besugos y percas.

Estaban a mediados de noviembre y las hojas amarillentas y rojizas caían dibujando una espiral en la brisa y cubrían la cabaña, el embarcadero y el agua que lo rodeaba. No se oía nada. El pequeño motor de la barca estaba demasiado lejos. El viento era demasiado suave. Los pájaros y los animales debían de haberse mudado temporalmente a otro sitio. Una calma perfecta, algo muy poco habitual en la vida de cualquiera, y que en esos momentos consideraba un tesoro. Cerró el libro, cerró los ojos e intentó pensar en algo que no tuviera nada que ver con los últimos meses.

¿Dónde estarían dentro de cinco años? Se concentró en el futuro porque en el pasado solo había cabida para el caso Baker. Seguro que tendrían una casa, aunque nunca jamás hipotecarían su futuro invirtiendo sus ahorros en un pequeño y ostentoso castillo en una urbanización. Quería un hogar, nada más. Los coches de importación, un despacho lujoso y los demás caprichos que una vez fueron importantes para ella, habían dejado de interesarle. Quería ejercer de madre de sus hijos y deseaba una casa donde poder criarlos.

Familia y activos a un lado, también quería más colaboradores. El bufete crecería y estaría lleno de abogados inteligentes y talentosos que se dedicarían exclusivamente a perseguir a los fabricantes de vertidos tóxicos, medicamentos dañinos y productos defectuosos. Algún día, Payton & Payton no sería famoso por los casos que ganaba, sino por los sinvergüenzas que llevaba a juicio para ser juzgados.

Tenía cuarenta y un años y estaba cansada, aunque la fatiga pasaría. Hacía mucho tiempo que los viejos sueños en los que se veía ejerciendo de madre a tiempo completo, con la vida arreglada, habían quedado olvidados. Krane Chemical la había convertido en una radical y en una cruzada.

Después de los últimos cuatro meses, jamás volvería a ser la misma.

Basta. Abrió los ojos de par en par.

Todos sus pensamientos la remitían de nuevo al caso, a Jeannette Baker, al juicio, a Krane Chemical. No iba a pasar ese precioso y tranquilo fin de semana dándole vueltas a lo mismo. Abrió el libro y empezó a leer.

Asaron salchichas y malvaviscos para cenar sobre una barbacoa hecha con piedras cerca del agua y luego se sentaron en el embarcadero, en medio de la oscuridad, para contemplar las estrellas. El cielo estaba despejado y hacía fresco, por lo que todos se acurrucaron bajo una colcha. Una luz lejana titilaba en el horizonte y, tras debatir qué podría ser, llegaron a la conclusión de que se trataba de otra barca.

—Papá, cuéntanos una historia —dijo Mack.

Estaba arrebujado entre su hermana y su madre.

—¿De qué tipo?

—Una de fantasmas. Que dé miedo.

Lo primero que le vino a la cabeza fueron los perros de Bowmore. Durante muchos años, una jauría de perros abandonados había deambulado por las afueras del pueblo. A menudo, en medio del silencio de la noche, se ponían a aullar y a gemir y hacían más ruido que una manada de coyotes. La leyenda decía que los perros tenían la rabia y que se habían vuelto locos por beber el agua.

Sin embargo, ya estaba harto de Bowmore. Recordó otra sobre un fantasma que caminaba sobre el agua, de noche, en busca de su amada esposa, que se había ahogado. Empezó a contarla y los niños se acurrucaron aún más contra sus padres.

8

Un guardia uniformado abrió las puertas de la mansión e hizo un seco gesto de cabeza al conductor al tiempo que el largo Mercedes negro pasaba por su lado a toda velocidad, con prisas, como siempre. El señor Carl Trudeau ocupaba el asiento trasero, solo, concentrado en los periódicos de la mañana. Eran las siete y media, demasiado temprano para ir a jugar al golf o al tenis, y demasiado temprano para encontrar caravana, siendo sábado, en Palm Beach. Al cabo de unos minutos, el coche estaba en la interestatal 95, en dirección sur.

Carl pasó por alto la sección de economía. Gracias a Dios, la semana había llegado a su fin. Krane había cerrado a diecinueve dólares con cincuenta el día anterior y no daba señales de que fuera a estabilizarse. A pesar de que pasaría a ser conocido para la posteridad como uno de los pocos hombres que había perdido mil millones de dólares en un día, ya estaba forjando su próxima leyenda. En un año habría recuperado su dinero. En dos lo habría doblado.

Cuarenta minutos después estaba en Boca Ratón, cruzando el canal navegable, en dirección al conglomerado de rascacielos y hoteles que se apelotonaban a lo largo de la playa. El edificio de oficinas era un reluciente cilindro de cristal de diez pisos, con una sola entrada, un guardia y sin distintivos de ningún tipo. Le dieron paso al Mercedes con un gesto de la mano y este se detuvo bajo un pórtico.

—Buenos días, señor Trudeau —lo saludó un joven, muy serio y con traje oscuro, al abrir la puerta trasera.

—Buenos días —contestó Carl, apeándose.

—Por aquí, señor.

Según las investigaciones de última hora de Carl, la firma de Troy-Hogan procuraba mantenerse en el más puro anonimato. No tenía página web ni folletos, no se anunciaba y el teléfono no aparecía en el listín: nada que pudiera atraer clientes. No se trataba de un bufete de abogados porque no estaba registrada en el estado de Florida; ni en el de Florida ni en ningún otro. No estaba adscrito a ningún grupo de presión. Era una sociedad anónima. Se desconocía el origen del nombre, porque no había ningún registro de nadie que se llamara ni Troy ni Hogan. La compañía ofrecía servicios de consultoría y marketing, pero nadie sabía a qué se dedicaba en realidad. La razón social estaba en las Bermudas y llevaba ocho años censada en Florida. El representante nacional era un bufete de abogados de Miami de propiedad privada, aunque nadie conocía al dueño.

Cuanto menos sabía Carl de la firma, más la admiraba.

El director era un tal Barry Rinehart y por ahí todavía había conseguido encontrar alguna pista. Según varios amigos y contactos de Washington, Rinehart había pasado por Washington D.C. veinte años atrás sin dejar ni una sola huella. Había trabajado para un congresista, para el Pentágono y para un par de grupos de presión medianos, un currículo como otro cualquiera. Abandonó la ciudad sin razón aparente en 1990 y volvió a aparecer en Minnesota, donde dirigió la magnífica campaña de un político desconocido que salió elegido para el Congreso. A continuación pasó a Oregón, donde puso sus artes a disposición de un candidato al Senado. Sin embargo, cuando empezaba a cosechar cierta reputación, de repente dejó de hacer campañas y volvió a desaparecer. Ahí se acababa el rastro.

Rinehart tenía cuarenta y ocho años, se había casado y divorciado en dos ocasiones, no tenía hijos, no estaba fichado por la policía y no pertenecía a ninguna asociación profesional ni a ningún otro tipo de organismo asociativo. Había obtenido una licenciatura en Ciencias Políticas en la Universidad de Maryland y otra en Derecho en la Universidad de Nevada.

Por lo visto, nadie sabía qué hacía en la actualidad, pero sin lugar a dudas lo hacía bien. Su elegante despacho, en la última planta del cilindro, estaba decorado con arte y mobiliario contemporáneo minimalista. Carl, que no reparaba en gastos en su propio despacho, estaba impresionado.

Barry lo esperaba junto a la puerta de la oficina. Se estrecharon la mano e intercambiaron las cortesías de rigor mientras tomaban buena nota del traje, la camisa, la corbata y los zapatos del otro. Todo a medida, exclusivo. Habían cuidado hasta el último detalle, a pesar de ser sábado y estar en el sur de Florida. La primera impresión era crucial, especialmente para Barry, emocionado ante la perspectiva de echar el lazo a un nuevo cliente de peso.

Carl había medio esperado a un charlatán con mucha labia ataviado con un traje barato, pero se sintió gratamente sorprendido. El señor Rinehart era un caballero distinguido, de voz suave, acicalado y parecía muy tranquilo en presencia de un hombre tan poderoso como él. Por descontado no era un igual, pero al otro tampoco parecía importarle.

Una secretaria les ofreció café cuando entraron en el despacho y se toparon con el océano. Desde la décima planta, en primera línea de playa, el Atlántico se extendía hacia el infinito. Carl, que contemplaba distraído el río Hudson varias veces al día, sintió envidia.

—Bonito —comentó, disfrutando de la vista desde la hilera de ventanales de tres metros de alto.

—No es un mal lugar para trabajar —dijo Barry.

Se acomodaron en los sillones de piel beis cuando llegó el café. La secretaria cerró la puerta y dejó tras de sí una agradable sensación de seguridad.

—Le agradezco que me reciba en sábado y habiendo avisado con tan poco tiempo de antelación —dijo Carl.

—Es un placer —contestó Barry—. Ha sido una semana muy dura.

—He tenido mejores. Asumo que ha hablado personalmente con el senador Grott.

—Por supuesto. Charlamos de vez en cuando.

—Fue bastante vago acerca de a qué se dedican usted y su firma.

Barry se echó a reír y cruzó las piernas.

—Nos dedicamos a las campañas. Eche un vistazo. —Cogió un mando a distancia y pulsó un botón. Una enorme pantalla blanca bajó del techo y cubrió casi toda la pared. A continuación, apareció toda la nación. La mayoría de los estados estaban coloreados de verde mientras que los demás eran de color amarillo claro—. Treinta y un estados eligen por votación los jueces que presidirán los tribunales de apelación y los tribunales supremos. Son los que están en verde. Los estados en amarillo tienen el sentido común de designarlos. Nosotros nos dedicamos a los verdes.

—Elecciones judiciales.

—Sí. Es a lo único a lo que nos dedicamos, y lo hacemos de manera muy discreta. Cuando nuestros clientes necesitan ayuda, nos concentramos en un magistrado del tribunal supremo estatal poco afín y lo borramos de la ecuación.

—Así, sin más.

—Así, sin más.

—¿Quiénes son sus clientes?

—No puedo darle nombres, pero todos se encuentran en su mismo barco. Grandes consorcios energéticos, aseguradoras, farmacéuticas, químicas, madereras, todo tipo de fabricantes, además de médicos, hospitales, geriátricos y bancos. Recaudamos mucho dinero y contratamos a la gente sobre el terreno para que dirija campañas agresivas.

—¿Han trabajado en Mississippi?

—Todavía no. —Barry pulsó otro botón y volvió a aparecer Estados Unidos. Los estados de color verde fueron oscureciéndose poco a poco hasta volverse negros—. Los estados más oscuros son aquellos en los que hemos trabajado. Como puede ver, se extienden de costa a costa. Estamos presentes en los treinta y nueve.

Carl probó el café y asintió, como si quisiera que Barry siguiera hablando.

—Tenemos cerca de cincuenta empleados aquí, todo el edificio es nuestro, y almacenamos gran cantidad de datos. La información es poder, y lo sabemos todo. Revisamos las apelaciones de los estados verdes, conocemos a los jueces de los tribunales de apelación, su historial personal y profesional, familias, divorcios, quiebras, hasta el último detalle escabroso. Revisamos las decisiones, lo que nos permite predecir el resultado de casi todas las causas que se encuentran en estos momentos en los tribunales de apelación. Seguimos las asambleas legislativas y estamos al tanto de las leyes que pudieran afectar al derecho civil. También controlamos los procesos civiles importantes.

—¿Qué me dice del de Hattiesburg?

—Ah, sí. No nos sorprende el veredicto.

—Entonces, ¿por qué, en cambio, sí sorprendió a mis abogados?

—Sus abogados eran buenos, pero no los mejores. Además, la demandante llevaba todas las de ganar. He estudiado muchos casos de vertidos tóxicos y Bowmore es uno de los peores.

—¿Quiere decir que volveremos a perder?

—Eso creo. Las aguas van a salirse de madre.

Carl miró el océano y bebió un poco más de café.

—¿Qué pasa con la apelación?

—Depende de quién esté en el tribunal supremo del estado de Mississippi. Ahora mismo, hay muchas posibilidades de que el veredicto sea ratificado en una votación por cinco a cuatro. El estado se ha demostrado notoriamente complaciente con los demandantes durante estas dos últimas décadas y, como ya sabrá, se ha forjado una bien ganada reputación de ser terreno abonado para los pleitos. Asbesto, tabaco, fentormina, todo tipo de procesos judiciales. A los abogados dedicados a los casos de responsabilidad civil les encanta ese lugar.

—¿Y perderé por un solo voto?

—Más o menos. El tribunal no siempre es predecible, pero, sí, por lo general suelen votar cinco a cuatro.

—Entonces, ¿lo único que necesitamos es un juez de nuestra parte?

—Sí.

Carl dejó la taza en la mesa y se levantó de un salto. Se quitó la chaqueta, la dejó colgada en el respaldo de una silla y luego se acercó a los ventanales para mirar el océano. Un carguero se alejaba a lo lejos, lentamente, y lo siguió con la mirada unos minutos. Barry fue dando sorbitos a su café.

—¿Tiene algún juez en mente? —preguntó Carl, al fin.

Barry volvió a pulsar uno de los botones del mando a distancia. La pantalla se apagó y desapareció en el techo. Se estiró como si le doliera la espalda.

—Tal vez primero deberíamos hablar de negocios —dijo.

Carl asintió y volvió a sentarse.

—Adelante.

—Nuestra propuesta es más o menos la siguiente: usted nos contrata, el dinero se envía a las cuentas correspondientes y luego le hago entrega de un plan para reestructurar el tribunal supremo del estado de Mississippi.

—¿Cuánto?

—Estaríamos hablando de dos tipos de pago. Primero, un millón en concepto de anticipo. Todo adecuadamente documentado. Usted se convertirá oficialmente en nuestro cliente y nosotros le proporcionaremos servicios de asesoramiento en el área de relaciones gubernamentales, un término bastante vago que lo cubre prácticamente todo. El segundo pago es de siete millones de dólares y se realiza en un paraíso fiscal. Parte de ese dinero se utilizará para financiar la campaña, pero nos lo quedamos casi todo. El primer pago es el único que constará en los libros.

Carl asentía, sabía muy bien de lo que estaba hablando.

—Por ocho millones me compro mi propio magistrado del tribunal supremo estatal.

—Ese es el plan.

—Ese juez, ¿cuánto gana al año?

—Ciento diez mil.

—Ciento diez mil dólares —repitió Carl.

—Todo es relativo. Su alcalde de Nueva York se gastó setenta y cinco millones para salir elegido para un cargo con cuyo sueldo apenas paga una diminuta fracción de esa cantidad. Todo es política.

—Política —dijo Carl, como si fuera a escupir. Suspiró hondo y se arrellanó en su sillón—. Supongo que es más barato que una sentencia.

—Mucho más, y habrá más veredictos. Ocho millones es una ganga.

—Hace que parezca muy fácil.

—No lo es. Se trata de campañas durísimas, pero sabemos cómo ganarlas.

—Quiero saber en qué se emplea mi dinero. Quiero saber lo fundamental.

Barry se levantó y se sirvió más café de un termo plateado. A continuación, se acercó a los magníficos ventanales y se quedó mirando el mar. Carl echó un vistazo a su reloj de pulsera. Tenía un partido de golf a las doce y media en el club de campo de Palm Beach, aunque tampoco le preocupaba demasiado. Era un golfista social que solo jugaba porque era lo que se esperaba de él.

Rinehart apuró su taza y regresó al sillón.

—Señor Trudeau, lo cierto es que en realidad no desea saber en qué se emplea su dinero. Lo que quiere es ganar. Lo que quiere es una cara amiga en el tribunal supremo estatal para que, cuando se falle el caso Baker contra Krane Chemical dentro de dieciocho meses, esté seguro del resultado. Eso es lo que quiere y eso es lo que tendrá.

—Por ocho millones, eso espero, desde luego.

Tiraste dieciocho kilos en una birria de escultura hace tres noches, pensó Barry, aunque no se atrevió a decirlo en voz alta. Tienes tres jets privados que te cuestan cuarenta millones cada uno. La «restauración» de los Hamptons te va a costar un mínimo de diez millones. Y esos son solo algunos de tus caprichos. Aquí estamos hablando de negocios, no de caprichitos. El dossier que Barry tenía sobre Carl era mucho más grueso que el de Carl sobre Barry. Aunque, para ser justos, el señor Rinehart intentaba por todos los medios no llamar la atención mientras que el señor Trudeau se desvivía por atraerla.

Había llegado el momento de cerrar el trato, así que Barry continuó presionándolo, aunque con suavidad.

—Mississippi celebrará las elecciones judiciales de aquí a un año, en noviembre. Tenemos mucho tiempo, pero no debemos malgastarlo. El momento elegido es inmejorable, podemos considerarnos afortunados. Mientras nosotros nos damos de tortas durante la campaña del año que viene, el caso avanza, lento pero seguro, a lo largo del proceso de apelación. Nuestro nuevo hombre tomará posesión del cargo al cabo de un año contando desde enero y, unos cuatro meses después, llegará a sus manos el caso Baker contra Krane Chemical.

Por primera vez, Carl vio al vendedor de coches aunque no le importó lo más mínimo. La política era un negocio sucio y los ganadores no siempre eran los más honrados precisamente. Había que ser un poco matón para sobrevivir.

—Mi nombre no puede verse comprometido —dijo, muy serio.

Barry sabía que acababa de embolsarse otra bonita suma.

—Eso es imposible —dijo, con una sonrisa forzada—. Tenemos cortafuegos por todas partes. Si alguno de los nuestros se sale del guión o comete un error, hacemos que sea otro quien pague los platos. Troy-Hogan jamás se ha visto ni remotamente comprometida. Y si no pueden cogernos a nosotros, ya puede estar seguro de que es imposible que den con usted.

—Nada de papeleo.

—Solo para el pago inicial. Después de todo, somos una empresa legítima de consultoría y relaciones gubernamentales. Tendremos una relación oficial con usted: asesoramiento, marketing, comunicaciones... Todas esas vagas y maravillosas palabras que ocultan todo lo demás. No obstante, el pago en el paraíso fiscal es completamente confidencial.

Carl se tomó su tiempo para meditarlo.

—Me gusta, me gusta mucho —dijo al fin, sonriente.

9

El despacho de abogados de F. Clyde Hardin & Associates no tenía socios. Solo eran Clyde y Miriam, su lánguida secretaria, que jerárquicamente estaba por encima de él porque llevaba allí unos cuarenta años, bastantes más que Clyde. Había mecanografiado escrituras y testamentos para su padre, que había vuelto a casa mutilado de la Segunda Guerra Mundial y era famoso por sacarse la pata de palo delante del jurado para distraerlo. Hacía tiempo que el buen hombre había pasado a mejor vida, mucho tiempo, y había legado el viejo despacho, el viejo mobiliario y la vieja secretaria a su único hijo, Clyde, de cincuenta y cuatro años y ya bastante viejo también.

El despacho de abogados de Hardin formaba parte integrante de Main Street en Bowmore desde hacía sesenta años. Había sobrevivido a guerras, depresiones, recesiones, encierros, boicots y aboliciones de la segregación racial, pero Clyde no estaba tan seguro de que pudiera sobrevivir a Krane Chemical. El pueblo se marchitaba a su alrededor. Era muy complicado deshacerse de la etiqueta de condado del Cáncer. Desde su asiento de primera fila, había visto cómo comerciantes, cafeterías, abogados y médicos rurales habían arrojado la toalla y habían abandonado la ciudad.

Clyde nunca había querido ser abogado, pero su padre no le dejó opción. A pesar de haber sobrevivido a escrituras, testamentos y divorcios, y de habérselas arreglado para parecer razonablemente complacido y pintoresco con sus trajes de algodón ligero, sus pajaritas de cachemira y sus sombreros de paja, en secreto detestaba la ley y la práctica de la abogacía a pequeña escala. Aborrecía el incordio diario que le suponía tener que tratar con gente tan pobre que no podía pagarle, de tener que pelearse con otros abogados haraganes para intentar hacerse con esos mismos clientes, de discutir con jueces, secretarios judiciales y prácticamente todo el mundo que se cruzaba en su camino. Solo quedaban seis abogados en Bowmore, y Clyde era el más joven. Soñaba con jubilarse junto a un lago o una playa, en cualquier lugar, pero esos sueños jamás se harían realidad.

Clyde pedía un café con azúcar y un huevo frito todas las mañanas a las ocho y media en Babe's, siete puertas más allá de su despacho, y un sándwich caliente de queso y un té helado todos los mediodías en Bob's Burgers, a siete puertas en la otra dirección. Todas las tardes a las cinco, en cuanto Miriam recogía su mesa y se despedía, Clyde sacaba la botella que guardaba en la oficina y se servía un vodka con hielo. Por lo general lo hacía a solas, al final del día, la mejor hora. Se deleitaba en el sosiego de su personal *happy hour*. A menudo, lo único que se oía era el susurro del ventilador del techo y el tintineo de los cubitos de hielo.

Le había dado dos sorbos, tragos en realidad, y el vodka estaba empezando a hacer efecto en alguna parte de su cerebro cuando oyó que alguien llamaba a la puerta con bastante brusquedad. No esperaba a nadie. El centro estaba desierto a las cinco de la tarde, pero de vez en cuando se presentaba algún cliente en busca de sus servicios. Clyde estaba demasiado necesitado de ingresos como para desdeñar a la clientela. Dejó el vaso en un estante y se acercó hasta la puerta, al otro lado de la cual esperaba un caballero elegantemente vestido. Se presentó como Sterling Bitch o algo parecido. Clyde leyó la tarjeta de visita. Bintz. Sterling Bintz. Abogado. De Filadelfia.

El señor Bintz tenía unos cuarenta años, era bajo, delgado, vehemente y desprendía la suficiencia que a los yanquis les es imposible ocultar cuando se aventuran en las decadentes ciudades del sur profundo.

¿Cómo podía alguien vivir así?, parecía decir su sonrisa.

Clyde le cogió antipatía de inmediato, pero también quería volver a su vodka, así que le ofreció una copa, ¿por qué no?

Se sentaron frente al escritorio de Clyde y empezaron a beber.

—¿Por qué no va al grano? —preguntó Clyde al cabo de unos minutos de cháchara intrascendental.

—Con mucho gusto —contestó Sterling, con un acento cortante, nítido y áspero—. Mi bufete está especializado en demandas conjuntas y reclamación de daños. Es a lo único que nos dedicamos.

—Y de repente están interesados en nuestro pueblecito. Qué sorpresa.

—Sí, nos interesa. Nuestra investigación demuestra que puede que haya más de un millar de posibles casos por aquí cerca, y nos gustaría encargarnos de tantos como fuera posible. Sin embargo, necesitamos asesoramiento local.

—Pues llega un poco tarde, amigo. Los buitres carroñeros llevan peinando el lugar los últimos cinco años.

—Sí, sé que la mayoría de los casos de fallecimiento deben de estar adjudicados en estos momentos, pero existen muchos otros. Nos gustaría encontrar a esas víctimas con problemas hepáticos y renales, lesiones estomacales, problemas de colon, enfermedades cutáneas y muchas otras afecciones causadas, por descontado, por Krane Chemical. Nuestros médicos les harán una revisión y cuando hayamos reunido el número adecuado, caeremos sobre Krane con una demanda conjunta. Es nuestra especialidad. Lo hacemos constantemente. El acuerdo podría ser astronómico.

Clyde escuchaba atento, aunque aparentaba aburrimiento.

—Continúe —dijo.

—Krane ha recibido una patada en la entrepierna. No pueden seguir litigando, así que tarde o temprano se verán obligados a llegar a un acuerdo. Si presentamos la primera demanda conjunta, nos llevaremos el gato al agua.

—¿Nosotros?

—Sí. A mi bufete le gustaría asociarse con el suyo.

—Necesitan mi bufete.

—Nosotros haremos todo el trabajo. Necesitamos su nombre como asesor local, y sus contactos y presencia aquí, en Bowmore.

—¿Cuánto?

Clyde era famoso por ser directo. Qué sentido tenía seguir hablando remilgadamente con aquel picapleitos del norte.

—Quinientos por cliente y un 5 por ciento de los honorarios cuando lleguemos a un acuerdo. Le repito, nosotros nos encargamos de todo el trabajo.

Clyde removió los cubitos de hielo y empezó a calcular mentalmente. Sterling siguió presionando.

—El edificio de al lado está vacío. Creo...

—Ah, sí, hay muchos edificios vacíos en Bowmore.

—¿Quién es el dueño del de al lado?

—Yo. Forma parte de este edificio. Mi abuelo lo compró hace mil años. Y también tengo otro en la calle de enfrente. Vacío.

—La oficina de al lado es perfecta para instalar la clínica. La remodelaremos, le daremos aspecto de consulta, traeremos a los médicos y luego nos anunciaremos a bombo y platillo para todos aquellos que crean que puedan estar enfermos. Acudirán en masa. Pasarán a ser nuestros clientes, haremos números y luego presentaremos una demanda conjunta en un tribunal federal.

Sonaba a algo fraudulento, pero Clyde había oído lo suficiente acerca de las reclamaciones de daños colectivas para comprender que ese tal Sterling sabía de qué estaba hablando. Quinientos clientes a quinientos por cabeza, además de un 5 por ciento cuando ganaran la lotería. Alargó la mano hacia la botella que guardaba en la oficina y volvió a llenar los dos vasos.

—Fascinante —dijo Clyde.

—Podría resultar muy rentable.

—Pero yo no trabajo en los tribunales federales.

Sterling bebió un sorbo de aquel licor casi letal y esbozó una sonrisa. Conocía muy bien las limitaciones de aquel fanfarrón de pueblo. Clyde no sabría ni por dónde empezar si tuviera que defender en el tribunal de la ciudad un caso de hurto.

—Como ya le he dicho, nosotros haremos todo el trabajo. Somos implacables.

—Nada poco ético o ilegal —dijo Clyde.

—Claro que no. Llevamos veinte años ganando demandas conjuntas y reclamaciones de daños. Compruébelo.

—Lo haré.

—Pues hágalo rápido. La sentencia está atrayendo mucha atención. Desde ahora, será una carrera a la busca de clientes para presentar la primera demanda conjunta.

Después, Clyde se sirvió su tercer vodka, su límite, y a punto de acabárselo reunió el valor para mandar al infierno a la gente del lugar. ¡Lo bien que iban a pasárselo criticándolo! Anunciarse en busca de víctimas-clientes en el periódico semanal del condado; convertir su despacho en una clínica barata para hacer revisiones en plan cadena de montaje; bajarse los pantalones ante unos abogados aduladores del norte; aprovecharse de las desgracias de la gente. La lista sería muy larga y las habladurías serían el pan de cada día. Cuanto más bebía, más decidido estaba a abandonar toda precaución y, por una vez en la vida, intentar hacer dinero.

Para ser una persona con un carácter tan bravucón, Clyde tenía pavor a las salas de tribunal. Años atrás, había tenido que enfrentarse a varios jurados y el miedo lo había atenazado de tal manera que apenas le había dejado hablar. Se había acostumbrado a una cómoda y segura práctica desde el despacho que, además de pagarle las facturas, le permitía mantenerse alejado de las aterradoras batallas en las que de verdad se ganaba y se perdía el dinero.

¿Por qué no arriesgarse por una vez en la vida?

Además, ¿acaso no ayudaría a su gente al mismo tiempo? Cada céntimo que Krane Chemical se viera obligada a pagar y acabara en Bowmore sería una victoria. Se sirvió la cuarta copa, se prometió que sería la última y decidió que sí, maldita sea, cerraría el trato con Sterling y su banda de ladrones de demandas conjuntas y rompería una lanza a favor de la justicia.

Dos días después, un subcontratista, al que Clyde había representado en al menos tres divorcios, se presentó a primera hora con una cuadrilla de carpinteros, pintores y manitas desesperados por ponerse a trabajar, y empezaron la rápida reforma del despacho de al lado.

Dos veces al mes, Clyde jugaba al póquer con el dueño del *Bowmore News*, el único periódico del condado. Igual que la pequeña ciudad, el semanario estaba en decadencia y sobrevivía de milagro. En la siguiente edición, la primera plana estaba copada por la noticia de la sentencia de Hattiesburg, pero también aparecía un extenso artículo sobre la asociación del abogado Hardin con un importante bufete nacional de Filadelfia. En el interior se le dedicaba toda una página al anuncio, donde prácticamente se suplicaba a todos los ciudadanos del condado de Cary que se dejaran caer por las nuevas «instalaciones de diagnóstico» de Main Street para hacerse una revisión completamente gratuita.

Clyde empezó a disfrutar de la gente, la atención y comenzó a ver dinero.

Eran las cuatro de la mañana, hacía frío, estaba muy oscuro y amenazaba lluvia cuando Buck Burleson aparcó su camión en el pequeño espacio reservado para los empleados de la gasolinera de Hattiesburg. Recogió el termo de café, un sándwich de jamón y una automática de nueve milímetros y se lo llevó todo a un tráiler de dieciocho ruedas sin publicidad en las puertas y un tanque de treinta y ocho mil litros de carga útil. Puso el motor en marcha y comprobó los indicadores, los neumáticos y el depósito.

El supervisor nocturno oyó el motor diesel y salió de la habitación de control de la segunda planta.

—Hola, Buck —lo saludó desde arriba.

—Buenas, Jake —contestó Buck, con un gesto de cabeza—. ¿Está preparado?

—Listo.

Esa parte de la conversación no había cambiado en cinco años. Solían intercambiar alguna impresión sobre el tiempo y luego se despedían. Sin embargo, esa mañana, Jake decidió añadir una nueva línea al diálogo, algo a lo que llevaba varios días dándole vueltas en la cabeza.

—Esos tipos de Bowmore parecen más animados, ¿verdad?

—Y a mí qué me cuentas. Yo no me paso por allí.

Eso fue todo. Buck abrió la puerta del conductor, se despidió con el habitual «Nos vemos» y se encerró en su interior. Jake vio cómo el camión cisterna se alejaba por la carretera, luego giraba a la izquierda y finalmente desaparecía; el único vehículo en circulación a aquellas horas intempestivas.

Ya en la autopista, Buck se sirvió con cuidado café del termo en el vaso de plástico que llevaba enroscado como tapa. Echó un vistazo a la pistola que descansaba en el asiento del acompañante y decidió que dejaría el sándwich para más tarde. Volvió a mirar el arma al ver la señal que anunciaba la entrada en el condado de Cary.

Realizaba el mismo viaje tres veces al día, cuatro días a la semana. Otro conductor se ocupaba de los otros tres días. Solían intercambiárselos a menudo para cubrir las vacaciones y los días festivos. No era el empleo con el que Buck había soñado. Había sido capataz en la Krane Chemical de Bowmore durante diecisiete años, donde ganaba el triple de lo que ahora le pagaban por llevar agua a su antigua ciudad.

Era irónico que uno de los hombres que más había contribuido a contaminar el agua de Bowmore fuera ahora el encargado de suministrársela en buen estado. Sin embargo, la ironía le resbalaba a Buck. Estaba resentido con la empresa por haberse ido como lo había hecho y haberlo puesto de patitas en la calle. Y odiaba a Bowmore porque Bowmore lo odiaba a él.

Buck era un mentiroso. Era algo que había quedado demostrado en varias ocasiones, pero nunca de manera tan espectacular como durante las repreguntas del mes anterior. Mary Grace Payton le había ido dando cuerda hasta ver cómo se ahorcaba él mismo delante del jurado.

Durante años, Buck y la mayoría de los supervisores de Krane habían negado rotundamente que se llevara a cabo ningún tipo de vertido tóxico, tal como sus jefes les dijeron que hicieran. Lo negaron en los informes internos de la compañía. Lo negaron cuando hablaron con los abogados de la compañía. Lo negaron en las declaraciones juradas. Y desde luego volvieron a negarlo cuando la Agencia de Protección del Medio Ambiente y la oficina del fiscal federal empezaron a investigar la planta. Luego empezó el juicio. Después de negarlo durante tanto tiempo y con tanta rotundidad, ¿cómo iban a cambiar su declaración de repente y decir la verdad? Krane, después de animarlos a mentir durante tanto tiempo, desapareció. Se fugó un fin de semana y encontró un nuevo hogar en

México. Seguro que un zopenco comedor de tortilla mexicanas estaba haciendo su trabajo allí abajo por cinco dólares al día. Lanzó una maldición y dio un sorbo al café.

Unos cuantos encargados salieron impunes y contaron la verdad. La mayoría siguió manteniendo sus mentiras. En realidad, daba lo mismo, porque a todos los dejaron como idiotas en el juicio, al menos a los que testificaron. Otros intentaron esconderse. Earl Crouch, tal vez el mayor mentiroso de todos, había sido trasladado a otra planta de Krane, cerca de Galveston. Corría el rumor de que había desaparecido en misteriosas circunstancias.

Buck volvió a mirar su nueve milímetros.

Hasta el momento, solo había recibido una llamada amenazadora, pero no sabía si les ocurría lo mismo a los demás encargados. Todos se habían ido de Bowmore y no seguían en contacto.

Mary Grace Payton. Si hubiera llevado consigo la pistola durante la declaración, le habría pegado un tiro, a ella, a su marido y a unos cuantos abogados de Krane, y se habría reservado una bala para él. Aquella mujer había ido desmontando sus mentiras, una tras otra, durante cuatro horas interminables. Le habían dicho que no le pasaría nada por mentir. Que muchas de las mentiras quedarían enterradas en la documentación interna y en las declaraciones juradas sobre las que Krane había echado tierra. Sin embargo, la señora Payton tenía la documentación interna, las declaraciones juradas y mucho más.

Buck estuvo a punto de desmoronarse hacia el final de la pesadilla, cuando, herido de muerte, se desangraba y el jurado lo miraba indignado mientras el juez Harrison decía algo sobre el perjurio. Estaba agotado, humillado, casi fuera de sí y le faltó muy poco para saltar a sus pies, dirigirse al jurado y confesar: «Queréis la verdad, yo os la daré. Vertíamos tanta mierda en esos barrancos que es un milagro que el pueblo no haya saltado por los aires. Vertíamos litros a diario, DCL, cartolyx, aklar, cancerígenos de grupo 1, vertíamos cientos de litros de vertidos tóxicos directamente en el suelo. Los vertíamos con cubos, cubas, barriles y bidones. Los vertíamos de noche y a plena luz del día. Sí, por supuesto, almacenábamos parte en bidones verdes y sellados y pagábamos un dineral a una compañía especializada para que se los llevara. Krane acataba la ley. Le besaba el culo a la Agencia de Protección del Medio Ambiente. Habéis visto todo el papeleo, todo está en regla. Como si fuera legal. Mientras los de las camisas almidonadas de la oficina rellenaban formularios, nosotros estábamos en los pozos enterrando el veneno. Era más fácil y más barato verterlos donde fuera. ¿Y sabéis qué? Esos gilipollas de la oficina sabían muy bien lo que nosotros estábamos haciendo ahí fuera». Llegado ese momento, señalaría a los ejecutivos de Krane con el dedo y a sus abogados. «¡Ellos lo encubrieron todo! Y os están mintiendo. Todo el mundo miente.»

Buck lanzaba el mismo discurso en voz alta mientras conducía, aunque no todas las mañanas. Le resultaba extrañamente reconfortante pensar en lo que podría haber dicho en vez de en lo que hizo. Un pedazo de su alma y la mayor parte de su hombría se habían quedado en esa sala del tribunal. Descargarse en la intimidad de su enorme camión le resultaba terapéutico.

Sin embargo, conducir hasta Bowmore, no. No era de allí y nunca le había gustado el pueblo. Cuando perdió el trabajo, no le quedó más remedio que irse.

Cuando la carretera se unió con Main Street, dobló a la derecha y continuó cuatro manzanas. Habían bautizado el punto de distribución con el nombre de «tanque municipal». Se encontraba justo debajo del antiguo depósito de agua, una reliquia abandonada y deteriorada, con unas paredes interiores de metal que el agua de la ciudad había corroído. Un enorme depósito de aluminio era el que en esos momentos hacía las veces de depósito para el pueblo. Buck aparcó el camión cisterna junto a una plataforma elevada, apagó el motor, se metió el arma en el bolsillo, bajó del vehículo y se dispuso a cumplir su cometido: descargar la cisterna en el depósito, una faena que le llevaba una media hora.

Los colegios, los comercios y las iglesias del pueblo se abastecían del agua del depósito. Aunque en Hattiesburg podía beberse agua sin problemas, en Bowmore todavía sentían un gran recelo. Las tuberías que la distribuían eran, casi todas ellas, las mismas por las que había pasado el agua anterior.

Una hilera constante de vehículos visitaba el depósito durante todo el día. La gente llevaba todo tipo de tazas de plástico, latas y pequeñas garrafas que llenaban y luego se llevaban a casa.

Los que podían permitírselo, contrataban el abastecimiento con suministradores privados. El agua era una batalla diaria en Bowmore.

Seguía siendo de noche mientras Buck esperaba a que se vaciara la cisterna. Se sentó en la cabina del camión, con la calefacción encendida, la puerta cerrada y la pistola a un lado. Había dos familias en Pine Grove en las que pensaba todas las mañanas mientras esperaba. Familias duras, con hombres que habían estado en el ejército. Familias numerosas con tíos y sobrinos. Ambas habían perdido un crío por culpa de la leucemia. Ambas habían interpuesto una demanda.

Y todos sabían muy bien que Buck era un mentiroso de tomo y lomo.

Ocho días antes de Navidad, las partes enfrentadas se reunieron por última vez en la sala del tribunal del juez Harrison. La vista estaba destinada a atar los cabos sueltos y, sobre todo, a discutir las peticiones posteriores al juicio.

Jared Kurtin parecía en forma y bronceado después de

haberse pasado dos semanas jugando al golf en México. Saludó a Wes calurosamente e incluso consiguió sonreírle a Mary Grace, que le dio la espalda y se puso a charlar con Jeannette, que seguía pareciendo demacrada y acongojada, aunque al menos no lloraba.

El ejército de subordinados de Kurtin revolvía papeles a cientos de dólares la hora, mientras Frank Sully, el asesor local, los observaba con suficiencia. Todo era de cara a la galería. Harrison no iba a conceder a Krane Chemical ninguna atenuación de la condena, y todos los sabían.

Había más gente observando. Huffy ocupaba su lugar habitual, curioso como siempre y todavía preocupado por el préstamo y su futuro. También habían acudido periodistas, incluso un artista de sala, el mismo que había cubierto el juicio y esbozado unos rostros que nadie era capaz de reconocer. Varios abogados de demandantes se habían presentado para observar y controlar el progreso del caso. Soñaban con un acuerdo que les permitiera hacerse ricos, saltándose por alto el proceso brutal que los Payton habían tenido que soportar.

El juez Harrison llamó al orden y fue al grano.

—Es un placer volver a verles —dijo, con sequedad—. Se han presentado un total de catorce peticiones, doce por parte de la defensa y dos por parte de la acusación, y vamos a despacharlas todas antes del mediodía. —Fulminó a Jared Kurtin con la mirada, como si lo desafiara a murmurar el más mínimo comentario superfluo. Continuó—: He leído las peticiones y los escritos, así que, por favor, no me digan nada de lo que ya hayan dejado constancia por escrito. Señor Kurtin, proceda.

La primera petición solicitaba la repetición del juicio. Kurtin repasó rápidamente las razones por las que consideraba que su cliente había salido perjudicado, empezando por un par de miembros del jurado que quería rechazar. El juez Harrison lo desestimó. El equipo de Kurtin había recopilado un total de veintidós errores que consideraban de gravedad suficiente para hacerlos constar en acta, pero Harrison no fue de la misma opinión. Después de oír la argumentación de los abogados durante una hora, el juez se pronunció en contra de la petición de un nuevo juicio.

A Jared Kurtin le hubiera sorprendido cualquier otra disposición. Las peticiones no eran más que trámites de rigor; habían perdido la batalla, pero no la guerra.

Continuaron presentando las siguientes peticiones.

—Denegadas —sentenció el juez Harrison al cabo de unos minutos de una poco inspirada argumentación.

Cuando los abogados terminaron de hablar, y mientras recogían los papeles y cerraban los maletines, Jared Kurtin se dirigió al tribunal.

—Señoría, ha sido un placer —dijo—. Estoy seguro de que volveremos a repetir lo mismo de aquí a unos tres años.

—Se levanta la sesión —contestó su señoría, con aspereza, y golpeó el martillo con fuerza.

Dos días después de Navidad, oscurecía cuando Jeannette Baker salió de su caravana y atravesó Pine Grove a pie en dirección a la iglesia y al cementerio de la parte de atrás, en una tarde fría y ventosa. Besó la pequeña lápida de la tumba de Chad y luego se sentó y se apoyó en la de su marido, Pete. Había muerto un día como ese, cinco años atrás.

En cinco años había aprendido a pensar, sobre todo, en los buenos recuerdos, aunque no conseguía desprenderse de los malos. Pete, todo un hombretón, pesaba menos de cincuenta y cinco kilos y era incapaz de comer, y finalmente incluso de beber agua, por culpa de los tumores que le bloqueaban la garganta y el esófago. Pete, con treinta años, tan demacrado y pálido como un moribundo que le doblara la edad. Pete, el hombre duro, llorando a causa del dolor insoportable y suplicándole más morfina. Pete, el hablador, el que se sabía tantas historias y las contaba tan bien, incapaz de emitir más que un gemido lastimero. Pete, implorándole que le ayudara a poner fin a aquel infierno.

Los últimos días de Chad habían sido relativamente tranquilos. Los de Pete habían sido una agonía. Jeannette había visto demasiado.

Se acabaron los malos recuerdos. Había ido allí para hablar de la vida que habían compartido, de su noviazgo, de su primer piso en Hattiesburg, del nacimiento de Chad, de los planes que tenían para aumentar la familia y comprar una casa más espaciosa, y de todos los sueños con los que habían reídos juntos. El pequeño Chad con su caña y una impresionante ristra de pescados del estanque de su tío. El pequeño Chad con su primer uniforme de béisbol y el entrenador Pete a su lado. Navidad y Acción de Gracias, unas vacaciones en Disney World cuando ambos ya estaban enfermos y muriéndose.

Se quedó hasta mucho después de anochecer, como siempre.

Denny Ott la observaba desde la ventana de la cocina de la casa del párroco. En esos días, el pequeño cementerio que cuidaba con tanto mimo estaba recibiendo muchas más visitas de las habituales.

10

El Año Nuevo se estrenó con un nuevo funeral. Inez Perdue murió después de un largo y doloroso deterioro de sus riñones. Tenía sesenta y un años, era viuda y tenía dos hijos adultos que, con suerte, se irían de Bowmore en cuanto fueran lo bastante mayores. No tenía seguro médico y murió en su pequeña casa de las afueras de la ciudad, rodeada de sus amigos y su pastor, Denny Ott. Después de dejarla, el pastor Ott fue al cementerio de detrás de la iglesia de Pine Grove y, con la ayuda de otro diácono, empezó a cavar la tumba, la número diecisiete.

En cuanto la gente empezó a irse, subieron el cuerpo de Inez a una ambulancia y lo llevaron al depósito de cadáveres del Forrest County Medical Center, en Hattiesburg. Allí, un médico contratado por el bufete de los Payton extrajo tejido, le sacó sangre y llevó a cabo una autopsia durante tres horas. Inez había accedido a someterse a aquel lúgubre procedimiento cuando firmó un contrato con los Payton un año antes. La investigación de sus órganos y el examen de sus tejidos tal vez les aportarían pruebas que algún día podían llegar a ser cruciales en un juicio.

Ocho horas después de su muerte, estaba de vuelta en Bowmore, en un ataúd barato, a resguardo de la noche, en el santuario de la iglesia de Pine Grove.

Hacía tiempo que el pastor Ott había logrado convencer a

sus feligreses de que una vez que el cuerpo ya no posee vida y el alma asciende a los cielos, los ritos terrenales son superfluos y carecen de importancia. Los funerales, los velatorios, el embalsamamiento, las flores, los féretros caros... todo era una pérdida de tiempo y dinero. Polvo eres y en polvo te convertirás. Dios nos envió desnudos al mundo y así deberíamos abandonarlo.

Celebró el oficio religioso de Inez al día siguiente, ante un templo abarrotado. Entre los asistentes se encontraban Wes y Mary Grace, así como un par de abogados que observaban con curiosidad. El pastor Ott se esforzaba en animar a sus feligreses durante los oficios religiosos, a veces con toques humorísticos, y estaba convirtiéndose en todo un experto. Inez era la pianista suplente de la iglesia y, aunque tocaba con decisión y gran entusiasmo, solía saltarse la mitad de las notas. Además, teniendo en cuenta que prácticamente era sorda, no tenía ni la más remota idea de lo mal que tocaba. El recuerdo de sus interpretaciones levantó el ánimo general.

Habría sido fácil cargar contra Krane Chemical y su ristra de pecados, pero el pastor Ott no mencionó a la compañía. Inez estaba muerta y nada iba a cambiar eso. Todos sabían quién la había matado.

Después de un oficio de una hora, los portadores del féretro colocaron el ataúd de madera en la calesa del señor Earl Mangram, la única auténtica que quedaba en el condado. El señor Mangram había sido una de las primeras víctimas de Krane, el funeral número tres en la carrera de Denny Ott, y había pedido específicamente que su féretro saliera de la iglesia y se llevara al cementerio en la calesa de su abuelo, con su vieja mula, Blaze, con los arreos puestos. La breve procesión gustó tanto que Pine Grove adoptó aquella nueva tradición de inmediato.

Cuando subieron el féretro de Inez a la calesa, el pastor Ott, al lado de Blaze, tiró de las riendas y la vieja mula empezó a avanzar pesadamente, encabezando el pequeño desfile que partió de la puerta de la iglesia, dobló la esquina y se detuvo en el cementerio.

Aferrándose a las tradiciones sureñas, al último adiós de Inez le siguió una cena en la sala anexa, en la que todos aportaron algún plato. Para una gente tan acostumbrada a la muerte, el convite que sucedía al funeral permitía que los dolientes se consolaran mutuamente y compartieran sus lágrimas. El pastor Ott iba de un grupo a otro, charlando con unos y rezando con otros.

La gran pregunta en esas horas tan aciagas siempre era quién sería el siguiente. Tenían la sensación de encontrarse en el corredor de la muerte por muchos motivos: estaban aislados, sufrían y no sabían quién sería la próxima víctima que elegiría el verdugo. Rory Walker tenía catorce años y estaba perdiendo la batalla contra la leucemia a marchas forzadas, una guerra que ya duraba diez años. Seguramente sería el siguiente. Había ido al colegio y por eso no había asistido al funeral de Perdue, pero su madre y su abuela estaban allí.

Los Payton se habían retirado a un rincón con Jeannette Baker, donde charlaban de cualquier cosa menos del caso, mientras daban cuenta de los cuatro míseros trocitos de brécol con queso que se habían servido en sus platos de cartón. Se enteraron de que Jeannette estaba trabajando de dependienta en el turno de noche en un establecimiento de comida preparada y que le había echado el ojo a una caravana mejor equipada. Bette y ella empezaban a tener problemas. Bette tenía un novio que solía pasar la noche con ella, y parecía demasiado interesado en la situación legal de Jeannette.

Daba la impresión de que Jeannette pensaba con mayor claridad, y física y mentalmente se la veía más fuerte. Había ganado algo de peso y aseguraba que había dejado de tomar antidepresivos. La gente la trataba de manera diferente. Todo eso lo explicaba en voz baja, mientras miraba a los demás.

—Al principio, la gente estaba realmente orgullosa. Les habíamos devuelto el golpe, habíamos ganado. Por fin alguien de fuera nos había oído, a nosotros, a la gente insignificante de un pueblo insignificante. Todo el mundo danzaba a mi alrededor y tenía buenas palabras para conmigo. Cocinaban para mí, limpiaban la caravana, siempre había alguien en casa. Cualquier cosa por la pobre Jeannette. Pero a medida que el tiempo ha ido pasando, he empezado a oír hablar de dinero. Cuánto tiempo va a durar la apelación, cuándo voy a recibir el dinero, qué voy a hacer con él, e infinidad de otras preguntas. El hermano pequeño de Bette se quedó una noche, bebió demasiado y me pidió prestados mil dólares. Tuvimos una pelea y dijo que todo el pueblo sabía que ya había recibido parte del dinero. Me quedé muy sorprendida. La gente hablaba, corrían todo tipo de rumores. Veinte millones por aquí, veinte millones por allá. Cuánto voy a regalar, qué coche me voy a comprar, dónde voy a construirme una casa nueva. Miran con lupa hasta el último centavo que me gasto, que no es mucho. Y los hombres... No hay calavera en cuatro condados a la redonda que no haya llamado para ver si podía pasarse por aquí a saludar o a llevarme al cine. Sé a ciencia cierta que un par de ellos ni siquiera están divorciados, porque Bette conoce a sus primos. Ahora mismo, los hombres son en lo último que pienso.

Wes apartó la mirada.

—¿Has hablado con Denny? —preguntó Mary Grace.

—Un poco. Es un encanto. Él insiste en que siga rezando por los que murmuran sobre mí y yo rezo por ellos cada noche, de verdad, pero tengo la sensación de que ellos rezan incluso con mayor ahínco por mí y por el dinero.

Jeannette miró a su alrededor, recelosa.

El postre, un pudín de plátano, les sirvió de excusa para alejarse de Jeannette. Había más clientes de los Payton en la sala y todos merecían su atención. Cuando el pastor Ott y su mujer empezaron a recoger las mesas, los dolientes se dirigieron hacia la salida.

Wes y Mary Grace se vieron con Denny en el despacho que este tenía junto al templo. Había llegado el momento de ponerse al día en materia legal después del funeral: quién había caído enfermo, cuál era el diagnóstico y qué feligreses de Pine Grove habían contratado los servicios de otro bufete.

—El asunto ese de Clyde Hardin está fuera de control —dijo Denny—. Se anuncian en la radio y salen en los periódicos una vez a la semana, a toda página. Casi garantizan el dinero. La gente acude como borregos.

Wes y Mary Grace se habían paseado por Main Street antes del funeral de Inez. Querían ver por ellos mismos la nueva clínica que habían abierto junto al despacho de F. Clyde. En la acera había dos enormes refrigeradores llenos de botellines de agua y hielo. Un adolescente con una camiseta de Bintz & Bintz les tendió una botella a cada uno, en cuya etiqueta se leía: «Agua pura de manantial. Cortesía de Bintz & Bintz, abogados». Había un número gratuito de información.

—¿De dónde viene el agua? —preguntó Wes.

—De Bowmore no —contestó, sin vacilar, el muchacho.

Mientras Mary Grace se quedaba hablando con el joven, Wes entró y se encontró con otros tres clientes potenciales que estaban esperando para hacerse una revisión. Ninguno parecía enfermo. Una guapa jovencita de no más de dieciocho años saludó a Wes, le tendió un folleto, un cuestionario en una carpeta sujetapapeles, un bolígrafo y le explicó cómo rellenarlo, tanto por delante como por detrás. El folleto tenía un aspecto muy profesional y en él se explicaban las nociones básicas de los alegatos contra Krane Chemical, una compañía de la que se había «demostrado en el juicio» que había contaminado el agua de boca de Bowmore y el condado de Cary. Quien quisiera más información, podía ponerse en contacto con el bufete de abogados Bintz & Bintz de Filadelfia, Pensilvania. Todas las preguntas del cuestionario eran sobre información general y cuestiones médicas salvo las dos últimas: 1) ¿Quién le remitió a este despacho? y 2) ¿Conoce a alguien más que pudiera ser una posible víctima de Krane Chemical? Si es así, por favor, anote los nombres y los teléfonos. Wes estaba rellenando el formulario cuando un médico apareció en la sala de espera, salido de alguna de las habitaciones del fondo, y llamó al siguiente paciente. Llevaba una bata blanca de médico, con estetoscopio incluido colgado al cuello. Era indio o paquistaní y no podía tener más de treinta años.

Al cabo de unos minutos, Wes se disculpó y se fue.

—No hay de qué preocuparse —le dijo Wes a Denny—. Se harán con unos cientos de casos, la mayoría de ellos sin importancia, y luego presentarán una demanda conjunta en el tribunal federal. Con suerte, llegarán a un acuerdo de aquí a unos años por unos cuantos miles de dólares para cada uno. Los abogados se llevarán una buena tajada, pero es muy posible que Krane no quiera llegar a un acuerdo y, si eso ocurre, sus clientes se quedarán con dos palmos de narices y Clyde Hardin se verá obligado a volver a redactar escrituras.

—¿Cuántos de tus feligreses ya los han contratado? —preguntó Mary Grace.

—No lo sé. No me lo cuentan todo.

—No importa —aseguró Wes—. Sinceramente, tenemos suficientes casos similares como para mantenernos ocupados bastante tiempo.

—¿Me ha parecido ver un par de espías en el funeral? —preguntó Mary Grace.

—Sí, uno era un abogado llamado Crandell, de Jackson. Lleva pululando por aquí desde el juicio. De hecho, se ha pasado a saludar. Es un timador.

—He oído hablar de él —dijo Wes—. ¿Le ha echado el guante a algún caso?

—De esta iglesia, no.

Siguieron hablando de los abogados y luego tuvieron su conversación habitual sobre Jeannette y las nuevas presiones a las que estaba viéndose sometida. Ott estaba dedicándole mucho tiempo y tenía la esperanza de que estuviera escuchándolo.

Dieron la reunión por finalizada al cabo de una hora. Los Payton volvieron en coche a Hattiesburg. Otro cliente bajo tierra, otro caso de lesiones que acababa convirtiéndose en una demanda por fallecimiento.

El papeleo preliminar llegó al tribunal supremo del estado de Mississippi la primera semana de enero. Los relatores judiciales acabaron la transcripción del juicio, dieciséis mil doscientas páginas, y enviaron copias al secretario y a los abogados. Se adjuntaba una orden judicial por la que se concedía noventa días a Krane Chemical, el apelante, para presentar su escrito. Sesenta días después, los Payton presentarían su refutación.

En Atlanta, Jared Kurtin pasó el caso a la unidad de apelación del bufete, los «cerebritos», como los llamaban, brillantes especialistas en derecho que apenas sabían manejarse en sociedad y que era mejor tener escondidos en la biblioteca. Ya había dos socios, cuatro asociados y cuatro pasantes trabajando a jornada completa en la apelación, cuando llegó la voluminosa transcripción y por primera vez pudieron echarle un ojo a todo lo que se había dicho en el juicio. La disecciónarían y encontrarían miles de razones para revocar la resolución.

En un departamento bastante más pequeño de Hattiesburg, dejaron caer la transcripción en la mesa de contrachapado del Ruedo. Mary Grace y Sherman la miraron boquiabiertos, como si les diera reparo tocarla. En una ocasión, Mary Grace había llevado un caso que había durado diez días. La transcripción del proceso tenía mil doscientas páginas y la había leído tantas veces que se ponía enferma con solo verla. Y ahora aquello.

Si alguna ventaja tenían era la de haber estado en la sala del tribunal durante todo el juicio, por lo que se sabían de memoria casi todo el contenido. De hecho, Mary Grace aparecía en más páginas que cualquier otro.

Sin embargo, habría que leérsela varias veces, y no podían permitirse el lujo de retrasar el momento. Los abogados de Krane atacarían a sangre y fuego el pleito y la sentencia. Los abogados de Jeannette Baker tendrían que medirse con ellos razonamiento por razonamiento, palabra por palabra.

En los atropellados días que siguieron a la sentencia, el plan había sido que Mary Grace se concentrara en los casos de Bowmore mientras Wes se encargaba de los demás para generar ingresos. La publicidad había sido impagable y los teléfonos no paraban de sonar. De repente, todos los chalados del sudeste necesitaban a los Payton. Abogados atrapados en causas perdidas los llamaban pidiéndoles ayuda; familiares que habían perdido a sus seres queridos por culpa del cáncer veían en el fallo un atisbo de esperanza, y la habitual caterva de acusados por vía penal, esposas en proceso de divorcio, mujeres maltratadas, negocios en quiebra, gente que fingía haber sufrido caídas y trabajadores despedidos llamaban, o incluso pasaban a visitarlos, en busca de uno de esos famosos abogados. Muy pocos podían pagar unos honorarios dignos.

Sin embargo, los casos legítimos de daños personales eran

muy escasos. El «Gran Caso», el caso perfecto, donde la responsabilidad fuera clara y el demandado estuviera forrado, el caso sobre el que solían descansar los sueños de la jubilación, todavía no había encontrado el camino hasta el bufete de los Payton. Había algunos casos de accidentes de coche e indemnización de trabajadores, pero nada por lo que valiera la pena ir a juicio.

Wes trabajaba denodadamente por cerrar cuantos le fuera posible, y con cierto éxito. Al menos ahora estaban al día con el alquiler, como mínimo con el del despacho. Habían liquidado todas las facturas atrasadas. Huffy y el banco continuaban nerviosos, pero no se atrevían a seguir presionándolos. No se había hecho ningún pago, ni del capital ni de los intereses.

11

Se decidieron por un hombre llamado Ron Fisk, un abogado desconocido fuera de su pequeña ciudad de Brookhaven, Mississippi, a una hora al sur de Jackson, a dos al oeste de Hattiesburg y a ochenta kilómetros al norte de la frontera con el estado de Louisiana. Lo eligieron de entre una pila de currículos similares, aunque ninguno de los candidatos tomados en cuenta tuvo ni la más mínima idea de hasta qué punto sus nombres y sus vidas habían sido cuidadosamente evaluados. Hombre blanco, joven, casado en primeras nupcias, tres hijos, razonablemente atractivo, razonablemente bien vestido, conservador, baptista devoto, estudios de Derecho en el viejo Mississippi, ningún patinazo ético en la práctica de la abogacía, ningún problema con la justicia más allá de una multa por exceso de velocidad, ninguna afiliación a ninguna asociación de abogados, ningún caso controvertido y sin experiencia de ninguna clase en juicios.

No había razón para que nadie hubiera oído jamás el nombre de Ron Fisk fuera de Brookhaven y eso era justamente lo que lo convertía en el candidato ideal. Escogieron a Fisk porque era lo bastante mayor como para tener la justa experiencia acumulada en el campo que ellos necesitaban que tuviera, pero lo bastante joven para no haber abandonado sus ambiciones.

Tenía treinta y nueve años, uno de los socios de menor antigüedad de un bufete compuesto por cinco hombres y especializado en la defensa de casos relacionados con accidentes de tráfico, incendios intencionados, accidentes de trabajo y un millón de otras demandas de responsabilidad civil rutinarias. Los clientes de la firma eran compañías aseguradoras que pagaban por horas, lo que permitía a los cinco socios ganar un buen sueldo, aunque no astronómico. Como socio de menor antigüedad, Fisk había ganado noventa y dos mil dólares el año anterior. Una nimiedad para Wall Street, pero no estaba nada mal para una pequeña ciudad de Mississippi.

Un juez del tribunal supremo estatal ganaba unos ciento diez mil dólares.

La mujer de Fisk, Doreen, ganaba cuarenta y un mil dólares como ayudante de dirección de un psiquiátrico privado. Todo estaba hipotecado: la casa, los dos coches e incluso parte del mobiliario, pero los Fisk contaban con una magnífica clasificación crediticia. Hacían vacaciones una vez al año con los niños, en Florida, donde tenían alquilado en condominio un apartamento en una torre de pisos por mil a la semana. No había fondos fiduciarios y no parecía que pudieran heredar nada de importancia de sus padres.

Los Fisk eran la honradez personificada. No había trapos sucios que pudieran salir a la luz en medio del fragor de una guerra sucia. Absolutamente nada, de eso estaban seguros.

Tony Zachary entró en el edificio cinco minutos antes de las dos de la tarde y se dirigió derecho al mostrador.

—Tengo una cita con el señor Fisk —anunció, educado, y la secretaria desapareció.

Observó el lugar mientras esperaba. Estanterías medio combadas por el peso de unos volúmenes polvorientos, alfombra gastada, el olor a viejo de un edificio antiguo necesitado de restauración. Se abrió una puerta y un joven apuesto le tendió la mano.

—Señor Zachary, Ron Fisk —se presentó afablemente, como probablemente hacía con todos los clientes nuevos.

—Un placer.

—Pasemos a mi despacho —dijo Fisk, indicándolo con la mano.

Entraron, la cerraron detrás de ellos y se acomodaron alrededor de un enorme escritorio lleno de papeles. Zachary declinó el ofrecimiento de un café, agua o un refresco.

—Estoy bien, gracias.

Fisk iba arremangado y se había aflojado la corbata, como si hubiera estado haciendo algún trabajo manual. A Zachary le gustó de inmediato esa imagen. Dentadura perfecta, apenas algunas canas sobre las orejas, barbilla pronunciada. Ese tipo tenía salida, sin duda.

Durante unos minutos estuvieron tanteando el terreno para ubicarse mutuamente. Zachary dijo que residía en Jackson desde hacía tiempo, donde había pasado la mayor parte de su carrera dedicado a las relaciones gubernamentales, fuera lo que fuese lo que significaba eso. Teniendo en cuenta que sabía que en la ficha de Fisk no constaba que estuviera interesado en la política, no temía ser desenmascarado. En realidad, había vivido en Jackson menos de tres años y había trabajado hasta hacía muy poco como miembro de un grupo de presión para una asociación de contratistas de asfaltado. Ambos conocían a un senador de Brookhaven y hablaron de él unos minutos, para pasar el rato.

—Discúlpeme, pero en realidad no soy un cliente —dijo Zachary, cuando se hubo instalado entre ellos cierta cordialidad—. Estoy aquí por asuntos más importantes.

Fisk frunció el ceño y asintió.

—Continúe.

—¿Ha oído hablar alguna vez de un grupo llamado Visión Judicial?

—No.

Muy pocos lo conocían. En el turbio mundo de los grupos de presión y la consultoría, Visión Judicial era un recién llegado.

—Soy el director ejecutivo para el estado de Mississippi —continuó Zachary—. Es un grupo de ámbito nacional. Nuestro único objetivo es elegir personas cualificadas para los tribunales de apelación. Por cualificadas me refiero a jóvenes, ambiciosos, conservadores, partidarios del desarrollo económico, moderados, honrados e inteligentes jueces que, señor Fisk, y esta es la filosofía de nuestro trabajo, pueden cambiar, literalmente, el panorama judicial de este país. Si lo conseguimos, podremos proteger los derechos de los nonatos, restringir la basura cultural que consumen nuestros críos, honrar el vínculo sagrado del matrimonio, alejar a los homosexuales de las aulas, combatir a los defensores del control de armas, cerrar las fronteras y proteger el verdadero estilo de vida americano.

Ambos respiraron hondo.

Fisk no estaba seguro de cómo encajaba él en todo aquello, pero no podía negar que el pulso se le había acelerado.

—Sí, bien, parece un grupo interesante —dijo.

—Estamos comprometidos en ello —aseguró Zachary con firmeza— y también estamos decididos a devolver la cordura a nuestro sistema de procedimiento civil. Las indemnizaciones desorbitadas y los abogados ávidos de litigios obstaculizan el desarrollo económico. Estamos espantando a las empresas para que se vayan de Mississippi en vez de atraerlas.

—En eso estamos completamente de acuerdo —dijo Fisk, y Zachary estuvo a punto de gritar de júbilo.

—Ya ve todas las demandas ridículas que llegan a interponerse. Trabajamos de la mano de los grupos nacionales a favor de la reforma de las leyes de responsabilidad civil.

—Eso está bien. ¿Y por qué están en Brookhaven?

—¿Tiene usted ambiciones políticas, señor Fisk? ¿Alguna

vez se ha planteado la posibilidad de liarse la manta a la cabeza y presentarse a las elecciones para un cargo en la Administración?

—La verdad es que no.

—Pues bien, hemos hecho nuestras averiguaciones y creemos que es usted un excelente candidato para el tribunal supremo estatal.

Fisk se echó a reír ante semejante disparate, aunque su risa nerviosa invitaba a pensar que lo supuestamente gracioso no lo era en realidad. Era muy serio. Podía continuar.

—¿Averiguaciones?

—Desde luego. Dedicamos mucho tiempo a buscar candidatos que a) nos gusten y b) puedan ganar. Estudiamos a los rivales, las elecciones, la demografía, la política, en realidad, todo. Nuestro banco de datos es incomparable, así como nuestra capacidad para encontrar importantes recursos financieros. ¿Le gustaría oír más?

Fisk se echó hacia atrás en su sillón reclinable, puso los pies en el escritorio y colocó las manos detrás de la nuca.

—Por supuesto, cuénteme por qué está aquí.

—Estoy aquí para reclutarle para que se enfrente en las elecciones de noviembre a la jueza Sheila McCarthy del distrito sur de Mississippi —anunció con firmeza—. Puede batirla. No nos gusta ni ella ni su historial. Hemos analizado las decisiones que ha tomado en estos últimos nueve años en la magistratura y creemos que es una liberal acérrima que hasta ahora ha conseguido casi siempre ocultar su verdadera afiliación. ¿La conoce?

Fisk casi temía contestar que sí.

—Nos hemos visto una vez, de pasada. En realidad no la conozco.

De hecho, según la investigación que Zachary había llevado a cabo, la jueza McCarthy había participado en tres resoluciones en casos relacionados con el bufete de Ron Fisk y siempre había fallado en contra. Fisk había defendido una de las causas, un proceso muy discutido sobre el incendio premeditado de un almacén. Su cliente había perdido por cinco votos a cuatro. Era bastante probable que no le tuviera gran aprecio a la única magistrada de Mississippi.

—Es muy vulnerable —dijo Zachary.

—¿Por qué cree que puedo ganarla?

—Porque usted no tiene problemas para definirse como conservador, alguien que cree en los valores familiares. Además, nuestra experiencia nos permite dirigir campañas relámpago y disponemos de los fondos.

—¿De verdad?

—Por descontado. Ilimitados. Somos socios de gente poderosa, señor Fisk.

—Por favor, llámame Ron.

«Te estaré llamando pequeño Ronny antes de que te des cuenta.»

—Sí, Ron, coordinamos la recaudación de fondos con grupos que representan a bancos, aseguradoras, compañías energéticas, grandes empresas, estoy hablando de dinero de verdad, Ron. A continuación, ampliamos el horizonte para incluir a grupos que nos son más afines: las asociaciones de cristianos conservadores, las cuales, por cierto, son capaces de reunir cantidades ingentes de dinero durante los momentos álgidos de una campaña. Además de representar el grueso de los votantes.

—Haces que parezca fácil.

—Nunca es fácil, Ron, pero no perdemos casi nunca. Hemos perfeccionado nuestras técnicas en más o menos una docena de elecciones por todo el país y nos estamos acostumbrando a cosechar victorias que sorprenden a mucha gente.

—Nunca he ejercido de magistrado.

—Lo sabemos y por eso nos gustas. Los jueces que han ejercido antes en los tribunales toman decisiones drásticas y las decisiones drásticas a menudo son controvertidas porque dejan rastro, facilitan un historial que los oponentes pueden utilizar contra ellos. Con el tiempo, hemos aprendido que los mejores candidatos son jóvenes brillantes como tú que no arrastran el peso de decisiones anteriores.

La inexperiencia nunca le había sonado tan bien.

Se hizo un largo silencio, que Fisk aprovechó para poner en orden sus pensamientos. Zachary se levantó y se acercó a la pared donde estaban expuestas sus credenciales: diplomas, menciones del Rotary Club, fotos en las que se le veía jugando al golf y algunas otras de la familia: la adorable esposa, Doreen; Josh, de diez años, con el uniforme de béisbol; Zeke, de siete, con un pez casi tan grande como él, y Clarissa, de cinco, vestida de futbolista.

—Bonita familia —dijo Zachary, como si no supiera nada de ella.

—Gracias —dijo Fisk, sonriendo complacido.

—Unos niños preciosos.

—Son los genes de la madre.

—¿Es tu primer matrimonio? —preguntó inocentemente Zachary, como si tal cosa.

—Sí. Conocí a Doreen en la universidad.

Zachary ya lo sabía, eso y mucho más. Regresó a su asiento y volvió a adoptar la misma postura de antes.

—Hace mucho que no lo miro, pero ¿cuánto pagan ahora? —preguntó Fisk, en cierto modo incómodo.

—Ciento diez —contestó Tony, reprimiendo una sonrisa. Estaba haciendo más avances de lo que hubiera imaginado.

Fisk hizo una pequeña mueca, como si no pudiera permitirse una rebaja salarial tan drástica; sin embargo, empezaba a marearse ante el mundo de posibilidades que se abría ante él.

—Entonces estáis reclutando candidatos para el tribunal supremo estatal —dijo, medio aturdido.

—No para todas las circunscripciones electorales. Aquí

tenemos buenos jueces, a los que apoyaremos si les salen competidores, pero McCarthy tiene que dejar el cargo. Es una feminista y es muy blanda con los delincuentes. Vamos a sacarla de ahí y espero que su puesto lo ocupes tú.

—¿Y si digo que no?

—Entonces iremos a por el siguiente de la lista. Tú eras el primero.

Fisk sacudió la cabeza, azorado.

—No sé, será difícil dejar el bufete.

Al menos consideraba la posibilidad de dejar la firma. El anzuelo estaba en el agua y el pez lo estaba mirando. Zachary asintió, dándole la razón, ofreciéndole toda su comprensión. El despacho de abogados estaba formado por un hatajo de burócratas muy quemados, que se pasaban el tiempo tomando declaración a conductores borrachos y resolviendo topetazos extrajudicialmente el día antes de ir a juicio. Fisk había estado haciendo lo mismo una y otra vez durante catorce años. Todos los casos eran iguales.

Escogieron un reservado en una pastelería y pidieron un helado con frutas y nueces.

—¿Qué es una campaña relámpago? —preguntó Fisk.

Estaban solos. Los demás reservados estaban vacíos.

—Básicamente es una emboscada —contestó Zachary, calentando motores para su tema favorito—. Ahora mismo, la jueza McCarthy desconoce que tiene un rival. Cree, espera, de hecho está segura de que nadie va a enfrentarse a ella. Tiene seis mil dólares en su cuenta de campaña y no va a recaudar ni un centavo más si no es necesario. Digamos que decides presentarte. La fecha límite de presentación es de aquí a cuatro meses y esperamos hasta el último minuto para anunciar tu candidatura. Sin embargo, nos ponemos manos a la obra ahora mismo: formamos un equipo, recaudamos el dinero, imprimimos los carteles, las pegatinas de coche, los folletos, el material para la publicidad por correo. Grabamos los anuncios televisivos, contratamos a los asesores, a los encuestadores y toda la pesca. Cuando te anunciamos, invadimos el distrito de publicidad. La primera arremetida se hace con el material amable: tú, tu familia, tu pastor, el Rotary Club, los Boy Scouts. La segunda es una mirada crítica, pero sincera al historial de McCarthy. Tú empiezas a hacer campaña como un loco. Diez discursos diarios, todos los días, por todo el distrito. Te llevamos de un lado al otro en aviones privados. Ella no sabrá por dónde empezar, se sentirá superada desde el primer día. El 30 de junio, recibes un millón de dólares para los fondos de tu campaña, cuando ella no habrá reunido ni diez mil. Los abogados litigantes se unirán y recaudarán algo de dinero para ella, pero será como un grano de arena en el desierto. Después del Día de los Trabajadores, el 1 de septiembre, empezamos a pegar fuerte con los anuncios de televisión. McCarthy es blanda con los delincuentes, con los gays, con las armas, está en contra de la pena de muerte... No podrá recuperarse.

Llegaron los helados y se pusieron a comer.

—¿Cuánto costará? —preguntó Fisk.

—Tres millones de dólares.

—¡Tres millones de dólares! ¿Por unas elecciones al tribunal supremo estatal?

—Solo si quieres ganar.

—¿Y podéis reunir tanto dinero?

—Visión Judicial ya dispone de las garantías. Y si necesitamos más, obtendremos más.

Ron se llevó la cuchara de helado a la boca y, por primera vez, se preguntó por qué una organización estaba dispuesta a gastarse una fortuna para suprimir a un juez del tribunal supremo estatal con muy poca capacidad de acción en cuestiones sociales. Los tribunales de Mississippi rara vez tenían que presidir causas relacionadas con el aborto, los derechos de los homosexuales, las armas o la inmigración. Trataban continuamente con la pena de muerte, pero no se esperaba de ellos que la abolieran. Los casos de mayor importancia siempre pasaban al tribunal federal.

Tal vez los temas sociales fueran importantes, pero tenía que haber algo más en todo aquello.

—Esto tiene que ver con la responsabilidad civil, ¿verdad? —preguntó Fisk.

—Va todo junto, Ron. Pero, sí, la limitación de la responsabilidad civil es una de las mayores prioridades de nuestra organización y de sus grupos afiliados. Vamos a encontrar un caballo para esta carrera y esperamos que seas tú. No obstante, si no es así, visitaremos al siguiente de la lista, y cuando encontremos a nuestro hombre, esperaremos de él un compromiso en firme para limitar la responsabilidad en los contenciosos civiles. Hay que parar los pies a los abogados litigantes.

Doreen preparó café descafeinado entrada la noche. Los niños dormían hacía rato, pero ellos seguían muy despiertos y no parecía que fueran a irse a la cama pronto. Ron la había llamado desde el despacho en cuanto Zachary había salido por la puerta, y desde entonces no habían podido pensar en nada más que en el tribunal supremo estatal.

Primera cuestión: tenían tres niños pequeños. Jackson, sede del tribunal supremo estatal, estaba a una hora de camino, y la familia no iba a irse de Brookhaven. Ron calculaba que solo tendría que pasar un par de noches a la semana en Jackson, a lo sumo. Haría el trayecto todos los días, la carretera era buena. Además, podría trabajar desde casa. En el fondo, para él, la idea de alejarse de Brookhaven un par de noches a la semana tenía su atractivo. En el fondo, para ella, la idea de tener la casa para sí sola de vez en cuando era un alivio.

Segunda cuestión: la campaña. ¿Cómo iba a dedicarse a la política durante el resto del año mientras seguía ejerciendo la abogacía? Estaba convencido de que su bufete lo apoyaría, pero no sería fácil. Sin embargo, quien algo quiere algo le cuesta.

Tercera cuestión: el dinero, aunque tampoco era una de las grandes preocupaciones. El aumento era significativo. El tanto por ciento que le correspondía del reparto de beneficios anual del bufete aumentaba cada año, pero no contaba con que le concedieran grandes incentivos. Los salarios judiciales de Mississippi subían periódicamente con cada legislatura. Además, el estado ofrecía un plan de pensiones y un seguro médico mejores.

Cuarta cuestión: su carrera. Después de catorce años haciendo lo mismo, y sin visos de cambio, encontraba estimulante la idea de dar un súbito giro profesional a su carrera. La perspectiva de dejar de ser uno entre un millón y convertirse en uno entre nueve era emocionante. Pasar del juzgado comarcal a la cima del sistema legal estatal de un solo salto mortal era tan excitante que le entraban ganas de echarse a reír. Doreen no reía, pero estaba muy contenta y totalmente volcada en la cuestión.

Quinta cuestión: el fracaso. ¿Y si perdía? ¿Y si la derrota era aplastante? ¿Los humillarían? A pesar de su humildad, no dejaba de repetirse lo que Tony Zachary había dicho: «Tres millones de dólares garantizan ganar la carrera y nosotros conseguiremos el dinero».

Lo que les llevaba a la cuestión más importante de todas: ¿quién era Tony Zachary? y ¿podían confiar en él? Ron se había pasado una hora entera navegando por internet buscando información sobre Visión Judicial y el señor Zachary. Todo parecía legal. Llamó a un amigo de la Facultad de Derecho, un hombre de carrera que trabajaba en la oficina del fiscal general, en Jackson, y tanteó sobre Visión Judicial sin revelarle el verdadero motivo de su llamada. Su amigo creía haber oído hablar de ellos, pero no sabía mucho más. Además, él se encargaba de los derechos de extracción de crudo más allá de la costa y se mantenía al margen de la política.

Ron había llamado a la oficina de Visión Judicial en Jackson y cuando al final consiguieron pasarle con la secretaria de Zachary, esta le informó de que su jefe estaba fuera, de viaje, por el sur de Mississippi. Después de colgar, la secretaria llamó a Tony y le informó de la llamada recibida.

Los Fisk se encontraron con Tony para comer al día siguiente en el Dixie Springs Café, un pequeño restaurante cerca de un lago, a unos quince kilómetros al sur de Brookhaven, lejos de los curiosos que podrían encontrarse en los restaurantes de la ciudad.

Zachary adoptó una postura ligeramente diferente para la ocasión. Ese día sería el hombre abierto a otros candidatos. El trato era el que era, o lo tomaba o lo dejaba, porque tenía una larga lista de jóvenes abogados blancos y protestantes con quienes hablar. Se mostró educado y encantador, sobre todo con Doreen, a quien no le costó superar sus recelos iniciales.

El señor y la señora Fisk habían llegado, cada uno por su lado, a la misma conclusión en algún momento de la noche que habían pasado en vela. Llevarían una vida mucho más holgada en su pequeña ciudad si el abogado Fisk se convertía en el juez Fisk. Su posición social mejoraría considerablemente. Estarían por encima de los demás y, aunque no buscaban ni el poder ni la fama, el atractivo era irresistible.

—¿Cuál es vuestra mayor preocupación? —les preguntó Tony, al cabo de un cuarto de hora de conversación banal.

—Bueno, estamos en enero —empezó Ron— y durante los siguientes once meses estaré liado con la planificación y la puesta en marcha de la campaña, es normal que me preocupe mi carrera de abogado.

—Tenemos la solución para eso —dijo Tony, sin vacilar. Tenía soluciones para todo—. Visión Judicial es el producto de una labor conjunta muy bien coordinada y concertada. Contamos con muchos amigos y adeptos, y podemos derivar trabajo hacia tu bufete. Madera, energía, gas natural, clientes importantes con intereses en esta parte del estado. Tu bufete tendría que contratar un par de abogados más para que llevaran los asuntos mientras tú te ocupas de otras cosas, lo que también aliviaría la carga. Si decides presentarte a las elecciones, no tendrás que preocuparte por la parte económica. Todo lo contrario.

Los Fisk se miraron. Tony untó una galleta salada con mantequilla y le dio un mordisco.

—¿Clientes legítimos? —preguntó Doreen, aunque deseó haber mantenido la boca cerrada.

Tony frunció el ceño mientras masticaba.

—Doreen, todo lo que hacemos es legal —dijo, con dureza, cuando hubo tragado—. Para empezar, somos completamente honrados, nuestra misión es la de limpiar los tribunales, no la de arrojar más basura. Además, todo lo que hagamos será examinado con lupa. Estas elecciones van a ser muy reñidas y atraerán mucha atención. Nosotros no damos traspiés.

Escarmentada, Doreen levantó el cuchillo y abrió un panecillo.

—Nadie puede cuestionar el trabajo legítimo y los honorarios pagados por los clientes —continuó Tony—, ya sean grandes o pequeños.

—Por descontado —dijo Ron, anticipándose a la maravillosa reunión que iba a mantener con sus socios, imaginando el nuevo caudal de negocio para el bufete.

—No me veo como esposa de un político —objetó Doreen—. Ya sabes, todo eso de salir de campaña y dar discursos. Nunca me lo había planteado.

Tony sonrió, desbordando encanto. Incluso se permitió una risita.

—Puedes participar en la medida que tú prefieras. Yo diría que estarás más que ocupada con tres niños pequeños.

Mientras daban cuenta de sus bagres y sus tortas de maíz fritas, acordaron volver a verse al cabo de unos días, durante uno de los viajes de Tony por la zona. Se reunirían una vez más para comer y tomarían una decisión. Noviembre quedaba muy lejos, pero había mucho trabajo por hacer.

12

Antes solía sonreírse cuando tenía que someterse al odioso ritual de subirse a la bicicleta estática al amanecer y empezar a pedalear con rumbo a ninguna parte mientras el sol se alzaba poco a poco e iluminaba su pequeño gimnasio. Para una mujer cuya cara pública era la de un rostro severo sobre una intimidante toga negra, le divertía imaginar qué pensaría la gente si la viera en esa bicicleta, con sus pantalones de chándal viejos, despeinada, los ojos hinchados y sin maquillar. Pero de eso hacía mucho tiempo. Ahora se limitaba a completar el ejercicio sin detenerse a pensar en el aspecto que tenía o en lo que nadie pudiera pensar. Lo que en esos momentos le preocupaba era haber subido dos kilos durante las vacaciones y cinco desde el divorcio. Tenía que empezar a dejar de ganar para poder empezar a perder, y con cincuenta y un años, los kilos se aferraban a sus carnes y se negaban a quemarse tan rápido como cuando era más joven.

Sheila McCarthy no era una persona mañanera. Odiaba tener que madrugar, odiaba tener que levantarse de la cama antes de haber dormido suficiente, odiaba las voces alegres del televisor y odiaba el tráfico de camino a la oficina. No desayunaba porque aborrecía lo que la gente suele desayunar. Detestaba el café, y en lo más hondo de su ser le repateaban los que disfrutaban con sus proezas mañaneras: los que salían a correr, los forofos del yoga, los adictos al trabajo y las madres entregadas e hiperactivas. Como uno de los jueces más jóvenes del juzgado de distrito de Biloxi, muchas veces tenía causas programadas a las diez de la mañana, una hora intempestiva. Sin embargo, era su juzgado y ella acataba sus propias normas.

En esos momentos era uno de los nueve jueces del supremo, un tribunal que se aferraba desesperadamente a sus tradiciones. De vez en cuando podía aparecer a mediodía y quedarse a trabajar hasta medianoche, su horario preferido, pero la mayoría de las veces se esperaba de ella que apareciera a las nueve de la mañana.

Al cabo de kilómetro y medio ya había empezado a sudar. Cuarenta y ocho calorías quemadas. Menos de una tarrina de helado de menta con pepitas de chocolate Häagen-Dazs, su mayor tentación. Mientras pedaleaba, iba viendo y escuchando la televisión colocada en lo alto, sujeta en un soporte, mientras los noticiarios locales informaban con entusiasmo de los últimos asesinatos y accidentes de coche. A continuación, el hombre del tiempo apareció por tercera vez en doce minutos y empezó a divagar sobre la nieve de las Rocosas, porque en casa no había ni una sola nube que analizar.

Tras tres kilómetros, y ciento sesenta y una calorías menos, Sheila se detuvo para beber un trago de agua y coger una toalla, y luego volvió a subir al potro de tortura para seguir trabajando. Cambió a la CNN para echar un vistazo al panorama nacional. Cuando hubo quemado doscientas cincuenta calorías, Sheila dio el asunto por zanjado y se dirigió a la ducha. Una hora después, abandonó el bloque de pisos de dos plantas, junto al embalse, se subió al BMW deportivo rojo descapotable y se dirigió al trabajo.

El tribunal supremo del estado de Mississippi se divide en tres distritos claramente diferenciados —el del norte, el central y el del sur— con tres jueces electos cada uno. El mandato dura ocho años y es prorrogable ilimitadamente. Los comicios judiciales se celebran el año en que solo hay elecciones al Congreso, años tranquilos en los que no hay que votar cargos locales, legislativos o de cualquier otro tipo en todo el estado. Una vez que se obtiene un puesto en el tribunal, este suele convertirse en vitalicio y se ostenta hasta la muerte de su ocupante o hasta su retiro voluntario.

Los jueces no están afiliados a ningún partido político, por lo que todos los candidatos se presentan como independientes. Las leyes de financiación electoral limitan las contribuciones a cinco mil dólares para las personas físicas y a dos mil quinientos para las entidades, entre las que se incluyen comités y corporaciones de acción política.

Nueve años atrás, un gobernador afín había designado a Sheila McCarthy para la judicatura tras la muerte de su predecesor. Salió elegida sin oposición y contaba con una nueva victoria fácil. No había oído ni el más mínimo rumor de que alguien tuviera los ojos puestos en su cargo.

A pesar de sus nueve años de experiencia, solo superaba en jerarquía a otros tres magistrados, por lo que la mayoría de los miembros de la judicatura estatal en cierto modo seguían considerándola una recién llegada. Sus dictámenes escritos y el historial de sus votaciones desconcertaban a liberales y a conservadores por igual. Era moderada, siempre intentaba alcanzar un consenso, no era ni una constitucionalista acérrima ni una activista judicial, sino más o menos una saltadora de obstáculos con gran sentido práctico que, según se decía, primero decidía el resultado que creía más justo y luego buscaba la base legal que lo sustentara. Como tal, era un miembro influyente del tribunal. Era capaz de negociar un trato entre los derechistas más recalcitrantes, que indefectiblemente eran los cuatro de siempre, y los liberales, que solían ser dos la mayoría de los días y ninguno el resto. Cuatro a la derecha y dos a la izquierda significaba que Sheila tenía dos colegas en el centro, aunque este tipo de análisis tan simplista había engañado a más de un abogado que había intentado predecir un resultado. La mayoría de los casos que llegaban a este tribunal eran inclasificables. ¿Dónde quedaban las simpatías liberales o conservadoras en un divorcio reñido y amargo o en una disputa por límites de propiedad entre dos compañías madereras? Muchos de los casos se decidían por una votación de nueve a cero.

El tribunal supremo estatal tiene su sede en el palacio de justicia Carroll Gartin, en el centro de Jackson, frente al capitolio estatal. Sheila aparcó en su plaza reservada, bajo el edificio. Subió en ascensor, sola, hasta la cuarta planta y entró en su despacho a las nueve menos cuarto en punto. Paul, su letrado jefe, un hombre de veintiocho años, muy directo, arrebatador, soltero y heterosexual, al que Sheila tenía mucho aprecio, entró en la oficina segundos después de ella.

—Buenos días —la saludó Paul.

Era moreno, llevaba el pelo largo y rizado, un pequeño diamante en la oreja y conseguía mantener a raya una perfecta barba incipiente de tres días. Ojos castaños. A Sheila no le hubiera extrañado encontrárselo anunciando trajes de Armani en alguna de las revistas de moda que tenía amontonadas por toda la casa. Paul tenía mucho más que ver con el tiempo que se pasaba subida a la bicicleta estática de lo que le gustaría admitir.

—Buenos días —contestó ella, fríamente, como si apenas hubiera reparado en él.

—Tienes la vista del caso Sturdivant a las nueve.

—Ya lo sé —contestó Sheila, echándole un vistazo al trasero mientras cruzaba el despacho.

Vaqueros desteñidos. Culo de modelo. Paul salió del despacho con los ojos de Sheila pegados a su espalda.

La secretaria de Sheila ocupó su lugar. Cerró la puerta tras ella y sacó un pequeño estuche de maquillaje. Cuando la jueza McCarthy estuvo lista, la secretaria llevó a cabo los retoques con presteza. Le dio unos toquecitos al pelo —corto, casi por encima de la oreja, medio rubio rojizo, medio canoso, y diligentemente teñido dos veces al mes a cuatrocientos dólares la sesión— y luego lo roció con laca.

—¿Qué posibilidades tengo con Paul? —preguntó Sheila, con los ojos cerrados.

—Un poco joven, ¿no crees?

La secretaria era mayor que su jefa y llevaba encargándose de los retoques casi nueve años. Siguió empolvándola.

—Claro que es joven. Ahí está la gracia.

—No sé. He oído que está liado con esa pelirroja del despacho de Albritton.

A Sheila también le habían llegado los rumores. La guapísima letrada recién llegada de Stanford era el objeto de admiración de muchos, y Paul solía poder escoger.

—¿Has leído el expediente del caso Sturdivant? —preguntó Sheila, levantándose para que le pusiera la toga.

—Sí.

La secretaria se la colocó con cuidado sobre los hombros. La cremallera iba al frente. Ambas estiraron por un lado y por el otro hasta que la voluminosa toga quedó perfecta.

—¿Quién mató al poli? —preguntó Sheila, subiéndose la cremallera con suavidad.

—No fue Sturdivant.

—Estoy de acuerdo. —Se puso delante de un espejo de cuerpo entero y ambas estudiaron el resultado—. ¿Se nota que he engordado? —preguntó Sheila.

—No.

La misma respuesta para la misma pregunta.

—Pues he engordado. Por eso me encantan estas togas, son capaces de esconder hasta diez kilos.

—Te encantan por otra razón, querida, y ambas lo sabemos. Eres la única mujer entre ocho hombres y ninguno de ellos es tan duro o inteligente como tú.

—Y sexy. No olvides lo de sexy.

La secretaria se echó a reír.

—En eso no tienes competencia. Esos carcamales solo ven el sexo en sueños.

Abandonaron el despacho y salieron al pasillo, donde volvieron a encontrarse con Paul, que recitó de una tirada algunos de los puntos clave del caso Sturdivant mientras bajaban en ascensor hasta la tercera planta, donde estaban las salas del tribunal. Tal abogado discutiría esto mientras que el otro seguramente discutiría aquello otro. Aquí tienes algunas preguntas para pararles los pies a ambos.

A tres manzanas del lugar donde la jueza McCarthy presidía su sala, un grupo de hombres y (dos) mujeres apasionados se habían reunido para maquinar su caída. Se hallaban en una sala de conferencias sin ventanas de un edificio anodino, uno de los muchos que se apiñaban cerca del capitolio estatal, donde miles de funcionarios y miembros de grupos de presión ponían en marcha la maquinaría del estado de Mississippi.

La reunión estaba presidida por Tony Zachary y Visión Judicial. Los invitados eran los directores de otras firmas de «relaciones gubernamentales» con ideas afines, algunas con nombres tan vagos que era imposible catalogarlas: Red Independiente, Corporación Mercantil, Junta de Comercio, Defensa Empresarial. Otros, en cambio, no dejaban lugar a dudas: Ciudadanos Opuestos a la Litigación Tiránica (COLT), Asociación por un Juicio Justo, Supervisión de Fallos, Comité para la Reforma de la Responsabilidad Civil en Mississippi. Y tampoco faltaba la vieja guardia, las asociaciones que representaban los intereses de la banca, las aseguradoras, petroleras, farmacéuticas, fabricantes, los pequeños comerciantes, la industria y lo mejor del estilo de vida americano.

En el tenebroso mundo de la manipulación legislativa, donde las lealtades cambiaban de la noche a la mañana y un amigo podía convertirse en el peor enemigo de un día para otro, la gente reunida en aquella sala era, al menos eso creía Tony Zachary, digna de confianza.

—Señoras y señores —empezó Tony, poniéndose en pie, con un cruasán a medio comer en el plato—, el motivo de esta reunión es el de informarles de que retiraremos a Sheila McCarthy del tribunal supremo estatal en noviembre y que su sustituto será un joven juez comprometido con el desarrollo económico y la limitación de la responsabilidad civil.

Se oyeron unos débiles aplausos. Todos los asistentes estaban sentados y lo miraban con atención y curiosidad. Nadie sabía a ciencia cierta quién estaba detrás de Visión Judicial. Zachary llevaba varios años por la zona y se había ganado una buena reputación, pero no poseía un gran capital personal y su grupo no estaba afiliado a ninguna asociación. Además, nunca antes había demostrado interés en el sistema judicial civil. Esa súbita pasión por cambiar las leyes de responsabilidad civil parecía haber salido de la nada.

Sin embargo, no cabía duda de que Zachary y Visión Judicial estaban bien financiados, y en aquel mundo, eso lo significaba todo.

—Contamos con la financiación inicial y con capital asegurado para más adelante —dijo, con orgullo—. Por descontado, vuestras aportaciones también serán necesarias. Tenemos un plan de campaña, una estrategia y seremos nosotros, Visión Judicial, quienes llevaremos la batuta.

Más aplausos. La coordinación siempre era el mayor obstáculo; había demasiados grupos, intereses y egos. Recaudar el dinero era fácil, al menos para causas y con asociaciones como aquellas, pero el problema solía radicar en su empleo. El hecho de que Tony hubiera asumido el mando, aunque fuera de una manera un tanto agresiva, era una buena noticia. Los demás estaban más que contentos de tener que preocuparse únicamente de firmar los cheques y aportar a los votantes.

—¿Y el candidato? —preguntó alguien.

Tony sonrió.

—Os encantará. Ahora mismo no puedo deciros su nombre, pero lo adoraréis. Está hecho para la televisión.

Ron Fisk todavía no había aceptado presentarse a las elecciones, pero Tony sabía que lo haría. Además, si por alguna razón decidía no hacerlo, seguía habiendo más nombres en la lista. Candidatos no iban a faltarles, aunque tuvieron que gastarse montañas de dinero.

—¿Hablamos de los fondos? —preguntó Tony, y entró de cabeza en la cuestión, antes de darles tiempo a responder—. Tenemos un millón de dólares sobre la mesa y quiero invertir más de lo que ambos candidatos arriesgaron en las últimas elecciones. Eso fue hace dos años y no es necesario que os recuerde que vuestro candidato se quedó corto. El mío no perderá, pero para asegurarme necesito de vosotros, y de vuestros miembros, dos millones.

Tres millones para unos comicios de ese tipo era algo que se salía totalmente de lo común. En las últimas elecciones a gobernador, un cargo que afectaba a los ochenta y dos condados y no solo a un tercio de ellos, el ganador había invertido siete millones de dólares, y el perdedor la mitad. Además, la elección de un gobernador siempre era un gran espectáculo, el eje de la política estatal. Las pasiones se desbordaban y aún más el número de votantes.

Unos comicios para elegir a la persona que ocuparía el cargo de juez en el tribunal supremo del estado, cuando se celebraban, apenas conseguían llamar a las urnas a más de un tercio de los votantes censados.

—¿Cómo tenéis pensado gastar esos tres millones? —preguntó alguien.

Lo verdaderamente importante era que la pregunta no hacía referencia a cómo iban a recaudar tanto dinero; por lo tanto, daban por hecho que tenían acceso a grandes sumas de capital.

—En televisión, televisión y más televisión —contestó Tony.

Era cierto, a medias. Tony jamás les revelaría todos los detalles de la estrategia. El señor Rinehart y él habían planeado invertir mucho más de tres millones, pero gran parte de los gastos se pagarían en efectivo o se realizarían fuera del estado, convenientemente disimulados.

En ese momento apareció un ayudante, que empezó a repartir unas voluminosas carpetas.

—Esto es lo que hemos hecho en otros estados —dijo Tony—. Por favor, lleváoslo y leedlo cuando tengáis un momento.

Hubo preguntas sobre el plan y muchas más sobre el candidato. Tony apenas soltó prenda, pero insistió en la necesidad de que debían comprometerse económicamente con la causa, y cuanto antes mejor. El único contratiempo a lo largo de toda la reunión fue cuando el presidente de COLT les informó de que su grupo había estado reclutando candidatos para presentarse contra McCarthy y que él ya tenía su propio plan para derrocarla. Afirmó que COLT contaba con ocho mil miembros, aunque la cifra era un poco dudosa. La mayoría de sus activistas eran demandantes que habían salido escaldados de algún juicio. La organización tenía credibilidad, pero no un millón de dólares. Tras un breve, aunque acalorado intercambio de palabras, Tony invitó al candidato de COLT a seguir adelante con su propia campaña, momento en el que el otro dio marcha atrás y volvió a las filas.

Antes de levantar la sesión, Tony les pidió discreción encarecidamente, algo vital para la campaña.

—Si los abogados litigantes descubren en estos momentos que vamos a presentarnos a las elecciones, pondrán en marcha su máquina de recaudar dinero, y la última vez os ganaron.

Les molestó aquella segunda alusión a «su» derrota en las últimas elecciones, como si hubieran podido ganar de haber contado con Tony. Sin embargo, todos lo pasaron por alto. La sola mención de los abogados litigantes volvió a concentrarlos en el objetivo de la reunión.

Estaban demasiado emocionados con la idea de la campaña como para ponerse a discutir.

La demanda conjunta aseguraba incluir a «más de trescientos» afectados, en distintos grados, por la negligencia grave cometida por Krane Chemical en la planta de Bowmore. Solo veinte constaban como demandantes y, de esos veinte, tal vez la mitad sufrían lesiones de importancia. Si sus dolencias estaban relacionadas con el agua contaminada era otra cuestión.

La demanda conjunta se presentó en Hattiesburg, en el tribunal federal, un buen ataque lanzado desde el juzgado de distrito del condado de Forrest, donde la doctora Leona Rocha y su jurado habían pronunciado su veredicto apenas dos meses antes. Los abogados Sterling Bintz, de Filadelfia, y F. Clyde Hardin, de Bowmore, se habían presentado en el edificio para interponer la demanda colectiva y para charlar con cualquier periodista que hubiera contestado a la nota informativa que previamente habían enviado a la prensa. Por desgracia, no había cámaras de televisión, solo un par de redactores de publicaciones ecologistas. Al menos, para F. Clyde era una aventura. Hacía más de treinta años que no pisaba un tribunal federal.

En cambio, para el señor Bintz, la escasa repercusión que habían conseguido era descorazonadora. Había imaginado grandes titulares, reportajes extensos y espléndidas fotos. Había presentado muchas demandas conjuntas importantes y casi siempre había conseguido que los medios de comunicación cubrieran la noticia como se merecía. ¿Qué le pasaba a esa gente de campo?

F. Clyde regresó a Bowmore de inmediato, a su despacho, donde Miriam le esperaba, ávida de noticias.

—¿En qué canal salís? —le preguntó.

—En ninguno.

—¿Qué?

Sin duda alguna era el día más importante de la historia del bufete de F. Clyde Hardin & Associates, y Miriam deseaba verlo en televisión.

—Al final decidimos sortear a los periodistas, no se puede confiar en ellos —dijo F. Clyde, echando un vistazo al reloj de pulsera. Eran las cinco y cuarto, ya hacía rato que Miriam debería haberse ido—. No hace falta que te quedes —dijo, arrojando la chaqueta a un lado—. Lo tengo todo controlado.

Miriam se fue enseguida, desilusionada, y F. Clyde se dirigió derecho a la botella que guardaba en el despacho. El denso y frío vodka lo tranquilizó inmediatamente, y Hardin empezó a repasar los acontecimientos del gran día. Con un poco de suerte, aparecería su foto en el periódico de Hattiesburg.

Bintz representaba a trescientos clientes. A quinientos dólares cada uno, a F. Clyde se le debía una buena tajada. Hasta el momento solo le habían pagado tres mil quinientos dólares, la mayoría de los cuales se habían destinado a pagar impuestos atrasados.

Se sirvió una segunda copa y lo mandó todo a la porra. Bintz no iba a joderlo porque lo necesitaba. Él, F. Clyde Hardin, era ahora uno de los abogados que constarían en una de las demandas conjuntas más importantes del país. Todos los caminos conducían a Bowmore y F. Clyde era su hombre.

13

Se dijo en el bufete que el señor Fisk estaría en Jackson todo el día, algo relacionado con asuntos personales. En otras palabras: que no preguntaran. Como socio, se había ganado el derecho de ir y venir a su antojo, aunque Fisk era tan disciplinado y organizado que cualquiera del bufete podía localizarlo en menos de cinco minutos.

Se despidió de Doreen en la entrada, de madrugada. Ella también estaba invitada, pero con el trabajo y tres niños era imposible, sobre todo habiéndoles avisado con tan poco tiempo de antelación. Ron se fue sin desayunar, a pesar de que tampoco había prisa; sin embargo, Tony Zachary le había dicho que almorzarían en el avión y eso había sido suficiente para convencer a Ron para que se saltara los cereales con fibra de la mañana.

La pista de aterrizaje de Brookhaven era demasiado pequeña para el jet, así que Ron accedió de buen grado a acercarse hasta el aeropuerto de Jackson, aunque para ello tuviera que madrugar. Nunca había estado a menos de cien metros de un avión privado y ni siquiera había llegado a imaginar que algún día subiría a uno. Tony Zachary estaba esperándolo en la terminal de aviación general, con un vigoroso apretón de manos y un animado «Buenos días, señoría». Atravesaron el asfalto con paso decidido y pasaron junto a varios turbohélices ya muy viejos, aparatos más pequeños e inferiores. A lo lejos esperaba un avión magnífico, tan exótico y de líneas tan elegantes como una nave espacial. Las luces de navegación parpadeaban. La espléndida escalera estaba extendida, una magnífica invitación a sus pasajeros especiales. Ron siguió a Tony hasta el descansillo, donde una atractiva auxiliar de vuelo con falda corta les dio la bienvenida a bordo, se ocupó de sus chaquetas y los acompañó hasta sus asientos.

—¿Has estado antes en un Gulfstream? —le preguntó Tony, cuando tomaron asiento.

Uno de los pilotos los saludó mientras pulsaba el botón para retirar la escalera.

—No —contestó Ron, admirando la caoba pulida, la suave piel y los adornos dorados.

—Es un G5, el Mercedes de los jets privados. Este podría llevarnos a París en un vuelo sin escalas.

Entonces vayamos a París en vez de a Washington, pensó Ron mientras se inclinaba hacia el pasillo para hacerse una idea de la longitud y el tamaño del avión. Tras un breve cálculo, estimó que allí había espacio para al menos una docena de niños mimados.

—Es precioso —dijo.

También le habría gustado preguntar de quién era, quién pagaba el viaje o quién estaba detrás de un reclutamiento tan lujoso, pero se dijo que preguntar sería de mala educación. Solo tenía que relajarse, disfrutar del viaje, del día y recordar todos los detalles, porque Doreen querría oírlos.

La auxiliar de vuelo volvió a aparecer. Les explicó el procedimiento de emergencia y a continuación les preguntó qué querrían para desayunar. Tony pidió huevos revueltos, beicon y patatas salteadas con cebolla. Ron pidió lo mismo.

—El lavabo y la cocina están al fondo —dijo Tony, como si viajara en un G5 todos los días—. El asiento es reclinable, si quieres echar una cabezadita. —Llegó el café cuando empezaron a rodar por la pista. La auxiliar de vuelo les ofreció varios periódicos. Tony escogió uno, lo abrió con resolución, esperó unos segundos y luego preguntó—: ¿Sigues de cerca el caso de Bowmore?

Ron fingió leer el diario mientras seguía admirando el lujoso jet.

—Más o menos —contestó.

—Ayer presentaron una demanda conjunta —dijo Tony, indignado—. Uno de esos bufetes de Filadelfia especializados en casos de responsabilidad civil. Me temo que ya han llegado los buitres.

Era el primer comentario que hacía a Ron referente a esa cuestión y, desde luego, no sería el último.

El G5 despegó. Era uno de los tres aviones privados propiedad de varias entidades controladas por el Trudeau Group y arrendado a través de una compañía aérea sin relación alguna, que hacía imposible llegar a descubrir quién era el verdadero dueño. Ron vio desaparecer la ciudad de Jackson a lo lejos. Minutos después, cuando se estabilizó a cuarenta y un mil pies, empezó a oler el delicioso aroma del beicon en la sartén.

Una vez en el aeropuerto de Dulles, subieron sin perder tiempo a la parte de atrás de una larga limusina negra y cuarenta minutos después llegaban al centro, a K Street. Tony le fue explicando por el camino que tenían una reunión a las diez de la mañana con un grupo de posibles patrocinadores, luego una comida tranquila y después, sobre las dos de la tarde, una nueva reunión con otro grupo. Ron estaría en casa a la hora de cenar. La cabeza le daba vueltas después del emocionante viaje rodeado de lujo y de que le hicieran sentirse tan importante.

Entraron en el anodino vestíbulo de la Alianza de la Familia Americana, en la decimoséptima planta de un edificio nuevo, y se dirigieron a una recepcionista aún más anodina. El resumen que Tony le había hecho en el avión había sido: «Este grupo es probablemente el más conservador de todos los formados por abogados cristianos conservadores. Tiene muchísimos miembros, dinero e influencia. Los políticos de Washington los adoran y los temen por igual. Está dirigido por Walter Utley, un antiguo congresista que se hartó de los liberales del Congreso y los abandonó para formar su propio grupo».

Fisk había oído hablar de Walter Utley y su Alianza de la Familia Americana.

Los acompañaron hasta una enorme sala de reuniones, donde el señor Utley los esperaba con una agradable sonrisa y un cálido apretón de manos, a lo que siguió la presentación de los demás hombres de la sala, a quienes Tony también había incluido en la breve puesta al día del jet. Representaban a grupos como Sociedad de la Oración, Luz Global, Mesa Redonda de la Familia, Iniciativa Evangélica y muchos otros. Según Tony, todos desempeñaban un papel importante en la política nacional.

Se distribuyeron alrededor de la mesa, ante libretas e informes, como si se dispusieran a tomar declaración bajo juramento al señor Fisk. Tony inició la reunión con un resumen de la situación del tribunal supremo del estado de Mississippi, positivo en términos generales. La mayoría de los jueces eran hombres de bien con un historial de votaciones coherente; sin embargo, claro, también estaba el caso de la jueza Sheila McCarthy y sus devaneos con el liberalismo. No se podía confiar en ella en cuanto a sus resoluciones. Estaba divorciada y se rumoreaba que era de moral relajada, aunque Tony se detuvo ahí, sin entrar en detalles.

Para enfrentarse a ella, necesitaban que aquel hombre, Ron, recogiera el testigo. Tony repasó el currículo de su hombre, aunque no les ofreció ni un solo dato que los presentes no conocieran de antemano. Cedió la palabra a Ron, que se aclaró la garganta y les agradeció la invitación. Empezó a hablar de su vida, de la educación que había recibido, de cómo se había criado, de sus padres, su mujer y sus hijos. Era un devoto cristiano, diácono de la iglesia baptista de St. Luke y profesor de catequesis. También era miembro del Rotary Club, de una asociación que velaba por la conservación del medio ambiente y entrenaba a un equipo juvenil de béisbol. Alargó la explicación de su currículo todo lo que pudo y luego se encogió de hombros, como queriendo decir que no había nada más.

Su mujer y él habían rezado en busca de inspiración para tomar una decisión. Incluso se habían reunido con su pastor para que sus súplicas llegaran más alto. Ya no les quedaban dudas. Estaban preparados.

Los presentes siguieron mostrándose cálidos, amistosos, encantados de tenerlo allí. Le preguntaron sobre su pasado: ¿había algo que lo atormentara? ¿Un lío de faldas, una detención por conducir bajo el efecto de cualquier sustancia, una estúpida broma estudiantil en la universidad? ¿Algún conflicto ético? ¿Primer y único matrimonio? Sí, bien, eso creíamos. ¿Alguna demanda por acoso sexual por parte de algún miembro de su plantilla? ¿Nada por el estilo? ¿Absolutamente nada que tuviera que ver con el sexo? Porque el sexo es el as en la manga de cualquier elección reñida. Y ya que estaban, ¿qué opinión le merecían los gays? ¿Y el matrimonio entre homosexuales? ¡Totalmente en contra! ¿Y las uniones civiles? No, señor, en Mississippi no. ¿La adopción de niños por homosexuales? No, señor.

¿El aborto? En contra. ¿Cualesquiera que fueran las circunstancias? En contra.

¿La pena de muerte? Completamente a favor.

Nadie pareció percatarse de la contradicción entre ambas convicciones.

¿Las armas, la Segunda Enmienda, el derecho a llevar armas y todo eso? Ron estaba encantado con sus armas, pero por un momento se preguntó por qué a unos hombres religiosos les preocupaban las armas. Y entonces cayó en la cuenta: se trataba de política y de salir elegido. Su largo historial de cazador los satisfizo enormemente y lo alargó todo lo que le fue posible. No se salvaba ni un solo animal.

A continuación, el presidente de la Mesa Redonda de la Familia, de voz chillona, derivó la conversación hacia temas relacionados con la separación de la Iglesia y el Estado que, por el semblante aburrido de los demás, solo parecían interesarle a él. Ron no se amilanó, respondió pensando muy bien lo que contestaba y dio la impresión de satisfacer a los pocos que parecían estar escuchándolo. También empezó a comprender que todo aquello era una farsa. Aquellos hombres ya habían tomado una decisión mucho antes de que él saliera de Brookhaven esa mañana. Era su hombre, y en esos momentos únicamente estaba gastando saliva.

La siguiente tanda de preguntas estuvo relacionada con la libertad de expresión, especialmente de la expresión religiosa. La pregunta fue: ¿un juez comarcal debería tener la potestad de colgar los Diez Mandamientos en su sala del tribunal? Ron tuvo la sensación de que aquella cuestión les interesaba en particular y al principio se sintió inclinado a ser completamente sincero y contestar que no. El Tribunal Supremo de Estados Unidos había dictaminado que era una violación de la separación entre la Iglesia y el Estado, y Ron estaba de acuerdo. Sin embargo, no quería ser un aguafiestas.

—Uno de mis modelos es el juez de distrito del tribunal de Brookhaven —respondió al fin. A continuación empezaron las fintas y los amagos—. Un gran hombre. Hace treinta años que tiene los Diez Mandamientos colgados en la pared y siempre lo he admirado.

Una hábil respuesta que, a pesar de no engañar a nadie, les sirvió como ejemplo de los recursos de los que el señor Fisk podría valerse para sobrevivir en una campaña reñida. No insistieron en ello, no hubo ninguna objeción. Después de todo, eran combatientes experimentados en el campo de batalla de la política y sabían reconocer una respuesta ingeniosa e inteligente.

Al cabo de una hora, Walter Utley echó un vistazo a su reloj y anunció que iba un poco retrasado. Ese día tenía otras reuniones importantes. Dio por concluida la pequeña toma de contacto, les aseguró que el señor Ron Fisk lo había impresionado profundamente y que no veía ninguna razón por la que su Alianza de la Familia Americana no pudiera, ya no solo respaldarlo, sino ponerse manos a la obra allí abajo y obtener algunos votos. Todos los presentes asintieron con un gesto de cabeza y Tony Zachary pareció tan orgulloso como quien acaba de ser padre.

—Ha habido un cambio de planes para la comida —dijo, cuando volvieron a subir a la limusina—. El senador Rudd quiere verte.

—¿El senador Rudd? —preguntó Fisk, incrédulo.

—El mismo —contestó Tony, ufano.

Myers Rudd había cumplido la mitad de su séptimo mandato (treinta y nueve años) en el Senado, y se había presentado sin oposición a las tres últimas elecciones. El 40 por ciento de la gente lo despreciaba profundamente mientras que el 60 por ciento restante lo adoraba. Había perfeccionado el arte de echar un cabo a los que se encontraban en su mismo barco y a hacer caso omiso de los demás. Era una leyenda en el ámbito político de Mississippi, el que apañaba y siempre metía mano en los comicios locales, el rey que elegía a sus candidatos, el asesino que pasaba a cuchillo a quien se presentara contra los suyos, el banco que financiaba cualquier campaña con montañas de dinero, el sabio anciano que lideraba su partido y el matón que destruía a los demás.

—¿Al senador Rudd le interesa este asunto? —preguntó Fisk, inocentemente.

Tony lo miró con recelo. ¿Cómo se podía ser tan ingenuo?

—Por supuesto. El senador Rudd está muy relacionado con los tipos que acabas de conocer. Mantiene un historial de voto perfecto en lo que se refiere a esa gente. Fíjate que he dicho perfecto. No de un 95 por ciento, sino perfecto. Uno de los únicos tres que hay en el Senado, y los otros dos son principiantes.

¿Qué diría Doreen de esto?, pensó Ron. ¡Iba a comer con el senador Rudd, en Washington! Estaban cerca del Capitolio cuando la limusina torció hacia una calle de un solo sentido.

—Nos bajamos aquí —dijo Tony, antes de que el conductor tuviera tiempo de apearse.

Se dirigieron a una puerta bastante estrecha, junto a un viejo hotel conocido como el Mercury. Un portero ya mayor, vestido con uniforme de color verde, frunció el ceño al verlos acercarse.

—Venimos a ver al senador Rudd —dijo Tony, con sequedad, y el ceño se suavizó ligeramente.

Una vez en el interior, los acompañaron a través de un comedor desierto y sombrío y cruzaron un pasillo.

—Son las estancias privadas del senador —le dijo Tony, en voz baja.

Ron estaba francamente impresionado. Se fijó en la alfombra gastada y en la pintura desconchada, pero el viejo edificio todavía conservaba un aire de elegancia decadente. Tenía historia. Se preguntó cuántos tratos se habrían cerrado entre aquellas paredes.

Entraron en un pequeño comedor privado al final del pasillo, donde se desplegaba la ostentación del verdadero poder. El senador Rudd estaba sentado a una mesita, con el móvil pegado a la oreja. Ron no lo conocía personalmente, pero desde luego le resultaba familiar. Traje oscuro, corbata roja, una lustrosa mata de cabello canoso, bien peinado hacia un lado, que se le aguantaba con cantidades ingentes de fijador, y un rostro grande y redondo que parecía expandirse con los años. No menos de cuatro de sus gorilas y ayudantes revoloteaban a su alrededor como abejas enfrascados en inaplazables conversaciones por el móvil, seguramente entre sí.

Tony y Fisk esperaron, observando el espectáculo. El gobierno en acción.

De súbito, el senador cerró el teléfono y las otras cuatro conversaciones concluyeron casi en ese mismo instante.

—Fuera —farfulló el hombre, y sus subalternos se desperdigaron como ratones asustados—. ¿Cómo estás, Zachary? —preguntó, levantándose.

Se llevaron a cabo las debidas presentaciones y charlaron sobre banalidades unos momentos. Daba la impresión de que Rudd conocía a todo el mundo en Brookhaven, tenía una tía que había vivido allí y era todo un honor recibir a ese señor Fisk del que tanto había oído hablar.

—Volveré dentro de una hora —dijo Tony en cierto momento, y desapareció.

Lo sustituyó un camarero vestido de etiqueta.

—Siéntate —insistió Rudd—. La comida no es gran cosa, pero al menos hay intimidad. Como aquí cinco veces a la semana.

El camarero obvió el comentario y les ofreció los menús.

—Es precioso —dijo Ron, mirando a su alrededor, fijándose en las paredes, llenas de estanterías abarrotadas de libros que nadie había leído o les había sacado el polvo en un siglo.

Estaban comiendo en una pequeña biblioteca. No le extrañaba que fuera tan íntimo. Pidieron sopa y pez espada a la parrilla. El camarero cerró la puerta al salir.

—Tengo una reunión a la una —dijo Rudd—, así que vayamos al grano.

Se puso azúcar en el té helado y lo removió con la cuchara de la sopa.

—Perfecto.

—Puedes ganar las elecciones, Ron, y Dios sabe que te necesitamos.

Lo había dicho el rey, y horas más tarde podría repetírselo a Doreen hasta la saciedad. Era la garantía de un hombre que no había perdido nunca, y según esa salva inicial, Ron Fisk era un candidato.

—Como ya sabes —continuó Rudd, porque en realidad no estaba acostumbrado a escuchar, sobre todo en conversaciones con políticos de poca monta—, no me inmiscuyo en las elecciones locales.

El primer impulso de Fisk fue echarse a reír, a mandíbula batiente, pero enseguida comprendió que el senador hablaba muy en serio.

—Sin embargo, estos comicios son muy importantes. Haré lo que esté en mi mano, que no es poco, ¿verdad?

—Por supuesto.

—He hecho amigos poderosos en este mundillo y estarán encantados de apoyar tu campaña. Solo tengo que hacer un par de llamadas.

Ron asentía con educación. Dos meses atrás, *Newsweek* había publicado un artículo de portada sobre las montañas de dinero que movían los grupos de presión en Washington y los políticos que las utilizaban. Rudd era el primero de la lista. Había recibido más de once millones de dólares para su campaña, a pesar de que era muy poco probable que hicieran falta unas elecciones. La idea de un rival viable era tan ridícula que ni siquiera se tomaba en consideración. Estaba a las órdenes del gran capital —banca, aseguradoras, petroleras, industria minera, defensa, farmacéuticas—, no había sector empresarial que escapara a los tentáculos de su máquina de recaudar dinero.

—Gracias —contestó Ron, sintiéndose obligado a hacerlo.

—Mis amigos pueden reunir mucho dinero. Además, conozco a gente en las trincheras. El gobernador, los legisladores, los alcaldes. ¿Has oído hablar alguna vez de Willie Tate Ferris?

—No, señor.

—Es un alcalde que lleva ya cuatro mandatos en el condado de Adams, tu distrito. He sacado a su hermano de la cárcel en dos ocasiones. Willie Tate pateará las calles por mí. Además, es el político más influyente de la zona. Una llamada y el condado de Adams es tuyo.

Chasqueó los dedos, como si los votos ya estuvieran en las urnas.

—¿Has oído hablar de Link Kyzer? ¿El sheriff del condado de Wayne?

—Tal vez.

—Link es un viejo amigo. Hace dos años necesitaba coches de patrulla, radios, chalecos antibalas, armas y demás. El condado no le daba ni una mierda, así que me llama. Voy a Homeland Security, hablo con unos amigos, hago un poco de presión y el condado de Wayne recibe de repente seis millones de dólares para luchar contra el terrorismo. Ahora tienen más coches patrulla que policías para conducirlos. Su sistema de radio es mejor que el de la Marina y, mira por dónde, los terroristas han decidido no acercarse por el condado de Wayne. —Se echó a reír de su broma y Ron se sintió obligado a acompañarlo. No había nada como gastarse unos cuantos millones del dinero del contribuyente—. ¿Necesitas a Link? Pues ya tienes a Link y el condado de Wayne —le prometió Rudd, mientras tomaba un buen sorbo de té.

Con dos condados bajo el ala, Ron empezó a pensar en los restantes veinticinco del distrito sur. ¿Iba a pasar la hora siguiente escuchando batallitas para cada uno de ellos? Esperaba que no. Llegó la sopa.

—Esa chica, McCarthy —dijo Rudd, entre sorbos—, nunca ha estado a bordo de nuestro barco. —Crítica que dejaba traslucir que el senador Rudd no recibía su apoyo—. Es demasiado liberal. Además, de hombre a hombre, no está hecha para la toga negra. Ya me entiendes.

Ron asintió con la cabeza levemente, sin apartar los ojos de la sopa. No le extrañaba que el senador prefiriera comer en privado. Ron comprendió que Rudd ignoraba el nombre de pila de McCarthy y que, de hecho, sabía muy poco de ella, salvo que era mujer y, por tanto, en su opinión estaba fuera de lugar.

Para desviar la conversación del cariz que estaba tomando, Ron decidió introducir una pregunta medianamente inteligente.

—¿Qué me dice de la costa del golfo? Tengo muy pocos contactos por allí.

Como era de esperar, a Rudd le hizo gracia la pregunta. No había ningún problema.

—Mi mujer es de la bahía de St. Louis —dijo, como si solo eso garantizara una victoria aplastante para su elegido—. Tienes a los contratistas de defensa, los astilleros, la NASA, joder, tengo a esa gente comiendo de la palma de mi mano.

Ron pensó que lo contrario también debía de ser cierto. Una especie de relación simbiótica.

Un móvil vibró junto al vaso de té del senador.

—Tengo que responder —dijo, después de mirarlo y fruncir el ceño—, es la Casa Blanca.

Parecía bastante irritado.

—¿Quiere que salga? —preguntó Ron, tan impresionado que casi se había quedado sin habla y al mismo tiempo temeroso de oír algo sobre un asunto de importancia crucial que no debiera oír.

—No, no —contestó Rudd, y lo invitó a retomar asiento con un gesto.

Fisk intentó concentrarse en la sopa, el té y el bollito, y a pesar de ser una comida que no olvidaría jamás, de repente deseaba que terminara cuanto antes. Al contrario que la conversación telefónica. Rudd mascullaba y hablaba entre dientes, aunque sin dejar entrever qué tipo de crisis estaba solucionando. El camarero regresó con el pez espada, que todavía crepitaba ligeramente, si bien enseguida se enfrió. Las acelgas de acompañamiento nadaban en mantequilla.

Rudd colgó cuando el mundo volvía a estar a salvo y ensartó el pescado con el tenedor.

—Disculpa —dijo—. Malditos rusos. Bueno, da igual, quiero que te presentes, Ron. Es importante para el estado. Debemos meter en vereda a nuestro tribunal.

—Sí, señor, pero...

—Cuentas con mi todo mi apoyo. No oficialmente, recuérdalo, pero me dejaré los cuernos en la sombra. Te conseguiré dinero de verdad. Haré restallar el látigo, romperé algunos brazos, lo típico de por allí. Sé de lo que hablo, hijo, créeme.

—¿Y si...?

—Nadie me gana en Mississippi. Pregúntale al gobernador. Le sacaban veinte puntos a dos meses de la votación y lo estaba intentando él solo. No necesitaba mi ayuda. Me acerqué hasta allí, rezamos juntos, el tipo se convirtió y obtuvo una victoria arrolladora. No me gusta inmiscuirme en los asuntos de por allí, pero lo haré. Además, estas elecciones se lo merecen. ¿Tú estás dispuesto?

—Eso creo.

—No seas tonto, Ron. Es una oportunidad única en la vida de hacer algo grande. Piénsalo, tú, con... ¿cuántos años?

—Treinta y nueve.

—Con treinta y nueve años, un chaval, pero ya estás en el tribunal supremo del estado de Mississippi. Además, una vez dentro, el cargo es para ti para siempre. Tú solo piénsalo.

—Lo estoy pensando muy en serio, señor.

—Bien.

El teléfono volvió a zumbar, seguramente era el presidente.

—Disculpa —dijo Rudd, llevándoselo al oído y engullendo un enorme trozo de pescado.

La tercera y última parada del recorrido fue en la oficina de la Red Pro Reforma de la Responsabilidad Civil, en Connecticut Avenue. Tony volvía a estar al mando y despacharon las presentaciones y las cortesías de rigor en un abrir y cerrar de ojos. Fisk contestó varias preguntas inocuas, un entrante en comparación con el plato fuerte que le habían servido esa mañana las organizaciones religiosas. Una vez más le abrumó la impresión de que todo el mundo hacía aquello por inercia. Para ellos era importante tocar y oír a su candidato, pero no parecían demasiado interesados en llevar a cabo una evaluación real. Confiaban en Tony, y si él había encontrado a su hombre, ellos también.

Aunque Ron Fisk no lo supiera, los cuarenta y cinco minutos que duró la reunión fueron grabados con una cámara oculta que enviaba las imágenes a una pequeña sala de audiovisuales varios pisos más arriba, donde Barry Rinehart no perdía detalle. Tenía una voluminosa carpeta sobre Fisk que contenía fotografías y varios informes, pero estaba ansioso de oír su voz, estudiar sus miradas, sus gestos y escuchar sus respuestas. ¿Era lo bastante fotogénico, telegénico, elegante, atractivo? ¿Transmitía su voz seguridad, confianza? ¿Sonaba como un tipo inteligente o gris? ¿Se ponía nervioso ante un grupo como aquel o estaba tranquilo y seguro de sí mismo? ¿Podía empaquetarse y venderse?

Barry se convenció al cabo de quince minutos. Lo único negativo era un atisbo de nerviosismo, pero eso era lo mínimo que cabía esperar. Saca a un hombre de Brookhaven y lánzalo en medio de gente desconocida en una ciudad extraña y seguro que tartamudea un par de veces. Bonita voz, bonita cara, traje pasable. Ciertamente, Barry había trabajado con menos.

Nunca conocería en persona a Ron Fisk y, como en todas las campañas de Barry, el candidato jamás tendría ni la más remota idea de quién manejaba los hilos.

De vuelta a casa en avión, Tony pidió un whisky sour e intentó que Ron pidiera también algo de beber, pero este declinó la invitación y se ciñó a su café. Era la ocasión perfecta para tomar una copa: a bordo de un jet lujoso, servidos por una mujer preciosa, al final de un día estresante y sin que nadie los estuviera vigilando.

—Solo café —dijo Ron.

A pesar de la ocasión, sabía perfectamente que seguían evaluándolo. Además, de todos modos era abstemio. La decisión había sido fácil.

Tony tampoco era un gran bebedor. Le dio unos cuantos sorbos a su copa, se aflojó la corbata y se arrellanó en el asiento.

—Se dice por ahí que esa tal McCarthy le da a la botella de lo lindo —comentó.

Ron se limitó a encogerse de hombros. El rumor no había llegado hasta Brookhaven. Calculaba que al menos el 50 por ciento de la gente de allí sería incapaz de nombrar ni a uno de los tres jueces del distrito sur, así que mucho menos sabrían de sus costumbres, buenas o malas.

Tony bebió un nuevo trago antes de continuar.

—Sus padres también eran bebedores empedernidos. Claro que eran de la costa, así que tampoco es de sorprender. Suele frecuentar un bar llamado Tuesday's, cerca del embalse. ¿Has oído hablar de él?

—No.

—Es una especie de mercado de carne para la gente de mediana edad a la que le va la marcha, al menos eso he oído. Nunca he estado allí.

Fisk se negó a picar el anzuelo. Ese tipo de cotilleos parecían aburrirle, algo que a Tony no le molestó. En realidad, lo encontró admirable. Que el candidato mantuviera su superioridad moral, ya se arrastrarían los demás por el fango.

—¿Cuánto hace que conoces al senador Rudd? —preguntó Fisk, cambiando de tema.

—Bastante.

Siguieron charlando sobre el gran senador y su pintoresca carrera durante el resto del corto viaje.

Ron corrió a casa sin bajar de la nube en la que flotaba después del emocionante encuentro que había tenido con el poder y todo lo que lo acompañaba. Doreen quería conocer hasta el último detalle. Cenaron espaguetis recalentados mientras los niños acababan los deberes y se preparaban para irse a la cama.

Doreen tenía muchas preguntas y Ron tuvo problemas para encontrar alguna de las respuestas. ¿Por qué había tantos grupos y tan distintos dispuestos a invertir esas cantidades en un político desconocido y sin experiencia? Porque estaban entregados a la causa. Porque preferían jóvenes brillantes y de buen parecer, con creencias afines y que no hubieran servido antes en la administración pública. Además, si Ron decía que no, encontrarían a otro candidato como él. Estaban decididos a ganar, a limpiar el tribunal. Era un movimiento nacional, y uno de los importantes.

La comida privada de su marido con el senador Myers Rudd fue lo que decantó la balanza. Iban a jugarse el todo por el todo en el desconocido mundo de la política y vencerían.

14

Barry Rinehart cogió el puente aéreo a LaGuardia y desde allí subió a un coche particular que lo llevó al hotel Mercer, en el SoHo. Se registró, se dio una ducha y se puso un traje de lana, más grueso, porque decían que iba a nevar. Recogió un fax en el mostrador y luego se acercó dando un paseo hasta un pequeño restaurante vietnamita, a ocho manzanas del hotel, cerca del Village, un local que todavía no aparecía en las guías turísticas. El señor Trudeau lo prefería para las reuniones privadas. Estaba vacío y era pronto, así que Barry se acomodó en uno de los taburetes de la barra y pidió algo de beber.

Tal vez la chapucera demanda conjunta de F. Clyde Hardin no hubiera tenido demasiada repercusión en Mississippi, pero desde luego el eco había llegado a Nueva York. Las publicaciones financieras diarias recogían la noticia y las ya de por sí maltrechas acciones ordinarias de Krane recibieron un nuevo varapalo.

El señor Trudeau se había pasado el día pegado al teléfono y gritándole a Bobby Ratzlaff. Las acciones de Krane se habían estado cotizando entre los dieciocho y los veinte dólares, pero la demanda conjunta les costó varios dólares. Cerraron a catorce y medio, un nuevo mínimo, y Carl se fingió afectado por la noticia. Ratzlaff, que había sacado un millón de dólares de su plan de pensiones, parecía bastante más hundido.

Cuanto más bajaran, mejor. Carl quería que las acciones cayeran lo máximo posible. En teoría ya había perdido mil millones, pero podía perder más porque un día todo le sería devuelto con creces. Sin que nadie lo supiera, salvo dos banqueros en Zurich, Carl estaba comprando las acciones de Krane a través de una convenientemente imprecisa compañía panameña. Ponía mucho cuidado en adquirirlas en lotes pequeños para no afectar a la tendencia a la baja. Cinco mil acciones en un día tranquilo y veinte mil en uno de los animados, pero nada que pudiera llamar la atención. Pronto tendrían que presentar los beneficios del cuarto trimestre, y Carl había estado falsificando la contabilidad desde Navidades. Las acciones seguirían cayendo en picado y Carl continuaría comprando.

Despachó a Ratzlaff cuando ya había oscurecido y luego devolvió unas cuantas llamadas. Se acomodó en el asiento trasero de su Bentley a las siete y Toliver lo llevó al local vietnamita.

Carl no había vuelto a ver a Rinehart desde su primer encuentro en Boca Ratón, en noviembre, tres días después del veredicto. No utilizaban ni el correo ordinario, ni el electrónico, ni el fax, ni la mensajería, ni los teléfonos fijos, ni los móviles habituales. Cada uno de ellos contaba con un teléfono inteligente que se comunicaba únicamente con el otro y, una vez a la semana, cuando Carl tenía tiempo, lo llamaba para que lo pusiera al día.

Los acompañaron a través de una cortina de bambú hasta una estancia lateral tenuemente iluminada, en la que solo había una mesa. Un camarero les llevó la bebida. Carl se había lanzado a despotricar contra las demandas conjuntas y los abogados que las presentaban.

—Es que hemos llegado a cosas como una hemorragia nasal o un sarpullido —decía—. Ahora, a cualquier paleto que se le ocurre pasar junto a la planta de repente se convierte en un demandante. A todos se les han olvidado los buenos tiempos en los que pagábamos el salario más alto de todo el sur de Mississippi. Los abogados han provocado una estampida y esto se ha convertido en una carrera a los tribunales.

—Pues podría ponerse peor —dijo Barry—. Sabemos que otro grupo de abogados ronda por allí en busca de clientes. Si presentan una demanda, su demanda conjunta se añadirá a la primera, aunque yo no me preocuparía.

—¡Que no te preocuparías! Claro, como no es tu dinero el que se funde en honorarios de abogados...

—Pero si vas a recuperarlo, Carl. Relájate.

Ahora se tuteaban, se llamaban por el nombre de pila y se trataban con gran familiaridad.

—Que me relaje. Krane ha cerrado hoy a catorce dólares y medio. Si tuvieras veinticinco millones de acciones, puede que no te resultara tan fácil relajarte.

—Me relajaría y compraría.

Carl apuró su whisky.

—Te estás volviendo muy gallito.

—Hoy he visto a nuestro hombre. Ha hecho la ronda de visitas en Washington. Un tipo bien parecido y tan honrado que da miedo. Inteligente, buen orador y no se maneja mal. Todo el mundo se quedó impresionado.

—¿Ya ha firmado?

—Lo hará mañana. Ha comido con el senador Rudd y el amigo sabe qué teclas tocar.

—Myers Rudd —dijo Carl, sacudiendo la cabeza—. Menudo imbécil.

—Y que lo digas, pero se le puede comprar.

—A todos se les puede comprar. El año pasado me gasté más de cuatro millones en Washington. Fui repartiéndolos como caramelos en Navidad.

—Estoy seguro de que Rudd se llevó su parte. Ambos sabemos que es idiota, pero la gente de Mississippi no. Es el rey y por allí abajo lo adoran. Si él quiere que nuestro hombre se presente, ya tenemos la carrera en marcha.

Carl se liberó de la chaqueta y la arrojó a una silla. Se quitó los gemelos, se arremangó y, a salvo de miradas indiscretas, se aflojó la corbata y se arrellanó en la silla. Le dio un trago al whisky.

—¿Conoces la historia del senador Rudd y la EPA? —preguntó, sabiendo que menos de cinco personas conocían los detalles.

—No —contestó Barry, dándole un tirón a su propia corbata.

—Hace siete años, quizá ocho, antes de que empezara el juicio, la EPA fue a Bowmore y empezó a hacer de las suyas. La gente de allí llevaba años quejándose, pero la EPA no es precisamente famosa por actuar con rapidez. Empezaron a husmear, realizaron pruebas, se asustaron y entonces se preocuparon de verdad. Nosotros no les quitábamos los ojos de encima. Teníamos a gente por todas partes. Joder, si hasta teníamos gente dentro de la EPA. Tal vez fuimos demasiado lejos con lo de los residuos tóxicos, no sé, pero los burócratas se volvieron muy beligerantes. Empezaron a hablar de investigaciones criminales, de llamar a la oficina del fiscal general, nada bueno, pero por el momento nada salió a la luz. Estaban a punto de hacerlo público, acompañándolo de todo tipo de demandas: una limpieza de tropecientos millones, multas desorbitadas, incluso se planteaban el cierre. Un hombre llamado Gabbard era uno de los altos ejecutivos de Krane en aquellos momentos. Ahora ya no sigue con nosotros, pero era de los que sabían cómo convencer a cualquiera. Envié a Gabbard a Washington con un cheque en blanco; en realidad, con varios. Se reunió con nuestros grupos de presión y crearon un nuevo comité de acción política, un PAC, otro más que supuestamente trabajaba en el interés de los fabricantes de productos químicos y plásticos. Diseñaron un plan cuyo objetivo era lograr que el senador Rudd estuviera de nuestro lado. Ahí abajo le tienen miedo, y si quiere que la EPA se esfume, ya puedes olvidarte de ella. Rudd lleva un siglo en el Comité Presupuestario y si la EPA amenaza con oponerse a él, solo tiene que contraatacar amenazando con cerrar el grifo. Es un poco lioso, pero sencillo al mismo tiempo. Además, se trata de Mississippi, terreno de Rudd, por lo que tenía más contactos e influencia que cualquier otro. Así que nuestra gente del nuevo PAC empezó a dorarle la píldora a Rudd, pero él enseguida los caló. Es un simplón, pero lleva tanto tiempo en ese mundillo que creo que ha escrito la mayoría de las reglas.

Llegaron varios platos de gambas y fideos, que apenas recibieron atención, y una nueva ronda de bebidas.

—Rudd consideró que necesitaba un millón de dólares para sus fondos de campaña y nosotros accedimos a enviárselo a través de todas esas empresas fantasma que soléis utilizar para ocultarlo. El Congreso le ha dado una pátina de legalidad, pero no por eso deja de ser un soborno. Después de eso, Rudd quiso algo más. Resulta que tiene un nieto con un pequeño retraso mental que, a su vez, tiene una extraña fijación con los elefantes. El chaval adora a los elefantes. Tiene las paredes llenas de pósteres, ve documentales de fauna salvaje y todo eso. Bien, pues lo que al senador realmente le apetecía era uno de esos safaris en África de primera clase, un cinco estrellas, para poder llevar a su nieto a ver una manada de elefantes. Ningún problema. Luego decide que toda la familia disfrutaría con un viaje así, y nuestra gente le organiza el puñetero viaje. Veintiocho personas, dos jets privados, quince días en la sabana africana bebiendo Dom Pérignon, comiendo langosta y solomillo y, por descontado, contemplando embobados miles de elefantes. La broma ascendió a cerca de trescientos de los grandes y él jamás supo que salieron de mi bolsillo.

—Una ganga.

—Una verdadera ganga. Calló a la EPA, que se fue de Bowmore. Éramos intocables y, como no hay mal que por bien no venga, ahora el senador Rudd es un experto en todo lo tocante a África: sida, genocidios, hambrunas, violación de los derechos humanos... Da igual el tema, él lo sabe todo porque pasó dos semanas en medio de la sabana de Kenia viendo la fauna salvaje desde detrás de un Land Rover.

Se echaron a reír y atacaron los fideos.

—¿Te pusiste en contacto con él cuando empezaron las demandas? —preguntó Barry.

—No. Los abogados enseguida se pusieron manos a la obra. Recuerdo que una vez, hablando con Gabbard sobre Rudd, llegamos a la iluminada conclusión de que la política no se vería mezclada con el juicio. Confiábamos en que saldríamos vencedores. Qué equivocados estábamos.

Se concentraron en la cena unos minutos, aunque ninguno de los dos parecía demasiado entusiasmado con la comida.

—Nuestro hombre se llama Ron Fisk —dijo Barry, tendiéndole un sobre grande de papel Manila—. Ahí encontrarás lo fundamental. Fotos, un repaso a su trayectoria vital, unas ocho páginas en total, tal como pediste.

—¿Fisk?

—El mismo.

La madre de Brianna se había pasado por allí en una de sus dos visitas anuales, para las que Carl insistía en que utilizaran la casa de los Hamptons y a él lo dejaran en paz en la ciudad. Carl le sacaba dos años y ella todavía fantaseaba con la idea de conservar suficiente atractivo como para llamar su atención. Carl no pasaba más de una hora al año en presencia de aquella mujer y no había ocasión en que no se sorprendiera prácticamente rezando por que Brianna no hubiera heredado sus genes. Odiaba a aquella mujer. La madre de una esposa trofeo no es automáticamente una suegra trofeo; además, por lo general suelen estar bastante más obsesionadas con el tema del dinero. Carl había aborrecido a todas y cada una de sus suegras. Para empezar, detestaba la idea de tener una suegra.

Se habían ido. Tenía el ático de la Quinta Avenida solo para él. Brianna había cargado en el coche a Sadler MacGregor, la niñera rusa, su ayudante, la nutricionista y un par de asistentas y había salido en caravana hacia la isla, donde podría invadir su magnífica casa como le placiera y maltratar al servicio a su antojo.

Carl salió del ascensor privado, se topó de bruces con *Abused Imelda*, la maldijo por enésima vez, no hizo caso de su ayudante de cámara, despachó al resto del servicio y ya por fin en la maravillosa intimidad de su dormitorio, se puso el pijama, una bata y unos gruesos calcetines de lana. Fue a buscar un puro, se sirvió un whisky de malta sin hielo y salió a la pequeña terraza que daba a la Quinta Avenida y a Central Park. El aire era cortante y hacía viento, perfecto.

Rinehart le había recomendado que no se preocupara por los detalles de la campaña.

—No hace falta que lo sepas todo —le había dicho en más de una ocasión—. Confía en mí. Me dedico a esto y soy bueno.

Sin embargo, Rinehart nunca había perdido mil millones de dólares. Según uno de los artículos que había leído nada menos que sobre él mismo, solo había seis hombres más, aparte de él, que hubieran perdido mil millones de dólares en un día. Barry jamás sabría hasta qué punto se sentía uno humillado cuando la caída era tan rápida y tan dura en aquella ciudad. De repente no había manera de localizar a los amigos, los chistes de Carl ya no hacían gracia y había puertas del círculo social que parecían cerradas (a pesar de saber que se trataba de algo temporal). Incluso su mujer parecía algo más fría y menos aduladora. Por no mencionar el vacío que le hacían los que realmente importaban: los banqueros, los administradores de fondos, los gurús de las finanzas, la élite de Wall Street.

Admiró tranquilo los edificios de la Quinta Avenida mientras el viento enrojecía sus mejillas. Multimillonarios por todas partes. ¿Habría alguno que se compadeciera de él o todos se regodeaban con su caída? Sabía la respuesta por lo mucho que había disfrutado con los tropiezos de los demás.

Reíd, reíd, se dijo, dando un largo trago a su copa. Reíd todo lo que queráis porque yo, Carl Trudeau, cuento con un arma secreta. Se llama Ron Fisk, un joven agradable e inocentón que he adquirido (fuera de aquí) por una miseria.

Tres manzanas al norte, en lo alto de un edificio que Carl apenas alcanzaba a ver, estaba el ático de Pete Flint, uno de sus muchos enemigos. Dos semanas antes, Pete había aparecido en la portada de *Hedge Fund Reports*, ataviado con un traje de firma que no le favorecía. Estaba engordando. El artículo ponía por las nubes a Pete, su fondo de inversión libre y en particular los fabulosos resultados del último trimestre del año anterior gracias, casi en su totalidad, al acierto de deshacerse de Krane Chemical. Pete aseguraba que había ganado unos quinientos millones de dólares gracias a Krane y a la brillante predicción sobre el resultado del juicio. No se mencionaba el nombre de Carl, aunque no era necesario. Era de dominio público que había perdido mil millones de dólares, y allí estaba Pete Flint, asegurando haber sacado tajada de la mitad. No tenía palabras para describir lo dolorosa que era la humillación.

El señor Flint no sabía nada acerca del señor Fisk. Cuando oyera su nombre, ya sería demasiado tarde y Carl habría recuperado su dinero. Además de un buen pico adicional.

15

La reunión invernal de la ALM, la Asociación de Abogados Litigantes de Mississippi, se celebraba cada año en Jackson, a principios de febrero, mientras la asamblea legislativa todavía celebraba sesiones. Solía ser un fin de semana lleno de discursos, seminarios, actualizaciones políticas y cosas por el estilo. Teniendo en cuenta que los Payton habían obtenido el veredicto más suculento del estado, los abogados tenían gran interés en oírlos. Mary Grace puso objeciones. Era un miembro activo, pero aquello no estaba hecho para ella. Las convenciones solían incluir largas horas de cócteles amenizadas por batallitas. Las mujeres no estaban excluidas de este tipo de reuniones, pero tampoco acababan de encajar en aquel ambiente. Además, alguien tenía que quedarse en casa con Mack y Liza.

Wes se prestó voluntario a regañadientes. Él también era un miembro activo, pero los congresos de invierno acostumbraban a ser tediosos. Las convenciones de verano en la playa eran mucho más divertidas y estaban más dirigidas a la familia, por lo que el clan Payton había asistido a un par.

Wes condujo hasta Jackson una mañana de sábado y encontró la pequeña convención en un hotel del centro de la ciudad. Aparcó bastante lejos para que ninguno de sus colegas abogados viera qué vehículo conducía en esos momentos. Eran conocidos por sus coches deslumbrantes y otros caprichos, y a Wes le avergonzaba el Taurus desvencijado que había sobrevivido al viaje desde Hattiesburg. Tampoco pasaría la noche en el hotel, porque no podía permitirse una habitación de cien dólares. Sobre el papel podría decirse que era millonario, pero tres meses después de la sentencia, Wes todavía seguía contando hasta el último centavo. La llegada del día de cobro del caso de Bowmore seguía siendo un sueño muy lejano. Incluso con ese veredicto, Wes seguía preguntándose si estaba en su sano juicio cuando aceptó el caso.

La comida se servía en la gran sala de baile con cabida para doscientas personas, una gran asistencia. Mientras avanzaban los prolegómenos, Wes observó a los presentes desde su asiento en el estrado.

Los abogados litigantes siempre eran un grupo variopinto y ecléctico: vaqueros, granujas, radicales, progres, corporativos, inconformistas extravagantes, moteros, diáconos, el típico sureño, charlatanes, buitres; rostros que aparecían en vallas publicitarias, páginas amarillas y programas de televisión de madrugada. De lo más aburrido. Discutían entre ellos como una familia mal avenida, aunque eran capaces de dejar de lanzarse los trastos a la cabeza, formar un círculo con los carromatos y atacar unidos al enemigo. Venían de las grandes ciudades, donde reñían por obtener casos y clientes, y también de ciudades pequeñas, donde perfeccionaban sus aptitudes ante jurados no demasiado complicados y muy poco dispuestos a gastarse el dinero de los demás. Algunos poseían aviones privados e iban arriba y abajo por todo el país dando forma a la última demanda conjunta del último litigio de daños colectivos. A otros les repelía el juego de los procesos colectivos de responsabilidad civil y se aferraban orgullosos a la tradición de resolver una causa cada vez. La nueva hornada era una generación de emprendedores que aceptaba casos a granel y los resolvían de la misma forma, sin necesidad de tener que enfrentarse a un jurado. Otros, en cambio, no sabían vivir sin la emoción de una sala del tribunal. Unos pocos trabajaban en bufetes donde aportaban su dinero y su talento, pero las firmas de abogados defensores tenían serias dificultades para mantenerse unidas. La mayoría eran pistoleros solitarios demasiado excéntricos para mantener un despacho. Algunos ganaban millones al año, otros sacaban lo justo para vivir, pero la mayoría rondaba los doscientos cincuenta mil dólares. Unos pocos estaban arruinados en esos momentos. Muchos estaban en la cima un año y se despeñaban al siguiente, pero jamás bajaban de la montaña rusa y siempre estaban dispuestos a volver a lanzar los dados.

Si compartían algo, era una rabiosa independencia y la emoción de representar a David contra Goliat.

En la derecha política se encontraba la clase dirigente, el dinero, las grandes empresas y los miles de grupos que estas financiaban. En la izquierda se encontraban las minorías, los sindicatos de trabajadores, los maestros y los abogados litigantes. Los abogados eran los únicos que tenían dinero, aunque una miseria en comparación con las grandes empresas.

Aunque había ocasiones en las que Wes hubiera querido estrangularlos a todos, entre ellos se sentía como en casa. Eran sus colegas, sus compañeros de batalla, y los admiraba. Podían ser arrogantes, optimistas, dogmáticos y a menudo sus peores enemigos, pero nadie se entregaba como ellos por los más desfavorecidos.

Mientras daban cuenta del pollo frío y del brécol congelado, el presidente del comité de cuestiones legislativas fue poniéndolos al día con un discurso sombrío sobre varios proyectos de ley que todavía seguían vivos en el Capitolio. Los reformistas del sistema de agravios habían vuelto y estaban presionando fuerte para promulgar medidas que restringieran la responsabilidad civil y cerraran las puertas de las salas de tribunal. Le siguió el presidente de cuestiones políticas, un hombre un poco más optimista. Las elecciones judiciales se celebrarían en noviembre y, aunque todavía era demasiado pronto para asegurarlo, parecía ser que los jueces «buenos», tanto los de primera instancia como los de apelación, no tendrían que enfrentarse a una oposición de la que tuvieran que preocuparse.

Después de la tarta helada y el café, llegó el momento de presentar a Wes Payton, que recibió una calurosa bienvenida. Empezó disculpándose por la ausencia de su compañera, el verdadero cerebro detrás del proceso de Bowmore. Mary Grace lamentaba perderse el acto, pero en esos momentos se sentía más útil en casa con los niños. Wes emprendió a continuación una larga recapitulación del caso Baker, el fallo y el estado actual de otras demandas contra Krane Chemical. Entre un público como aquel, un veredicto de cuarenta y un millones de dólares era un trofeo reverenciado y podrían haberse pasado horas escuchando al hombre que lo había obtenido. Solo unos pocos habían experimentado la emoción de una victoria como aquella, pero todos habían probado la amarga medicina de un mal veredicto.

Cuando terminó recibió un clamoroso aplauso, seguido de una tanda de ruegos y preguntas improvisada. ¿Qué expertos habían resultado útiles? ¿A cuánto ascendían los costes del proceso? (Wes se negó educadamente a decir la cantidad. Aunque se encontrara en una sala llena de profesionales acostumbrados a grandes cifras, la suma era demasiado dolorosa para convertirla en un tema de debate.) ¿En qué estado estaban las conversaciones para llegar a un acuerdo, si es que estas se estaban llevando a cabo? ¿Cómo afectaría la demanda conjunta al demandado? ¿Y la apelación? Wes podría haber seguido hablando durante horas sin peder la atención del público.

Esa misma tarde, durante un cóctel temprano, volvió a recibir en audiencia, contestó nuevas preguntas y disolvió rumores. Un grupo, que estaba cercando un vertido tóxico en el norte del estado, cayó sobre él con zalamerías en busca de consejo. ¿Le importaría echarle un vistazo a su caso? ¿Podría recomendarles a algún experto? ¿Y si fuera a visitar el lugar? Al final consiguió escapar en dirección al bar, donde tropezó con Barbara Mellinger, la inteligente y veterana directora ejecutiva de la ALM y uno de los miembros más importantes del grupo de presión.

—¿Tienes un minuto? —le preguntó Mellinger, mientras se apartaban a un rincón donde nadie pudiera oírles—. He oído un rumor escalofriante —dijo, dando un sorbo a su ginebra y mirando a los presentes. Mellinger se había pasado veinte años en las salas del Capitolio y conocía como nadie el terreno que pisaba. Además, no era dada a los chismorreos. Le llegaban más que a nadie, pero cuando ella decidía contar uno, por lo general era porque se trataba de algo más que un simple rumor—. Van a por McCarthy —dijo.

—¿Ellos? —preguntó Wes a su lado, mirando a los presentes.

—Los sospechosos habituales: la Junta de Comercio y ese hatajo de matones.

—No pueden con McCarthy.

—Bueno, pero pueden intentarlo.

—¿Ella lo sabe?

Wes acababa de perder el interés en su refresco sin calorías.

—No creo. No lo sabe nadie.

—¿Tienen un candidato?

—Si lo tienen, no sé quién es, pero tienen una gran habilidad en dar con la persona adecuada.

¿Qué se suponía que debía decir o hacer Wes? Contar con unos buenos fondos de campaña era la única defensa posible y él no podía contribuir ni con un solo centavo.

—¿Y ellos lo saben? —preguntó Wes, haciendo un gesto con la cabeza en dirección a los corrillos que se habían formado.

—Todavía no. En estos momentos estamos intentando no hacer ruido, a la espera. McCarthy, como suele ocurrir, no tiene ni un centavo en el banco. Los jueces del supremo se creen invencibles, piensan que están por encima de la política y todo eso, y cuando de repente aparece un rival, les han hecho la cama.

—¿Tienes un plan?

—No. Por ahora me limito a observar y esperar. Y a rezar para que solo sea un rumor. Hace dos años, en las elecciones de McElwayne, esperaron hasta el último minuto para anunciar la candidatura y para entonces ya tenían un millón en el banco.

—Sin embargo, ganamos esas elecciones.

—Así es, pero dime que no se te pusieron por corbata.

—Y que lo digas.

Un hippie entrado en años y con coleta avanzó hacia ellos con paso inestable y una deslumbrante sonrisa.

—Les habéis dado una buena patada en el culo por ahí abajo, ¿eh?

La frase de presentación parecía anunciar que iba a ocupar como mínimo la siguiente media hora de la vida de Wes, así que Barbara decidió despedirse.

—Continuará —le susurró.

De camino a casa, Wes disfrutó recordando la celebración durante unos kilómetros antes de dejarse vencer por el pánico al acordarse del rumor sobre McCarthy. Se lo contó todo a Mary Grace, con pelos y señales, y después de cenar, salieron del piso y fueron a dar un largo paseo. Ramona y los niños se quedaron viendo una película antigua.

Como buenos abogados, siempre seguían de cerca las resoluciones del tribunal supremo. Leían y comentaban todas las opiniones que se redactaban, una costumbre que se había iniciado en el momento de asociarse y que habían seguido cultivando con convicción. En los viejos tiempos, los integrantes del tribunal apenas cambiaban. Las vacantes se debían a la muerte del que había ocupado el cargo y los nombramientos temporales solían acabar haciéndose vitalicios. Con los años, los gobernadores habían escogido a los sustitutos con criterio y el tribunal seguía siendo respetado. Una campaña ruidosa era algo insólito. El tribunal se enorgullecía de mantener la política alejada de sus asuntos y decisiones. Sin embargo, esos días habían pasado a la historia.

—Pero con McElwayne les ganamos —repitió Mary Grace una vez más.

—Por tres mil votos.

—Es una victoria.

Hacía dos años, el juez Jimmy McElwayne había sido víctima de una emboscada, y aunque por entonces los Payton estaban demasiado empantanados con el juicio de Bowmore para contribuir económicamente, habían dedicado el poco tiempo libre que tenían a un comité local. Incluso habían trabajado de voluntarios el día de las elecciones.

—Hemos ganado el juicio, Wes, y no vamos a perder la apelación —dijo Mary Grace.

—Estoy de acuerdo.

—Seguramente solo es un rumor.

El siguiente lunes por la tarde, Ron y Doreen Fisk salieron de Brookhaven sin decir nada a nadie y fueron a Jackson para encontrarse con Tony Zachary. Tenían que conocer a ciertas personas.

Habían llegado al acuerdo de que Tony sería el director oficial de la campaña. La primera persona que hizo pasar a la sala de reuniones fue al director financiero que proponía, un joven elegante y con un largo historial de campañas estatales en no menos de doce estados. Se llamaba Vancona y, desbordando seguridad en sí mismo, les presentó la estructura básica de su plan financiero en un abrir y cerrar de ojos. Encendió el portátil y un proyector y expuso la información con vivos colores en una pantalla blanca. En la columna de ingresos, la coalición de simpatizantes contribuiría con dos millones y medio de dólares. Gran parte procedería de las personas que Ron había conocido en Washington y, por si acaso, Vancona les pasó una larga lista de grupos. Los nombres estaban borrosos, pero la cantidad era abrumadora. Podían contar con otros quinientos mil, que provendrían de donantes de todo el distrito, dinero que se generaría cuando Ron iniciara la campaña y empezara a ganarse amistades y a impresionar a la gente.

—Sé cómo recaudar dinero —repitió Vancona en más de una ocasión, aunque sin intención de parecer agresivo.

Tres millones de dólares era la cifra mágica, la que prácticamente garantizaba una victoria. Ron y Doreen estaban aturdidos.

Tony los observaba con atención. No eran idiotas, simplemente se sentían tan perdidos como lo estaría cualquiera en sus mismas circunstancias. Hicieron varias preguntas, pero solo porque era lo que se esperaba de ellos.

En la columna de gastos, Vancona lo tenía todo controlado: anuncios en televisión, radio y periódicos, publicidad por correo, viajes, salarios (el suyo sería de noventa mil dólares), el alquiler de la oficina y todo lo demás, hasta las pegatinas, los carteles, las vallas publicitarias y los coches de alquiler. La suma total era de dos millones ochocientos mil dólares, lo que les dejaba un margen.

Tony deslizó sobre la mesa dos gruesas carpetas, cada una de ellas rotulada con un rimbombante: «TRIBUNAL SUPREMO, DISTRITO SUR, RON FISK CONTRA SHEILA MCCARTHY. CONFIDENCIAL».

—Está todo ahí —dijo.

Ron pasó unas cuantas páginas e hizo varias preguntas inocentes.

Tony asintió con solemnidad, como si su hombre poseyera una gran perspicacia.

La siguiente visita —Vancona se quedó en la sala, ahora que era miembro del equipo— fue la de una mujer de la ciudad, llena de vitalidad, de unos sesenta años y experta en publicidad. Se presentó como Kat algo. Ron tuvo que echar un vistazo a su libreta para confirmarlo: Broussard. Su cargo estaba al lado del nombre: directora de publicidad.

¿Dónde habría encontrado Tony a esa gente?

Kat todavía llevaba el ritmo de la gran ciudad. Su empresa estaba especializada en elecciones estatales y había trabajado en más de un centenar.

Ron quería preguntar qué porcentajes de elecciones habían ganado, pero Kat apenas dejaba margen para encajar nada en medio de su discurso. Le encantaba la cara y la voz de Ron y estaba segura de que podría preparar el «material audiovisual» que transmitiera adecuadamente su profundidad y sinceridad. Con gran astucia, se dirigió a Doreen en casi todo momento mientras hablaba, y las mujeres conectaron. Kat se había ganado su puesto.

De las comunicaciones se encargaría una empresa de Jackson. Estaba dirigida por otra mujer de conversación fluida, llamada Candace Grume y, por descontado, contaba con una amplia experiencia en este campo. Les explicó que una campaña destinada al éxito debía coordinar las comunicaciones en todo momento.

—Por la boca muere el pez —dijo, risueña—, y por ella también se pierden las elecciones.

El gobernador actual era uno de sus clientes, pero se había guardado lo mejor para el final: su empresa había representado al senador Rudd durante más de una década. Con eso estaba todo dicho.

Cedió la palabra al especialista en encuestas, un estadístico sesudo llamado Tedford que se las arregló para asegurar, en menos de cinco minutos, que había predicho correctamente el resultado de casi todas las elecciones de la historia más reciente. Era de Atlanta. Por lo visto, ser de la gran ciudad de Atlanta y encontrarse en el interior conminaba a recordar a todo el mundo que se era de Atlanta. Al cabo de veinte minutos ya estaban hartos de Tedford.

El coordinador no era de Atlanta, sino de Jackson. Se llamaba Hobbs, y les pareció vagamente familiar, al menos a Ron. Se jactó de dirigir campañas de éxito en el estado —a veces al frente, otras en la retaguardia— durante quince años. Les leyó una larga lista de ganadores, aunque se guardó mucho de mencionar a los perdedores. Les sermoneó acerca de la necesidad de la organización local, de la importancia de hacer hincapié en los problemas cotidianos de la gente corriente, de ir de puerta en puerta, de arrancar votos, etc. Tenía una voz zalamera y a veces le brillaban los ojos con el fervor de un orador de calle. Ron le cogió manía desde el principio. Más tarde, Doreen admitiría que ella lo había encontrado encantador.

Dos horas después de que empezara el desfile, Doreen se sentía medio catatónica y la libreta de Ron estaba repleta de los garabatos que escribía para no perder el hilo.

El equipo estaba completo. Cinco profesionales bien pagados. Seis, incluyendo a Tony, aunque su salario corría a cargo de Visión Judicial. Ron estudió con atención su libreta mientras Hobbs seguía hablando por los codos y encontró la columna donde había anotado los «salarios de los profesionales»: doscientos mil dólares, y los de los «asesores»: ciento setenta y cinco mil. Añadió una nota para consultar más tarde esas cantidades con Tony. Le parecían demasiado altas, aunque ¿qué sabía él sobre los ingresos y los gastos de una campaña de altos vuelos?

Hicieron una pausa para tomar un café, y Tony acompañó a los demás fuera de la sala. Se despidieron con calurosos apretones de manos, emocionados por la expectación creada por la campaña que tenían por delante y con promesas de volver a reunirse lo antes posible.

Al quedarse a solas de nuevo con sus clientes, Tony pareció repentinamente cansado.

—Mirad, sé que es mucho de golpe. Debéis perdonarme, pero todo el mundo está muy ocupado y el tiempo es fundamental. Pensé que una sola reunión sería más productiva que tener varias por separado.

—No te preocupes —dijo Ron; el café estaba haciendo efecto.

—Recordad, esta es vuestra campaña —continuó Tony, muy serio.

—¿Estás seguro? —preguntó Doreen—. Pues no lo parece.

—Ya lo creo, Doreen. He reunido al mejor equipo que puedas encontrar, pero podéis prescindir de quien queráis ahora mismo. Solo tenéis que decirlo y me pongo de inmediato a buscar un sustituto. ¿Hay alguno que no os guste?

—No, solo es que...

—Es abrumador —admitió Ron—, nada más.

—Por supuesto que lo es, es una campaña muy seria.

—Las campañas serias no tienen por qué ser abrumadoras. Sé que soy un novato en esto, pero no soy idiota. Hace dos años, en la campaña de McElwayne, el aspirante recaudó y se gastó unos dos millones de dólares e hizo una buena campaña. Nosotros estamos barajando cifras mucho mayores. ¿De dónde va a salir el dinero?

Airado, Tony cogió sus gafas de lectura y una de las carpetas.

—Bueno, creía que lo habíamos visto —dijo—. Vancona ha repasado las cifras.

—Sé leer, Tony —le contestó Ron, con brusquedad, desde el otro lado de la mesa—. Ya he visto los nombres y los números, pero esa no es la pregunta. Lo que quiero saber es por qué esas personas están dispuestas a aflojar tres millones de dólares para apoyar a alguien del que ni siquiera han oído hablar.

Tony se quitó las gafas lentamente, con cierta exasperación.

—Ron, ¿acaso no lo hemos discutido ya montones de veces? El año pasado, Visión Judicial invirtió casi cuatro millones de dólares para que un tipo saliera elegido en Illinois. Nos gastamos cerca de seis millones en Texas. Son cifras escandalosas, pero ganar se ha puesto muy caro. ¿Quién firma los cheques? Los tipos que conociste en Washington, el movimiento a favor del desarrollo económico, los cristianos conservadores, los médicos que creen que el sistema abusa de ellos, personas que piden un cambio y que están dispuestas a pagar por él.

Ron bebió más café y miró a Doreen. Se hizo un largo silencio.

—Mira, si quieres dejarlo, solo tienes que decirlo —dijo Tony, con suavidad, arrellanándose en la silla y aclarándose la garganta—. No es demasiado tarde.

—No voy a dejarlo, Tony —contestó Ron—, pero esto es demasiado para un solo día. Todos esos asesores profesionales y...

—Yo me ocuparé de esa gente, ese es mi trabajo. El tuyo es salir ahí fuera y convencer a los votantes de que eres su hombre. Los votantes, Ron y Doreen, jamás verán a esas personas. Ni a ellos ni a mí, gracias a Dios. Tú eres el candidato y será tu rostro, tus ideas, tu juventud y tu entusiasmo lo que los convencerá. No yo. No unos cuantos asesores.

El cansancio se apoderó de ellos y pospusieron la conversación. Ron y Doreen recogieron las voluminosas carpetas y se despidieron. Regresaron a casa en silencio, aunque bastante tranquilos. Cuando atravesaron el desierto centro de Brookhaven, habían vuelto a recuperar la emoción ante el reto que tenían por delante.

Su señoría Ronald M. Fisk, juez del tribunal supremo del estado de Mississippi.

16

La jueza McCarthy entró despreocupadamente en su despacho a última hora de la mañana del sábado y lo encontró desierto. Dio un rápido repaso al correo mientras encendía el ordenador. Una vez conectada, revisó su cuenta oficial de correo electrónico, donde recibía la habitual correspondencia judicial, y su dirección personal, donde le había llegado un mensaje de su hija en el que esta le confirmaba la hora de la cena de esa noche en su casa, en Biloxi. También tenía mensajes de dos hombres, uno con el que había estado saliendo y otro con quien tal vez podría hacerlo.

Se había puesto unos vaqueros, unas zapatillas deportivas y una chaqueta de montar de tweed marrón que su ex marido le había regalado hacía años. Los fines de semana no había normas en el vestir, porque por allí solo aparecían los letrados.

El suyo, Paul, apareció de la nada sin hacer ruido.

—Buenos días —la saludó.

—¿Qué haces tú aquí? —le preguntó.

—Lo de siempre, repasar expedientes.

—¿Algo interesante?

—No. —Le lanzó una revista sobre el escritorio—. Este está de camino. Podría ser divertido.

—¿Qué es?

—El gran veredicto del condado del Cáncer. Cuarenta y un millones de dólares. Bowmore.

—Ah, sí —dijo ella, recogiendo la revista.

Todos los abogados y jueces del estado aseguraban que conocían a alguien que sabía algo sobre el caso Baker. Los medios de comunicación le habían concedido una amplia difusión, tanto durante el proceso como, sobre todo, después de la sentencia. Paul y los demás letrados solían comentarlo. Lo seguían con atención, anticipándose a la llegada de los escritos de apelación con varios meses de antelación.

El artículo informaba sobre todo lo relacionado con el lugar de los vertidos, Bowmore, y el litigio que siguió. Había fotos de la pequeña ciudad, medio deshabitada y con las ventanas de las casas tapadas con tablas; fotos de Mary Grace contemplando la valla de alambre de cuchillas que rodeaba la planta de Krane y sentada con Jeannette Baker a la sombra de un árbol, cada una de ellas con una botella de agua; fotos de una veintena de las supuestas víctimas: negros, blancos, niños y ancianos. Sin embargo, el personaje principal era Mary Grace y su importancia crecía a medida que el artículo avanzaba. Era su caso, su causa. Bowmore era su pueblo y sus amigos estaban muriendo.

Sheila terminó de leerlo y de repente le aburrió estar allí. Tardaría tres horas en llegar a Biloxi. Salió del tribunal sin toparse con nadie más y puso rumbo hacia el sur, sin ninguna prisa. Se detuvo a repostar en Hattiesburg y, llevada por un impulso, torció hacia el este, con una repentina curiosidad por el condado del Cáncer.

Cuando le correspondía presidir un juicio, la jueza McCarthy solía pasear por la escena del suceso para echar por sí misma un vistazo furtivo al lugar. Los detalles imprecisos acerca de la colisión de un camión cisterna en un puente muy transitado se esclarecieron después de pasarse una hora en dicho puente, sola, de noche, a la misma hora en que se había producido el accidente. En un caso de asesinato, desestimó la alegación de defensa propia del acusado después de aventurarse en el callejón donde había sido descubierto el cadáver. La luz se proyectaba con fuerza a través de una de las ventanas de un almacén e iluminaba la escena. Durante el juicio por una muerte en un paso a nivel, condujo por aquella carretera de noche y de día, se detuvo en un par de ocasiones para dejar pasar a los trenes y acabó convencida de que toda la culpa recaía en el conductor. Opiniones que se guardaba para ella, por descontado. El jurado era el juez de hecho, no el magistrado, pero una extraña curiosidad solía atraerla a la escena donde se había cometido el crimen. Quería saber la verdad.

Bowmore era un lugar tan inhóspito como describía el artículo. Aparcó detrás de una iglesia, a dos manzanas de la calle principal, y bajó a dar un paseo. Era muy poco probable que hubiera otro BMW descapotable rojo en el pueblo y lo último que deseaba era llamar la atención.

Tanto el tráfico como el comercio languidecían para ser sábado. La mitad de los escaparates estaban cubiertos con tablones y solo unos cuantos de los que sobrevivían estaban abiertos. Una farmacia, un economato y otros cuantos comercios menores. Se detuvo en el despacho de F. Clyde Hardin & Associates. Recordaba que el artículo lo mencionaba.

Igual que el Babe's Coffee Shop, donde Sheila se sentó en un taburete de la barra con la esperanza de enterarse de algo sobre el caso. No la defraudaron.

Casi eran las dos de la tarde y no había nadie en la barra. Dos mecánicos del taller de Chevrolet comían en uno de los reservados de enfrente. La cafetería era un lugar muy tranquilo, polvoriento, necesitado de una capa de pintura y un suelo nuevo y daba la impresión de no haber cambiado en décadas. Las paredes estaban cubiertas con calendarios de fútbol americano que se remontaban a 1961, fotos de promoción, artículos de periódicos viejos y todo lo que a cualquiera le apeteciera colgar. Un enorme cartel anunciaba: «Solo usamos agua embotellada».

Babe apareció al otro lado del mostrador.

—¿Qué le pongo, querida? —le preguntó, cordialmente.

Llevaba un uniforme blanco almidonado, un delantal inmaculado de color burdeos con su nombre «Babe» bordado en rosa y calcetines y zapatos blancos, como si acabara de salir de una película de los años cincuenta. Seguramente estaba allí desde entonces, aunque llevaba el cabello cardado teñido de un color muy intenso, que casi combinaba con el delantal. En los ojos tenía arrugas de fumadora, aunque los pequeños surcos no eran rival para la espesa capa de maquillaje con que Babe se embadurnaba cada mañana.

—Solo un agua —dijo Sheila.

Le intrigaba lo del agua. Babe realizaba casi todas sus tareas mientras miraba tristemente la calle a través de los enormes ventanales.

—No es de por aquí —dijo, sacando un botellín.

—Estoy de paso —contestó Sheila—. Tengo unos parientes en el condado de Jones.

Y era cierto, tenía una tía lejana, que tal vez todavía estuviera viva, que siempre había vivido en el condado de Jones.

Babe colocó delante de ella un botellín de agua con la sencilla etiqueta de «Embotellada para Bowmore» y le explicó que también tenía parientes en el condado de Jones. Antes de que se adentraran en su árbol genealógico, Sheila se apresuró a cambiar de tema. De un modo u otro, todo el mundo está emparentado en Mississippi.

—¿Qué es esto? —preguntó, señalando el botellín.

—Agua —contestó Babe, con una mirada sorprendida. Sheila lo miró más de cerca, permitiendo que Babe llevara el peso de la conversación—. Toda el agua en Bowmore está embotellada. La traen en camiones desde Hattiesburg. No se puede beber la que sacan con las bombas de por aquí, está contaminada. ¿De dónde es?

—De la costa.

—¿No ha oído hablar del agua de Bowmore?

—Lo siento. —Sheila desenroscó el tapón y le dio un trago—. Sabe a agua —dijo.

—Debería probar la otra.

—¿Qué le pasa a la otra?

—Dios bendito, querida —exclamó Babe, y miró a su alrededor para ver si alguien más había oído aquella pregunta tan sorprendente. No había nadie más, así que Babe abrió un refresco bajo en calorías y se acercó furtivamente a ella—. ¿No ha oído hablar del condado del Cáncer?

—No.

Volvió a mirarla con incredulidad.

—Pues somos nosotros. Este condado posee la mayor tasa de incidencia de cáncer del país porque el agua de boca está contaminada. Antes había por aquí una planta química, Krane Chemical, un hatajo de listillos de Nueva York. Durante muchos años, veinte, treinta, cuarenta, depende de a quién quiera creer, estuvieron vertiendo todo tipo de mierda tóxica, perdone mi lenguaje, en unos barrancos que había detrás de la planta. Un montón de barriles, bidones, toneladas de mierda que fueron a parar a ese pozo y que acabaron filtrándose en un acuífero subterráneo sobre el que el ayuntamiento, gobernado por unos burros de tomo y lomo, se lo digo yo, había construido una bomba de extracción a finales de los ochenta. El agua de boca pasó de cristalina a gris clara y acabó volviéndose amarillenta. Ahora es marrón. Al principio empezó a oler raro y luego ya apestaba. Estuvimos peleándonos con el ayuntamiento durante años para que la limpiara, pero como si oyeran llover. Nos tomaron por el pito del sereno. Al final la cuestión del agua se convirtió en nuestro caballo de batalla y, ay, corazón, entonces fue cuando las cosas empezaron a torcerse de verdad. La gente empezó a caer como moscas. El cáncer cayó sobre este pueblo como una plaga. La gente moría a diestro y siniestro, y la cosa sigue igual. Inez Perdue cayó en enero. Creo que fue la que hacía el número sesenta y cinco o algo así. Todo salió a la luz en el juicio.

Se detuvo para observar a dos peatones que paseaban por la acera. Sheila dio un trago al agua.

—¿Hubo juicio? —preguntó.

—¿Tampoco ha oído hablar del juicio?

Sheila se encogió de hombros con aire de inocencia.

—Soy de la costa.

—Ay, Señor. —Babe cambió de codo y se apoyó en el otro—. Se estuvo hablando de demandarlos durante años. Tuve a todos los abogados por aquí cuando venían a charlar mientras se tomaban un café y por lo visto nadie les había enseñado a bajar la voz. Lo oí todo, y lo sigo oyendo. Se les llenaba la boca de grandes palabras. Que si iban a empapelar a Krane Chemical por esto o por aquello, pero no ocurrió nada. Creo que el caso les iba demasiado grande, además de tener que enfrentarse a una gran empresa química con mucho dinero y abogados con mucha labia. Cada vez se oía hablar menos de demandarlos, pero los casos de cáncer seguían. Los niños morían de leucemia, a la gente le salían tumores en los riñones, el hígado, la vejiga, el estómago, en fin, querida, un horror. Krane se forró con un pesticida llamado pillamar 5 que había sido ilegalizado hacía veinte años. Ilegalizado aquí, pero no en Guatemala y sitios por el estilo. Así que continuaron fabricando el dichoso pillamar 5 aquí y luego lo enviaban a esas repúblicas bananeras donde lo echaban sobre las frutas y las hortalizas que luego volvían a enviarnos a nosotros. También salió en el juicio y me dijeron que enfadó mucho al jurado. Desde luego algo tuvo que tocarles la fibra.

—¿Dónde se celebró el juicio?

—¿Está segura de que no tiene parientes por aquí?

—Estoy segura.

—¿Ni ningún amigo en Bowmore?

—Ninguno.

—Y no es periodista, ¿verdad?

—No. Solo estoy de paso.

Satisfecha con el público que tenía, Babe hizo una honda inspiración y siguió adelante.

—Se lo llevaron fuera de Bowmore, una jugada inteligente porque cualquier jurado de aquí habría sentenciado a Krane y a los sinvergüenzas de sus dueños a la pena de muerte, por eso lo celebraron en Hattiesburg. Lo llevó el juez Harrison, uno de mis preferidos. El condado de Cary está en su distrito y come aquí desde hace años. Le gustan mucho las faldas, pero me parece bien, a mí me gustan los hombres. Bueno, el caso es que durante mucho tiempo esos abogados se limitaron a hablar, pero nadie se atrevió a demandar a Krane. Entonces, una chica de por aquí, una mujer joven, imagínese, uno de los nuestros, lo mandó todo a la porra e interpuso una demanda colectiva. Mary Grace Payton. Creció a poco más de un kilómetro del pueblo y pronunció el discurso de despedida en el instituto de Bowmore. Recuerdo cuando era solo una niña. Su padre, el señor Truman Shelby, todavía se pasa por aquí de vez en cuando. Adoro a esa chiquilla. Su marido también es abogado, ejercen juntos en Hattiesburg. Interpusieron la demanda en nombre de Jeannette Baker, la pobre, cuyo marido e hijo pequeño habían muerto de cáncer con ocho meses de diferencia. Krane contraatacó con fuerza, por el vaivén que hubo por aquí yo diría que tenía como un centenar de abogados. El juicio duró meses y, por lo que he oído, estuvo a punto de llevar a la ruina a los Payton. Pero ganaron. El jurado le dio su merecido a Krane. Cuarenta y un millones de dólares. No puedo creer que no haya oído hablar de él. ¿Cómo es posible? Por fin la gente supo dónde estaba Bowmore. ¿Quiere algo para comer, querida?

—¿Un sándwich caliente de queso?

—Oído cocina. —Babe lanzó dos trozos de pan de molde en la parrilla con puntería certera—. El caso está ahora en el tribunal de apelación y rezo todas las noches para que ganen los Payton. Ahora los abogados ya vuelven a merodear por aquí en busca de nuevas víctimas. ¿Conoce a Clyde Hardin?

—No tengo el honor.

—Trabaja a siete puertas de aquí, a la izquierda. Lleva ahí desde siempre. Es miembro del club del café de las ocho y media, un hatajo de fanfarrones. Él es un buen tipo, pero su mujer es insoportable. A Clyde le dan miedo los tribunales, por eso se alió con unos picapleitos con pasta de Filadelfia, en Pensilvania, no Mississippi, y presentaron una demanda conjunta en nombre de un grupo de aprovechados que intentan subirse al carro. Corre el rumor de que algunos de esos supuestos clientes ni siquiera viven por aquí. Lo único que buscan es un cheque. —Desenvolvió dos lonchas de queso Cheddar y las colocó sobre el pan caliente—. ¿Mayonesa?

—No.

—¿Y unas patatas fritas?

—No, gracias.

—En fin, el pueblo está más dividido que nunca. La gente que está realmente enferma está muy enfadada con los que dicen ser las nuevas víctimas. Es curioso lo que el dinero hace hacer a la gente. Siempre buscando una limosna. Algunos abogados creen que Krane acabará dando su brazo a torcer y que llegarán a un acuerdo. La gente se hará rica y los abogados aún más. Sin embargo, también hay quien está convencido de que Krane jamás admitirá que ha hecho nada malo. Es más, nunca lo han hecho. Hace seis años, cuando no paraba de hablarse de demandas, se limitaron a cerrar puertas un fin de semana y se largaron a México, donde estoy segura de que vierten residuos donde les da la gana. Seguramente están matando mexicanos a diestro y siniestro. Es un crimen lo que ha hecho esa compañía. Ha matado a este pueblo.

Cuando el pan estuvo casi negro, unió las dos partes del sándwich, lo partió en dos y se lo sirvió con una rodaja de pepinillo en vinagre.

—¿Qué ocurrió con los trabajadores de Krane?

—Que los jodieron. A nadie le sorprendió. Muchos de ellos se fueron de aquí para buscar trabajo en otras partes. Por aquí no sobra el trabajo precisamente. Alguno que otro era buena gente, pero había otros que sabían lo que estaba ocurriendo y callaron. Si hablaban, los echaban a la calle. Mary Grace encontró a unos cuantos y los llamó a declarar en el juicio. Unos dijeron la verdad, otros mintieron y Mary Grace los hizo trizas, según lo que he oído. Nunca asistí al juicio, pero tenía informes casi diarios. Todo el pueblo estaba en ascuas. Había un hombre llamado Earl Crouch que estuvo dirigiendo la planta durante muchos años. Hizo mucho dinero y, según se dice, Krane lo compró cuando tuvieron que irse con el rabo entre las piernas. Crouch sabía lo de los vertidos, pero durante su declaración lo negó todo. Mintió como un perro. Eso fue hace dos años. Dicen que Crouch ha desaparecido en misteriosas circunstancias. Mary Grace no consiguió encontrarlo para que testificara en el juicio. Ha desaparecido. Ausente sin permiso. Ni siquiera Krane ha sido capaz de dar con él.

Babe dejó aquel dato valioso en el aire unos segundos, mientras se acercaba un momento para servir a los mecánicos de Chevrolet. Sheila le dio el primer bocado a su sándwich y fingió tener poco interés en la historia.

—¿Qué tal el sándwich de queso? —preguntó Babe cuando regresó.

—Buenísimo.

Sheila dio un trago de agua y esperó que continuara con su relato. Babe se inclinó hacia ella y bajó la voz.

—Hay una familia en Pine Grove, los Stone. Son duros de pelar. No hacen más que entrar y salir de la cárcel por robar coches y cosas por el estilo. Son del tipo de gente con la que es mejor no pelearse. Cuatro, o puede que cinco años atrás, uno de los pequeños de los Stone enfermó de cáncer y murió muy rápido. Contrataron a los Payton, pero el caso todavía está pendiente. He oído que los Stone encontraron al señor Earl Crouch no sé dónde de Texas y que se vengaron. Solo es un rumor y la gente de por aquí no habla de ello, aunque tampoco me extrañaría que fuera cierto. Nadie toma el pelo a los Stone. Los nervios están a flor de piel. Basta mencionar Krane Chemical para que a esa gente le entren ganas de pelea.

Sheila no tenía intención de mencionarlo. Como tampoco de seguir indagando. Los mecánicos se levantaron, se estiraron, cogieron un mondadientes y se dirigieron a la caja. Babe fue hacia ellos y los increpó mientras les cobraba, unos cuatro dólares cada uno. ¿Por qué trabajaban un sábado? ¿Qué creía su jefe que sacaba con ello? Sheila consiguió tragar la mitad del sándwich.

—¿Quiere otro? —preguntó Babe, cuando regresó a su taburete.

—No, gracias. Tengo que irme.

Dos adolescentes entraron sin prisas y se acomodaron en una mesa.

Sheila pagó su consumición, agradeció a Babe la conversación y prometió volver a pasar por allí. Se dirigió a su coche y durante la siguiente media hora estuvo recorriendo el pueblo. El artículo de la revista mencionaba Pine Grove y al pastor Denny Ott. Condujo lentamente por el barrio de la iglesia y le sorprendió su estado decadente. El artículo había sido benévolo. Encontró el polígono industrial abandonado, luego la planta de Krane, sombría y apocada, pero protegida detrás de su valla de alambre de cuchillas.

Tras dos horas en Bowmore, Sheila se fue sin intención de volver nunca más. Comprendía la rabia que había conducido hasta aquel veredicto, pero el razonamiento judicial debía excluir cualquier emoción. No cabía duda de que Krane Chemical no había obrado bien, pero el asunto era si los vertidos habían causado los cánceres. El jurado así lo había creído.

Pronto sería tarea de la jueza McCarthy y de sus ocho colegas zanjar el asunto.

Siguieron sus movimientos hasta la costa, hasta su casa, tres manzanas más allá de la bahía de Biloxi. Estuvo allí sesenta y cinco minutos y luego condujo durante cerca de dos kilómetros hasta la casa de la hija, en Howard Street. Después de una larga cena con la hija, el yerno y dos nietos pequeños, regresó a su casa y pasó allí la noche, supuestamente sola. A las diez de la mañana del domingo siguiente, almorzó en el Grand Casino con una amiga. Tras una rápida comprobación de la matrícula, averiguaron que se trataba de una conocida abogada matrimonialista, tal vez una vieja amiga. Después del almuerzo, McCarthy regresó a su casa, se puso unos vaqueros azules y salió con su bolso de viaje. Condujo sin realizar ninguna parada hasta su piso en el norte de Jackson, donde llegó a las cuatro y diez. Tres horas después, una persona que respondía al nombre de Keith Christian (hombre blanco, cuarenta y cuatro años, divorciado, profesor de historia) se presentó con unas generosas provisiones de lo que parecía ser comida china para llevar. No abandonó el piso de McCarthy hasta las siete de la mañana siguiente.

Tony Zachary resumía aquellos informes él mismo, tecleándolos en un ordenador portátil del que echaba pestes. Ya antes de la aparición de internet no se le daba bien la mecanografía y sus aptitudes apenas habían mejorado. Sin em-

Segunda parte

La campaña

17

En la vieja ciudad de Natchez existe un tramo de tierra cerca del río, bajo un risco, conocido como Under-the-Hill. Posee una larga y pintoresca historia que comienza con los primeros días de los barcos de vapor en el Mississippi y que atrajo a todo tipo de personajes —comerciantes, vendedores ambulantes, capitanes de barco, especuladores y jugadores— a Nueva Orleans. Sin embargo, en cuanto el dinero empezó a circular, llegaron rufianes, vagabundos, timadores, contrabandistas, traficantes, prostitutas y todo tipo de inadaptados sociales salidos de los bajos fondos. En Natchez abundaba el algodón, la mayoría del cual se enviaba y comercializaba a través del puerto, Under-the-Hill. El dinero fácil creó la necesidad de lugares donde gastarlo como bares, tugurios de apuestas, prostíbulos y pensiones de mala muerte. Un joven Mark Twain era uno de los clientes habituales, en sus días de piloto de un barco de vapor. Más adelante, la guerra de Secesión acabó con el tráfico fluvial, así como con muchas de las fortunas que se habían hecho en Natchez y con gran parte de su vida nocturna. Under-the-Hill sufrió un largo período de decadencia.

En 1990, la asamblea legislativa de Mississippi aprobó una ley que permitía el juego en las embarcaciones fluviales, con la idea de que unos cuantos barcos de vapor falsos con paletas pudieran remover las aguas del río arriba y abajo mientras paseaban a los jubilados que jugaban al bingo y al blackjack. Sin embargo, los empresarios no perdieron el tiempo y corrieron a montar sus casinos flotantes a lo largo del río Mississippi. Para sorpresa de todos, una vez revisada y analizada la ley, se descubrió que no hacía falta que los barcos abandonaran la orilla, ni siquiera estaban obligados a ir equipados con un motor que los propulsara. Mientras estuvieran tocando el río o alguno de sus saltos de agua, cenagales, meandros abandonados, canales construidos por el hombre o remansos, la ley consideraba que dichas estructuras podían calificarse de embarcaciones fluviales. Under-the-Hill resucitó brevemente.

Por desgracia, tras un análisis más concienzudo, comprendieron que la ley en realidad aprobaba sin restricciones, y sin que esa hubiera sido su intención, el juego de casino al estilo de Las Vegas y en pocos años esta nueva y floreciente industria se había establecido a lo largo de la costa del golfo y en el condado de Tunica, cerca de Memphis. Natchez y las otras ciudades fluviales no supieron aprovechar el auge económico, pero consiguieron aferrarse a unos cuantos de sus casinos inmóviles y sin motor.

Uno de estos establecimientos era el Lucky Jack. Clete Coley estaba sentado en su mesa favorita, con su crupier preferido, encorvado sobre una pila de fichas de veinticinco dólares mientras iba dando sorbos a un ron con soda. Había superado los mil ochocientos dólares y había llegado el momento de retirarse. Miró la puerta, esperando a su cita.

Coley era miembro del colegio de abogados. Tenía un título, la licencia, un anuncio en las páginas amarillas, un despacho con la palabra «Abogado» en la puerta, una secretaria que contestaba las esporádicas llamadas con un «despacho de abogados» muy poco entusiasta y tarjetas de visita con la información necesaria. Sin embargo, Clete Coley en realidad no era abogado. Contaba con muy pocos clientes que pudieran considerarse como tales y no sabría cómo se redactaba un testamento, una escritura o un contrato aunque estuvieran apuntándole con una pistola. No solía aparecer por los juzgados y no podía ni ver a la mayoría de los abogados de Natchez. Clete simplemente era un tunante, un abogado borrachuzo y un sinvergüenza de tomo y lomo que hacía más dinero en los casinos que en el despacho. En una ocasión tuvo algún escarceo con la política y se había salvado por los pelos de que formularan cargos contra él. También había metido mano en ciertos contratos públicos y había vuelto a eludir una condena. En sus tiempos, después de la facultad, había trapicheado con marihuana, pero abandonó esa carrera de la noche a la mañana cuando encontraron muerto a uno de sus socios. De hecho, su conversión fue tan radical que acabó siendo agente secreto de narcóticos. Asistía a la Facultad de Derecho en horario nocturno y al final aprobó el examen de obtención del título de abogado al cuarto intento.

Dobló la apuesta con un ocho y un tres, sacó una jota y se llevó otros cien dólares. Su camarera favorita le llevó otra copa. Nadie pasaba tanto tiempo en el Lucky Jack como el señor Coley. Lo que el señor Coley pidiera. Volvió a mirar la puerta, consultó la hora y siguió jugando.

—¿Espera a alguien? —preguntó Ivan, el crupier.

—¿Te lo diría?

—Supongo que no.

El hombre al que estaba esperando también había conseguido eludir varias acusaciones. Se conocían desde hacía veinte años, aunque desde luego no podían considerarse amigos. Aquella sería la segunda ocasión en la que se veían. La primera había ido lo bastante bien como para motivar esta.

Ivan tenía catorce cuando sacó una reina, con la que se pasó. Otros cien para Clete. Coley tenía sus propias reglas.

Cuando ganaba dos mil, lo dejaba, igual que cuando perdía quinientos, pero mientras se mantuviera entre esos dos límites, podía pasarse toda la noche bebiendo y jugando. El fisco no lo sabría nunca, pero superaba los ochenta mil al año. Además, el ron era gratis.

Lanzó dos fichas a Ivan e inició la laboriosa maniobra de bajar su cuerpo descomunal del taburete.

—Gracias, señor Coley —dijo Ivan.

—Siempre es un placer.

Clete se metió el resto de las fichas en los bolsillos de su traje marrón claro. Siempre marrón, siempre con traje, siempre con relucientes botas vaqueras Lucchese. Con su uno noventa y tantos de estatura, pesaba más de ciento veinte kilos, aunque nadie lo sabía seguro, pero estaba más fornido que gordo. Se dirigió tambaleante al bar, donde ya le esperaba su cita. Marlin estaba tomando asiento en una mesa del rincón desde donde dominaba todo el local. No hubo saludos de ningún tipo, ni siquiera se miraron. Clete se dejó caer en una silla y sacó un paquete de cigarrillos. Una camarera les llevó bebidas.

—Tengo el dinero —dijo Marlin, al fin.

—¿Cuánto?

—El mismo trato, Clete. Nada ha cambiado. Lo único que falta es que nos digas sí o no.

—Vuelvo a repetirte: ¿quiénes sois ese «nos»?

—No soy yo. Soy un contratista independiente al que le pagan por un trabajo bien hecho, pero no estoy en su nómina. Me han contratado para reclutarte para esta campaña y si dices que no, entonces puede que me contraten para buscar a otro.

—¿Quién te paga?

—Eso es confidencial, Clete. No sé cuántas veces te lo he repetido.

—Sí, tienes razón, es que tal vez estoy un poco atontado. O puede que un poco nervioso. Quizá quiera respuestas, si no, no hay trato.

Basándose en su anterior encuentro, Marlin dudaba que Clete Coley acabara rechazando cien mil dólares en efectivo, en billetes sin marcar. Marlin prácticamente se los había puesto sobre la mesa. Cien de los grandes por entrar en la campaña y revolver las aguas. Coley sería un candidato magnífico: vocinglero, escandaloso, pintoresco, capaz de decir cualquier cosa sin preocuparle las consecuencias. Justo la imagen contraria del político prototípico que la prensa seguiría en rebaño.

—Esto es todo lo que puedo decirte —dijo Marlin, mirando a Clete directamente a los ojos por primera vez—. Hace quince años, en un condado lejos de aquí, un joven y su joven familia regresaban una noche a casa después de asistir a la iglesia. Ellos no lo sabían, pero dentro de la casa, una casa muy bonita, había dos delincuentes negros, limpiándola. Los delincuentes iban puestos hasta las cejas de crack y llevaban armas, unos tipos despreciables. Cuando la joven familia llegó a casa y los sorprendió, las cosas se salieron de madre: violaron a las niñas y todo el mundo acabó con una bala en la cabeza. Luego, los delincuentes prendieron fuego a la casa. La poli los detuvo al día siguiente. Confesiones, ADN, toda la pesca. Desde entonces se encuentran en el corredor de la muerte de Parchman. Resulta que la familia del joven tiene dinero. Su padre tuvo una crisis nerviosa y se volvió loco, pobre hombre. Sin embargo, se recuperó y está muy cabreado. Le cabrea que esos delincuentes sigan vivos. Le pone furioso que su querido estado no ejecute nunca a nadie. Odia el sistema judicial y sobre todo a los nueve honorables miembros del tribunal supremo del estado. Clete, de él procede el dinero.

Era una burda mentira, pero mentir formaba parte de su trabajo.

—Me gusta esa historia —dijo Clete, asintiendo con la cabeza.

—Esa cantidad es una miseria para él. El dinero es tuyo si te presentas a las elecciones y te dedicas a hablar únicamente de la pena de muerte. Joder, es fácil. La gente de aquí adora la pena de muerte. Tenemos encuestas que dicen que casi el 70 por ciento de la población cree en ella y a un porcentaje aún mayor le preocupa que no la utilicemos más en Mississippi. Puedes culpar al tribunal supremo. Es perfecto.

Clete seguía asintiendo con la cabeza. Apenas había pensado en otra cosa en la última semana. Realmente era perfecto y el tribunal era el blanco ideal. Sería divertido participar en unas elecciones.

—Mencionaste a un par de grupos —dijo, dando un trago a su ron doble.

—Hay varios, pero dos en particular. Uno es Víctimas en Acción, una organización de las que no transigen. Han perdido a seres queridos y se sienten maltratados por el sistema. No cuentan con muchos miembros, pero están muy comprometidos con la causa. Entre tú y yo, el señor X también financia a este grupo en secreto. El otro es la Coalición por el Cumplimiento de la Ley, una asociación jurídica con cierto peso, preocupada por el orden público. Ambos se subirán a bordo.

Clete asintió y sonrió sin quitar la vista de encima a una camarera que se acercaba con gran pericia con una bandeja cargada de bebidas.

—Eso son malabarismos —dijo, lo bastante alto para que lo oyeran.

—No tengo nada más que añadir —dijo Marlin, sin presionarlo.

—¿Dónde está el dinero?

Marlin respiró hondo, incapaz de reprimir una sonrisa.

—En el maletero de mi coche. La mitad: cincuenta de los grandes. Cógelos ahora; el día que anuncies tu candidatura oficialmente tendrás el resto.

—Me parece justo.

Se estrecharon la mano y se abalanzaron sobre sus bebidas. Marlin sacó las llaves de un bolsillo.

—Mi coche es un Mustang verde con capota negra. Está a la izquierda según se sale. Coge las llaves, coge el coche y coge el dinero, no quiero verlo. Me quedaré aquí y jugaré al blackjack hasta que vuelvas.

Clete recogió las llaves, se puso en pie como pudo y atravesó tambaleante el casino en dirección a la puerta.

Marlin esperó quince minutos y luego llamó al móvil de Tony Zachary.

—Creo que uno ya ha picado —dijo.

—¿Ha aceptado el dinero? —preguntó Tony.

—El trato se está cerrando en estos momentos, pero sí, no volverás a ver ese dinero. Sospecho que el Lucky Jack se llevará su parte, pero en principio, ha aceptado.

—Excelente.

—Este tipo va a ser un éxito, lo sabes, ¿no? Las cámaras lo adorarán.

—Eso espero. Nos vemos mañana.

Marlin encontró sitio en una mesa de apuestas de cinco dólares y se las apañó para perder cien en media hora.

Clete regresó, sonriente, el hombre más feliz de Natchez. Marlin estaba seguro de que su maletero estaba vacío.

Volvieron al bar y continuaron bebiendo hasta la medianoche.

Dos semanas después, Ron Fisk estaba saliendo de la pista de béisbol cuando su móvil sonó. Él era el entrenador del equipo infantil de su hijo Josh, los Raiders, y tenían el primer partido en una semana. Josh iba en el asiento de atrás con dos de sus compañeros, sudado, sucio y feliz.

Al principio, Ron hizo caso omiso del teléfono, pero luego echó un vistazo a la pantalla para ver quién llamaba. Era

Tony Zachary. Hablaban un par de veces al día, como mínimo.

—Hola, Tony —dijo.

—Ron, ¿tienes un minuto?

Tony siempre preguntaba lo mismo, como si estuviera dispuesto a posponer la llamada para más tarde, aunque Ron sabía que Tony no tenía intención de posponer ninguna llamada. Todas eran urgentes.

—Claro.

—Me temo que tenemos un pequeño problema. Parece ser que las elecciones van a ir más cargaditas de lo que creíamos. ¿Sigues ahí?

—Sí.

—Me acabo de enterar de buena tinta de que un chiflado llamado Clete Coley, de Natchez, creo, anunciará mañana que va a presentarse contra la jueza McCarthy.

Ron respiró hondo y detuvo el coche en la calle de al lado del campo de béisbol de la ciudad.

—De acuerdo, te escucho.

—¿Has oído hablar de él?

—No.

Ron conocía a varios abogados de Natchez, pero aquel no le sonaba de nada.

—A mí tampoco. Estamos haciendo pesquisas sobre su pasado, pero por ahora no parece que haya nada de lo que preocuparse. Profesional en solitario sin demasiada reputación, al menos como abogado. Hace ocho años le retiraron la licencia durante seis meses por algo relacionado con desatender a sus clientes o algo así. Dos divorcios. No está en ninguna lista de morosos. Lo detuvieron en una ocasión por conducir borracho, pero no tiene más antecedentes. Eso es lo único que sabemos, pero seguimos investigando.

—¿Cómo afecta esto a todo lo demás?

—No lo sé. Esperemos a ver. Te llamaré cuando sepa algo.

Ron dejó a los amigos de Josh en sus respectivas casas y

luego pisó el acelerador para contárselo cuanto antes a Doreen. Estuvieron muy intranquilos durante la cena y luego se quedaron despiertos hasta tarde dándole vueltas a diversas posibilidades.

A las diez de la mañana del día siguiente, Clete Coley viró bruscamente en High Street y detuvo el coche justo enfrente del palacio de justicia de Carroll Gartin. Lo seguían dos furgonetas de alquiler. Los tres vehículos se habían detenido en una zona donde no se podía aparcar, pero eso era precisamente lo que buscaban sus conductores: problemas. Media docena de voluntarios salieron de las furgonetas a toda prisa y empezaron a trasladar grandes carteles hasta la extensa explanada de cemento que rodeaba el edificio. Otro voluntario levantó un estrado casero.

Uno de los policías del Capitolio se percató de toda aquella actividad y se acercó paseando para indagar.

—Voy a anunciar mi candidatura al tribunal supremo —explicó Clete, con un chorro de voz.

Estaba flanqueado por dos jóvenes fornidos casi tan grandes como Clete, uno blanco y otro negro, vestidos con traje oscuro.

—¿Tiene permiso? —preguntó el agente.

—Sí. Me lo dieron en la oficina del fiscal.

El policía se alejó, aunque con paso tranquilo. Lo dispusieron todo con gran rapidez y cuando estuvo listo, el escenario tenía una altura de seis metros, una anchura de nueve y estaba repleto de rostros: fotografías de graduación, imágenes candorosas, fotos familiares, todas a tamaño gigante y en color. Los rostros de los muertos.

Al tiempo que los voluntarios desaparecían como por arte de magia, empezaron a llegar los periodistas, que montaron las cámaras en sus trípodes y dispusieron los micrófonos en el estrado. Los fotógrafos dispararon las cámaras y Clete parecía extasiado. Llegaron más voluntarios, algunos con carteles hechos en casa con proclamas del tipo: «Fuera los liberales», «Sí a la pena de muerte» y «Las víctimas tienen voz».

El policía volvió a la carga.

—Por lo visto nadie sabe nada de su permiso —informó a Clete.

—Bueno, me tiene a mí y le digo que tengo permiso.

—¿De quién?

—De uno de los ayudantes del fiscal.

—¿Sabe el nombre?

—Oswalt.

El policía dio media vuelta en busca del señor Oswalt.

El jaleo atrajo la atención de la gente que había en el interior del edificio, quienes hicieron un alto en el trabajo. Empezaron a circular los rumores, y cuando estos llegaron a la cuarta planta y se propagó que alguien estaba a punto de anunciar su candidatura a juez del tribunal, tres de sus magistrados dejaron lo que estaban haciendo y corrieron a la ventana. Los otros seis, cuyos mandatos no expiraban hasta al cabo de unos años, también se acercaron a la ventana, por curiosidad.

El despacho de Sheila McCarthy daba a High Street, y pronto se llenó de sus letrados y personal, todos súbitamente alarmados.

—¿Por qué no bajas y te enteras de qué está pasando? —le susurró la jueza a Paul.

Empezó a bajar más gente, tanto del tribunal como de la oficina del fiscal; Clete estaba encantado con el público que se estaba reuniendo rápidamente delante de su estrado. El policía regresó con refuerzos. Clete estaba a punto de iniciar su discurso, cuando tuvo que enfrentarse a los agentes.

—Señor, tenemos que pedirle que se vaya.

—Un momento, chicos, serán solo diez minutos.

—No, señor. Es una reunión ilegal. Por favor, dispérsense ahora mismo.

Clete dio un paso al frente, pecho contra pecho con el policía, mucho más bajito que él.

—No sea idiota, ¿de acuerdo? Tiene cuatro cámaras de televisión que lo están viendo todo. Tranquilícese y me habré ido antes de que se dé cuenta. Lo siento.

Dicho esto, Clete subió al estrado y un muro de voluntarios cerró filas detrás de él.

—Buenos días y gracias por venir —dijo, sonriendo a las cámaras—. Me llamo Clete Coley. Soy abogado en Natchez y vengo a anunciar mi candidatura al tribunal supremo. Mi oponente es la jueza Sheila McCarthy, sin duda el miembro más liberal de este tribunal supremo que se queda de brazos cruzados mientras trata a los delincuentes con guante de seda.

Los voluntarios lanzaron un rugido ensordecedor a modo de aprobación. Los periodistas se sonrieron ante la suerte que acababan de tener. Algunos casi se echaron a reír.

Paul tragó saliva ante aquella salva inesperada. Era un tipo enérgico, bravucón y extravagante que disfrutaba con cada segundo de atención que se le prestaba.

Y solo estaba calentando motores.

—Detrás de mí estáis viendo los rostros de ciento ochenta y tres personas. Blancos, negros, abuelas, bebés, personas con estudios, analfabetos, gente de todo el estado, de todas las profesiones y estratos sociales. Personas inocentes, muertas, asesinadas. Mientras estamos aquí charlando, sus asesinos están en Parchman, en el corredor de la muerte, preparándose para la hora de comer. Todos fueron debidamente condenados por jurados de este estado, todos fueron justamente enviados al corredor de la muerte a la espera de su ejecución. —Se detuvo unos instantes e hizo un amplio gesto con el que abarcó los rostros de los inocentes—. En Mississippi, tenemos sesenta y ocho hombres y dos mujeres en el corredor de la muerte. Allí están, a salvo, porque este estado se niega a ejecutarlos. Otros estados no lo hacen. Otros estados se toman en serio su deber de hacer cumplir la ley. Texas ha ejecutado a trescientos treinta y cuatro asesinos desde 1978. Virginia, a ochenta y uno; Oklahoma, a setenta y seis; Florida, a cincuenta y cinco; Carolina del Norte, a cuarenta y uno; Georgia, a treinta y siete; Alabama, a treinta y dos y Arkansas, a veinticuatro. Incluso estados del norte como Missouri, Ohio e Indiana. Maldita sea, Delaware ha ejecutado a catorce asesinos. ¿Dónde queda Mississippi? Ahora mismo en el decimonoveno puesto. Solo hemos ejecutado a ocho asesinos y es por eso, amigos míos, que voy a presentarme al tribunal supremo.

Los guardias del Capitolio ya eran cerca de una docena, pero parecían complacidos con lo que estaban viendo y escuchando. El control de disturbios no era su especialidad y, además, el hombre no andaba desencaminado en lo que decía.

—¿Y por qué no los ejecutamos? —gritó Clete a su público—. Os diré por qué. Porque nuestro tribunal supremo mima a los criminales y permite que sus apelaciones se eternicen. Bobby Ray Root asesinó a dos personas a sangre fría durante el robo en una licorería. Hace veintisiete años. Y todavía sigue en el corredor de la muerte, donde le sirven tres comidas al día y puede ver a su madre una vez al mes, sin fecha de ejecución a la vista. Willis Briley asesinó a su hijastra de cuatro años. —Se detuvo y señaló una foto de una niñita negra en lo alto del expositor—. Esa era ella, esa ricura del trajecito rosa. Ahora tendría treinta años. Su asesino, un hombre en el que confiaba, lleva veinticuatro años en el corredor de la muerte. Podría seguir así durante horas, pero creo que con esto está todo dicho. Ha llegado el momento de reorganizar este tribunal y demostrar a los que hayan cometido un asesinato, o a los que pudieran hacerlo, que en este estado nos tomamos en serio nuestro deber de hacer cumplir la ley.

Hizo una nueva pausa para recibir una salva de clamorosos aplausos, que obviamente lo estimularon.

—La jueza Sheila McCarthy ha votado a favor de revocar

más sentencias de muerte que cualquier otro miembro del tribunal. Sus opiniones están llenas de quisquillosidades legalistas que reconfortan a cualquier abogado penalista del estado. La ACLU, la asociación en defensa de los derechos civiles, la adora. Las opiniones de esta señora rezuman compasión por esos asesinos, dan esperanza a los criminales del corredor de la muerte. Señoras y señores, ha llegado el momento de quitarle la toga, la pluma, el voto y el poder de pisotear los derechos de las víctimas.

Paul había pensado anotar lo que decía, pero estaba demasiado paralizado para mover ni un dedo. Dudaba de que su jefa votara tan a menudo a favor de acusados sancionados con la pena capital, pero lo que sí sabía era que prácticamente todas las condenas estaban ratificadas. A pesar del trabajo chapucero de la policía, el racismo, la intención delictuosa de los fiscales, de los jurados amañados y de las estúpidas resoluciones de los jueces que presidían los procesos, a pesar de todos los defectos que pudiera tener el juicio, el tribunal supremo rara vez revocaba una condena. A Paul le asqueaba. La votación solía quedar en seis a tres, y Sheila acostumbraba a encabezar una minoría con voto, pero aventajada en número. Dos de los jueces jamás habían votado a favor de revocar una sentencia de muerte y uno de ellos nunca había votado a favor de revocar la sentencia de un proceso penal.

Paul sabía que, en privado, su jefa se oponía a la pena de muerte, pero también que estaba obligada a hacer cumplir las leyes del estado. Dedicaba gran parte de su tiempo a los casos en que se había dictado una pena capital y jamás había visto que hiciera prevalecer sus creencias personales sobre la ley. Si las actas del juicio estaban limpias, no dudaba en unirse a la mayoría y confirmar una condena.

Clete no cedió a la tentación de excederse hablando. Había dicho lo que quería decir y el anuncio de su candidatura había obtenido un éxito rotundo.

—Animo a todos los ciudadanos de Mississippi a quienes les importe la ley y el orden, a todos los que estén hartos de una delincuencia gratuita y sin sentido, a que se unan a mí para cambiar de arriba abajo este tribunal —acabó diciendo, bajando la voz para parecer más serio y sincero—. Muchas gracias.

Nuevos aplausos.

Dos de los policías más fornidos se acercaron al estrado. Los periodistas empezaron a lanzarle preguntas. ¿Ha ocupado alguna vez la silla de juez? ¿Con qué apoyo financiero cuenta para su campaña? ¿Quiénes son estos voluntarios? ¿Tiene alguna propuesta específica para acortar las apelaciones?

Clete estaba a punto de empezar a responder cuando un agente lo cogió del brazo.

—Ya está, señor. La fiesta ha terminado.

—Váyase al infierno —dijo Clete, zafándose del policía.

Los demás agentes se adelantaron, abriéndose camino a empujones entre los voluntarios, muchos de los cuales empezaron a gritarles.

—Vamos, amigo —dijo el agente.

—Piérdase. —A continuación se volvió hacia las cámaras para vociferar—: Miren esto. Blandos con el crimen, pero al cuerno con la libertad de expresión.

—Queda usted detenido.

—¡Detenido! Me detiene porque estoy dando un discurso —protestó, mientras ponía las manos a la espalda sin que nadie se lo ordenara, de manera totalmente voluntaria e intencionada.

—No tiene permiso, señor —contestó otro policía, mientras dos más le ponían las esposas.

—Miren a los guardias del tribunal supremo, enviados desde la cuarta planta por las mismas personas contra las que me presento.

—Vamos, señor.

Clete siguió gritando mientras bajaba del estrado.

—No voy a quedarme mucho tiempo en la cárcel, y en cuanto salga voy a patear las calles para contar la verdad sobre esos cabrones liberales. De eso pueden estar seguros.

Sheila observaba el espectáculo desde la seguridad de su ventana. Otro letrado, cerca de los periodistas, le relataba lo que sucedía a través de un móvil.

Aquel chiflado de allí abajo la había escogido a ella.

Paul no se movió de allí hasta que lo recogieron todo y no quedó nadie; entonces, subió corriendo al despacho de Sheila, que estaba sentada a su escritorio, con su otro letrado y el juez McElwayne. El ambiente estaba cargado y el humor era sombrío. Miraron a Paul, como si por un casual pudiera traer buenas noticias.

—Ese tipo está loco —dijo.

Los demás asintieron con la cabeza, dándole la razón.

—No parece en absoluto un títere del gran capital —comentó McElwayne.

—No había oído nunca hablar de él —dijo Sheila, con un hilo de voz. Parecía conmocionada—. Creo que un año tranquilo acaba de complicarse.

La idea de empezar una campaña desde la nada la abrumaba.

—¿Cuánto costó tu campaña? —preguntó Paul.

Solo hacía dos años que había entrado a trabajar para el tribunal, por la época en que el juez McElwayne había tenido que librar su propia batalla por el cargo.

—Un millón cuatrocientos mil dólares.

Sheila soltó un bufido y se echó a reír.

—Tengo seis mil dólares en los fondos de campaña. Llevan años ahí.

—Pero yo tuve que enfrentarme a un oponente de verdad —repuso McElwayne—. Ese tipo es un chiflado.

—Los chiflados salen elegidos.

Veinte minutos después, Tony Zachary observaba el espectáculo encerrado en su despacho, a cuatro manzanas de allí. Marlin lo había grabado en vídeo y estaba encantado de volver a verlo.

—Hemos creado un monstruo —dijo Tony, riendo.

—Es bueno.

—Tal vez demasiado.

—¿Quieres que se presente alguien más?

—No, creo que la papeleta ya está llena. Buen trabajo.

Marlin se fue y Tony marcó el número de Ron Fisk con decisión. Como era de esperar, el atribulado abogado respondió al primer timbrazo.

—Me temo que es cierto —dijo Tony, muy serio, y a continuación le relató el anuncio de la candidatura y la detención.

—Ese tipo está loco —dijo Ron.

—Totalmente. Mi primera impresión es que no es tan malo. De hecho, podría venirnos bien. Ese payaso atraerá mucha atención por parte de los medios de comunicación y parece que está dispuesto a desenterrar el hacha de guerra e ir a por McCarthy.

—¿Por qué tengo un nudo en el estómago?

—La política no es un juego de niños, Ron, eso es algo que pronto aprenderás. No estoy preocupado, ahora mismo no. Sigamos ciñéndonos a nuestro plan, nada ha cambiado.

—A mi entender, unas elecciones con demasiados candidatos solo benefician al titular del cargo —observó Ron, y en general, tenía razón.

—No necesariamente. No hay razón para preocuparse. Además, no podemos hacer nada si hay más gente que desea presentarse. Tú concéntrate, consúltalo con la almohada y hablamos mañana.

18

El pintoresco lanzamiento de Clete Coley se había producido en el momento más oportuno: no había ninguna otra historia interesante en todo el estado. La prensa informó del anuncio de la candidatura de Coley a bombo y platillo. ¿Y quién podía reprochárselo? ¿Con qué frecuencia llegan al público imágenes tan llenas de vitalidad como la de un abogado esposado al que se llevan arrastrando mientras grita contra «esos cabrones de los liberales»? Y de un abogado tan grande y con un vozarrón como aquel. La inquietante exposición de rostros de fallecidos era irresistible. Los voluntarios, sobre todo los familiares de las víctimas, estuvieron encantados de hablar con los periodistas y contarles sus casos. El descaro de celebrar la concentración justo debajo de las narices del tribunal supremo no estaba exento de humor, era incluso admirable.

Se lo llevaron de inmediato a la comisaría, donde lo ficharon, le tomaron las huellas y lo fotografiaron. Coley supuso, correctamente, que la foto del archivo policial acabaría en la prensa de un modo u otro, por lo que tuvo unos momentos para pensar en el mensaje. Un ceño fruncido podría confirmar la sospecha de que a ese tipo le faltaba un tornillo. Una sonrisa socarrona podría cuestionar su seriedad, ¿quién sonríe cuando acaba de llegar a comisaría? Se decidió por un rostro inexpresivo, con una ligera mirada de curiosidad, como si se preguntara por qué la habían tomado con él.

El procedimiento exigía que el preso se desnudara, se duchara y se pusiera un mono naranja, y eso solía ocurrir antes de la foto de marras. Sin embargo, Clete no tendría que pasar por todo eso. Solo se le acusaba de entrar sin autorización en una propiedad ajena, infracción castigada con una multa de doscientos cincuenta dólares, como máximo. La fianza doblaba esa cantidad, y Clete, con los bolsillos abultados por los billetes de cien, fue exhibiendo el dinero por todas partes para que las autoridades supieran que iba a salir de la cárcel y no a entrar en ella. Así que se saltaron la ducha y el mono y fotografiaron a Clete con su mejor traje marrón, la camisa blanca almidonada y la corbata de seda con estampado de cachemir y nudo perfecto. Ni siquiera se le había movido un pelo de su largo cabello canoso.

Todo el proceso les llevó menos de una hora y cuando salió de la comisaría, siendo un hombre libre, le complació descubrir que la mayoría de los periodistas lo habían seguido. Contestó a sus preguntas en la acera, hasta que se cansaron.

Fue la noticia con la que abrieron todos los informativos de la noche, junto con el resto de sucesos del día, y volvió a aparecer en los titulares de las noticias de madrugada. Coley lo siguió todo a través de una pantalla panorámica de un bar de moteros al sur de Jackson, donde se escondió a pasar la noche e invitó a beber a todo el mundo que entrara por la puerta. La cuenta superó los mil cuatrocientos dólares. Gastos de campaña.

Los moteros quedaron encantados y le prometieron que acudirían en tropel para que saliera elegido. Por descontado, ni uno de ellos estaba censado, por lo que no podían votar. Cuando cerró el bar, un reluciente Cadillac Escalade rojo, alquilado para la campaña por mil dólares al mes, se llevó a Clete de allí. Al volante iba uno de sus nuevos guardaespaldas, el blanco, un joven apenas algo más sobrio que su jefe. Llegaron al motel sin que volvieran a detenerlos.

En las oficinas de la Asociación de Abogados Litigantes de Mississippi, la ALM, en State Street, Barbara Mellinger, directora ejecutiva y principal miembro del grupo de presión, se reunió con su ayudante, Skip Sánchez, para tomar un primer café de buena mañana. Solían comentar las noticias de los periódicos matutinos con la primera taza. Les llegaban ejemplares de cuatro de los diarios del distrito sur —Biloxi, Hattiesburg, Laurel y Natchez— y el rostro del señor Coley aparecía en la primera plana de todos ellos. El periódico de Jackson apenas hablaba de otra cosa. *The Times-Picayune*, de fuera de Nueva Orleans, tenía lectores a lo largo de la costa y publicaba un artículo de la Associated Press, con foto (unas esposas), en la página cuatro.

—Tal vez deberíamos aconsejar a nuestros candidatos que se hicieran detener cuando anuncien sus candidaturas —dijo Barbara, con sequedad, sin un atisbo de humor.

Hacía veinticuatro horas que no sonreía. Apuró su primera taza y fue a servirse otra.

—¿Quién coño es ese tal Clete Coley? —preguntó Sánchez, fijándose en las imágenes del hombre.

Los periódicos de Jackson y Biloxi habían incluido la foto de la ficha policial, en la que aparecía con la mirada de un hombre que primero dispara y luego pregunta.

—Anoche llamé a Walter a Natchez —dijo Mellinger—. Dice que Coley lleva varios años en la profesión y que siempre ha andado metido en asuntos turbios, pero que ha sido lo bastante listo para no dejarse atrapar. Cree que en algún momento estuvo trabajando en la extracción de crudo y gas, y tuvo problemas con unos préstamos para negocios de poca monta. Ahora se las da de jugador. Nunca se le ha visto a menos de seis manzanas de un juzgado. Un don nadie.

—Ya no.

Barbara se levantó y empezó a pasear lentamente por la oficina. Volvió a llenarse la taza, tomó asiento y resumió lo que decían los diarios.

—No es un reformista del sistema de agravios —dijo Skip, aunque no las tenía todas consigo—, no encaja en el perfil. Arrastra demasiado equipaje para una campaña seria: hay como mínimo un arresto por conducción bajo los efectos del alcohol y dos divorcios.

—Creo que tienes razón, pero si nunca antes le ha interesado, ¿por qué se pone ahora a gritar a favor de la pena de muerte? ¿De dónde le vienen esas convicciones? ¿Esa pasión? Además, el espectáculo de ayer estaba muy bien organizado. Hay alguien detrás de todo esto. ¿De dónde han salido?

—¿Y a nosotros qué? Sheila McCarthy le da cien mil vueltas. Deberíamos estar encantados de que sea quien es, un bufón que, a nuestro entender, no está financiado ni por la Junta de Comercio ni por ninguno de esos. ¿Por qué no saltamos de alegría?

—Porque somos abogados litigantes.

Skip volvió a ponerse sombrío.

—¿Debería concertar una cita con la jueza McCarthy? —preguntó Barbara, al cabo de un largo y denso silencio.

—Dentro de un par de días. Dejemos que las aguas vuelvan a su cauce.

La jueza McCarthy se había levantado muy temprano. ¿Para qué iba a seguir en la cama si no podía dormir? Se la vio salir de su casa a las siete y media. La siguieron hasta el sector de Belhaven, en Jackson, un barrio más antiguo. Aparcó en la entrada de su señoría el juez James Henry McElwayne.

A Tony no le sorprendió aquel pequeño encuentro.

La señora McElwayne la saludó calurosamente y la invitó a entrar. Cruzaron el salón, la cocina y dieron la vuelta a la casa para entrar en el estudio. Jimmy, como lo conocían sus amigos, estaba terminando de leer los periódicos de la mañana.

McElwayne y McCarthy. Big Mac y Little Mac, como los llamaban a veces. Charlaron unos minutos sobre el señor Coley y la sorprendente repercusión que había obtenido en la prensa y luego se pusieron manos a la obra.

—Anoche repasé los archivos de mi campaña —dijo McElwayne, mientras le tendía una carpeta de varios centímetros de grosor—. En la primera sección hay una lista de contribuyentes, empieza por los peces gordos y va bajando. Todos los cheques importantes están firmados por abogados litigantes.

En la siguiente sección se resumían los gastos de campaña, cifras que Sheila consideró difíciles de creer. Después de eso venían estudios de asesores, pruebas de anuncios, resultados de encuestas y varias docenas más de informes relacionados con la campaña.

—Esto me trae malos recuerdos —dijo McElwayne.

—Lo siento. No es lo que pretendía, créeme.

—Te compadezco.

—¿Quién está detrás de este tipo?

—Le he estado dando vueltas toda la noche. Podría ser un señuelo, pero desde luego está como una cabra. Sea lo que sea, no te lo puedes tomar a la ligera. Si es tu único oponente, tarde o temprano los chicos malos acabarán cayendo sobre él y le entregarán su dinero. Ese tipo con un talonario nutrido podría ser peligroso.

McElwayne había sido senador del estado y luego juez electo. Se había batido en el terreno político. Hacía dos años, Sheila había visto, impotente, cómo se ensañaban con él en una campaña muy reñida. En los momentos en que su índice de popularidad estaba más bajo, su oponente lo había acusado, a través de anuncios televisivos (que luego se supo que habían estado financiados por la Asociación Americana del Rifle), de estar a favor del control de armas (no hay mayor pecado en Mississippi) y Sheila se había prometido que nunca, ante ninguna circunstancia, permitiría que la degradaran hasta ese punto. No valía la pena. Volvería a Biloxi, abriría una boutique y vería crecer a sus nietos. Ya podía quedarse quien quisiera con el cargo.

Ahora no estaba tan segura. Los ataques de Coley la habían sacado de sus casillas. Todavía no le hervía la sangre, pero no faltaba mucho. A los cincuenta y un años era demasiado joven para renunciar y demasiado mayor para empezar desde cero.

Charlaron sobre política durante más de una hora. McElwayne se perdía en batallitas de elecciones pasadas y políticos atípicos, y Sheila intentaba hacerlo regresar con delicadeza a los conflictos a los que se enfrentaban en esos momentos. Un joven abogado, que había pedido una pequeña excedencia en un bufete importante de Jackson, había dirigido con mano experta la campaña de McElwayne. Le prometió llamarlo más tarde para ver cómo respiraba. También le aseguró que se pondría en contacto con los contribuyentes importantes y con los agentes locales. Conocía a los directores de los periódicos. Haría todo lo que estuviera en su mano para proteger la plaza de Sheila en el tribunal.

Sheila se fue a las 9.14, se dirigió derecha al palacio de justicia y aparcó.

En Payton & Payton tomaron nota del anuncio de Coley, pero poco más. El 18 de abril, un día después, ocurrieron tres acontecimientos trascendentales que eclipsaron el interés por cualquier otra noticia. El primero fue bien recibido. Los demás, no.

La buena noticia era que un joven abogado de un pueblecito de Bogue Chitto se había dejado caer por allí y había firmado un trato con Wes. El abogado, un profesional sin experiencia en los tribunales ni en casos de daños personales, había conseguido convertirse en el abogado de los familiares de un triturador de pasta de madera que había fallecido en un horrible accidente en la interestatal 55, cerca de la frontera con Louisiana. Según la patrulla de carreteras, la temeridad del conductor de un tráiler de dieciocho ruedas, perteneciente a una gran compañía, había sido la causa del accidente. Una testigo ocular había prestado declaración y aseguraba que el camión la había pasado como una exhalación y que ella iba «aproximadamente» a unos ciento diez kilómetros por hora. El abogado ya había logrado un acuerdo de contingencia por el que obtenía el 30 por ciento de cualquier indemnización. Wes y él acordaron ir a medias. El triturador de pasta de madera tenía treinta y seis años y ganaba cerca de cuarenta mil dólares al año. Los cálculos eran sencillos. No descartaban poder conseguir un acuerdo de un millón de dólares. Wes redactó la demanda en menos de una hora y la dejó lista para su presentación. El caso era especialmente gratificante porque el joven abogado había escogido el bufete de los Payton debido a su reciente reputación. La sentencia Baker por fin había atraído a un cliente que valía la pena.

La noticia no tan halagüeña fue la llegada del escrito interponiendo el recurso de apelación de Krane. Tenía ciento dos páginas —el doble de la extensión máxima— y daba la impresión de estar exhaustivamente documentado y redactado por un equipo de brillantes abogados. Era demasiado largo y llegaba con dos meses de retraso, pero el tribunal le había dado el visto bueno. Jared Kurtin y sus hombres habían sido muy persuasivos en sus razonamientos durante más tiempo y más páginas. Era obvio que no se trataba de un caso rutinario.

Mary Grace tenía sesenta días para responder. Después de que el resto del bufete se quedara boquiabierto ante el escrito de apelación, se lo llevó a su escritorio para hacer la primera lectura. Krane alegaba haber hallado un total de veinticuatro defectos durante el proceso, merecedores de enmienda mediante una apelación. Empezaba en tono agradable haciendo un repaso exhaustivo de todos los comentarios y resoluciones del juez Harrison, los cuales, supuestamente, demostraban sus prejuicios hacia el demandado. A continuación, ponía en entredicho la elección del jurado. Atacaba a los expertos llamados a declarar por parte de Jeannette Baker: al toxicólogo que testificó en relación con los niveles cercanos al máximo de DCL, cartolyx y aklar en el agua de boca de Bowmore; al patólogo que describió las características altamente cancerígenas de esas sustancias; al investigador médico que habló de una incidencia inusual de casos de cáncer en Bowmore y alrededores; al geólogo que siguió el rastro de los residuos tóxicos que se filtraron en el suelo y fueron a parar al acuífero bajo el pozo de la ciudad; al perforador que excavó los pozos de prueba; a los médicos forenses que llevaron a cabo las autopsias tanto de Chad como de Pete Baker; al científico que estudió los pesticidas y dijo cosas espantosas sobre el pillamar 5, y al experto clave, al investigador médico que relacionó el DCL y el cartolyx con las células cancerígenas que encontraron en los cuerpos. Los Payton habían utilizado catorce expertos, y cada uno de ellos era criticado extensamente y declarado no cualificado. A tres de ellos se les tildaba de charlatanes. El juez Harrison se había equivocado una y otra vez al haberles permitido testificar. Los informes de dichos expertos, aceptados como pruebas después de mucho batallar, se analizaban uno por uno, se desautorizaban en un lenguaje erudito y se calificaban de «ciencia basura». Incluso el veredicto iba en contra del peso abrumador de las pruebas y era una clara indicación de las simpatías excesivas del jurado. Utilizaba palabras duras, aunque hábiles para atacar la parte punitiva de la sentencia. Por mucho que se hubiera esforzado, el demandante no había conseguido demostrar que Krane había contaminado el agua de boca, ni por negligencia grave ni por intención manifiesta. El escrito finalizaba con una clamorosa petición de revocación y celebración de nuevo juicio o, mejor aún, que el tribunal supremo desestimara el caso. «Esta sentencia desorbitada e injustificada debería ser revocada», acababa diciendo. En otras palabras: rechazada para siempre.

El escrito estaba muy bien redactado, razonado, era muy persuasivo y, tras dos horas de lectura ininterrumpida, Mary Grace acabó con un dolor de cabeza espantoso. Se tomó tres analgésicos y luego se lo pasó a Sherman, que lo miró con la misma cautela con la que miraría a una serpiente cascabel.

El tercer acontecimiento, y la noticia más preocupante, llegó con una llamada del pastor Denny Ott. Wes la atendió cuando ya había oscurecido, luego entró en el despacho de su mujer y cerró la puerta.

—Era Denny —dijo.

Cuando Mary Grace vio la cara de su marido, enseguida pensó que había muerto otro cliente. Habían llegado tal cantidad de tristes llamadas desde Bowmore, que casi las preveía.

—¿Qué ocurre?

—Ha hablado con el sheriff. El señor Leon Gatewood no aparece por ninguna parte.

Aunque no era precisamente aprecio lo que sentían por el hombre, la noticia era perturbadora. Gatewood era un ingeniero industrial que había trabajado en la planta de Krane en Bowmore durante treinta y cuatro años. Hombre leal a la empresa hasta la muerte, se jubiló cuando Krane se trasladó a México y había admitido, tanto en su declaración como en las repreguntas, que la compañía le había entregado un finiquito correspondiente a tres años de salario, unos ciento noventa mil dólares. Krane no era famosa por su generosidad precisamente. Los Payton no habían encontrado a ningún otro empleado al que se le hubiera concedido un trato tan favorecedor.

Gatewood se había retirado a una pequeña granja de ovejas en el sudoeste del condado de Cary, tan lejos de Bowmore y de su agua como podía, pero sin salir del condado. Durante su declaración, que duró tres días, negó rotundamente cualquier vertido realizado por la planta. En el juicio, Wes lo había acribillado sin compasión con una pila de documentos. Gatewood llamó mentirosos a los demás empleados de la compañía. Se negó a creer los informes que demostraban que había toneladas de derivados tóxicos que no habían salido de Bowmore, sino que simplemente se habían perdido. Se rió de las fotografías inculpatorias de algunos de los seiscientos bidones de DCL descompuesto desenterrados en el barranco de detrás de la planta. «Ustedes las han retocado», le dijo a Wes. Su testificación fue una sarta de mentiras tan evidente que el juez Harrison habló sin ambages, a puerta cerrada, de acusarlo de perjuro. Gatewood era arrogante, beligerante e irascible y consiguió que el jurado despreciara a Krane Chemical. Fue un testigo de peso para la demandante, aunque testificó únicamente después de que tuvieran que arrastrarlo hasta el tribunal con una citación. Jared Kurtin lo habría estrangulado.

—¿Cuándo ha ocurrido? —preguntó Mary Grace.

—Hace dos días se fue a pescar solo. Su mujer todavía lo espera.

La desaparición de Earl Crouch en Texas dos años atrás seguía siendo un misterio sin resolver. Crouch era el jefe de Gatewood. Ambos habían defendido vehementemente a Krane y habían negado lo que era obvio. Ambos se habían quejado de acoso, incluso de amenazas de muerte. Y no eran los únicos. Mucha gente que había trabajado allí, los que fabricaron los pesticidas y vertieron el veneno, habían recibido amenazas. La mayoría había abandonado Bowmore para huir del agua, en busca de trabajo y para evitar verse atrapados en la tormenta judicial que se avecinaba. Al menos cuatro habían muerto de cáncer.

Algunos habían testificado y dicho la verdad. Otros, incluidos Crouch, Gatewood y Buck Burleson, habían testificado y mentido. Ambos grupos se odiaban y el condado de Cary los odiaba a todos ellos.

—Me temo que los Stone han vuelto a hacer de las suyas —dijo Wes.

—No lo sabes.

—Nadie lo sabrá jamás. Al menos me alegro de que sean clientes nuestros.

—Nuestros clientes empiezan a ponerse nerviosos —dijo Mary Grace—. Es hora de convocar una reunión.

—Es hora de cenar. ¿A quién le toca cocinar?

—A Ramona.

—¿Tortillas o enchilada?

—Espaguetis.

—¿Por qué no vamos a tomar una copa a un bar, solos, tú y yo? Tenemos que celebrarlo, cariño. Ese caso de Bogue Chitto podría acabar en un rápido acuerdo millonario.

—Brindaré por ello.

19

Después de diez apariciones, la gira de los Rostros de la Muerte de Coley llegó a su fin. Se quedó sin fuelle en Pascagoula, la última de las ciudades con mayor población del distrito sur. Aunque había hecho todo lo que estaba en sus manos para que volvieran a detenerlo, no lo consiguió. Sin embargo, se las apañó para generar mucha expectación allí donde iba. Los periodistas lo adoraban; los admiradores aceptaban los panfletos y firmaban cheques, si bien es cierto que de escaso importe; la policía local vigilaba sus apariciones con muda aprobación.

Sin embargo, después de diez días, Clete necesitaba un descanso. Regresó a Natchez y no tardó demasiado en aparecer en el Lucky Jack a aceptar las cartas que le repartía Ivan. En realidad no tenía ni una estrategia ni un plan de campaña. No había dejado nada en los lugares en los que se había detenido, salvo una efímera publicidad. No contaba con una organización, excepto los escasos voluntarios, que pronto dejaba a un lado. Sinceramente, no estaba preparado para invertir el tiempo y el dinero necesarios para animar una campaña de importancia. No estaba dispuesto a tocar el dinero que Marlin le había dado, al menos en gastos de campaña. Destinaría a esta las contribuciones que recibía en cuentagotas, pero no entraba en sus planes perder dinero en esa empresa. La atención creaba adicción y aparecería siempre que fuera necesario para lanzar un discurso, atacar a su oponente y a los jueces liberales de todas las tendencias políticas, pero sus prioridades eran el juego y la bebida. Clete no soñaba con ganar. Joder, no aceptaría el cargo ni aunque se lo sirvieran en bandeja. Siempre había odiado esos tochos de derecho.

Tony Zachary voló a Boca Ratón, donde lo recogió un chófer. Solo había visitado el despacho del señor Rinehart en una ocasión y esperaba ansioso poder volver. En los siguientes dos días apenas se separarían.

Disfrutaron repasando las payasadas de su títere, Clete Coley, durante una comida espléndida con una vista maravillosa del océano. Barry Rinehart había leído todos los recortes de prensa y había seguido todas sus apariciones en televisión. Estaban muy satisfechos con su señuelo.

A continuación, analizaron los resultados de su primera encuesta importante. Se la habían realizado a quinientos votantes de los veintisiete condados del distrito sur el día después de que finalizara la gira de Coley. Tal como esperaban, al menos Barry Rinehart, el 66 por ciento desconocía el nombre de los tres jueces del tribunal supremo del distrito sur. El 69 por ciento ni siquiera sabía que los votantes elegían a los miembros de dicho tribunal.

—Y hablamos de un estado que elige a sus responsables estatales de obras públicas, a los de administración, hacienda, a los responsables de agricultura, a los de recaudación de impuestos de cada condado, a los jueces de instrucción de los juzgados de primera instancia… Menos al de la perrera, a todos los demás —dijo Barry.

—Todos los años tienen elecciones —dijo Tony, echando un vistazo a las cifras por encima de sus gafas de lectura.

Había dejado de comer y miraba los gráficos.

—No se salva ni uno. Ya sean municipales, judiciales, estatales, locales o federales, van a las urnas cada año. Menudo desperdicio. No me extraña que haya tanta abstención. Joder, la gente está harta de los políticos.

Del 34 por ciento que sabía el nombre de algún juez del tribunal supremo, solo la mitad habían mencionado el de Sheila McCarthy. Si las elecciones se celebraran ese día, el 18 por ciento la votaría a ella, el 15 por ciento lo haría por Clete Coley y el resto no lo tenía decidido o simplemente no iría a votar porque no conocían a ninguno de los que se presentaban.

Después de unas sencillas preguntas iniciales, la encuesta empezaba a desvelar su verdadera inclinación. ¿Votaría a un candidato al tribunal supremo que se opusiera a la pena de muerte? El 73 por ciento había contestado que no.

¿Votaría a un candidato que apoyara el matrimonio entre homosexuales? El 88 por ciento no.

¿Votaría a un candidato que estuviera a favor de leyes de control de armas más restrictivas? El 85 por ciento había dicho que no.

¿Posee al menos un arma? El 96 por ciento había contestado que sí.

Las preguntas constaban de varias partes y subpartes y estaban obviamente encaminadas a dirigir al votante hacia un camino flanqueado de cuestiones conflictivas. En ningún momento se explicaba a la gente que el tribunal supremo no era un cuerpo legislativo y que no tenía ni la responsabilidad ni la capacidad de elaborar leyes relacionadas con esos temas. En ningún momento se allanaba el terreno. Como otras muchas encuestas, la de Rinehart daba un brusco y maquiavélico giro y en vez de preguntar, atacaba.

¿Apoyaría a un candidato liberal para el tribunal supremo? El 70 por ciento admitía que no.

¿Sabe que la jueza Sheila McCarthy está considerada el miembro más liberal del tribunal supremo del estado de Mississippi? El 84 por ciento no lo sabía.

Si fuera el miembro más liberal del tribunal, ¿la votaría? El 65 por ciento no, pero a la mayoría de los encuestados no le había gustado la pregunta. ¿Si...? ¿Era la más liberal o no? De todos modos, Barry consideraba que no era una pregunta relevante. Lo prometedor era la escasa incidencia que tenía Sheila McCarthy después de nueve años en el cargo, aunque, según su experiencia, era lo habitual. En privado, defendería ante quien fuera que aquella era otra buena razón por la que los jueces del tribunal supremo estatales no deberían ser escogidos por votación popular. No deberían ser políticos y, por tanto, sus nombres no deberían ser conocidos.

A partir de ahí, la encuesta volvía a dar un giro y se olvidaba del tribunal supremo para concentrarse en los candidatos que se presentaban. Había preguntas sobre creencias religiosas, la asistencia a oficios religiosos y la financiación de la Iglesia, además de cuestiones como el aborto, la investigación con células madre, etc.

La encuesta acababa solicitando los datos básicos: raza, estado civil, número de hijos en caso de tenerlos, ingresos aproximados e historial de voto.

Los resultados generales confirmaron lo que Barry sospechaba: los votantes eran conservadores, de clase media, blancos (78 por ciento) y sería fácil ponerlos en contra de un juez liberal. La clave residía en convertir a la moderada y sensata Sheila McCarthy en la liberal radical que ellos necesitaban que fuera. Los investigadores de Barry estaban analizando hasta la última palabra que hubiera escrito en una resolución, tanto en calidad de jueza de distrito como de tribunal supremo. No podría escapar de sus palabras, ningún juez podía, y Barry tenía intención de crucificarla gracias a ellas.

Después de comer, se trasladaron a la mesa de reuniones, donde Barry había dispuesto las pruebas iniciales de los folletos para la campaña de Ron Fisk. Había cientos de fotografías nuevas de la familia Fisk en todo su esplendor: entrando en la iglesia, en el porche delantero, en el campo de béisbol, los padres juntos, solos, desbordando amor y ternura.

Los anuncios blandos todavía estaban en fase de edición, pero Barry quiso enseñárselos de todos modos. Los había filmado un equipo enviado expresamente a Mississippi desde Washington. En el primero aparecía Fisk junto a un monumento de la guerra de Secesión, en el campo de batalla de Vicksburg, oteando el horizonte como si oyera retumbar los cañones a lo lejos. Su voz suave y de fuerte acento se oía encima: «Me llamo Ron Fisk. Mi tatarabuelo murió en este lugar en julio de 1863. Era abogado, juez y miembro de la asamblea legislativa del estado. Su sueño era servir en el tribunal supremo. Hoy, ese también es mi sueño. Mi familia ha vivido en Mississippi durante siete generaciones y os pido vuestro apoyo».

Tony parecía sorprendido.

—¿La guerra de Secesión?

—Por supuesto, les encanta.

—¿Y el voto de los negros?

—Conseguiremos el 30 por ciento de esos votos en las iglesias. No necesitamos más.

El siguiente anuncio se había grabado en el despacho de Ron, que, sin chaqueta, arremangado, con la mesa ordenada con cuidadoso descuido y dirigiéndose a la cámara con una mirada sincera, hablaba del amor que sentía por la ley, de que siempre había que perseguir la verdad y de que debía exigirse imparcialidad a aquellos que ocupan un cargo en el tribunal. Era un anuncio bastante simplón, pero transmitía afabilidad e inteligencia.

Había un total de seis anuncios.

—Estos son los blandos —aseguró Barry.

Un par seguramente no sobrevivirían al proceso de edición posterior y había muchas posibilidades de que el equipo de filmación tuviera que volver a Mississippi.

—¿Y los duros? —preguntó Tony.

—Todavía están con el guión. No los necesitamos hasta septiembre, después del Día del Trabajador.

—¿Cuánto llevamos gastado hasta el momento?

—Un cuarto de millón. Un granito de arena en el desierto.

Se pasaron las siguientes dos horas con un asesor en internet cuya compañía se dedicaba a recaudar dinero para las carreras electorales. Hasta el momento, había reunido una base de datos con unas cuarenta mil direcciones de correo electrónico: personas que habían contribuido en campañas anteriores, miembros de las asociaciones y grupos que ya se habían embarcado en su empresa, conocidos activistas políticos del ámbito local y un número más pequeño de gente de fuera de Mississippi que podría simpatizar con ellos y enviarles un cheque. Calculaba que la lista aumentaría en otros diez mil y presumía que las contribuciones totales rondarían los quinientos mil dólares. Lo más importante de todo era que su lista estaba a punto. En cuanto le dieran luz verde, solo tenía que pulsar un botón para enviar la solicitud y los cheques empezarían a llegar.

La luz verde fue el tema de conversación durante la larga cena de esa noche. Faltaba un mes para la fecha límite en que poder presentarse a las elecciones. Aunque corrían los rumores habituales, Tony creía firmemente que los comicios no atraerían a más oponentes.

—Solo habrá tres caballos —dijo— y dos son nuestros.

—¿Qué hace McCarthy? —preguntó Barry.

Recibía actualizaciones diarias de sus movimientos, los cuales apenas habían revelado nada hasta el momento.

—No mucho. Parece que todavía está traumatizada. Estaba la mar de tranquila y de repente se encuentra con que un vaquero chiflado llamado Coley la acusa de liberal y amiga de convictos y con que los periódicos publican todo lo que él dice. Estoy seguro de que McElwayne está asesorándola, es su secuaz, pero todavía tiene que organizar un equipo de gente para la campaña.

—¿Está recaudando dinero?

—La semana pasada, los abogados litigantes enviaron uno de sus habituales correos electrónicos para meter miedo, en el que pedían dinero a sus miembros. No tengo ni idea de cómo les va.

—¿Sexo?

—El amante de siempre. Sale en los informes. Por ahora nada sucio.

Poco después de abrir la segunda botella de pinot noir de Oregón, decidieron presentar a Fisk al cabo de un par de semanas. El chico estaba preparado, tirando de las riendas, desesperado por salir a la pista. Todo estaba listo. Se iba a tomar una excedencia de seis meses en el trabajo y sus compañeros de bufete habían recibido la noticia de buen grado. Y con razón. Acababan de conseguir cinco nuevos clientes: dos compañías madereras de peso, una empresa de Houston que construía oleoductos y dos firmas de gas natural. La amplia alianza de grupos de presión se había subido al barco y aportaba dinero y soldados para la batalla. McCarthy tenía miedo hasta de su sombra y por lo visto esperaba que Clete Coley se desvaneciera de la noche a la mañana o se autodestruyera.

Entrechocaron las copas y brindaron por la víspera de una campaña emocionante.

Como siempre, la reunión se celebró en la sala anexa de la iglesia de Pine Grove y, como siempre, varias personas ajenas al caso intentaron colarse para ponerse al día de las últimas noticias. El pastor Ott las acompañó hasta la puerta con suma educación, explicándoles que se trataba de una reunión privada entre los abogados y sus clientes.

Además del caso Baker, los Payton tenían pendientes otros treinta procesos más en Bowmore. Dieciocho estaban relacionados con fallecidos y los otros doce con personas afectadas por el cáncer en distintos estadios. Cuatro años antes, los Payton habían tomado la decisión táctica de probar primero con el mejor caso que tenían, el de Jeannette Baker. Les resultaría mucho más barato que intentarlo con los treinta y uno a la vez. El de Jeannette era el más conmovedor, ya que había perdido a toda su familia en un lapso de ocho meses. En estos momentos parecía que habían acertado con su decisión.

Wes y Mary Grace odiaban aquellas reuniones. Sería difícil encontrar a un grupo de gente más triste. Habían perdido hijos, maridos y esposas. Padecían enfermedades terminales y debían vivir con terribles dolores. Hacían preguntas que carecían de respuesta, una y otra vez, con ligeras variaciones porque no había dos casos idénticos. Unos querían abandonar y otros estaban dispuestos a seguir luchando. Unos querían dinero y otros únicamente deseaban que Krane fuera imputado por su responsabilidad. Siempre había lágrimas y palabras duras, y por eso el pastor Ott asistía a esas reuniones, para tranquilizarlos con su presencia.

Ahora, con el conocido veredicto del caso Baker, los Payton sabían que el resto de sus clientes tenían expectativas mucho más elevadas. Seis meses después de la sentencia, los clientes estaban más ansiosos que nunca. Llamaban al despacho a todas horas y mandaban cada vez más cartas y correos electrónicos.

La reunión estaba dominada por la tensión añadida del funeral, celebrado tres días antes, de Leon Gatewood, un hombre despreciado por todos. Habían encontrado su cadáver en una pila de broza a unos cinco kilómetros de su barca de pesca volcada. Carecían de pruebas que demostraran que se trataba de un crimen, pero todo el mundo lo sospechaba. El sheriff se ocupaba de la investigación.

Las treinta familias estaban representadas en la reunión. En la libreta que Wes les fue pasando había sesenta y dos nombres, nombres que conocía muy bien, incluido el de Frank Stone, un albañil sarcástico que apenas hablaba durante esos encuentros. A pesar de no contar con pruebas de ningún tipo, todos daban por hecho que si alguien había sido el causante de la muerte de Leon Gatewood, Frank Stone sabía algo.

Mary Grace empezó con una calurosa bienvenida. Les agradeció su presencia y su paciencia. Les habló de la apelación del caso Baker y, con un toque dramático, sacó el voluminoso escrito reunido por los abogados de Krane como prueba de las muchas horas que estaban invirtiendo en lo tocante a la apelación. La revisión de los escritos se haría en septiembre, momento en que el tribunal supremo decidiría cómo enfocar el caso. También tenía la opción de derivarlo a un tribunal inferior, el de apelación, para una revisión inicial, o bien podía aceptarlo. Un caso de aquella magnitud acabaría fallándose en el tribunal supremo y tanto Wes como ella eran de la opinión que evitaría los tribunales inferiores. Si eso ocurría, se programarían las exposiciones orales para finales de año o para principios del siguiente. Ellos calculaban que en un año tendrían una sentencia definitiva.

Si el tribunal confirmaba el fallo, se abrirían diferentes posibilidades. Krane se hallaría bajo una enorme presión para llegar a un acuerdo en el resto de las demandas, lo cual, por descontado, sería un resultado extremadamente favorable. Si Krane se negaba a pactar, Mary Grace creía que el juez Harrison reuniría los demás casos y los juzgaría en un solo proceso colectivo. Si eso llegara a suceder, el bufete contaría con los recursos necesarios para seguir adelante. Confió a sus clientes que habían pedido prestados más de cuatrocientos mil dólares para llevar el caso Baker a juicio y que no podían volver a hacerlo salvo que el primer veredicto fuera confirmado.

Por pobres que fueran sus clientes, no estaban tan al borde de la ruina como sus abogados.

—¿Y si el tribunal desestima el veredicto? —preguntó Eileen Johnson.

Estaba calva por culpa de la quimioterapia y pesaba menos de cuarenta y cinco kilos. Su marido no le había soltado la mano en lo que llevaban de reunión.

—Es una posibilidad —admitió Mary Grace—, pero confiamos en que eso no va a suceder. —Lo dijo con mayor seguridad de la que sentía. Los Payton tenían un buen pálpito respecto a la apelación, pero un abogado en su sano juicio no daría nada por sentado—. Si eso ocurre, el tribunal lo devolverá para que se repita el juicio, en parte o en su totalidad. Es difícil de predecir.

Mary Grace siguió adelante, impaciente por no seguir hablando de una posible derrota. Les aseguró que sus casos seguían recibiendo toda la atención de su bufete. Cientos de documentos se procesaban y se clasificaban cada semana. Seguían buscando expertos. Estaban en un compás de espera, pero seguían trabajando con ahínco.

—¿Y qué pasa con esa demanda conjunta? —preguntó Curtis Knight, el padre de un adolescente que había muerto hacía cuatro años.

La pregunta pareció despabilar a los presentes. Había otros, con menos méritos, que estaban invadiendo su territorio.

—Olvidad eso —contestó Mary Grace—. Esos demandantes van al final de la cola. Solo ganan si se llega a un acuerdo, y cualquier acuerdo deberá satisfacer primero vuestras reclamaciones. Controlamos el acuerdo. No estáis compitiendo con esa gente.

La respuesta pareció tranquilizarlos.

Wes tomó la palabra para advertirles. La sentencia había aumentado la presión sobre Krane más que nunca. Seguramente habían enviado investigadores a la zona para que vigilaran a los demandantes mientras trataban de reunir información que pudiera perjudicarles. Les aconsejó que tuvieran cuidado de con quién hablaban, que desconfiaran de los extraños y que les informaran de cualquier cosa que les resultara remotamente fuera de lo normal.

Para unas personas que llevaban sufriendo tanto tiempo, no era una noticia que acogieran con agrado. Ya tenían suficiente de lo que preocuparse.

Las preguntas se sucedieron durante más de una hora. Los Payton hicieron todo lo que estuvo en sus manos para transmitirles seguridad, para mostrarles comprensión y para darles esperanzas; sin embargo, lo más duro fue intentar enfriar sus expectativas.

Si a alguno de los presentes le preocupaban las elecciones al tribunal supremo, nadie dijo nada.

20

Cuando se puso al frente y miró a la numerosa congregación que había asistido al oficio religioso ese domingo por la mañana, Ron Fisk ni siquiera sospechaba cuántos púlpitos visitaría en los siguientes seis meses, ni tampoco que ese estrado se convertiría en un símbolo de su campaña.

Agradeció a los pastores la oportunidad que le habían brindado y luego dio las gracias a la congregación, a los miembros de la iglesia baptista de St. Luke, por su indulgencia.

—Mañana, en el juzgado de Lincoln, al final de la calle, anunciaré mi candidatura al tribunal supremo del estado de Mississippi. Doreen y yo llevamos luchando y rezando por esto varios meses. Lo hemos consultado con el pastor Rose y lo hemos hablado con nuestros hijos, nuestras familias y nuestros amigos. Y ahora que por fin hemos encontrado la paz en nuestra decisión, queremos compartirla con vosotros antes del anuncio de mañana.

Echó un vistazo a sus notas, nervioso, y continuó:

—No tengo experiencia en política; para ser sincero, nunca me había llamado la atención. Doreen y yo llevamos una vida feliz aquí, en Brookhaven; criamos a nuestros hijos, rezamos aquí con vosotros y colaboramos con la comunidad. Nos sentimos muy afortunados y damos gracias a Dios por su bondad. Damos gracias a Dios por esta iglesia y por amigos como vosotros. Sois nuestra familia.

Hizo una nueva pausa, sin poder reprimir el nerviosismo.

—Deseo ocupar ese cargo en el tribunal supremo porque respeto los valores que todos compartimos, valores extraídos de la Biblia y de nuestra fe en Cristo, porque creemos en la familia, en la unión sagrada entre hombre y mujer, en el milagro divino de la vida, en la libertad de disfrutar de la vida sin temer el crimen y la intervención del gobierno. Igual que vosotros, me frustra ver cómo se pierden nuestros valores, atacados por nuestra sociedad, nuestra depravada cultura y muchos de nuestros políticos. Sí, también por nuestros tribunales. Mi candidatura es la de un hombre que lucha contra los jueces liberales. Con vuestra ayuda puedo ganar. Gracias.

Misericordiosamente breves —ya que a continuación seguramente venía otro prolijo sermón—, las palabras de Ron fueron tan bien recibidas que incluso se oyeron unos breves aplausos mientras él regresaba a su sitio y se sentaba con su familia.

Dos horas después, mientras los fieles blancos de Brookhaven se iban a comer y los negros empezaban a ponerse en marcha, Ron dirigía sus pasos por la alfombra roja hacia el enorme estrado de la Iglesia de Dios en Cristo, de Mount Pisgah, al oeste de la ciudad, desde donde leyó una versión más larga del discurso de la mañana. (Omitió la palabra «liberales».) Dos días antes ni siquiera conocía al reverendo de la mayor congregación negra de la ciudad. Un amigo tiró de varios hilos y se formalizó una invitación.

Esa misma noche, en medio de un animado oficio divino en la iglesia pentecostal, se aferró al púlpito, esperó a que el bullicio se apagara, se presentó e hizo su llamamiento. No miró las notas, dilató un poco más su exposición y volvió a cargar contra los liberales.

De vuelta a casa, se sorprendió de la poca gente que conocía en su pequeña ciudad. Sus clientes eran compañías aseguradoras, no personas. Casi nunca se aventuraba más allá de la seguridad de su barrio, su iglesia y su círculo social. En realidad, lo prefería así.

A las nueve de la mañana del lunes se reunió en los escalones del juzgado con Doreen y los niños, su bufete, un nutrido grupo de amigos, empleados y clientes habituales del tribunal, la mayoría de los miembros de su Rotary Club y anunció su candidatura al resto del estado. No se había planeado como una presentación mediática, por lo que únicamente aparecieron unos pocos periodistas y cámaras de televisión.

Barry Rinehart era partidario de alcanzar el apogeo el día de las elecciones, no el de la presentación.

Durante quince minutos, Ron hizo los comentarios pertinentes, cuidadosamente redactados y ensayados, intercalados de numerosos aplausos, y luego respondió a las preguntas de los periodistas. A continuación, entró en el pequeño y desierto juzgado, donde concedió encantado una exclusiva de media hora a uno de los comentaristas políticos del periódico de Jackson.

Más tarde, el séquito se trasladó a tres manzanas de allí, donde Ron cortó la cinta de la puerta de la sede oficial de su campaña, en un viejo edificio que acaban de pintar y cubrir con propaganda electoral. Entre cafés y galletas, charló con los amigos, posó para fotos y concedió otra entrevista, esta a un periodista del que nunca había oído hablar. Tony Zachary estaba allí, supervisando el festejo y controlando la hora.

Al mismo tiempo, se enviaba el comunicado de prensa del anuncio de su candidatura a todos los periódicos del estado y a los diarios más importantes del sudeste del país. También se envió por correo electrónico a los miembros del tribunal supremo, a los de la asamblea legislativa, a los cargos electos del estado, a los grupos de presión inscritos en el censo, a miles de funcionarios, a los médicos con titulación para ejercer la medicina y a los letrados aceptados en el Colegio de Abogados. El censo electoral del distrito sur contaba con trescientos noventa mil votantes. Los consultores en internet de Rinehart habían encontrado direcciones de correo electrónico de una cuarta parte de ellos y los afortunados recibieron la noticia por ordenador mientras Ron seguía en el juzgado dando su discurso. Se enviaron un total de ciento veinte mil correos de una sola vez.

También se enviaron cuarenta y dos mil solicitudes de dinero por los mismos medios, junto con un mensaje que alababa las virtudes de Ron Fisk al tiempo que atacaba los males sociales causados por «jueces liberales e izquierdistas que anteponen sus agendas a las del pueblo».

Trescientos noventa mil sobres se trasladaron a la oficina central de correos desde un almacén alquilado al sur de Jackson, un edificio del que Ron Fisk no sabía nada y que nunca vería. En cada sobre iba un folleto electoral con fotos enternecedoras, una carta cordial del propio Ron, un sobre más pequeño por si alguien quería enviar un cheque y una pegatina de regalo para el parachoques. Los colores utilizados eran el rojo, el blanco y el azul, y era evidente que el diseño era profesional. Todos los detalles de la publicidad por correo eran de la mejor calidad.

A las once de la mañana, Tony trasladó el espectáculo al sur, a McComb, la undécima ciudad más grande del distrito. (Brookhaven ocupaba la decimocuarta posición, con una población de diez mil ochocientos habitantes.) Ron Fisk sonrió con aire de suficiencia mientras contemplaba el paisaje por la ventanilla del recién alquilado Chevrolet Suburban, acompañado de un voluntario llamado Guy que iba al volante, de su nuevo, aunque ya indispensable, ayudante Monte, que ocupaba el asiento del acompañante con el teléfono pegado a la oreja, y de Doreen, sentada a su lado en el espacioso asiento del medio del monovolumen. Era uno de esos momentos que había que saborear: su primera incursión en política y por la puerta grande. Cientos de partidarios entusiasmados, la prensa, las cámaras, el excitante reto del trabajo que tenían por delante, la emoción de ganar... y todo en las dos primeras horas de la campaña. La fuerte subida de adrenalina solo era un atisbo de lo que estaba por venir. Se imaginaba una gran victoria en noviembre. Se veía saltando del absoluto anonimato de ejercer su profesión en una pequeña ciudad al prestigio del tribunal supremo. Lo tenía todo a sus pies.

Tony los seguía de cerca, mientras hacía un rápido resumen a Barry Rinehart.

Ron volvió a anunciar su candidatura en el ayuntamiento de McComb. Había poca gente, pero era muy ruidosa. Aparte de unos cuantos amigos, los demás eran todos desconocidos. Después de un par de entrevistas rápidas, con fotos, lo llevaron a la pista de aterrizaje de McComb, donde embarcó en un Lear 55, un bonito avión privado de pequeñas dimensiones y líneas aerodinámicas aunque, cosa que a Ron no se le pasó por alto, mucho más pequeño que el G5 que lo había llevado a Washington. Doreen consiguió ocultar a duras penas su emoción al encontrarse por primera vez en un jet privado. Tony se les unió a bordo. Guy se alejó en el monovolumen.

Quince minutos después aterrizaron en Hattiesburg, con una población de cuarenta y ocho mil habitantes, la tercera mayor ciudad del distrito. Ron y Doreen estaban invitados a la una del mediodía a un almuerzo de oración organizado por una flexible confederación de pastores fundamentalistas. Se celebraría en un viejo Holiday Inn. Tony les esperó en el bar.

Ron escuchó más que habló mientras daban cuenta de un pollo pésimamente cocinado con judías blancas. Varios predicadores, todavía inspirados por sus labores dominicales, sintieron la necesidad de honrarlo con sus puntos de vista sobre varias cuestiones y males: Hollywood, la música rap, la cultura del famoseo, la pornografía desenfrenada, internet, el consumo de alcohol por menores y el sexo antes de la mayoría de edad, entre muchos otros. Ron asintió a todo con convicción, pero dispuesto a escapar cuanto antes. Cuando le brindaron la oportunidad de decir algo, escogió las palabras adecuadas. Doreen y él habían rezado por aquellas elecciones y sentían que Dios había oído sus oraciones. Las leyes dictadas por el hombre deberían intentar emular las leyes divinas. Solo los hombres con una visión moral clara deberían juzgar los problemas de los demás. Etcétera. Obtuvo una rotunda aprobación de los presentes.

Una vez finalizado el encuentro, Ron se dirigió a un par de docenas de simpatizantes, en el exterior del juzgado de distrito del condado de Forrest. La cadena de televisión de Hattiesburg cubrió la noticia. Tras unas cuantas preguntas, se paseó por Main Street, estrechó la mano a todo el mundo, entregó sus elegantes folletos y entró en los despachos de abogados para saludarlos un momento. A las tres y media, el Lear 55 despegó y se dirigió hacia la costa. A ocho mil pies y subiendo, sobrevoló el extremo sudoeste del condado del Cáncer.

Guy les esperaba con el monovolumen en el aeropuerto comarcal de Gulfport-Biloxi. Ron se despidió de Doreen con un beso y el avión la llevó de vuelta a McComb. Allí, otro coche la llevaría hasta Brookhaven. Ron volvió a anunciar su candidatura en el palacio de justicia del condado, respondió a las mismas preguntas y luego concedió una larga entrevista para el *Sun Herald*.

Biloxi era el hogar de Sheila McCarthy. Estaba junto a Gulfport, la mayor ciudad del distrito sur, con una población de sesenta y cinco mil habitantes. Biloxi y Gulfport eran las principales ciudades de la costa, una zona a lo largo del golfo compuesta por tres condados, que recogía el 60 por ciento de los votos. Al este estaban Ocean Springs, Gautier, Moss Point, Pascagoula y luego Mobile. Al oeste estaban Pass Christian, Long Beach, Waveland, Bay St. Louis y luego Nueva Orleans.

Tony había planeado que Ron invirtiera allí la mitad del

tiempo que durara la campaña. A las seis de la tarde, el candidato conoció su oficina de la costa, un establecimiento de comida rápida remodelado, en la carretera 90, la vía de cuatro carriles más transitada que bordeaba la playa. Carteles de vivos colores inundaban la zona que rodeaba las oficinas, y una gran multitud se reunió allí para oír y ver al candidato. Ron no conocía a nadie. Tony tampoco. Prácticamente todos eran empleados de alguna de las compañías que financiaban indirectamente la campaña. La mitad trabajaban en la oficina regional de una compañía nacional de seguros de automóviles. Cuando Ron llegó y vio las oficinas, la decoración y la gente, se maravilló de la capacidad organizativa de Tony Zachary. Aquello iba a ser más sencillo de lo que había pensado.

Los casinos eran el motor principal de la economía de la zona del golfo, así que Ron se ahorró sus comentarios moralistas e hizo hincapié en su enfoque conservador en cuanto a la administración de la justicia. Habló de él, de su familia, del equipo de béisbol infantil invicto de su hijo Josh y, por primera vez, expresó su preocupación por los índices de delincuencia del estado y por la aparente desidia a la hora de ejecutar a asesinos convictos.

Clete Coley habría estado orgulloso de él.

Esa noche se celebró una elegante cena a mil dólares el plato en el Biloxi Yacht Club, para recaudar fondos. Los comensales eran una amalgama de empresarios, banqueros, médicos y abogados de aseguradoras. Tony contó ochenta y cuatro asistentes.

Esa noche, mucho más tarde, Tony llamó a Barry Rinehart para hacerle el resumen del gran día mientras Ron dormía en la habitación de al lado. No había sido tan vistoso como la espectacular entrada en escena de Clete, pero sí mucho más productivo. Su candidato se había desenvuelto muy bien.

El segundo día empezó a las siete y media de la mañana con un almuerzo de oración en un hotel a la sombra de los casinos. Estaba patrocinado por un grupo de reciente creación, llamado Coalición de Hermanos. La mayoría de los asistentes eran pastores fundamentalistas que pertenecían a diversas ramas del cristianismo. Ron aprendía a marchas forzadas la estrategia de adaptarse a la audiencia y se sintió como en casa hablando sobre su fe y de cómo esta daría forma a sus decisiones en el tribunal supremo. Hizo hincapié en su largo servicio como diácono y profesor de catequesis, y casi se le quebró la voz al recordar el bautizo de su hijo. Una vez más, obtuvo la aprobación de los presentes de inmediato.

Al menos medio estado desayunó con los periódicos matutinos en los que aparecían anuncios electorales a toda página del candidato Ron Fisk. El de *The Clarion-Ledger* de Jackson incorporaba una bonita foto con un titular en negrita que rezaba «Reforma judicial». En letra más pequeña podían leerse los pertinentes datos biográficos de Ron, que ponían énfasis en su pertenencia a organizaciones cívicas, su iglesia y a la Asociación Americana del Rifle. En letra aún más pequeña podían leerse sus impresionantes referencias: grupos de familia, activistas cristianos conservadores, pastores y asociaciones que parecían incluir al resto de la humanidad; médicos, enfermeras, hospitales, dentistas, hogares de ancianos, farmacéuticos, pequeños comerciantes, inmobiliarias, bancos, aseguradoras (de salud, de vida, médicos, contra incendios, de enfermedad, de negligencia profesional), contratistas, arquitectos, empresas energéticas, compañías de gas natural y tres grupos de «relaciones legislativas» que representaban a los fabricantes de prácticamente todos los productos que pudieran encontrarse en el mercado.

En otras palabras: todo aquel susceptible de ser demandado y que, por tanto, pagaba primas en su seguro para cubrir esa contingencia. La lista olía a dinero y proclamaba que Ron

Fisk, un desconocido hasta esos momentos, era uno de los candidatos que había que tomar en serio.

El anuncio de *The Clarion-Ledger* de Jackson había costado doce mil dólares, nueve mil el del *Sun Herald* de Biloxi y cinco mil el del *Hattiesburg American*.

La suma total de los dos días de promoción de Fisk rozaba los cuatrocientos cincuenta mil dólares, sin incluir los gastos de viaje, el avión y el asalto a internet. Gran parte de ese dinero se había invertido en publicidad por correo.

Ron pasó el resto del martes y el miércoles en la costa; cada minuto de su tiempo estaba planeado de antemano con precisión. En todas las campañas solían surgir imprevistos de última hora, pero no con Tony al frente. Presentaron la candidatura en los tribunales de los condados de Jackson y Hancock, rezaron con los pastores, se detuvieron en docenas de bufetes de abogados, patearon calles abarrotadas repartiendo folletos y estrechando manos. Ron incluso besó a su primer niño. Y todo quedó grabado por un equipo de televisión.

El jueves, Ron realizó seis paradas más por todo el sur de Mississippi y luego volvió apresuradamente a Brookhaven para cambiarse de ropa. El partido empezaba a las seis y Doreen ya estaba allí con los niños. Los Raiders estaban calentando y Josh era el pitcher. El equipo estaba en el banquillo escuchando atentamente a un ayudante cuando el entrenador Fisk apareció de improviso y tomó las riendas.

Había acudido bastante gente a ver el partido. Ron ya se sentía como alguien famoso.

En vez de llevar a cabo sus labores jurídicas, los dos letrados de Sheila se pasaron el día recopilando artículos de prensa sobre la presentación de Ron Fisk. Habían reunido los anuncios a toda página de diferentes periódicos, seguían las noticias por internet y, a medida que la carpeta crecía, sus ánimos se desinflaban.

Sheila intentó seguir adelante con su trabajo como si no ocurriera nada. Su mundo se venía abajo, pero fingió no darle importancia. En privado, y eso solía significar una sesión a puerta cerrada con Big Mac, se mostraba conmocionada y abrumada. Fisk debía de estar gastándose un millón de dólares y ella todavía no había recaudado prácticamente nada.

Clete Coley la había convencido de que no tenía nada que temer de sus oponentes. Habían ejecutado la emboscada de Fisk con tanta brillantez que tenía la sensación de haber sido abatida en el campo de batalla.

El consejo directivo de la Asociación de Abogados Litigantes de Mississippi convocó una reunión urgente el jueves por la tarde en Jackson. El presidente actual era Bobby Neal, un abogado veterano con muchas sentencias a la espalda y un largo historial al servicio de la ALM. Estaban presentes dieciocho de los veinte directores, un récord de asistencia en muchos años.

El consejo, por naturaleza, estaba formado por un conjunto de abogados apasionados y taxativos que trabajaban según sus propias reglas. Algunos de ellos ni siquiera habían tenido nunca un jefe. La mayoría se había abierto camino con uñas y dientes desde los escalafones más bajos de la profesión hasta alcanzar una posición de gran respetabilidad, al menos en su opinión. Para ellos, no había cometido más digno en esta vida que representar a los pobres, los indefensos, los parias y los atribulados.

Por lo general, las reuniones se alargaban, todo el mundo gritaba y solían iniciarse con una lucha por tener la palabra. Eso cuando se trataba de una reunión normal. El mismo grupo en una situación de emergencia, con la espalda contra la pared por la repentina e inminente amenaza de perder a uno de sus aliados más digno de confianza del tribunal supremo, llevaba a que los dieciocho empezaran a discutir a la vez. Todos tenían la solución. Barbara Mellinger y Skip Sánchez estaban sentados en un rincón, en silencio. No se había servido alcohol. Ni cafeína. Solo agua.

Tras una media hora bastante bulliciosa, Bobby Neal logró imponer algo parecido al orden. Consiguió captar su atención al informarles de la entrevista de una hora que había mantenido esa misma mañana con la jueza McCarthy.

—Está muy animada —dijo, sonriente, uno de los pocos que se atrevían—. Está trabajando duro y no quiere que nada la distraiga de sus tareas. Sin embargo, conoce la política y me ha asegurado que pondrá en marcha una campaña enérgica y que tiene intención de ganar. Le he prometido nuestro apoyo incondicional.

Hizo una pequeña pausa antes del giro efectista.

—No obstante, la entrevista me ha parecido un poco descorazonadora. Clete Coley anunció su candidatura hace cuatro semanas y Sheila ni siquiera tiene todavía un jefe de campaña. Ha recaudado algo de dinero, pero no ha querido decirme cuánto. Me dio la impresión de que se había relajado demasiado con lo de Coley y que había acabado convenciéndose de que ese tipo era un imbécil sin credibilidad. Creyó que podía bajar la guardia. Ahora ha cambiado drásticamente de idea. No duerme y le toca correr para no quedarse atrás. Como ya sabemos por experiencia, poco dinero va a recaudar si no se lo prestamos nosotros.

—Se necesitaría un millón de dólares para vencer a ese tipo —dijo alguien, aunque la observación quedó ahogada por comentarios burlones.

Con un millón no tendrían ni para empezar. Los reformistas del sistema de agravios se habían gastado dos millones para presentarse contra el juez McElwayne y solo habían perdido por tres mil votos. Esta vez se gastarían más porque estaban mejor organizados y porque para ellos ya era una cuestión de orgullo. Además, el tipo que se presentó contra McElwayne era un pobre desgraciado que no había pisado un tribunal en su vida y que se había pasado los últimos diez años enseñando Ciencias Políticas en una escuela universitaria. Ese tipo, Fisk, era un abogado de verdad.

Continuaron hablando de Fisk, y en cierto momento había en ebullición cuatro animadas conversaciones a la vez, como mínimo.

Bobby Neal los recondujo lentamente hacia el orden del día, haciendo repiquetear el vaso sobre la mesa.

—Somos un total de veinte en este consejo. Si aportamos diez mil cada uno, ahora mismo, al menos se podría organizar la campaña de Sheila.

El silencio se hizo de repente. Se oyeron suspiros profundos. Algunos bebieron agua. Todos buscaron otras miradas que aprobaran o disintieran de la audaz proposición.

—Esto es ridículo —gritó alguien, al final de la mesa.

Las luces parpadearon. Los ventiladores del aire acondicionado se detuvieron. Todo el mundo miró boquiabierto a Willy Benton, un pequeño irlandés de sangre caliente, de Biloxi. Benton se levantó poco a poco y extendió las manos. Ya conocían sus apasionadas recapitulaciones y se prepararon para la que se avecinaba. Los jurados lo encontraban irresistible.

—Señores y señora, es el principio del fin, no nos engañemos. Las fuerzas del mal, esas que quieren cerrar las puertas de los tribunales a cal y canto y negar a nuestros clientes sus derechos, ese mismo grupo de presión a favor del empresariado que ha desfilado lenta y metódicamente a lo largo y ancho de este país y ha comprado un cargo tras otro en los tribunales supremos, ese mismo hatajo de gilipollas ya está aquí, aporreando nuestras puertas. Ya habéis visto sus nombres en los anuncios de ese Fisk. Es una conjura de necios, pero tienen dinero. Si no me equivoco, contamos con una mayoría en el tribunal supremo gracias a un solo voto, y estamos aquí sentados, el único grupo que puede enfrentarse a esos matones y estamos discutiendo cuánto deberíamos aportar. Yo os diré cuánto deberíamos aportar: ¡todo! Porque si no lo hacemos, el ejercicio del derecho tal como lo conocemos desaparecerá. No volveremos a llevar casos porque no podremos ganarlos. No existirá una próxima generación de abogados litigantes.

»Doné cien mil dólares a la campaña del juez McElwayne, y todo se decidió en la recta final. Haré lo mismo por la jueza McCarthy. No tengo avión. No llevo procesos de responsabilidad civil ni me forro con minutas desorbitadas. Ya me conocéis. Soy de la vieja escuela: un caso por vez, un juicio detrás de otro. Pero volveré a sacrificarme, y vosotros deberíais hacer lo mismo. Todos tenemos caprichos. Si no podéis aportar cincuenta mil cada uno, entonces abandonad esta junta y volved a casa. Sabéis que podéis permitíroslo. Vended un piso, un coche, un barco, saltaros un par de vacaciones. Empeñad los diamantes de vuestra mujer. Pagáis a vuestras secretarias cincuenta de los grandes al año. Sheila McCarthy es mucho más importante que cualquier secretaria o socios.

—El límite es cinco mil por persona, Willy —dijo alguien.

—Ya nos salió el listillo —replicó—. Tengo mujer e hijos. Ahí ya tienes treinta de los grandes. También tengo dos secretarias y algunos clientes satisfechos. A final de la semana habré reunido cien mil dólares, y todos los aquí presentes podéis hacer lo mismo.

Volvió a sentarse, acalorado.

—¿Cuánto le dimos al juez McElwayne? —preguntó Bobby Neal al cabo de un largo silencio dirigiéndose a Barbara Mellinger.

—Un millón doscientos, de unos trescientos abogados litigantes.

—¿Cuánto recaudó en total?

—Un millón cuatrocientos.

—¿Cuánto crees que necesitaría McCarthy para ganar?

Barbara y Skip Sánchez llevaban tres días discutiendo aquella cuestión.

—Dos millones —contestó, sin vacilar.

Bobby Neal frunció el ceño, recordando los esfuerzos para recaudar que habían hecho dos años atrás en nombre de Jimmy McElwayne. Habría sido menos doloroso que le sacaran un diente sin anestesia.

—Entonces tenemos que reunir dos millones de dólares —dijo, decidido.

Todos asintieron con la cabeza, muy serios, como si estuvieran de acuerdo con la cifra. Se concentraron en el nuevo reto que tenían sobre la mesa y se inició un acalorado debate acerca de cuánto debía aportar cada uno. Los que ganaban mucho, también gastaban mucho. Los que tenían problemas para llegar a final de mes, temían comprometerse a donar más de lo que tenían. Uno de ellos admitió que había perdido los últimos tres juicios y que en esos momentos estaba en la ruina. Otro, un brillante abogado especializado en causas de responsabilidad civil, con avión propio, prometió ciento cincuenta mil dólares.

Levantaron la sesión sin haber llegado a un acuerdo sobre una cantidad concreta, lo cual no extrañó a ninguno de ellos.

21

La fecha límite para la presentación de candidaturas pasó sin mayor novedad. Nadie se presentó contra los jueces Calligan, del distrito central, o Bateman, del distrito norte, por lo que estarían a salvo durante otros ocho años. El historial de ambos demostraba que eran muy poco compasivos con víctimas de accidentes, consumidores y acusados de crímenes y, por tanto, el empresariado los tenía en gran estima. En el ámbito comarcal, solo dos jueces de distrito tuvieron oponentes.

Uno de ellos era el juez Thomas Alsobrook Harrison IV. Una hora antes de que terminara el plazo de presentación, una abogada inmobiliaria llamada Joy Hoover presentó la documentación necesaria y empezó a caldear el ambiente en un comunicado de prensa. Era una activista política del lugar, con buena reputación y conocida en el condado. Su marido era un pediatra famoso que operaba en sus ratos libres en una clínica gratuita para madres sin medios.

Tony Zachary y Visión Judicial habían reclutado a Hoover. Fue un regalo de Barry Rinehart a Carl Trudeau, que, en varias ocasiones durante sus charlas con Rinehart, había expresado su intensa animadversión hacia el juez que había presidido el caso Baker. Ese juez ahora estaría muy ocupado y no podría inmiscuirse, como había hecho, encantado, en otras elecciones. Por cien mil miserables dólares, el juez Harrison tenía asuntos más serios sobre la mesa a los que prestar su atención.

Rinehart conspiraba en varios frentes, y escogió un tranquilo día de finales de julio para lanzar el siguiente misil.

Dos homosexuales, Al Meyerchec y Billy Spano, habían llegado a Jackson tres meses antes. Habían alquilado un pequeño apartamento cerca de Millsaps College, se habían inscrito en el censo y les habían expedido carnets de conducir de Mississippi. Los antiguos eran de Illinois. Dijeron ser ilustradores autónomos, que trabajaban en casa. No hablaban ni salían con nadie.

El 24 de junio, entraron en la oficina de la secretaría judicial del juzgado de distrito del condado de Hinds y pidieron la documentación necesaria para solicitar una licencia de matrimonio. La secretaria se la denegó e intentó explicarles que las leyes del estado no permitían el matrimonio entre personas del mismo sexo. La situación se volvió tensa, Meyerchec y Spano dijeron palabras acaloradas y finalmente se fueron. A continuación, llamaron a un periodista de *The Clarion-Ledger* y le contaron su versión.

Al día siguiente, regresaron a la oficina de la secretaria judicial con el periodista y el fotógrafo y volvieron a solicitar la documentación. Cuando se la denegaron, empezaron a gritar y a amenazarla con demandarla. Al día siguiente, la historia aparecía en la primera plana acompañada de una fotografía de los dos hombres vociferando ante la pobre secretaria. Contrataron a un abogado radical, le pagaron diez mil dólares y consiguieron que el caso llegara a los tribunales. El nuevo juicio volvió a aparecer en los titulares.

Fue una noticia impactante. Las historias de homosexuales que intentaban contraer matrimonio legalmente eran habituales en lugares como Nueva York, Massachusetts y California, pero insólitas en Mississippi. ¿Adónde iríamos a parar?

Un artículo de investigación reveló que los hombres acababan de llegar a la ciudad, que eran unos auténticos desconocidos en la comunidad gay y que no estaban vinculados con ningún negocio, familia, ni con nada en aquel estado. Aquellos de quienes podía esperarse no tardaron en proferir su más viva repulsa. Un senador local aseguró que las leyes estatales regulaban aquellas cuestiones y que dichas leyes no iban a cambiar, al menos mientras él siguiera en la asamblea legislativa. No pudieron localizar a Meyerchec y a Spano para saber su opinión. Su abogado dijo que habían salido de viaje de negocios. Lo cierto era que habían vuelto a Chicago, donde uno trabajaba de interiorista y el otro llevaba un bar. Conservarían la residencia legal en Mississippi y solo volverían cuando el juicio lo precisara.

Jackson volvió a verse golpeada por un nuevo crimen brutal. Tres hombres, armados con rifles de asalto, irrumpieron en un dúplex alquilado y ocupado por unos veinte inmigrantes ilegales de México. Los mexicanos trabajaban dieciocho horas diarias, ahorraban hasta el último centavo y lo enviaban todo a casa una vez al mes. Ese tipo de asaltos no eran raros en Jackson y en otras ciudades del sur. En pleno caos, con los mexicanos corriendo por todas partes, sacando el dinero de debajo de las baldosas y detrás de las paredes, y chillando desesperados en español mientras los pistoleros les gritaban en un rudimentario inglés, uno de los mexicanos sacó una pistola y disparó varias veces, sin alcanzar a nadie. Los hombres armados respondieron y el caos se convirtió en un infierno. Cuando acabó el tiroteo, había cuatro mexicanos muertos, otros tres estaban heridos y los hombres armados habían desaparecido en la oscuridad de la noche. Se estimaba que se habían llevado unos ochocientos dólares, pero la policía nunca lo sabría seguro.

Barry Rinehart no podía apuntarse el suceso como una de sus creaciones, pero le complació oír hablar de él.

Una semana después, en un mitin patrocinado por una asociación comprometida con hacer cumplir la ley, Clete Coley aprovechó el crimen y volvió a la carga, con saña, a sus diatribas habituales acerca de la violencia descontrolada y alimentada por un tribunal liberal que restringía las ejecuciones en Mississippi. Señaló a Sheila McCarthy, sentada en el escenario junto a Ron Fisk, y la acusó con severidad por la poca disposición del tribunal a utilizar la sala de ejecuciones en Parchman. La gente lo adoraba.

Ron Fisk no quiso ser menos. Cargó contra las bandas, las drogas y el desorden, y criticó al tribunal supremo, aunque con un lenguaje más suave. A continuación, desveló un plan de cinco puntos para racionalizar las apelaciones de penas capitales, mientras su personal repartía las proposiciones específicas entre los asistentes. Fue un espectáculo impresionante, y Tony, sentado al fondo, quedó encantado con la actuación.

Cuando la jueza McCarthy se acercó al estrado, la gente estaba dispuesta a echarle piedras. Les explicó con toda calma las complejidades de las apelaciones de las penas de muerte y les aseguró que el tribunal dedicaba casi todo su tiempo a dirimir esos casos tan difíciles. Hizo hincapié en la necesidad de ser prudentes y concienzudos para asegurar que se respetaban los derechos de los acusados. La ley no conoce mayor carga que la de proteger los derechos de aquellos que la sociedad ha decidido ejecutar. Les recordó que había como mínimo ciento veinte hombres y mujeres condenados a la pena de muerte que luego habían sido completamente exonerados, dos en Mississippi. Algunos habían pasado más de veinte años en el corredor de la muerte. En los nueve años que llevaba en la judicatura, había participado en cuarenta y ocho casos de pena de muerte. De esos, había votado con la mayoría en veintisiete ocasiones para confirmar las condenas, pero solo después de asegurarse de que los acusados habían tenido un juicio justo. En los demás casos, había votado a favor de revocar las sentencias y solicitar la revisión del proceso. No se arrepentía ni de un solo voto. No se consideraba liberal, ni conservadora, ni moderada. Era jueza del tribunal supremo y había jurado revisar las causas que llegaban a sus manos y hacer cumplir la ley. Sí, personalmente se oponía a la pena de muerte, pero jamás había puesto sus convicciones por delante de las leyes del estado.

Al final de su discurso, se oyeron algunos desangelados aplausos, aunque únicamente por educación. Era difícil no admirar su franqueza y valentía. Habría quien la votaría, pocos, pero era indudable que la mujer sabía de qué hablaba.

Era la primera vez que los tres candidatos hacían una aparición conjunta, así como también la primera en la que Tony veía actuar a la jueza McCarthy bajo presión.

—Será un hueso duro de roer —informó a Barry Rinehart—. Sabe de qué habla y se mantiene firme.

—Sí, pero está a dos velas —contestó Barry, riendo—. Esto es una campaña y aquí lo que manda es el dinero.

McCarthy no estaba tan a dos velas, pero la campaña no había empezado con buen pie. No tenía director de campaña, alguien que coordinara las cincuenta cosas que había que hacer de inmediato mientras seguía coordinando un millar más para más adelante. Había ofrecido el puesto a tres personas. Las dos primeras lo habían rechazado después de pensárselo durante veinticuatro horas. La tercera había aceptado, aunque al cabo de una semana se desdijo.

Una campaña es una pequeña y frenética empresa que se desarrolla bajo gran presión y con el conocimiento de que tendrá una vida muy corta. El personal a tiempo completo trabaja sin descanso durante horas por un sueldo irrisorio. La aportación de los voluntarios es inestimable, pero no siempre se puede confiar plenamente en ellos. Un director de campaña enérgico y decidido es fundamental.

Seis semanas después del anuncio de la candidatura de Fisk, la jueza McCarthy había conseguido abrir una oficina de campaña en Jackson, cerca de su piso, y otra en Biloxi, cerca de su casa. Ambas estaban dirigidas por viejos amigos y voluntarios, que se ocupaban de reclutar más personal y llamar a donantes potenciales. Había montañas de pegatinas y carteles, pero la campaña no había conseguido encontrar una empresa fiable que se encargara de la propaganda, la publicidad por correo y, con un poco de suerte, los anuncios televisivos. Contaban con una página web muy básica, pero eso era todo en cuanto a internet. Sheila había recibido trescientos veinte mil dólares en contribuciones, de los cuales todos menos treinta mil provenían de los abogados litigantes. Bobby Neal y el consejo le habían prometido por escrito que los miembros de la ALM le donarían al menos un millón, y ella no dudaba de que así sería. Sin embargo, hacer promesas era mucho más fácil que firmar cheques.

Además, el hecho de tener un trabajo muy exigente, que no podía descuidar, complicaba aún más la organización de la campaña. El tribunal estaba colapsado con causas que debían haber sido despachadas hacía meses; soportaba la presión constante de no poder ponerse nunca al día. Las apelaciones no paraban de llegar y había vidas en juego: las de los hombres y mujeres que se encontraban en el corredor de la muerte; las de niños que iban arriba y abajo en divorcios conflictivos; las de trabajadores gravemente accidentados que esperaban un dictamen final que, con un poco de suerte, aliviara sus males. Algunos de sus colegas eran lo bastante profesionales para distanciarse de la gente de carne y hueso que había detrás de los casos que debían considerar, pero Sheila no había sido capaz de hacerlo nunca.

Sin embargo, era verano y el calendario no era tan riguroso. Libraba los viernes y se pasaba largos fines de semana en la carretera, visitando el distrito. Trabajaba duro de lunes a jueves y luego se convertía en una candidata. Había decidido pasar el mes organizando la campaña y poniéndose al día.

Su primer oponente, el señor Coley, solía holgazanear de lunes a viernes, descansando de los rigores de la mesa de blackjack. Solo jugaba de noche y, por tanto, tenía tiempo de sobra para dedicar a la campaña si lo deseaba. Generalmente no lo hacía. Aparecía por algunas ferias de condado y lanzaba pintorescos discursos a un público entusiasta. Si los voluntarios de Jackson estaban de humor, se acercaban hasta donde él estuviera, desplegaban los Rostros de los Muertos y Clete subía el volumen. Todas las poblaciones contaban con un puñado de asociaciones cívicas, la mayoría de las cuales siempre andaban buscando oradores. Corrió el rumor de que el candidato Coley animaba las comidas, por lo que recibía una invitación o dos cada semana. Dependiendo del viaje, y de la intensidad de la resaca, consideraba la proposición. A finales de julio, su campaña había recibido veintisiete mil dólares en donaciones, más que suficiente para cubrir los gastos del monovolumen de alquiler y sus guardaespaldas a tiempo parcial. También se había gastado seis mil en folletos. Todo político debía tener algo que repartir.

Sin embargo, el segundo oponente de Sheila dirigía una campaña que funcionaba como un motor bien engrasado. Ron Fisk trabajaba duro en su despacho lunes y martes y luego se lanzaba a la carretera para seguir un programa muy detallado del que solo se libraban las poblaciones más pequeñas. Gracias al Lear 55 y a un King Air, tanto él como sus acompañantes recorrieron el distrito en muy poco tiempo. A mitad de julio, había un comité organizado en cada uno de los veintisiete condados, y Ron había hecho un discurso, como mínimo, en todos ellos. Hablaba en centros cívicos, cuarteles de bomberos voluntarios, meriendas en las bibliotecas, asociaciones de abogados del condado, clubes de motoristas, festivales de música folk, ferias de condado e iglesias, iglesias y más iglesias. Al menos la mitad de sus discursos los lanzaba desde un púlpito.

Josh jugaba el último partido de béisbol de la temporada el 18 de julio, por lo que su padre aún contaría con más tiempo para hacer campaña. El entrenador Fisk no se había perdido ni un solo partido, aunque el equipo se vino abajo cuando anunció su candidatura. La mayoría de los padres estaban convencidos de que no había tenido nada que ver.

En las zonas rurales, el mensaje de Ron siempre era el mismo: por culpa de los jueces liberales, nuestros valores están siendo atacados por aquellos que defienden el matrimonio homosexual, el control de armas, el aborto y el libre acceso a la pornografía por internet. Esos jueces tenían que ser sustituidos. La Biblia estaba por encima de todo. Las leyes dictadas por los hombres venían a continuación, pero como juez del tribunal supremo, conseguiría reconciliar ambas cuando fuera necesario. Iniciaba todos los discursos con una breve plegaria.

En las zonas menos rurales, dependiendo del auditorio, solía alejarse un poco de la derecha recalcitrante y hacía más hincapié en la pena de muerte. Ron descubrió que a la gente le fascinaban las historias truculentas de crímenes brutales cometidos por hombres que habían sido condenados a muerte hacía veinte años. Introdujo un par en sus charlas habituales.

Sin embargo, independientemente de dónde estuviera, la cuestión del malvado-juez-liberal dominaba sus discursos. Al cabo de un centenar de ellos, Ron había acabado convenciéndose de que Sheila McCarthy era una izquierdista radical que había causado muchos de los problemas sociales del estado.

En cuanto al dinero, con Barry Rinehart tirando de los hilos, las contribuciones llegaban de manera constante, gracias a lo cual consiguieron ir al día con los gastos. El 30 de junio, la primera fecha límite para presentar informes económicos, la campaña de Fisk había recibido quinientos diez mil dólares de dos mil doscientas personas. De sus contribuyentes, solo treinta y cinco habían donado el máximo de cinco mil dólares y todos residían en Mississippi. El 90 por ciento de los donantes eran del estado.

Barry sabía que los abogados litigantes examinarían con lupa a los contribuyentes con la esperanza de descubrir que estuviera entrando dinero a raudales procedente de fuera del estado, de intereses empresariales. Había sido uno de los asuntos problemáticos con el que ya se había topado en otras campañas y no tenía intención de tropezar con la misma piedra en las elecciones de Fisk. Confiaba en recaudar grandes sumas de dinero fuera del estado, pero esas donaciones entrarían en el momento adecuado, al final de la campaña, cuando las propicias leyes informativas estatales impidieran que fueran un problema. Por el contrario, los informes de McCarthy demostraron que eran los abogados litigantes quienes estaban financiándola, y Barry sabía muy bien cómo utilizar aquella baza en su favor.

Barry también había recibido los resultados de la última encuesta, que no tenía intención de compartir con el candidato. El 25 de junio, la mitad de los votantes censados sabían que había unas elecciones. De ellos, el 24 por ciento se inclinaba a favor de Ron Fisk, el 16 por ciento a favor de Sheila McCarthy y el 10 por ciento a favor de Clete Coley. Las cifras prometían. En menos de dos meses, Barry había dado forma a un abogado desconocido que jamás había vestido la toga y lo había lanzado por delante de una oponente con nueve años de experiencia.

Y todavía no habían pasado ni un solo anuncio por televisión.

El 1 de julio, New Vista Bank, una cadena nacional con sede en Dallas, compró el Second State Bank. Huffy llamó a Wes Payton para darle la noticia, y parecía optimista. A la sucursal de Hattiesburg le habían asegurado que no iba a cambiar nada, solo el nombre. Los nuevos dueños habían revisado el préstamo, le habían hecho preguntas sobre los Payton y parecía que Huffy les había convencido de que la deuda sería satisfecha tarde o temprano.

Los Payton enviaron a Huffy un cheque de dos mil dólares por cuarto mes consecutivo.

22

En otra vida, Nathaniel Lester había sido un flamante abogado criminalista con un don especial para ganar casos de asesinato. Llegó un momento, de eso hacía dos décadas, en que consiguió doce veredictos de no culpabilidad consecutivos, prácticamente todos en pequeñas ciudades de Mississippi, en lugares donde a los acusados de crímenes atroces suele considerárseles culpables desde el momento de la detención. Su fama atrajo clientes que necesitaban asesoramiento civil, no penal, y su modesto bufete, en Mendenhall, prosperó considerablemente.

Nat obtuvo sentencias generosas y negoció acuerdos incluso más beneficiosos. Acabó especializándose en daños personales graves producidos en plataformas petrolíferas, a las que acudían muchos hombres del lugar atraídos por los salarios elevados. Era miembro activo de varios grupos de abogados litigantes, donaba grandes sumas a los candidatos políticos, se había construido la casa más grande de la ciudad, se había casado varias veces y había empezado a beber demasiado. La bebida, junto con una sucesión de acusaciones por falta de ética y diversas refriegas legales, le obligó a aminorar la marcha y, cuando finalmente se vio acorralado, renunció a su licencia de abogado para evitar una pena de prisión. Se fue de Mendenhall, volvió a casarse, dejó la bebida y resurgió en Jackson, donde abrazó el budismo, el yoga, se hizo vegetariano y adoptó un estilo de vida más sencillo. Una de las pocas decisiones inteligentes que había tomado durante su momento de mayor apogeo había sido la de guardar parte del dinero.

Durante la primera semana de agosto estuvo dando la lata a Sheila McCarthy hasta que esta aceptó ir a comer con él. No había abogado en el estado que no hubiera oído hablar del atípico ex abogado, por lo que Sheila estaba comprensiblemente nerviosa. Mientras daban cuenta del tofu y de la col de Bruselas que habían pedido, Lester se ofreció como director de campaña de manera gratuita. Volcaría toda su energía desbordante únicamente en las elecciones durante los siguientes tres meses. Sheila empezó a inquietarse. El cabello gris le llegaba hasta los hombros y llevaba pendientes de diamante que, aunque eran muy pequeños, seguían siendo visibles. También lucía un tatuaje en un brazo y Sheila no quería pensar en cuántos más tendría ni dónde se los habría hecho. Vestía vaqueros, calzaba sandalias y unas cuantas llamativas pulseras de cuero adornaban sus muñecas.

Claro que Nat no había llegado a ser un exitoso abogado litigante por ser insípido y poco persuasivo. Todo lo contrario. Conocía el distrito, los pueblos, los tribunales y la gente que los presidía. Odiaba profunda y enconadamente al gran capital y sus influencias, y se aburría, por lo que buscaba guerra.

Sheila acabó cediendo y lo invitó a unirse a ella. De vuelta a casa, se cuestionó si había hecho bien, pero tenía el presentimiento de que Nathaniel Lester era el empujón que su campaña necesitaba desesperadamente. Sus propias encuestas demostraban que estaba a cinco puntos de Fisk y empezaba a sentir cierta desesperación.

Volvieron a verse esa noche, en las oficinas centrales de Jackson. Tras una reunión de cuatro horas, Nat asumió el control. Con una combinación de ingenio, encanto y reproches, exaltó los ánimos del variopinto personal de Sheila. Para demostrar su valía, llamó a tres abogados litigantes de Jackson, a sus casas, y después de unos cuantos halagos, les preguntó por qué narices no habían enviado todavía dinero para la campaña de McCarthy. Usando un manos libres, los avergonzó, los engatusó, los reprendió y se negó a colgar hasta que le prometieron contribuciones significativas, tanto de ellos como de sus familiares, clientes y amigos. No enviéis los cheques, les dijo, él personalmente se acercaría antes del día siguiente al mediodía y los recogería en mano. Las tres aportaciones ascendían a un total de setenta mil dólares. Desde ese momento, Nat se hizo cargo de la campaña.

Al día siguiente recogió los cheques y se dedicó a llamar a todos los abogados litigantes del estado. Se puso en contacto con grupos sindicales y líderes de la comunidad negra. Despidió a un miembro del personal y contrató a otros dos. Al final de la semana, Sheila recibió a primera hora una versión impresa del programa diario confeccionado por Nat. La jueza discutió un poco, pero no mucho. Nat estaba trabajando dieciséis horas al día y esperaba lo mismo tanto de la candidata como de todos los demás.

Wes se detuvo en casa del juez Harrison, en Hattiesburg, para comer con él. Con una treintena de casos pendientes relacionados con Bowmore, sería muy poco prudente que los vieran en público. A pesar de que no tenían ninguna intención de hablar de trabajo, aquella familiaridad entre ambos habría sido considerada inapropiada. Tom Harrison había extendido la invitación a Wes y a Mary Grace, cuando tuvieran tiempo. Mary Grace estaba fuera de la ciudad y le enviaba sus disculpas.

Quería hablar de política. El juzgado de distrito de Tom cubría Hattiesburg, el condado de Forrest y los tres condados rurales de Cary, Lamar y Perry. Casi el 80 por ciento de los votantes censados vivían en Hattiesburg, hogar tanto de él como de Joy Hoover, su oponente. A Hoover le iría bien en ciertas circunscripciones de la ciudad, pero el juez Harrison estaba convencido de que a él le iría mejor. Tampoco le preocupaban los condados más pequeños. De hecho, daba la impresión de que la idea de perder no le quitaba el sueño. Parecía que Hoover estaba bien financiada, seguramente con dinero procedente de fuera del estado, pero el juez Harrison conocía su distrito y le gustaba la política comarcal.

El condado de Cary era el menos poblado de los cuatro y estaba cada vez más deshabitado gracias a Krane Chemical, en gran medida, y a su historial de vertidos tóxicos. Evitaron esa cuestión y charlaron sobre varios políticos, tanto de Bowmore como de los alrededores. Wes le aseguró que los Payton, así como sus clientes, amigos, el pastor Denny Ott y la familia de Mary Grace, harían todo lo posible para que el juez Harrison saliera reelegido.

La conversación derivó hacia las demás elecciones, sobre todo hacia la de Sheila McCarthy. La jueza se había pasado por Hattiesburg hacía dos semanas y había estado media hora en el bufete de los Payton, donde, incómoda, evitó hacer mención del litigio de Bowmore mientras recolectaba votos. Los Payton le confesaron que no tenían dinero con que contribuir, pero le prometieron trabajar horas extra para que saliera elegida. Al día siguiente, descargaron un camión lleno de carteles y demás material de campaña en el despacho.

El juez Harrison se lamentó de la politización del tribunal supremo.

—Es una vergüenza hasta qué punto se ven obligados a humillarse por unos votos —comentó—. Tú, como abogado de un cliente de una causa pendiente, no deberías tener ningún contacto con un juez del tribunal supremo. Sin embargo, gracias a este sistema se te presenta uno en el despacho para pedirte tu voto y dinero. ¿Por qué? Porque ciertos grupos de presión con mucho dinero han decidido que les gustaría contar con un cargo en el tribunal. Están gastando dinero para comprar su puesto y ella responde recaudando dinero para su causa dirigiéndose a los del otro bando. El sistema está corrupto, Wes.

—¿Y cómo lo solucionarías?

—O bien impidiendo la entrada de dinero privado y financiando las elecciones con dinero público o cambiando el sistema electoral por el de nombramientos. Hay once estados que han conseguido que el sistema de nombramientos funcione. No creo que sus tribunales sean superiores a los nuestros en cuanto a la aptitud de sus jueces, pero al menos no los controlan los grupos de presión.

—¿Conoces a Fisk? —preguntó Wes.

—Ha estado en mi sala del tribunal un par de veces. Es un buen tipo, pero está muy verde. Le sienta bien el traje. Es el típico abogado de aseguradoras: abre el expediente, presenta el papeleo, llega a un acuerdo, cierra el expediente y nunca se ensucia las manos. Nunca ha asistido a un juicio, ni ha mediado en uno, ni lo ha defendido ante un tribunal y nunca ha demostrado interés en ser juez. Piénsalo, Wes. Toda ciudad pequeña necesita abogados de vez en cuando que hagan de juez municipal, magistrado adjunto o juez árbitro para dirimir infracciones de tráfico, y todos nos hemos sentido obligados a ofrecernos cuando éramos jóvenes. Pero este tipo no. Todo condado necesita abogados que pasen por los juzgados de menores, el de antidroga y demás, y todos los que nos ofrecíamos voluntarios, aspirábamos a ser jueces de verdad. Quiero decir que hay que empezar por alguna parte, menos este tipo. Me apuesto lo que quieras a que nunca ha estado en el juzgado municipal de Brookhaven o en el juzgado de menores del condado de Lincoln. Un buen día se despierta y de repente decide que le apasiona la judicatura y, qué demonios, que empezará desde arriba. Es un insulto para aquellos de nosotros que trabajamos sin descanso en el sistema y lo hacemos avanzar.

—Dudo que lo de presentarse a juez saliera de él.

—No, lo reclutaron. Eso lo hace aún más vergonzoso. Echan un vistazo, escogen a un pardillo con una bonita sonrisa y con un expediente inmaculado y lo envuelven para regalo con su hábil marketing. Eso es política, pero no debería corromper el poder judicial.

—Les ganamos hace dos años con McElwayne.

—De modo que eres optimista.

—No, juez, estoy aterrado. No he dormido desde que Fisk anunció su candidatura y no dormiré hasta que salga derrotado. Estamos en la ruina y agobiados por las deudas, así que no podemos firmar un cheque, pero todos los miembros de mi bufete han accedido a dedicar una hora al día para ir de puerta en puerta, repartir panfletos, pegar carteles y llamar por teléfono. Hemos escrito a nuestros clientes. Confiamos en nuestros amigos. Hemos organizado a Bowmore. Estamos haciendo todo lo posible, porque si perdemos el caso Baker, no habrá un mañana.

—¿En qué estado se encuentra la apelación?

—Ya se han presentado los escritos. Todo está listo y preparado y estamos esperando que el tribunal nos informe de la fecha de la exposición oral, si es que la hay. Seguramente a principios del año que viene.

—¿No hay posibilidades de obtener una decisión antes de las elecciones?

—Imposible. Es el caso más importante de los que tienen pendientes, aunque todos los abogados deben de pensar lo mismo. Ya lo sabes, el tribunal trabaja según su propio programa, no se les puede presionar.

Tomaron café helado mientras echaban un vistazo al pequeño huerto del juez. Casi estaban a cuarenta grados y Wes tenía ganas de marcharse. Finalmente, se despidieron en el porche delantero, estrechándose la mano. Mientras Wes se alejaba, empezó a preocuparse por él. El juez Harrison estaba mucho más pendiente de la carrera electoral de McCarthy que de la suya propia.

La vista trataba una petición de desestimación, presentada por el condado de Hinds. La sala estaba presidida por el magistrado Phil Shingleton. Era una sala del tribunal pequeña, eficaz y con mucho trajín, decorada con paredes de roble y los obligatorios retratos desvaídos de jueces ya olvidados. No había tribuna para el jurado puesto que en los tribunales de equidad no se llevan a cabo este tipo de juicios. Rara vez contaban con asistencia, pero en esa ocasión todos los asientos estaban ocupados.

Meyerchec y Spano, de vuelta de Chicago, estaban sentados con su abogado radical en una de las mesas. En la otra había dos mujeres jóvenes que representaban al condado. El juez Shingleton llamó al orden, dio la bienvenida a los asistentes, hizo un comentario sobre el interés que la vista había suscitado en los medios de comunicación y echó un vistazo al dossier. Dos dibujantes intentaban plasmar los rostros de Meyerchec y Spano. Todo el mundo esperaba ansioso mientras Shingleton repasaba el expediente como si nunca lo hubiera visto. De hecho, lo había leído muchas veces y ya había escrito su dictamen.

—Por curiosidad —dijo, sin levantar la vista—. ¿Por qué presentaron su demanda en este tribunal?

—Porque es una cuestión de equidad, señoría —contestó el abogado radical, poniéndose en pie—, y estábamos seguros de que aquí tendríamos un juicio justo.

Si lo dijo para arrancar alguna sonrisa, no lo logró.

La verdadera razón de la presentación en un tribunal de equidad era la necesidad de que lo desestimaran lo antes posible. Una vista en un juzgado de distrito llevaría mucho más tiempo y un juicio en un tribunal federal se desviaba demasiado de sus planes.

—Proceda —dijo Shingleton.

El abogado radical empezó a despotricar contra el condado, el estado y la sociedad en general. Hablaba rápido y con brusquedad, en un tono demasiado alto para la pequeña sala y demasiado estridente para prestarle atención más de diez minutos seguidos. El alegato no parecía tener fin. Las leyes del estado estaban atrasadas, eran injustas y discriminaban a sus clientes porque no podían contraer matrimonio. ¿Por qué razón dos adultos homosexuales que se quieren y que, de mutuo acuerdo, están dispuestos a aceptar todas las responsabilidades, obligaciones, compromisos y deberes que conlleva el matrimonio, no pueden disfrutar de los mismos privilegios y derechos que dos heterosexuales? Consiguió formular la misma pregunta al menos de ocho maneras distintas.

La razón, expuesta por una de las mujeres que representaban al condado, es que las leyes del estado no lo permiten. Así de claro y sencillo. La Constitución concede al estado la potestad de redactar leyes relacionadas con el matrimonio y el divorcio, y nadie más dispone de tal autoridad. Cuando la asamblea legislativa apruebe, si es que lo hace, el matrimonio entre personas del mismo sexo, el señor Meyerchec y el señor Spano podrán hacer realidad sus deseos.

—¿Espera que la asamblea legislativa lo haga pronto? —preguntó Shingleton, de manera inexpresiva.

—No —fue la rápida respuesta, que arrancó algunas risitas.

El abogado radical contraatacó con el enérgico argumento de que la asamblea legislativa, sobre todo la «nuestra», aprobaba leyes cada año que son revocadas por los tribunales. ¡Ese es el papel del poder judicial! Después de dejar bien claro su punto de vista, concibió diversas formas de presentarlo con mínimas variaciones.

Al cabo de una hora, Shingleton estaba harto. Sin un descanso, y echando un vistazo a sus anotaciones, emitió un veredicto bastante sucinto. Su trabajo consistía en acatar las leyes del estado y si las leyes prohibían el matrimonio entre dos hombres o dos mujeres, o dos hombres y una mujer, o cualquier otra combinación diferente a la de un hombre y una mujer, entonces a él, como juez, no le quedaba otra opción que la de desestimar el caso.

Fuera de la sala del tribunal, con Meyerchec a un lado y Spano al otro, el abogado radical continuó con su estridente diatriba para la prensa. Se sentía agraviado. Sus clientes se sentían agraviados, aunque varios coincidieron en que parecían aburridos.

Iban a apelar de inmediato al tribunal supremo de Mississippi. Allí era donde iban y era allí donde querían estar. Además, siendo la imprecisa firma de Troy-Hogan la que pagaba las facturas desde Boca Ratón, era exactamente allí donde acabarían.

23

Durante los primeros cuatro meses, el duelo electoral entre Sheila McCarthy y Ron Fisk había sido marcadamente cívico. Clete Coley había despotricado de todo el mundo, pero su aspecto en general y su personalidad indisciplinada impedían que los votantes lo vieran como un posible juez del tribunal supremo. Aunque seguía recibiendo el apoyo del 10 por ciento en las encuestas de Rinehart, cada vez hacía menos campaña. La encuesta de Nat Lester le concedía el 5 por ciento, pero no era tan exhaustiva como la de Rinehart.

Después del Día de los Trabajadores, en septiembre, con las elecciones a dos meses vista y la recta final ante ellos, la campaña de Fisk dio su primer paso hacia el juego sucio manifiesto, y una vez que se tomaba ese camino, no había vuelta atrás.

Barry Rinehart había perfeccionado esa táctica en otras campañas electorales. Enviaron un mailing masivo a todos los votantes censados, a través de una organización llamada Víctimas Judiciales por la Verdad. En la propaganda se preguntaba lo siguiente: «¿Por qué financian los abogados litigantes a Sheila McCarthy?». La diatriba de cuatro páginas que iba a continuación ni siquiera intentaba responder la pregunta, sino que se limitaba a vilipendiar a dichos abogados.

Primero echaba mano del médico de familia y aseguraba que los abogados litigantes y las demandas frívolas que presentaban son los responsables de muchos de los problemas del sistema de atención sanitaria. Los médicos, que trabajan con el miedo de recibir una demanda por negligencia, se ven obligados a pedir pruebas y diagnósticos caros que elevan el coste de la asistencia sanitaria. Estos profesionales deben pagar primas extraordinarias por mala praxis para protegerse de juicios fraudulentos. En algunos estados, incluso se ha llegado a expulsarlos, lo que deja a los pacientes sin atención. Se afirmaba que uno de esos médicos (no se especificaba su residencia) había dicho: «No podía permitirme las primas y estaba cansado de desperdiciar mi tiempo en declaraciones y juicios, así que lo dejé sin más. Sigo preocupado por mis pacientes». Un hospital de West Virginia se había visto obligado a cerrar después de haber recibido una escandalosa sentencia. Un codicioso abogado litigante tenía la culpa.

A continuación, atacaba el bolsillo. Según un estudio, la proliferación de litigios cuesta a un hogar con ingresos medios unos mil ochocientos dólares al año. Este gasto es el resultado directo de mayores primas de seguros de automóvil y del hogar, además del aumento del precio de miles de artículos de primera necesidad cuyos fabricantes reciben demandas constantemente. Los medicamentos, tanto los prescritos con receta como los que no, son un ejemplo perfecto: serían un 15 por ciento más baratos si los abogados litigantes no persiguieran a sus fabricantes con casos masivos de demandas colectivas.

Acto seguido sorprendía al lector con una retahíla de algunas de las sentencias más absurdas del condado, una lista muy usada y conocida, que siempre levantaba ampollas. Tres millones de dólares contra una cadena de comida rápida por un café caliente vertido encima; ciento diez millones contra un fabricante de automóviles por una pintura defectuosa; quince millones contra el propietario de una piscina por haberla vallado y cerrado con candado. La indignante lista seguía y seguía. El mundo se está volviendo loco, llevado de la mano por taimados abogados litigantes.

Tras el fuego indiscriminado de aquellas primeras tres páginas, acababa con una explosión. Cinco años atrás, Mississippi había sido calificado por un grupo proempresarial como un «infierno judicial»; solo cuatro estados más compartían aquella distinción. Nadie habría reparado en lo que estaba sucediendo de no haber sido por la Junta de Comercio, que aprovechó la noticia para difundirla a través de anuncios insertados en los periódicos. Había llegado el momento de volver a sacarlo a colación. Según la asociación Víctimas Judiciales por la Verdad, los abogados litigantes han abusado de tal modo del sistema judicial de Mississippi que en estos momentos el estado es terreno abonado para todo tipo de procesos de gran repercusión. Algunos implicados, tanto demandantes como abogados litigantes, viven en otros estados. Estos hacen un sondeo de tribunales hasta dar con un condado afín y un juez amistoso donde poder interponer una demanda, y las sentencias desorbitadas son el resultado. El estado se ha ganado una dudosa reputación y por eso mismo muchos empresarios evitan Mississippi. Multitud de fábricas han cerrado puertas y se han ido, con la consecuente pérdida de miles de puestos de trabajo.

Todo gracias a los abogados litigantes, que, por descontado, adoran a Sheila McCarthy y su inclinación hacia la parte demandante, y que seguirán invirtiendo lo que sea necesario para mantenerla en el tribunal.

El mailing acababa con una llamada a la sensatez. Jamás se mencionaba a Ron Fisk.

Un envío masivo de correos electrónicos hizo llegar el folleto publicitario a sesenta y cinco mil direcciones del distrito. Al cabo de unas horas había caído en manos de los abogados litigantes y había sido enviado a los ochocientos miembros de la ALM.

Nat Lester estaba encantado con aquella publicidad. Como director de campaña, habría preferido un apoyo más amplio de distintos grupos, pero la realidad era que los únicos donantes importantes de McCarthy eran los abogados litigantes. Los quería cabreados, comiéndose las uñas y echando espumarajos por la boca, dispuestos a una pelea a puño limpio, a la vieja usanza. Hasta el momento, sus donaciones apenas alcanzaban los seiscientos mil dólares y Nat necesitaba el doble. El único modo de conseguirlo era lanzando granadas.

Envió un correo electrónico a todos los abogados litigantes, en el que explicaba la necesidad de responder a aquel ataque lo antes posible. Había que contrarrestar de inmediato la publicidad negativa, tanto la impresa como la televisada. La publicidad por correo era cara, pero muy efectiva. Calculaba que Víctimas Judiciales por la Verdad había gastado unos trescientos mil dólares (coste real: trescientos veinte mil). Dado que tenía intención de utilizar la publicidad por correo en más ocasiones, pedía una aportación inmediata de quinientos mil dólares e insistía en una garantía a vuelta de correo electrónico. Publicaría una actualización de las nuevas contribuciones de los abogados litigantes a través de su dirección de correo codificada, y hasta que no se alcanzara la cifra de quinientos mil dólares, la campaña estaría oficialmente paralizada. Su táctica rayaba en la extorsión, pero en el fondo él seguía siendo un abogado litigante, y conocía a los de su especie. El mailing les subió la tensión a niveles casi letales; sin embargo, adoraban la lucha y las garantías empezaron a llover a raudales.

Mientras los manipulaba, se encontró con Sheila e intentó tranquilizarla. McCarthy jamás había sufrido un ataque de aquella magnitud. Estaba preocupada, pero también muy enojada. Se habían quitado los guantes y el señor Nathaniel Lester se frotaba las manos pensando en la pelea. Al cabo de dos horas, había diseñado y redactado una respuesta, se había visto con el impresor y había encargado el material necesario. Veinticuatro horas después de la encerrona de Víctimas Judiciales por la Verdad enviada por correo electrónico, trescientos treinta abogados defensores habían aportado quinientos quince mil dólares.

Nat también apeló a la Asociación Americana de Abogados, muchos de cuyos miembros habían ganado fortunas en Mississippi. Envió por correo electrónico la perorata de Víctimas Judiciales por la Verdad a catorce mil de sus miembros.

Tres días después, Sheila McCarthy contraatacó. Se negó a refugiarse detrás de una estúpida asociación organizada únicamente para enviar propaganda electoral y (Nat) decidió enviar la correspondencia desde su propia campaña. Fue en formato de carta, con una foto muy favorecedora de ella en el encabezado. Agradecía el apoyo a los votantes y, sin mayores preámbulos, repasaba su experiencia y currículo. Aseguraba que sus oponentes le merecían el mayor de los respetos, pero que ninguno de ellos se había ganado nunca la toga. En verdad jamás habían mostrado ningún interés en la judicatura.

A continuación, lanzaba una pregunta: «¿Por qué el gran capital financia a Ron Fisk?». Porque, tal como explicaba en detalle, el gran capital se encuentra ahora enfrascado en la tarea de comprar cargos en los tribunales supremos de todo el país. Ponen en su punto de mira a jueces como ella, juristas comprensivos que luchan por el bien común y simpatizan con los derechos de los trabajadores, los consumidores, las víctimas de las negligencias de los demás, los pobres y los acusados. La mayor responsabilidad de la ley es la de proteger a los más débiles de nuestra sociedad. Los ricos suelen saber cómo cuidar de sí mismos.

El gran capital, a través de su miríada de grupos y asociaciones de apoyo, está urdiendo una gran conspiración que cambiará drásticamente nuestro sistema judicial. ¿Por qué? Para proteger sus propios intereses. ¿Cómo? Atrancando la puerta de los tribunales, limitando la responsabilidad civil de las compañías que fabrican productos defectuosos, la de médicos negligentes, la de hogares de ancianos donde se cometen irregularidades, la de las arrogantes aseguradoras. La lista era interminable.

Acababa con un párrafo campechano donde pedía a los votantes que no se dejaran engañar por la presentación del producto. La típica campaña dirigida por el gran capital en este tipo de elecciones suele recurrir a sucias tácticas. Los insultos son su arma preferida. Los anuncios donde se ataca al contrario no se harían esperar y serían implacables. El gran capital invertiría millones para derrotarla, pero ella tenía fe en sus votantes.

A Barry Rinehart le impresionó la respuesta. También le gustó ver con qué rapidez se apresuraban a contribuir con más dinero los abogados litigantes. Quería que lo gastaran a espuertas. Calculaba que la campaña de McCarthy sería capaz de recaudar un máximo de dos millones de dólares, de los cuales el 90 por ciento lo aportarían los abogados litigantes.

Su hombre, Fisk, podía doblar esa cantidad sin ningún problema.

El siguiente anuncio, de nuevo mediante publicidad por correo, era un golpe a traición que se convertiría en la tónica dominante del resto de la campaña. Esperó una semana, tiempo suficiente para que el polvo se asentara después del primer intercambio de puñetazos.

La carta la enviaba directamente Ron Fisk, con su propio encabezado de campaña junto a una foto de la perfecta familia

Fisk. El inquietante titular rezaba: «El tribunal supremo de Mississippi decidirá un caso de matrimonio entre homosexuales».

Tras un cordial saludo, Ron se lanzaba sin mayores preámbulos a discutir la cuestión que tenían entre manos. El caso Meyerchec y Spano contra el condado de Hinds atañía a dos hombres que deseaban casarse, y el tribunal supremo debía pronunciarse sobre el caso al año siguiente. Ron Fisk —cristiano, esposo, padre y abogado— se oponía férreamente al matrimonio entre parejas del mismo sexo y defendería esa creencia inquebrantable en el tribunal supremo. Consideraba que ese tipo de uniones iban contra natura, contra las claras enseñanzas de la Biblia, eran pecaminosas y perjudiciales para la sociedad.

A media carta, sacaba a la palestra la muy conocida opinión del reverendo David Wilfong, un personaje vocinglero con gran número de radioyentes. Wilfong censuraba ese tipo de intentos de pervertir nuestras leyes y doblegarse, una vez más, ante los deseos de los inmorales. Denunciaba a los jueces liberales que embutían sus creencias personales en sus dictámenes. Hacía un llamamiento a la gente decente y temerosa de Dios de Mississippi, «el cuerpo y el alma del protestantismo», para que acogiera en sus corazones a un hombre como Ron Fisk y, así, protegiera las leyes sagradas de su estado.

La cuestión de los jueces liberales ya no se abandonaba hasta el final de la carta. Fisk se despedía con la promesa de convertirse en la voz conservadora y juiciosa del pueblo.

Sheila McCarthy leyó la carta con Nat y ninguno de los dos supo qué paso dar a continuación. No se mencionaba el nombre de ella en ningún momento, pero en realidad tampoco era necesario. Era evidente que Fisk no estaba acusando a Clete Coley de ser liberal.

—Han ido a muerte —dijo Nat, exasperado—. Ha hecho

suya esta cuestión y si ahora quieres rebatirla, o incluso compartirla, tienes que dejar a los homosexuales a la altura del betún.

—No pienso hacerlo.

—Ya lo sé.

—Es impropio que un miembro del tribunal, o alguien que aspire a serlo, declare cuál será su dictamen antes de ver el caso. Es espantoso.

—Pues esto es solo el principio, querida.

Estaban en el abarrotado almacén que Nat llamaba oficina. La puerta estaba cerrada y nadie los oía. Un puñado de voluntarios se afanaban en la habitación de al lado. Los teléfonos no paraban de sonar.

—No sé si vamos a responder —dijo Nat.

—¿Por qué no?

—¿Qué vas a decir? «Ron Fisk es malo.» «Ron Fisk dice cosas que no debería decir.» Acabarías pareciendo una persona maliciosa. Y no estaría mal si fueras un candidato masculino, pero siendo mujer, no puedes permitírtelo.

—Eso no es justo.

—La única respuesta posible es negar que apoyas los matrimonios entre personas del mismo sexo. Deberías posicionarte, lo cual...

—Lo cual no voy a hacer. No estoy a favor de esos matrimonios, pero es necesario algún tipo de unión civil. Aunque en realidad es un debate ridículo, porque la asamblea legislativa es la que se encarga de redactar las leyes, no los tribunales.

Nat se había casado en cuatro ocasiones. Sheila iba en busca del segundo marido.

—Además —continuó—, ¿qué podrían hacerle los homosexuales a la sagrada institución del matrimonio que no le hayan hecho ya los heterosexuales?

—Prométeme que jamás dirás eso en público. Por favor.

—Ya sabes que no.

Nat se frotó las manos y se pasó los dedos por el largo

cabello canoso. La indecisión no era uno de sus defectos.

—Hemos de tomar una decisión, aquí y ahora —dijo—, no podemos perder tiempo. Lo más inteligente sería contestar por correo.

—¿A cuánto ascendería eso?

—Podríamos recortar de aquí y de allí. Yo diría que unos doscientos mil.

—¿Podemos permitírnoslo?

—Ahora mismo yo diría que no. Pero ya veremos de aquí a diez días.

—Vale, pero ¿no podríamos enviar un correo electrónico masivo y responder por lo menos?

—Ya lo he escrito.

La respuesta era un mensaje de dos párrafos enviado ese día a cuarenta y ocho mil direcciones de correo electrónico. La jueza McCarthy recriminaba a Ron Fisk por haber emitido su voto en un caso que estaba muy lejos de presidir. Si hubiera sido un miembro del tribunal, habría sido duramente reprobado. La dignidad exigía que los jueces supieran guardar la confidencialidad de los procesos y se abstuvieran de comentar las causas pendientes. En relación a la que él mencionaba, el tribunal de apelaciones todavía no había recibido ningún escrito. No se habían llevado a cabo las exposiciones orales. En esos momentos, el tribunal no sabía nada. Sin el conocimiento de los hechos ni de la ley, ¿cómo podía el señor Fisk, ni nadie, dictar una resolución?

Por desgracia, era un ejemplo más de la lamentable inexperiencia del señor Fisk en asuntos judiciales.

Las deudas de Clete Coley se acumulaban en el Lucky Jack y así se lo confió una noche a Marlin, en un bar de Under-the-Hill. Marlin estaba de paso para ver cómo le iba al candidato, que parecía haberse olvidado de las elecciones.

—Tengo una idea —dijo Marlin, preparándose para plantearle la verdadera razón que le había llevado hasta allí—. Hay catorce casinos en la costa del golfo, grandes y preciosos, como los de Las Vegas...

—Los he visto.

—Bien. Conozco al dueño del Pirate's Cove. Te dará alojamiento tres noches por semana durante el mes que viene, una suite en el ático con grandes vistas del golfo. Las dietas corren a cuenta de la casa. Puedes jugar a las cartas toda la noche si durante el día te dedicas a hacer campaña. La gente de ahí abajo necesita oír tu mensaje. Joder, ahí es donde están los votos. Puedo concertar varios mítines. Tú te encargas del politiqueo. Tienes el don de la palabra y eso a la gente le gusta.

Clete estaba claramente entusiasmado con la idea.

—Tres noches por semana, ¿eh?

—Más, si quieres. Debes de estar harto de este sitio.

—Solo cuando pierdo.

—Hazlo, Clete. Mira, los tipos que ponen la pasta quieren ver un poco de acción. Saben que es una carrera de fondo, pero se lo toman muy en serio.

Clete admitió que era una buena idea. Pidió más ron y empezó a pensar en esos preciosos casinos.

24

Mary Grace y Wes salieron del ascensor en la vigesimosexta planta del edificio más alto de Mississippi y entraron en la lujosa recepción del bufete de abogados más importante del estado. Mary Grace se fijó inmediatamente en el papel de las paredes, en los muebles, las flores, en todo aquello a lo que una vez le había dado importancia.

La mujer impecablemente vestida de la recepción fue suficientemente educada. Un asociado con traje azul marino y zapatos negros reglamentarios los acompañó hasta la sala de reuniones, donde una secretaria les preguntó si querían algo de beber. No, no les apetecía nada. Los grandes ventanales daban a la ciudad de Jackson. La cúpula del Capitolio dominaba las vistas. A la izquierda se encontraba el palacio de justicia de Gartin y allí dentro, sobre la mesa de alguien, estaría el caso de Jeannette Baker contra Krane Chemical.

Se abrió la puerta y Alan York apareció con una radiante sonrisa y un cordial apretón de manos. Debía de estar rozando la sesentena, era bajito, fornido e iba un poco desaliñado —camisa arrugada, sin chaqueta y zapatos rozados—, algo muy poco habitual en un socio de una firma tan aferrada a la tradición. El asociado de antes volvió a aparecer, esta vez con dos carpetas voluminosas. Después de las presentaciones y los triviales comentarios de rigor, tomaron asiento alrededor de la mesa.

El caso que los Payton habían presentado en abril en nombre de la familia del triturador de pasta de madera fallecido había pasado volando por la etapa probatoria extrajudicial. Todavía no había fecha para el juicio y lo más probable era que quedara un año para su celebración. La responsabilidad estaba clara: el conductor del camión que había causado el accidente conducía a demasiada velocidad, al menos superaba en veinte kilómetros por hora el máximo permitido. Contaban con la declaración de dos testigos oculares, que habían aportado datos y el testimonio irrefutable sobre la velocidad y la imprudencia del conductor del camión. En su declaración, el conductor había admitido un largo historial de infracciones de tráfico. Antes de dedicarse a la carretera, había trabajado de fontanero, pero lo habían despedido por fumar hierba en el trabajo. Wes había encontrado como mínimo un par de detenciones por conducir bajo los efectos del alcohol y el conductor creía que podía haber otra, pero no lo recordaba.

En resumen, el caso no llegaría a los tribunales: alcanzarían un acuerdo. Cuatro meses después de la aportación de las pruebas, el señor Alan York estaba dispuesto a iniciar las negociaciones. Según él, su cliente, Littun Casualty, tenía ganas de cerrar el asunto.

Wes empezó a describir a la familia, una viuda de treinta y tres años, con estudios secundarios, sin experiencia laboral y madre de tres hijos pequeños. El mayor tenía doce años. Holgaba decir que la pérdida era catastrófica, en todos los sentidos.

Mientras Wes hacía su exposición, York tomaba notas y miraba a Mary Grace. Habían hablado por teléfono, pero no se habían visto nunca. Wes llevaba el caso, pero York sabía que ella no estaba allí únicamente por su cara bonita. Frank Sully, el abogado de Hattiesburg que había contratado Krane Chemical para dar más cuerpo a la defensa, se encontraba entre uno de sus mejores amigos. Sully había sido relegado a un segundo plano por Jared Kurtin y todavía no se había recuperado de aquella ofensa. Le había contado a York muchas historias acerca del juicio Baker y, según Sully, el tándem profesional de los Payton funcionaba mejor cuando era Mary Grace quien se dirigía al jurado. Era dura durante las repreguntas y rápida de reflejos, pero su punto fuerte era conectar con la gente. El alegato final había tenido mucha fuerza, había sido brillante y, obviamente, muy persuasivo.

York llevaba treinta y un años representando a compañías aseguradoras. Ganaba más juicios de los que solía perder, pero también había vivido alguno de esos momentos terribles en que los jurados no veían el caso como él y le habían impuesto indemnizaciones desorbitadas. Era parte de su trabajo. Sin embargo, nunca había estado ni tan siquiera cerca de una sentencia de cuarenta y un millones de dólares. Ya era una leyenda en los círculos jurídicos del estado, y nada mejor para que la leyenda siguiera creciendo que añadirle el componente dramático de los Payton al borde de la quiebra, arriesgándolo todo, casa, despacho, coches, y endeudándose hasta las cejas para hacer frente a un juicio de cuatro meses. Su suerte era bien conocida y discutida en los encuentros en el bar, las partidas de golf y los cócteles. Si confirmaban la sentencia, recibirían grandes honorarios. Si la revocaban, su supervivencia estaba en peligro.

York no pudo menos que admirarlos mientras Wes seguía hablando.

Tras un rápido resumen de los motivos de la responsabilidad, Wes recapituló los daños, añadió una buena cantidad por la despreocupación de la compañía de transporte y dijo:

—Creemos que dos millones es un trato justo.

—Hombre, no me extraña —contestó York, fingiendo la típica reacción del abogado conmocionado y consternado: cejas arqueadas con incredulidad, sacudir la cabeza lentamente con perplejidad, la cara entre las manos, apretándose los mofletes, y ceñudo. La sonrisa de postín había desaparecido hacía rato.

Wes y Mary Grace consiguieron aparentar indiferencia, aunque se les había detenido el pulso.

—Para obtener dos millones —dijo York, repasando las anotaciones—, hay que admitir daños punitivos y, honestamente, mi cliente no está dispuesto a pagarlos.

—Ya lo creo que sí —dijo Mary Grace, con frialdad—. Tu cliente pagará lo que el jurado decida que debe pagar.

Aquel tipo de bravatas también formaban parte de la profesión. York las había oído cientos de veces, pero sonaban bastante más contundentes cuando provenían de una mujer que, durante su último juicio, había conseguido una indemnización punitiva extraordinaria.

—Para el juicio queda un año como mínimo —dijo York, mirando a su asociado en busca de confirmación, como si alguien pudiera determinar la fecha de un juicio a tan largo plazo.

El asociado confirmó diligentemente lo que su jefe acababa de decir.

En otras palabras, si esto va a juicio, pasarán meses antes de que recibáis ni un centavo en concepto de honorarios. No es ningún secreto que vuestro pequeño bufete está ahogado por las deudas y que lucha por sobrevivir, y todo el mundo sabe que necesitáis llegar a un acuerdo, y rápido.

—Vuestra clienta no puede esperar tanto —dijo York.

—Te hemos dado una cifra, Alan —dijo Wes—. ¿Tienes una contraoferta?

York cerró la carpeta de golpe y esbozó una sonrisa forzada.

—Mirad, esto es muy sencillo —dijo—. Littun Casualty es muy buena reduciendo las pérdidas y estamos ante un caso perdido. Tengo autorización para llegar hasta un millón, ni un centavo más. Tengo un millón de dólares y mi cliente me advirtió que no volviera pidiéndole más. Un millón de dólares, o lo tomáis o lo dejáis.

El abogado consultor se llevaría la mitad del 30 por ciento del pacto de *cuota litis*. Los Payton se llevarían la otra mitad. El 15 por ciento eran ciento cincuenta mil dólares, un sueño.

Se miraron, ceñudos, reprimiéndose para no saltar sobre la mesa y cubrir a Alan York de besos. Wes sacudió la cabeza y Mary Grace escribió algo en un cuaderno de hojas amarillas.

—Tenemos que llamar a nuestro cliente —dijo Wes.

—Por supuesto.

York salió disparado de la sala, con su asociado pegado a los talones para no quedarse atrás.

—Bueno —dijo Wes en voz baja, como si pudiera haber micrófonos.

—Estoy intentando no ponerme a gritar.

—No grites, no rías, apretémosle un poquito más.

—Hemos hablado con la señora Nolan —dijo Wes muy serio, cuando York estuvo de vuelta—. Su mínimo aceptable es un millón doscientos.

York lanzó un hondo suspiro, con los hombros hundidos y cara larga.

—No los tengo, Wes. Te lo digo con franqueza.

—Siempre puedes pedir más. Si tu cliente está dispuesto a pagar un millón, seguro que puede poner doscientos mil más. En un juicio, este caso vale el doble.

—Littun es un hueso duro de roer, Wes.

—Una llamada. Inténtalo. ¿Qué se pierde?

York volvió a salir y diez minutos después irrumpió en la sala con cara de satisfacción.

—¡Ya lo tenéis! Felicidades.

El acuerdo al que habían llegado los había dejado aturdidos. Las negociaciones solían alargarse durante semanas, incluso meses, mientras ambas partes despotricaban la una de la otra, dramatizaban y se perdían en argucias. Contaban con salir del despacho de York con una idea general de por dónde iban a ir las negociaciones. En cambio, abandonaron el edificio como en las nubes y estuvieron deambulando por las calles del centro de Jackson durante quince minutos sin abrir la boca. Se detuvieron un instante delante del Capitol Grill, un restaurante más famoso por su clientela que por lo que servían. A los miembros de los grupos de presión les gustaba dejarse ver por allí, sentados a la mesa de algún político de peso al que le pagaban la comida. Siempre había sido uno de los locales preferidos por los gobernadores.

¿Por qué no se daban un capricho y comían con los peces gordos?

Sin embargo, al final entraron en un pequeño bar de comida para llevar dos puertas más abajo y pidieron té helado. Ninguno de los dos tenía apetito en esos momentos. Wes por fin se atrevió a comentar lo obvio.

—¿Acabamos de ganar ciento ochenta mil dólares?

—Ajá —contestó ella, bebiendo un trago de té con una pajita.

—Eso pensaba.

—Hacienda se lleva un tercio —dijo Mary Grace.

—¿Estás intentando ser aguafiestas?

—No, solo estaba siendo realista.

Escribió la cifra de ciento ochenta mil dólares en una servilleta blanca de papel.

—¿Ya nos los vamos a gastar? —preguntó Wes.

—No, vamos a dividirlos. ¿Sesenta mil para el fisco?

—Cincuenta.

—Impuestos, estatales y federales. El seguro de los trabajadores, Seguridad Social, desempleo, no sé qué más, pero es un tercio como mínimo.

—Cincuenta y cinco —dijo Wes, y ella escribió sesenta mil.

—¿Bonificaciones?

—¿Qué te parece un coche nuevo? —preguntó Wes.

—No. Bonificaciones para los cinco empleados. Llevan tres años sin un aumento.

—Cinco mil cada uno.

—El banco —añadió Mary Grace, después de escribir veinticinco mil en concepto de bonificaciones.

—Un coche nuevo.

—El banco. Ya nos hemos pulido casi la mitad.

—Doscientos dólares.

—Vamos, Wes. No viviremos en paz hasta que nos saquemos al banco de encima.

—He intentado olvidar el préstamo.

—¿Cuánto?

—No sé. Seguro que ya tienes pensada una cantidad.

—Cincuenta mil para Huffy y diez mil para Sheila McCarthy. Con eso nos quedan treinta y cinco mil.

En esos momentos era una fortuna. Se quedaron mirando la servilleta, repasando los números y reorganizando las prioridades, pero sin proponer ningún cambio. Mary Grace escribió su nombre al final y Wes la imitó a continuación. Mary Grace guardó la servilleta en el bolso.

—¿Podré al menos comprarme un traje nuevo? —preguntó Wes.

—Depende de lo que haya en rebajas. Creo que deberíamos llamar al despacho.

—Estarán esperando junto al teléfono.

Tres horas después, los Payton entraron en el despacho y empezó la fiesta. La puerta estaba cerrada, los teléfonos descolgados y el champán empezó a correr a raudales. Sherman y Rusty propusieron largos brindis, que habían improvisado a toda prisa. Tabby y Vicky, las recepcionistas, estaban achispadas al cabo de un par de copas. Incluso Olivia, la vieja contable, se quitó los zapatos y no tardó en empezar a reírse por todo.

Se gastaron el dinero, volvieron a gastárselo, incluso el que no tenían, hasta que todos fueron ricos.

Cuando se acabó el champán, el bufete cerró y todo el mundo se fue a casa. Los Payton, con las mejillas encendidas por el alcohol, se fueron a su piso, se cambiaron de ropa y se dirigieron al colegio para recoger a Mack y a Liza. Se habían ganado una noche especial, aunque los niños eran demasiado pequeños para comprender lo que significaba un acuerdo. Ni siquiera se lo mencionarían.

Mack y Liza esperaban a Ramona y cuando vieron aparecer a sus padres en la entrada del colegio, su largo día de clase mejoró al instante. Wes les explicó que se habían cansado de trabajar tanto y que habían decidido parar para jugar. Primero se detuvieron en Baskin-Robbins para comprar unos helados. Luego fueron al centro comercial, donde una zapatería llamó su atención. Todos los Payton escogieron unos zapatos, a mitad de precio. Mack fue el más atrevido de los cuatro y eligió unas botas de combate de los Marines. En el centro del recinto había un cine con cuatro salas. Compraron entradas para la sesión de las seis de la última película de Harry Potter. Cenaron en una pizzería familiar con un espacio de juego para los niños y un ambiente muy bullicioso. Finalmente, sobre las diez de la noche, volvieron a casa, donde Ramona estaba viendo la televisión y disfrutando del silencio. Los niños le dieron las sobras de la pizza y empezaron a hablarle a la vez de la película que habían visto. Prometieron acabar los deberes por la mañana. Mary Grace transigió y toda la familia se acomodó en el sofá y vio un programa de rescate de personas. La hora de ir a la cama se retrasó a las once.

Cuando el piso estuvo en silencio y los niños en la cama, Wes y Mary Grace se tumbaron en el sofá, cada uno con la cabeza en un extremo y las piernas entrelazadas, y dejaron vagar sus pensamientos. Durante los últimos cuatro años, a medida que sus finanzas entraban en barrena y se veían obligados a hacer frente una humillación tras otra y a ir perdiéndolo todo, el miedo se había convertido en una compañía habitual. Miedo a perder su hogar, luego el despacho, después los coches. Miedo a no ser capaces de alimentar a sus hijos. Miedo a que surgiera alguna urgencia médica que no cubriera su seguro. Miedo a perder el caso Baker. Miedo a ir a la quiebra si el banco los presionaba demasiado.

Desde el fallo del jurado, el miedo se había convertido más en una molestia que en una amenaza constante. Estaba siempre allí, pero poco a poco lo iban controlando. Llevaban seis meses seguidos pagando dos mil dólares mensuales al banco, dinero ganado con mucho esfuerzo, que quedaba después de haber satisfecho otras facturas y gastos. Apenas cubría los intereses y no hacía más que recordarles hasta qué punto estaban endeudados, pero era simbólico. Estaban abriéndose paso entre los escombros y ya empezaban a ver la luz.

Ahora, por primera vez en años, había un cojín, una red de seguridad, algo a lo que agarrarse si caían. Cogerían la parte del acuerdo que les tocaba y, cuando volvieran a sentir miedo, los reconfortaría su tesoro enterrado.

A las diez de la mañana del día siguiente, Wes se pasó por el banco y encontró a Huffy en su mesa. Le hizo prometer que guardaría silencio y luego le contó la buena noticia al oído. Huffy estuvo a punto de abrazarlo. Tenía al señor Kirkabrón encima de nueve a cinco, exigiéndole un poco de acción.

—Deberíamos recibir el dinero en un par de semanas —dijo Wes, orgulloso—. Te llamaré en cuanto llegue.

—¿Cincuenta de los grandes, Wes? —repitió Huffy, como si acabara de salvar el empleo.

—Lo que has oído.

A continuación, Wes se dirigió al despacho. Tabby le comunicó que Alan York había llamado. Lo de siempre, se dijo, seguramente algún detalle que quedaba por concretar.

Sin embargo, la voz de York había perdido su cordialidad habitual.

—Wes, hay un pequeño contratiempo —dijo lentamente, como si buscara las palabras.

—¿Qué ocurre? —preguntó Wes.

Se le había hecho un nudo en el estómago.

—No lo sé, Wes, esto es muy desconcertante, estoy confuso. Nunca me había pasado, pero bueno, en fin, el caso es que Littun Casualty ha dado marcha atrás al acuerdo. Ya no está sobre la mesa, lo han retirado. Son unos cabrones de cuidado. Llevo gritándoles toda la mañana. Esta firma lleva dieciocho años representando a esa compañía y nunca habíamos tenido un problema similar, pero desde hace una hora están buscando otro bufete. He mandado al cliente a hacer puñetas. Os di mi palabra y ahora mi cliente me deja con el culo al aire. Lo siento, Wes. No sé qué decir.

Wes se pinzó el puente de la nariz e intentó no gemir.

—Bueno, Alan, esto no me lo esperaba —dijo, después de que se le quebrara la voz unos instantes.

—Ni yo tampoco, pero sinceramente, esto no afecta para nada al caso. De lo único que me alegro es de que no haya sucedido el día antes del juicio o algo por el estilo. No te puedes fiar de la gente de las alturas.

—No se pondrán tan gallitos en el juicio.

—Tienes toda la razón, Wes. Espero que machaquéis a esos tipos con otra indemnización de las que hacen historia.

—Lo haremos.

—Lo siento, Wes.

—No es culpa tuya, Alan. Sobreviviremos y presionaremos para llegar a juicio.

—Hacedlo.

—Ya hablaremos.

—Claro. Esto, Wes, ¿tienes el móvil a mano?

—Lo tengo aquí mismo.

—Pues apunta mi número. Cuelga y llámame.

—Esto no te lo he dicho yo, ¿de acuerdo? —dijo York, una vez que ambos hubieron colgado el teléfono fijo y volvían a hablar por el móvil.

—De acuerdo.

—El jefe de los abogados de la empresa es un tipo llamado Ed Larrimore. Fue socio del bufete Bradley & Backstrom de Nueva York durante veinte años. Su hermano también es socio de esa firma. Bradley & Backstrom se dedican a los peces gordos y uno de sus clientes es KDN, la compañía petrolífera cuyo mayor accionista es Carl Trudeau. Ahí tienes la conexión. No he hablado nunca con Ed Larrimore, no ha habido motivo, pero el abogado con el que suelo hablar me pasó el chivatazo de que la decisión de parar el acuerdo ha venido desde lo más alto.

—Una pequeña represalia, ¿eh?

—Eso parece. No es ni ilegal ni va contra la ética. La compañía aseguradora decide no llegar a un acuerdo y prefiere ir a juicio. Ocurre todos los días. No puedes hacer nada, salvo machacarlos en el juicio. Littun Casualty obtiene beneficios de veinte millones, así que no les preocupa un pequeño jurado del condado de Pike, Mississippi. Yo creo que lo alargarán lo que puedan hasta llegar a juicio y entonces intentarán obtener un acuerdo.

—No sé qué decir, Alan.

—Siento que haya ocurrido, Wes. Yo ya no pinto nada en este asunto, y recuerda que yo no te he dicho nada.

—No te preocupes.

Wes se quedó mirando la pared largo rato y luego consiguió reunir las fuerzas y la entereza necesarias para levantarse, echar a caminar, salir de la oficina e ir a buscar a su mujer.

25

Puntual como un reloj, Ron Fisk se despidió de Doreen con un beso en la puerta de entrada a las seis en punto del miércoles por la mañana y a continuación le tendió su bolsa para una noche y el maletín a Monte. Guy estaba al volante del monovolumen. Ambos ayudantes saludaron a Doreen con la mano y luego partieron a toda velocidad. Era el último miércoles de septiembre, la vigesimoprimera semana de la campaña y el vigesimoprimer miércoles consecutivo que se había despedido de su mujer con un beso a las seis de la mañana. Tony Zachary no podría haber encontrado un candidato más disciplinado.

En el asiento de atrás, Monte le tendió el programa del día, que uno de los subordinados de Tony preparaba en Jackson por la noche y enviaba por correo electrónico a Monte a las cinco en punto de la mañana. La primera página era el programa, la segunda era una descripción de los tres grupos a los que se dirigiría ese día, junto con los nombres de la gente importante que asistiría a los actos.

La tercera página era una actualización de las campañas de sus oponentes. En su mayoría no eran más que rumores, pero aun así seguía siendo su parte preferida. La última vez que se había visto a Clete Coley había sido dirigiéndose a un pequeño grupo de ayudantes de sheriff en el condado de Hancock;

luego se había retirado a las mesas de blackjack del Pirate's Cave. Ese día se suponía que McCarthy estaría trabajando y que no habría actos de campaña.

La cuarta página era el resumen financiero. Hasta el momento, las contribuciones ascendían a un total de un millón setecientos mil dólares, el 75 por ciento de las cuales procedía de donantes del estado. Los gastos subían a un millón ochocientos mil dólares, pero no había que preocuparse por el déficit. Tony Zachary sabía que el dinero de verdad llegaría en octubre. McCarthy había recibido un millón cuatrocientos mil dólares, prácticamente todo de los abogados litigantes, y se había gastado la mitad. En el bando de Fisk todos eran de la opinión de que a los abogados litigantes ya no les quedaba un centavo.

Habían llegado al aeropuerto. El King Air despegó a las seis y media, momento en el que Fisk estaba hablando con Tony por teléfono, en Jackson. Era la primera conversación del día. Todo iba como la seda. Fisk incluso había llegado a creer que no era tan complicado organizar una campaña. Siempre estaba listo, fresco, preparado, descansado, sin preocupaciones económicas y dispuesto a trasladarse al siguiente acto electoral. Apenas tenía contacto con las dos docenas de personas que, bajo la dirección de Tony, sudaban tinta para que todo estuviera a punto.

La versión del informe diario de la jueza McCarthy era un vaso de zumo con Nat Lester en las oficinas de Jackson. Todas las mañanas se proponía llegar a las ocho y media, y casi siempre lo conseguía. Para entonces, Nat llevaba dos horas al pie del cañón, gritando al personal.

No les interesaban lo más mínimo las andanzas de sus dos oponentes. Apenas malgastaban el tiempo en las cifras que arrojaban las encuestas. Sus datos mostraban que iban empatados con Fisk y eso ya era suficientemente preocupante. Daban un breve repaso a las últimas recaudaciones y charlaban sobre contribuyentes potenciales.

—Puede que tengamos un nuevo problema —dijo Sheila esa mañana.

—¿Solo uno?

—¿Recuerdas el caso de Frankie Hightower?

—No, ahora mismo no.

—Hace cinco años, un policía del estado fue abatido a tiros en el condado de Grenada. Paró a un coche por exceso de velocidad y dentro del vehículo iban tres hombres y un adolescente negros. El chico era Frankie Hightower. Alguien abrió fuego con un arma de asalto y alcanzó al policía ocho veces. Lo dejaron en medio de la carretera 51.

—Déjame adivinar: el tribunal ha tomado una decisión.

—El tribunal está a punto de hacerlo. Seis de mis colegas están dispuestos a ratificar la sentencia.

—Déjame adivinar: tú disientes.

—Voy a disentir. El chico no tuvo una defensa justa. Su abogado era un inútil sin experiencia y, por lo visto, corto de entendederas. El juicio fue de chiste. Los otros tres se jugaban una condena a pena de muerte y señalaron a Hightower, que tenía dieciséis años e iba en el asiento de atrás, sin armas. Sí, voy a disentir.

Las sandalias de Nat golpearon el suelo y empezó a pasear arriba y abajo. Discutir el caso sería una pérdida de tiempo y para debatir las implicaciones políticas se necesitaría cierta experiencia.

—Coley se subirá por las paredes.

—Coley me importa un bledo, es un payaso.

—Los payasos consiguen votos.

—Coley no me preocupa lo más mínimo.

—Fisk recibirá la noticia como un regalo de Dios. Una prueba más de que su campaña está tocada por la inspiración divina. Maná caído del cielo. Ya estoy viendo los anuncios.

—Voy a disentir, Nat, y ya está.

—No, nunca es tan simple. Puede que alguno de los votantes comprenda lo que haces y admire tu valor. Quizá tres o cuatro. Los demás verán el anuncio de Fisk con el rostro sonriente del joven y apuesto policía junto a la fotografía de la ficha policial de Frankie no sé qué más.

—Hightower.

—Gracias. En el anuncio harán referencia a los jueces liberales diez veces como mínimo, y seguramente también sacarán tu cara. Es material de alto voltaje. Para el caso, ya podrías retirarte ahora mismo.

Su voz se fue apagando, pero aun así sus palabras habían sido glaciales. Guardaron un largo silencio.

—No es mala idea —dijo Sheila, al fin—. Lo de dejarlo. Me he pillado revisando los casos y preguntándome qué pensarían los votantes si decidía una cosa u otra. He dejado de ser jueza, Nat, ahora soy política.

—Eres una gran jueza, Sheila. Uno de los tres que nos quedan.

—Todo es política.

—No vas a dejarlo. ¿Ya has redactado tu disensión?

—Estoy en ello.

—Mira, Sheila, las elecciones son dentro de cinco semanas. ¿Hasta cuándo podrías retrasarlo? Joder, el tribunal es famoso por tomarse su tiempo. Válgame Dios, seguro que puedes alargar el asunto hasta después de las elecciones. ¿Qué son cinco semanas? Nada. El asesinato fue hace cinco años.

Continuaba paseándose arriba y abajo a grandes zancadas y agitando los brazos.

—Tenemos un calendario.

—Gilipolleces. Puedes manipularlo.

—Por política.

—Pues claro que por política, Sheila. Dame un respiro. Estamos partiéndonos la espalda por ti y tú te comportas como si fueras demasiado digna para ensuciarte las manos. Es un negocio sucio, ¿de acuerdo?

—Baja la voz.

La bajó varias octavas, pero no dejó de pasear por la habitación. Tres pasos hasta una pared y luego otros tres hasta la otra.

—Tu disensión no cambiará absolutamente nada. El tribunal volverá a pasarte por encima con un seis a tres, incluso con un siete a dos, o tal vez con un ocho a uno. Los números no importan. Confirmarán la sentencia y Frankie lo que sea se quedará exactamente donde está ahora y durante los siguientes diez años. No seas imbécil, Sheila.

Sheila apuró el vaso de zumo y no contestó.

—No me gusta esa sonrisilla —dijo Nat. La señaló con un afilado y nervudo dedo—. Escúchame, si redactas una disensión antes de las elecciones, dimito y salgo por esta puerta.

—No me amenaces.

—No estoy amenazándote, estoy haciéndote una promesa. Conoces diez modos diferentes de retrasar ese caso durante cinco semanas. Mierda, podrías alargarlo hasta seis meses.

—Me voy a trabajar —dijo Sheila, poniéndose en pie.

—¡No estoy bromeando! —le gritó—. ¡Me iré!

—Ve a buscar dinero —contestó Sheila, abriendo la puerta con brusquedad.

Tres días después, empezó la magistralmente orquestada avalancha. Solo un puñado de personas sabía qué se avecinaba.

Ni el propio Ron Fisk conocía el alcance de su campaña de saturación. Había actuado para las cámaras, se había probado varios trajes, había memorizado el guión, había arrastrado a su familia y a algunos amigos hasta allí, y estaba al tanto del presupuesto, de los gastos en medios de comunicación y de la cuota de mercado de varias cadenas de televisión del sur de

Mississippi. En una campaña normal, se habría preocupado de cómo financiar un marketing tan caro.

Sin embargo, la máquina que llevaba su nombre tenía muchas piezas que él desconocía.

Los primeros anuncios fueron los blandos, estampas entrañables que abrían las puertas y dejaban entrar a ese joven encantador en los hogares. Ron de *boy scout* mientras se oía de fondo la voz de un actor mayor y con mucho acento que interpretaba el papel de su jefe de grupo de exploradores: «Uno de los mejores *boy scout* que hemos tenido nunca. Llegó a Águila en menos de tres años». Ron con una toga en la ceremonia de graduación, un estudiante modélico. Ron, con Doreen y los niños, diciendo: «La familia es nuestro mayor tesoro». Después de treinta segundos, el anuncio acababa con un eslogan leído por una voz profunda y angelical: «Ron Fisk, un juez que comparte nuestros valores».

El segundo anuncio era una sucesión de fotos en blanco y negro, que empezaba con Ron en los escalones de su iglesia, vestido con traje, charlando con su pastor, que contaba: «Ron Fisk fue ordenado diácono de esta iglesia hace doce años». Ron sin la chaqueta, impartiendo catequesis. Ron con la Biblia mientras explica algo a un grupo de adolescentes a la sombra de un árbol. «Demos gracias a Dios por un hombre como Ron Fisk.» Ron y Doreen recibiendo a la gente en la puerta de la iglesia. Y el mismo colofón: «Ron Fisk, un juez que comparte nuestros valores».

Ni la más leve insinuación de asuntos conflictivos, no se mencionaba la campaña, no se oía ni un solo insulto, nada que pudiera predecir el giro radical que se avecinaba. Solo se trataba de la encantadora presentación de un joven y sano diácono.

Los anuncios se emitieron en el sur de Mississippi, así como en el centro, ya que Tony Zachary era el que corría con las sumas astronómicas que pedían en Jackson.

El 30 de septiembre era una fecha crucial en el calendario de Barry Rinehart. No tendrían que informar de las contribuciones que se hicieran en octubre hasta el 10 de noviembre, seis días después de las elecciones. Nadie se enteraría hasta que fuera demasiado tarde, del torrente de dinero procedente de fuera del estado que estaba a punto de dejar entrar. Los perdedores se llevarían las manos a la cabeza, pero no podrían hacer mucho más.

El 30 de septiembre, Rinehart y compañía pusieron la directa. Empezaron por la lista de los peces gordos: grupos partidarios de la reforma del sistema de agravios, organizaciones religiosas derechistas, grupos de presión y comités de acción política empresariales, y cientos de organizaciones conservadoras que iban desde la famosa Asociación Americana del Rifle hasta la enigmática Tributación Futura Cero, un pequeño grupo dedicado a abolir Hacienda. Mil ciento cuarenta grupos en los cincuenta estados. Rinehart envió a todos ellos un informe detallado y una petición de una donación inmediata a la campaña de Fisk por un total de dos mil quinientos dólares, el máximo que podía donar una entidad. Su objetivo era llegar a los quinientos mil.

En cuanto a las aportaciones personales, cuyo máximo era cinco mil dólares, Rinehart contaba con una primera lista de miles de ejecutivos y directores de empresa de industrias propensas a recibir las demandas de los abogados litigantes. Las más afectadas de todas eran las aseguradoras, de las cuales preveía obtener un millón de dólares. Carl Trudeau le había proporcionado los nombres de doscientos ejecutivos de compañías controladas por el Trudeau Group, aunque nadie de Krane Chemical firmaría un cheque. Si la campaña de Fisk aceptaba dinero de Krane, entonces seguro que acabarían apareciendo en la primera plana de los periódicos y Fisk se sentiría obligado a retirarse, un desastre que Rinehart ni siquiera estaba dispuesto a considerar.

Esperaba un millón de los hombres de Carl, aunque no iría directamente a la campaña de Fisk. Rinehart derivaría el dinero a las cuentas bancarias de Víctimas Judiciales por la Verdad y la Asociación por el Respeto al Manejo de Armas (ARMA), para mantener sus nombres a salvo de las miradas de periodistas curiosos y para asegurarse de que nadie pudiera relacionar jamás al señor Trudeau con aquellas donaciones.

La segunda lista contenía miles de nombres de donantes con un historial a favor de candidatos afines al empresariado, aunque no con aportaciones de cinco mil dólares. De esa lista esperaba sacar otros quinientos mil.

Tres millones era su objetivo, y dormía muy tranquilo sabiendo que lo alcanzaría.

26

Con la emoción del momento, Huffy había incurrido en un terrible error. La expectativa de un pago considerable junto con la presión constante ejercida por el señor Kirkabrón, le habían llevado a cometer un desliz.

Poco después de que Wes se pasara por allí para prometerle cincuenta mil dólares, Huffy había irrumpido en el gran despacho y, orgulloso, había informado a su jefe de que la deuda de los Payton estaba a punto de reducirse. Cuando recibió la mala noticia dos días después, prefirió no decírselo a nadie.

Después de apenas pegar ojo en una semana, finalmente se obligó a volver a enfrentarse al diablo. Se plantó delante de la gigantesca mesa y tragó saliva.

—Malas noticias, señor.

—¿Dónde está el dinero? —preguntó el señor Kirkhead.

—No ocurrirá, señor. Al final no llegaron a un acuerdo.

—Vamos a reclamar el pago del préstamo. Hágalo ahora —dijo el señor Kirkabrón, reprimiendo un juramento.

—¿Qué?

—Ya me ha oído.

—No podemos hacer eso. Han estado pagando dos mil al mes.

—Maravilloso, con eso no cubren ni los intereses. Exija el pago inmediato del préstamo. Ahora.

—Pero ¿por qué?

—Por un par de razones de nada, Huffy. Uno, llevan sin pagar un año como mínimo, y dos, no tienen garantía. Como banquero, estoy seguro de que entiende estos dos problemillas.

—Pero lo están intentando.

—Exija el pago del préstamo. Hágalo ya, porque si no lo hace, será reasignado o despedido.

—Esto es un escándalo.

—No me importa lo que usted piense. —Se calmó un poco antes de continuar—. No he tomado yo la decisión, Huffy. Tenemos un nuevo dueño y me han ordenado que exija el pago del préstamo.

—Pero ¿por qué?

Kirkhead descolgó el teléfono y se lo tendió.

—¿Quiere llamar a Dallas?

—Esto los llevará a la quiebra.

—Llevan mucho tiempo en la quiebra. Ahora podrán hacerlo oficialmente.

—Hijo de puta.

—¿Me lo dice a mí, hijo?

Huffy miró iracundo la rechoncha y calva cabeza.

—No, a usted no, más bien al hijo puta de Dallas.

—Dejémoslo aquí, ¿de acuerdo?

Huffy volvió a su oficina, dio un portazo y estuvo mirando las paredes fijamente durante una hora. Kirkabrón no tardaría en pasarse por allí para ver cómo iba el asunto.

Wes asistía a una declaración, en el centro. Mary Grace estaba en su despacho y fue quien contestó al teléfono.

Admiraba a Huffy por su valentía al prolongarles el crédito más de lo que hubiera hecho cualquier otro, pero el sonido de su voz siempre la ponía nerviosa.

—Buenos días, Tom —lo saludó, cordialmente.

—No son buenos, Mary Grace —contestó—. Son malos, muy malos, peores que nunca.

Se hizo un tenso silencio.

—Te escucho.

—El banco, pero no el banco con el que tratabais hasta ahora, sino otro, dirigido por gente que solo he visto una vez y que no quiero volver a ver, ha decidido que no puede esperar más a que le paguéis. El banco, no yo, os exige el pago del préstamo.

Mary Grace emitió un extraño sonido gutural que podría haber pasado por un improperio, aunque en realidad ni siquiera había sido una palabra. Lo primero que le vino a la cabeza fue su padre. Además de las firmas de los Payton, el único aval del préstamo era un terreno de ochenta hectáreas de tierra de cultivo que su padre tenía desde hacía años. Estaba cerca de Bowmore y no incluía las tierras de la familia, donde estaba la casa, de unas quince hectáreas. El banco embargaría la propiedad.

—¿Por alguna razón en particular, Huffy? —preguntó, con serenidad.

—Ninguna. La decisión no viene de Hattiesburg. El Second State se ha vendido al diablo, no sé si lo recuerdas.

—Esto no tiene sentido.

—Estoy de acuerdo.

—Nos obligáis a declararnos en quiebra y el banco no se lleva nada.

—Salvo la granja.

—¿Así que embargaréis la granja?

—Alguien lo hará. Espero no ser yo.

—Mejor, Huffy, porque cuando lo hagan, no descarto que haya un asesinato en la escalera del juzgado de Bowmore.

—Tal vez elijan al viejo Kirkabrón.

—¿Estás en tu despacho?

—Sí, con la puerta cerrada.

—Wes está en el centro. Llegará en quince minutos. Abre la puerta.

—No.

Quince minutos después, Wes irrumpió en la oficina de Huffy, con las mejillas encendidas por la ira y con las manos dispuestas a estrangular a alguien.

—¿Dónde está ese Kirkabrón?

Huffy se puso de pie de un salto y levantó las manos.

—Calma, Wes.

—¿Dónde está Kirkabrón?

—Ahora mismo en su coche, camino de una reunión urgente que le ha surgido de repente hace diez minutos. Siéntate, Wes.

Wes respiró hondo y tomó asiento, lentamente. Huffy lo miró con atención y volvió a su silla.

—No es culpa suya, Wes —dijo Huffy—. Técnicamente, el préstamo lleva casi dos años en mora. Podría haberlo hecho hace meses y no lo hizo. Sé que no te gusta, a mí tampoco, ni a su mujer, pero ha sido muy paciente. La decisión se tomó en la central.

—Dame un nombre en la central.

Huffy le tendió una carta que había recibido por fax. Estaba dirigida a los Payton, con encabezado del New Vista Bank, y estaba firmada por un tal señor F. Patterson Duvall, vicepresidente.

—Esto ha llegado hace media hora —dijo Huffy—. No conozco a ese tal Duvall. Le he llamado un par de veces, pero está en una reunión importante, y estoy seguro de que durará hasta que dejemos de llamar. Es una pérdida de tiempo, Wes.

La carta les reclamaba el pago de 414.656,22 dólares, con unos intereses diarios de 83,50 dólares. Con arreglo a los términos del préstamo, los Payton tenían cuarenta y ocho horas para pagar o se llevarían a cabo los procedimientos de ejecución y cobro. Por descontado, los costes derivados de abogados y demás también se añadirían a la cantidad pendiente.

Wes la leyó con atención mientras recuperaba la calma. Volvió a dejarla sobre la mesa.

—Mary Grace y yo hablamos de este préstamo a diario, Huffy. Es parte de nuestro matrimonio. Hablamos de los niños, del despacho, de la deuda con el banco, de lo que hay para cenar; siempre está presente. Nos hemos dejado la piel para pagar el resto de deudas y así poder dejarnos la piel para pagar al banco. La semana pasada estuvimos a punto de daros cincuenta mil. Nos juramos sudar tinta hasta sacar al banco de nuestras vidas. Y ahora esto. Un imbécil de Dallas ha decidido que se ha cansado de ver este préstamo vencido en su lista diaria y quiere sacárselo de encima. ¿Sabes qué, Huffy?

—¿Qué?

—El banco acaba de meter la pata él solito. Nos declararemos en quiebra, y cuando intentéis embargar el terreno de mi suegro, también lo declararé insolvente. Además, cuando consigamos salir de esta situación y volvamos a levantar cabeza, adivina quién no va a ver un centavo.

—¿El imbécil de Dallas?

—El mismo. El banco no va a ver ni un centavo. Será maravilloso. Podremos quedarnos los cuatrocientos mil cuando los ganemos.

Esa misma tarde, Wes y Mary Grace celebraron una reunión en el Ruedo. Aparte de la humillación de tener que declararse en quiebra, lo que no parecía alarmar a nadie, había poco más de lo que preocuparse. De hecho, las exigencias del banco darían un respiro al bufete. Ya no tendrían que pagar los dos mil dólares mensuales y podrían utilizar ese dinero para otras cosas.

La gran preocupación, por descontado, era el terreno del señor Shelby, el padre de Mary Grace. Wes tenía un plan: encontraría a alguien dispuesto a comprarlo, alguien que se presentara en la ejecución del préstamo y firmara un cheque. La propiedad cambiaría de titularidad y seguiría así, según un acuerdo que se sellaría con «un apretón de manos», hasta que los Payton pudieran volver a comprarlo, al cabo de un año con un poco de suerte. Ninguno de los dos soportaba la idea de que el padre de Mary Grace los acompañara al tribunal de quiebras.

Pasaron las cuarenta y ocho horas y no se efectuó ningún pago. Fiel a su palabra, el banco los demandó. El abogado, un caballero del lugar que los Payton conocían bien, los llamó antes para pedirles disculpas. Llevaba años representando al banco y no podía permitirse perderlo como cliente. Mary Grace aceptó sus disculpas y le dio su consentimiento para demandarlos.

Al día siguiente, los Payton se declararon en quiebra, individualmente y como Payton & Payton, abogados. Presentaron bienes conjuntos por un total de treinta y cinco mil dólares —dos coches viejos, muebles y equipamiento de oficina—, todo lo cual estaba protegido. También presentaron una deuda de cuatrocientos veinte mil dólares. La declaración de quiebra detuvo el proceso judicial, lo que finalmente lo haría innecesario. Al día siguiente, el *Hattiesburg American* informaba de ello en la segunda página.

Carl Trudeau lo leyó por internet y soltó una carcajada.

—Volved a demandarme —dijo, con enorme satisfacción.

Al cabo de una semana, tres bufetes de Hattiesburg informaron al viejo Kirkabrón que retiraban sus fondos, cancelaban las cuentas y se llevaban el dinero a otra parte. Había ocho bancos más en la ciudad.

Un acaudalado abogado litigante llamado Jim McMay llamó a Wes y se ofreció a representarlos. Eran amigos desde hacía años y habían colaborado en dos ocasiones en casos de responsabilidad por productos defectuosos. McMay representaba a cuatro familias en el caso contra Krane, pero no los había defendido con agresividad. Igual que los demás abogados litigantes que habían demandado a Krane, estaba esperando el resultado del caso Baker con la esperanza de hacer el agosto cuando hubiera un acuerdo, si se llegaba a uno.

Quedaron para almorzar en Nanny's, y mientras daban cuenta de sus bollitos y el jamón curado, McMay se prestó rápidamente a rescatar las ochenta hectáreas del embargo y a mantener la titularidad hasta que los Payton pudieran volver a comprárselas. La tierra de cultivo no escaseaba precisamente en el condado del Cáncer y Wes calculaba que los terrenos de Shelby rondarían los cien mil dólares, el único dinero que el banco iba a ver gracias a su estúpida maniobra.

27

Sheila McCarthy estaba soportando la tortura diaria en la cinta de andar cuando pulsó el botón de parada y se quedó mirando el televisor, boquiabierta, sin dar crédito a lo que estaba viendo. Pasaron el anuncio a las 7.29, justo en medio de las noticias locales. Empezaba con dos hombres jóvenes y bien vestidos besándose apasionadamente mientras un pastor de alguna religión sonreía detrás de ellos. Una voz ronca comentaba: «Los matrimonios entre personas del mismo sexo están barriendo el país. En lugares como Massachusetts, Nueva York y California, las leyes están siendo cuestionadas. Los abogados de matrimonios de gays y lesbianas presionan con fuerza para obligar a imponer su estilo de vida al resto de nuestra sociedad». Una rotunda equis profanaba de repente la foto de una pareja de recién casados en el altar, hombre y mujer. «Los jueces liberales simpatizan con los derechos de los matrimonios del mismo sexo.» Acto seguido, venía un vídeo de un grupo de lesbianas contentas a la espera de contraer matrimonio en una ceremonia colectiva. «Los activistas homosexuales y los jueces liberales que los apoyan atacan a nuestras familias.» Luego pasaban otro vídeo de una muchedumbre quemando una bandera estadounidense. «Los jueces liberales han aprobado la quema de nuestra bandera», decía la voz. A continuación, una breve imagen de un expositor de revistas lleno de ejemplares de *Hustler*. «A los jueces liberales no les molesta la pornografía.» Después, una foto de una familia feliz, padre, madre y cuatro niños. «¿Destruirán los jueces liberales a nuestras familias?», preguntaba el narrador en tono sombrío, con lo que no dejaba lugar a dudas de que acabarían haciéndolo si se les daba la oportunidad. La foto de la familia se partió en dos y de repente apareció el apuesto, aunque serio, rostro de Ron Fisk, que mirando directamente a la cámara dijo: «En Mississippi no. Un hombre. Una mujer. Soy Ron Fisk, candidato al tribunal supremo, y este anuncio tiene mi aprobación».

Empapada en sudor y con el corazón aún más acelerado, Sheila se sentó en el suelo e intentó pensar. El hombre del tiempo decía algo, pero ella no lo oía. Se echó sobre la espalda, abrió los brazos y las piernas y respiró hondo.

El matrimonio entre homosexuales era un asunto muerto y enterrado en Mississippi y seguiría siéndolo siempre. Nadie con cierta audiencia o seguidores se había atrevido a proponer que las leyes deberían cambiar para permitirlo. Ningún miembro de la asamblea legislativa estatal se posicionaría a favor. Solo había un juez en todo el estado —Phil Shingleton— que hubiera presidido un caso similar, el de Meyerchec y Spano, y lo había despachado en un tiempo récord. Aún debía de quedar un año más o menos para que el tribunal supremo tuviera que discutir esa sentencia, pero Sheila preveía una revisión judicial bastante lacónica seguida de una rápida votación con un resultado de nueve a cero que confirmara el fallo del juez Shingleton.

¿Cómo habían conseguido retratarla como a una juez liberal que apoyaba el matrimonio entre homosexuales?

La habitación daba vueltas a su alrededor. Con la llegada de la siguiente pausa publicitaria, se puso tensa y se preparó para el siguiente asalto, pero no emitieron nada, solo el graznido de un vendedor de coches y los apremios de un comerciante de muebles de rebajas.

Sin embargo, quince minutos después volvieron a pasar el

anuncio. Sheila levantó la cabeza y miró incrédula las mismas imágenes, seguidas de la misma voz.

Sonó el teléfono. Al ver en la pantallita de quién se trataba, decidió no contestar. Se duchó y se vistió a toda prisa y a las ocho y media entraba en las oficinas de la campaña con una amplia sonrisa y deseando buenos días a todos. Los cuatro voluntarios estaban alicaídos. Tres televisores emitían tres programas distintos. Nat estaba en su despacho, gritándole a alguien por teléfono. Estampó el auricular, le hizo un gesto para que entrara y cerró la puerta detrás de ella.

—¿Lo has visto? —preguntó.

—Dos veces —contestó ella, con toda calma.

Aparentemente, no estaba desconcertada. Todos estaban nerviosos, por lo que era importante intentar transmitir tranquilidad.

—Es una saturación de manual —dijo Nat—. Jackson, la costa, Hattiesburg, Laurel, cada quince minutos en todas las cadenas. Además de la radio.

—¿De qué son los zumos?

—De zanahoria —contestó Nat, abriendo la pequeña nevera—. Despilfarran dinero como si nada, lo que por descontado significa que les entra a raudales. La típica emboscada: esperar hasta el 1 de octubre para pulsar el botón y empezar a imprimir billetes. Ya lo hicieron el año pasado en Illinois y Alabama. Y hace dos años en Ohio y Texas.

Nat sirvió dos vasos mientras hablaba.

—Siéntate y relájate, Nat —dijo Sheila, aunque él no le hizo caso.

—Los ataques publicitarios deben responderse del mismo modo —dijo—, y rápido.

—No estoy segura de que sea un ataque publicitario. No mencionan mi nombre.

—No hace falta. ¿Cuántos jueces liberales se presentan a las elecciones junto al señor Fisk?

—Ninguno, que yo sepa.

—Querida, desde esta mañana eres oficialmente una jueza liberal.

—¿De verdad? Pues me siento igual.

—Tenemos que responder, Sheila.

—No voy a dejarme arrastrar a un intercambio de ataques personales por el matrimonio entre homosexuales.

Nat al final tomó asiento y se calló. Se bebió el zumo y se quedó mirando al suelo hasta recuperar un ritmo de respiración pausado.

—Es fatídico, ¿no? —preguntó Sheila, con una sonrisa, dándole un sorbo al suyo.

—¿El zumo?

—El anuncio.

—Potencialmente, sí, pero estoy trabajando en algo. —Nat rebuscó en una montaña de papeles junto a su mesa y sacó una carpeta muy fina—. Escucha esto: el señor Meyerchec y el señor Spano alquilaron un apartamento el 1 de abril de este año. Tenemos una copia del contrato de alquiler. Esperaron treinta días, tal como exige la ley, y luego se inscribieron en el censo. Al día siguiente, el 2 de mayo, solicitaron el carnet de conducir en Mississippi, hicieron el examen y aprobaron. El departamento de Tráfico emitió los carnets el 4 de mayo. Pasaron un par de meses, durante los cuales no se tiene constancia oficial de que buscaran trabajo, tramitaran alguna licencia empresarial ni nada que pudiera indicar que trabajaban aquí. Recuerda que aseguran ser ilustradores autónomos, sea lo que sea eso. —Hojeaba las páginas rápidamente, comprobando los datos aquí y allí—. Después de preguntar a los ilustradores que anuncian sus servicios en las páginas amarillas, descubrimos que nadie conoce ni a Meyerchec ni a Spano. Su piso está en una urbanización bastante grande, con muchos bloques de apartamentos y muchos vecinos, pero nadie recuerda haberlos visto por allí. Ah, y en los círculos gay, ni una sola persona de todas con las que nos hemos puesto en contacto admite conocerlos.

—¿Quién se ha puesto en contacto con ellos?

—Espera, ahora voy a eso. Luego intentan obtener una licencia de matrimonio y el resto de la historia puedes seguirla en los periódicos.

—¿Quién se ha puesto en contacto con ellos?

Nat ordenó los papeles de la carpeta y la cerró.

—Aquí es donde se pone interesante. La semana pasada recibí una llamada de un joven que se presentó como estudiante gay de Derecho, aquí en Jackson. Me dio su nombre y el de su pareja, otro estudiante de Derecho. No están en el armario, pero tampoco preparados para el desfile del orgullo gay. El caso Meyerchec-Spano les llamó la atención, y cuando se convirtió en un tema de campaña, ellos, igual que otros muchos con dos dedos de frente, empezaron a sospechar. Conocen a muchos de los gays que viven aquí, en la ciudad, y les preguntaron por Meyerchec y Spano. Nadie los conoce. De hecho, la comunidad gay empezó a sospechar de ellos desde el momento en que se presentó la demanda. ¿Quiénes son estos tíos? ¿De dónde salen? Los estudiantes de Derecho decidieron encontrar la respuesta. Han llamado a los teléfonos de Meyerchec y Spano cinco veces al día, a horas distintas, y jamás les han contestado. Llevan treinta y seis días intentándolo sin obtener respuesta. Han hablado con los vecinos: no los han visto nunca. Nadie les vio trasladarse. Han llamado a la puerta y han mirado por las ventanas. El piso apenas está amueblado y no tienen nada colgado en las paredes. Para convertirse en verdaderos ciudadanos, Meyerchec y Spano pagaron tres mil dólares por un Saab de segunda mano, a nombre de los dos, como un matrimonio de verdad, y luego compraron una matrícula del estado. El Saab está aparcado delante del piso, pero nadie lo ha tocado en treinta y seis días.

—¿Adónde nos lleva todo esto? —preguntó Sheila.

—Estoy llegando. Nuestros estudiantes de Derecho los han localizado en Chicago, donde Meyerchec tiene un bar gay y Spano trabaja de diseñador de interiores. Los estudiantes están dispuestos a volar a Chicago, quedarse allí varios días, pasarse por el bar, infiltrarse y recabar información, a cambio de algo de dinero.

—Información ¿para qué?

—Información que, con un poco de suerte, demuestre que no residen en el estado, que su presencia aquí era una farsa, que alguien los está usando para explotar la cuestión del matrimonio entre homosexuales y que tal vez ni siquiera sean pareja en Chicago. Si podemos demostrar eso, entonces iré a *The Clarion-Ledger*, al *Sun Herald* de Biloxi y a todos los periódicos del estado para darles la noticia. No podemos ganar una pelea en este asunto, querida, pero desde luego lo que sí podemos hacer es contraatacar.

Sheila apuró el vaso de zumo y sacudió la cabeza, no demasiado convencida.

—¿Crees que ese Fisk es tan listo?

—Fisk es un peón, pero, sí, los que mueven los hilos son muy listos. Hay que tener una mente retorcida, pero brillante. Aquí nadie piensa en el matrimonio entre homosexuales porque jamás ocurrirá y, de pronto, no se oye hablar de otra cosa. Noticia de portada. Todo el mundo se asusta. Las madres esconden a sus hijos. Los políticos calientan motores.

—Pero ¿por qué iban a usar a dos homosexuales de Chicago?

—No creo que sea fácil encontrar a dos homosexuales en Mississippi que quieran este tipo de publicidad. Además, los gays de aquí, sensibilizados con la tolerancia, saben cómo puede ser de virulenta la reacción del mundo heterosexual. Lo peor que podrían hacer es exactamente lo que han hecho Meyerchec y Spano.

—Si Meyerchec y Spano son gays, ¿por qué iban a hacer algo que perjudicara su causa?

—Por dos razones. Primera, porque no viven aquí. Y segunda, por dinero. Alguien paga las facturas: el alquiler del piso, el coche de segunda mano, el abogado y unos cuantos miles de dólares por su tiempo y los inconvenientes.

Sheila ya había oído suficiente.

—¿Cuánto necesitan? —preguntó, mirando el reloj.

—Dinero para gastos: el avión, el hotel, lo básico. Dos mil.

—¿Los tenemos? —preguntó, echándose a reír.

—Lo pongo yo de mi bolsillo. Por ahora que no aparezca en los libros. Solo quería que supieras lo que estábamos haciendo.

—Tienes mi aprobación.

—¿Y la disensión de Frankie Hightower?

—Estoy en ello. Puede que necesite otro par de meses.

—Ahora estás hablando como una verdadera jueza del tribunal supremo.

Denny Ott recibió una invitación indirecta a la concentración cuando se le escapó a un colega, mientras tomaban un café una mañana en Babe's. No estaban invitados todos los pastores de la ciudad. Había algunos específicamente excluidos, como dos de la iglesia metodista y uno de la presbiteriana, pero daba la impresión de que todos los demás serían bienvenidos. En Bowmore no había iglesia episcopal, y si en la ciudad quedaba un solo católico, él o ella todavía no había dado la cara.

Se celebró un jueves por la tarde, en una sala adjunta de una congregación fundamentalista llamada Templo de la Cosecha. El moderador era el pastor de la iglesia, un joven apasionado al que se conocía como hermano Ted. Después de una breve oración, dio la bienvenida a sus colegas predicadores, dieciséis en total, incluidos tres pastores negros. Miró con recelo a Denny Ott, pero no dijo nada acerca de su presencia.

El hermano Ted fue directamente al grano. Había entrado a formar parte de la Coalición de Hermanos, un grupo recién formado de predicadores fundamentalistas del sur de Mississippi. Su objetivo era hacer todo lo posible, discreta y metódicamente, para que Ron Fisk saliera elegido con la ayuda de Dios y, de paso, acabar con cualquier posibilidad de que los matrimonios entre personas del mismo sexo pudiesen darse en Mississippi. Despotricó contra los males de la homosexualidad y su creciente aceptación en la sociedad estadounidense. Citó la Biblia cuando le pareció oportuno y alzó la voz con indignación cuando lo creía necesario. Hizo hincapié en la urgencia de contar con hombres devotos en todos los cargos públicos y auguró un gran futuro a la Coalición de Hermanos en los años venideros.

Denny escuchó sin inmutarse, aunque con creciente alarma. Había mantenido varias conversaciones con los Payton y sabía qué era lo que se estaba jugando de verdad en aquella campaña. La manipulación y el marketing de Fisk le ponían enfermo. Miró a los demás pastores y se preguntó cuántos funerales habrían celebrado por culpa de Krane Chemical. El condado de Cary debería ser el último lugar que apoyara la candidatura de alguien como Ron Fisk.

El hermano Ted demostró toda la beatería de la que era capaz al tocar la cuestión de Sheila McCarthy. Era una católica de la costa, lo que en los círculos cristianos rurales equivalía a ser una mujer de moral disoluta. Estaba divorciada. Le gustaba ir de fiesta y se rumoreaba que tenía amantes. Era una liberal empedernida, se oponía a la pena de muerte y no se podía confiar en ella cuando había que tomar decisiones relacionadas con el matrimonio entre homosexuales, la inmigración ilegal y cuestiones por el estilo.

Al término del sermón, alguien comentó que tal vez las iglesias no deberían meterse tanto en política, comentario que topó con la desaprobación general. El hermano Ted contraatacó con una breve homilía sobre las guerras culturales y el valor que debían tener para luchar por Dios. Es hora de que los cristianos abandonen las bandas y entren en el campo de juego. Aquello condujo a una acalorada discusión sobre la pérdida de valores. Se echó la culpa a la televisión, a Hollywood y a internet. La lista se alargó y empezó a ser alarmante.

¿Qué estrategia debían seguir?, preguntó alguien.

¡Organización! Los devotos superaban a los infieles en el sur de Mississippi y debían movilizar las tropas. Necesitaban voluntarios para la campaña, para ir de puerta en puerta, para las mesas electorales. Debían difundir el mensaje de iglesia en iglesia, de casa en casa. Solo quedaban tres semanas para las elecciones. Su movimiento se extendía como un reguero de pólvora.

Al cabo de una hora, Denny Ott se había hartado. Se excusó, volvió en coche al despacho de la iglesia y llamó a Mary Grace.

Los directores de la ALM celebraron una reunión urgente dos días después de que la campaña de Fisk emitiera sus anuncios contra el matrimonio entre homosexuales. El estado de ánimo era sombrío. La pregunta era obvia: ¿cómo había podido salir a la palestra un tema como aquel? Y ¿qué podía hacer la campaña de McCarthy para contrarrestar el ataque?

Nat Lester estaba presente y resumió sus planes para las tres últimas semanas. McCarthy contaba con setecientos mil dólares para seguir luchando, mucho menos que Fisk. La mitad del presupuesto ya estaba invertido en anuncios televisivos que empezarían a emitirse en veinticuatro horas. Lo que quedaba estaba destinado a la publicidad por correo y a algún que otro anuncio de último momento para la radio y la televisión. Después de eso, ya no tenían más dinero. Llegaban pequeños donativos de organizaciones laboralistas, conservacionistas, defensores del buen gobierno y algunos de los grupos de presión más moderados, pero el 92 por ciento de los fondos de campaña de McCarthy los aportaban los abogados litigantes.

Nat les resumió la última encuesta. Por ahora los dos candidatos estaban empatados con un 30 por ciento de los votos, y el mismo número de votantes indecisos. Coley seguía con un 10 por ciento. Sin embargo, la encuesta se había realizado la semana anterior, por lo que no reflejaba el efecto de los anuncios del matrimonio entre homosexuales, por culpa de los cuales tendría que realizar una nueva encuesta durante el fin de semana.

Como era de esperar, todos tenían opiniones distintas y fundamentadas sobre lo que había que hacer. Nat tuvo que recordarles una y otra vez que todas sus ideas eran caras. Les dejó discutir. Algunos tenían proposiciones sensatas, otras eran radicales. La mayoría daba por sentado que sabían más acerca de las campañas que los demás, y todos asumían que, decidieran lo que decidiesen, la campaña de McCarthy lo acataría de inmediato.

Nat no compartió con ellos algunos rumores que les habrían minado la moral. Un periodista del diario de Biloxi le había llamado esa mañana para hacerle algunas preguntas. Estaba investigando una historia acerca del tema candente del momento, el de los matrimonios entre personas del mismo sexo. Durante la conversación de diez minutos que mantuvieron, le contó a Nat que la mayor cadena de televisión de la costa había reservado un espacio a la campaña de Fisk en horario de mayor audiencia durante las tres semanas restantes por un millón de dólares. Se decía que nunca hasta entonces se había pagado aquella cantidad por un espacio de propaganda electoral.

Un millón de dólares en la costa equivalía a invertir lo mismo, como mínimo, en el resto de mercados.

La noticia era tan preocupante que Nat se planteó si comentárselo a Sheila. En esos momentos se inclinaba por guardárselo para sí y, desde luego, lo que no iba a hacer era compartirlo con los abogados litigantes. Aquellas sumas eran tan pasmosas que podían desmoralizar a Sheila.

El presidente de la ALM, Bobby Neal, al final consiguió acordar un plan, no con poco esfuerzo, que apenas requeriría inversión. Enviaría un correo electrónico urgente a los ochocientos miembros, en el que les detallaría la crítica situación y les solicitaría su colaboración. Se pediría a todos los abogados litigantes que 1) confeccionaran una lista de un mínimo de diez clientes que pudieran permitirse enviar un cheque de cien dólares y estuvieran dispuestos a hacerlo, y 2) que confeccionaran otra lista de clientes y amigos a los que pudiera convencerse para que trabajaran en la campaña, ya fuera yendo de puerta en puerta o para estar en las mesas electorales el día de los comicios. El apoyo de las bases era primordial.

Cuando ya la gente empezaba a dar la reunión por concluida, Willy Benton se puso en pie en uno de los extremos de la mesa y solicitó un momento de atención. Tenía un papel en las manos, escrito por delante y por detrás.

—Es un pagaré, una garantía de una línea de crédito del Gulf Bank de Pascagoula —anunció, y más de un abogado consideró la posibilidad de esconderse debajo de la mesa. Benton era conocido por pensar a lo grande y por el dramatismo de sus intervenciones—. Medio millón de dólares —dijo, lentamente, mientras la cifra resonaba por toda la habitación— a favor de la campaña para la reelección de Sheila McCarthy. Yo ya lo he firmado y voy a pasarlo por la mesa. Somos doce y se necesitan diez firmas para que sea efectivo. Cada uno responderá de cincuenta mil dólares.

Silencio sepulcral. Todos se miraban nerviosos. Algunos ya habían contribuido con más de cincuenta mil dólares, otros con mucho menos. Algunos se gastarían esa misma cantidad en combustible para su avión privado al mes siguiente, otros tenían que vérselas cada dos por tres con sus acreedores. Independientemente del estado de sus cuentas en esos momentos, a todos y cada uno de ellos les entraron ganas de estrangular a ese bastardo.

28

El nombre del pervertido era Darrel Sackett. La última vez que se le había visto tenía treinta y siete años y estaba en una prisión del condado a la espera de un nuevo juicio, acusado de abuso de menores. Desde luego parecía culpable: frente achatada, mirada inexpresiva, ojos saltones agrandados por unas gafas con cristales de culo de botella, barba irregular de una semana, una gruesa cicatriz en la barbilla... Un rostro que pondría en alerta a un padre o a cualquiera. Pedófilo con largo historial, había sido detenido por primera vez con dieciséis años. A esa primera detención le habían seguido muchas otras y había sido condenado al menos en cuatro ocasiones en cuatro estados diferentes.

Los votantes censados del sur de Mississippi conocieron a Sackett, con su rostro aterrador y sus antecedentes penales, a través de una llamativa publicidad por correo enviada por una nueva organización, esta vez una llamada Víctimas en Rebeldía. La carta de dos páginas era a la vez una biografía de un criminal y un resumen de los terribles errores del sistema judicial.

«¿Por qué está libre este hombre?», decía la carta. Respuesta: Porque la jueza Sheila McCarthy revocó una condena de dieciséis cargos por abuso de menores. Hacía ocho años que un jurado había condenado a Sackett y el juez lo había sentenciado a cadena perpetua sin libertad condicional. Su abogado —pagado por los contribuyentes— apeló el caso, que llegó al tribunal supremo, donde «Darrel Sackett cayó en los comprensivos brazos de la jueza Sheila McCarthy». McCarthy condenó a los honrados y trabajadores agentes que le habían arrancado una confesión completa. Los reprendió por lo que ella consideraba incorrectos métodos de búsqueda e incautación de pruebas. Arremetió contra el juez que había presidido el juicio, una persona muy respetada y conocida por su mano dura con los delincuentes, por admitir como prueba la confesión y los objetos encontrados en el apartamento de Sackett. (El jurado quedó visiblemente afectado cuando se le obligó a ver el alijo de pornografía infantil de Sackett encontrado por la policía en un registro «legal».) McCarthy aseguró que sentía desprecio por el acusado, pero su excusa fue que no le quedaba más remedio que revocar la sentencia y exigir la repetición del juicio.

Sackett fue trasladado de la prisión estatal a la del condado de Lauderdale, de la que escapó una semana después. No se sabía nada de él desde entonces. Estaba ahí fuera, «un hombre libre», sin duda ejerciendo su violencia contra niños inocentes.

El último párrafo acababa con la habitual perorata contra los jueces liberales. En la letra pequeña se decía que el panfleto contaba con la aprobación de Ron Fisk.

Se habían omitido convenientemente varios hechos relevantes. Primero, que el voto del tribunal fue de ocho a uno a favor de la revocación de la sentencia y de la repetición del juicio. Las diligencias policiales habían sido tan chapuceras que cuatro jueces habían redactado dictámenes concurrentes incluso más duros que el de McCarthy para condenar la confesión forzada y el registro injustificado e inconstitucional. La única opinión disidente había sido la del juez Romano, un insensato que jamás había revocado una sentencia criminal y que en privado juraba no tener intención de hacerlo nunca.

Segundo, Sackett había pasado a mejor vida. Había muerto hacía cuatro años en una reyerta en un bar de Alaska. La noticia de su muerte no había llegado a Mississippi y cuando se archivó su expediente en el condado de Lauderdale, no hubo ningún periodista presente que diera fe de ello. Gracias a su investigación exhaustiva, Barry Rinehart sabía la verdad, aunque no importara.

La campaña de Fisk estaba por encima de la verdad. El candidato estaba demasiado ocupado para preocuparse por los detalles y había depositado toda su confianza en Tony Zachary. La campaña se había convertido en una cruzada, una llamada de las alturas, y si algunos hechos se tergiversaban ligeramente o incluso se pasaban por alto, estaba justificado por la importancia de su candidatura. Además, se trataba de política, un mundo donde todo valía, y si algo sabían era que el otro bando tampoco estaba jugando limpio.

La verdad nunca había detenido a Barry Rinehart. Lo único que le preocupaba era que pillaran sus mentiras. La historia era más impactante si un loco como Darrel Sackett estaba ahí fuera, suelto, vivito y coleando y dedicándose a sus indecentes hazañas. Un Sackett muerto era una idea reconfortante, pero Rinehart prefería el poder del miedo. Además, sabía que McCarthy no podía contraatacar. Había revocado la condena, así de sencillo. Cualquier intento por explicar sus razones sería inútil en un mundo de anuncios de treinta segundos y citas cortas con gancho.

Después del impacto del anuncio, a McCarthy solo le quedaría intentar borrar a Sackett de su mente.

Sin embargo, después del impacto, se sintió obligada a revisar el caso. Vio el anuncio en internet, en la página de Víctimas en Rebeldía, después de recibir una llamada desesperada de Nat Lester. Paul, su letrado, encontró el caso y lo leyeron en silencio. Sheila lo recordaba vagamente. En los ocho años que habían pasado desde entonces, había leído cientos de escritos y redactado cientos de dictámenes.

—Hiciste lo que había que hacer —dijo Paul, cuando acabó.

—Sí, pero ¿por qué ahora parece una terrible equivocación? —dijo ella.

Había estado trabajando duro y tenía la mesa llena de libretas de media docena de casos. Estaba aturdida, desconcertada. Paul no contestó.

—Me pregunto qué será lo siguiente —dijo Sheila, cerrando los ojos.

—Seguramente un caso de pena de muerte, y volverán a escogerlo con sumo cuidado.

—Gracias. ¿Algo más?

—Por supuesto. Hay un montón de material en estos libros. Eres jueza. Cada vez que tomas una decisión, alguien pierde. A estos tipos no les importa la verdad, por eso pueden hacer que todo suene mal.

—Calla, por favor.

Los primeros anuncios de la jueza McCarthy lograron contrarrestar los ataques hasta cierto punto. Nat decidió estrenarse con uno directo en el que se veía a McCarthy con una toga negra, sentada en el estrado, sonriendo con seriedad a la cámara. Sheila hablaba de su experiencia: ocho años en el juzgado del condado de Harrison, nueve años en el tribunal supremo. Odiaba darse ella misma palmaditas en la espalda, pero en los últimos cinco años había recibido en dos ocasiones el mayor reconocimiento que la revisión anual de la judicatura concedía entre todos los jueces de los tribunales de apelación. No era liberal, ni tampoco conservadora. No quería que la etiquetaran. Su responsabilidad consistía únicamente en hacer respetar las leyes de Mississippi, no en redactarlas. Los mejores jueces son aquellos que no se ciñen a ninguna agenda, los que no tienen ideas preconcebidas acerca de sus dictámenes. Los mejores jueces son aquellos con experiencia. Ninguno de sus oponentes había presidido un juicio, ni había emitido una sentencia, ni había estudiado informes complejos, ni había escuchado exposiciones orales, ni había redactado un dictamen final. Hasta el momento, ninguno de sus oponentes había mostrado el más mínimo interés en ser juez. Sin embargo, estaban pidiendo a los votantes que los colocaran en la cima de la carrera judicial. Terminaba diciendo, con una sonrisa: «El gobernador me nombró hace nueve años para este cargo y luego fui reelegida por ustedes, el pueblo. Soy jueza, no política, y no dispongo del dinero que algunos están destinando a comprar el cargo. Les pido a ustedes, los votantes, que contribuyan a hacer comprender al gran capital que los cargos del tribunal supremo de Mississippi no se compran. Gracias».

Nat invirtió muy poco dinero en las cadenas de Jackson y bastante más en las de la costa. McCarthy no podría emitir jamás una campaña de saturación como la de Fisk. Nat calculaba que Fisk y los ricachones que lo respaldaban estaban gastando unos doscientos mil dólares a la semana solo en anuncios en contra del matrimonio entre homosexuales.

La primera tanda de Sheila ascendía a la mitad más o menos, y la respuesta fue poco entusiasta. Su coordinador en el condado de Jackson lo tachó de «poco creativo». Un efusivo abogado litigante, experto sin duda en todo lo relacionado con la política, les envió un correo electrónico furibundo en el que arremetía contra Nat por haber sido tan blando. Había que pagarles con la misma moneda y responder al ataque con más de lo mismo. Le recordó a Nat que su bufete había contribuido con treinta mil dólares y que estaba planteándose no volver a enviar ni un centavo hasta que McCarthy sacara las garras.

El anuncio pareció gustar a las mujeres. Los hombres fueron más críticos. Después de leer unos cuantos correos más, Nat comprendió que estaba malgastando sus energías.

Hacía tiempo que Barry Rinehart esperaba con impaciencia los anuncios televisivos de los estrategas de McCarthy. Cuando por fin vio el primero, no pudo reprimir una carcajada. Menuda campaña: anticuada, pasada de moda, un patético intento; juez con toga negra, en el tribunal, gruesos tomos de Derecho de apoyo, incluso un mazo por si acaso. Ella parecía sincera, pero era jueza y no tenía presencia ante una cámara. Movía los ojos siguiendo el teleprompter y tenía el cuello tan rígido como un ciervo sorprendido por unos faros.

Era una respuesta débil, pero había que contraatacar. Había que enterrarla. Rinehart buceó en su videografía, su arsenal, y escogió la siguiente granada.

Diez horas después de que McCarthy empezara a emitir su anuncio, el impacto de la bomba la lanzó lejos del televisor. El ataque publicitario dejó atónito hasta al más hastiado adicto a la política. Empezaba con el violento restallido de un disparo de rifle seguido por una fotografía en blanco y negro de la jueza McCarthy, sacada de la página web oficial del tribunal. A continuación se oía una voz poderosa y sarcástica que decía: «A la jueza Sheila McCarthy no le gustan los cazadores. Hace siete años escribió: "Los cazadores de este estado tienen un historial lamentable en cuestiones de seguridad"». La cita aparecía sobreimpresa en su cara. Luego iba otra foto, extraída de un periódico, en la que Sheila estrechaba manos en un mitin. La voz proseguía: «Y a la jueza McCarthy no le gusta la gente que posee armas. Hace cinco años escribió: "Es de esperar que el incansable lobby de las armas cargue contra cualquier ley que de algún modo restringiera su uso en zonas vulnerables. Por sensata que fuera la ley propuesta, el lobby de las armas se ensañaría con ella"». Esta cita también apareció en la pantalla, sobreimpresa, palabra por palabra. Luego se oyeron más disparos, esta vez dirigidos a un cielo azul. A continuación aparecía Ron Fisk, pertinentemente ataviado como cazador que era. Bajaba el rifle y se dirigía a los votantes unos segundos para rememorar los momentos que había pasado cazando en aquel bosque con su abuelo, de niño, y para hablar del amor por la naturaleza y prometerles que protegería los sacrosantos derechos de los cazadores y de los que poseían armas. El anuncio terminaba con una imagen de Ron paseando por la linde del bosque seguido por una jauría de perros retozones.

Al final del anuncio se pasaban rápidamente los créditos, en letra pequeña, donde aparecía una organización llamada Asociación por el Respeto al Manejo de Armas (ARMA).

¿Qué había de verdad en todo ello? El primer caso que se mencionaba en el anuncio estaba relacionado con la muerte accidental de un cazador de ciervos. La viuda había demandado al hombre que le había disparado, a lo que había seguido un juicio muy desagradable. El jurado del condado de Calhoun la había indemnizado con seiscientos mil dólares, la mayor cantidad concedida en ese tribunal. El juicio fue tan sórdido como un divorcio, y se alegaron problemas con el alcohol, la marihuana y mal comportamiento. Ambos hombres eran miembros de una asociación de caza y llevaban una semana en el campamento. Durante el juicio, una de las cuestiones polémicas fue la seguridad, y se citó a varios expertos para que testificaran sobre las leyes relacionadas con las armas y la instrucción del cazador. Aunque las pruebas fueron acaloradamente discutidas, según las actas del juicio parecía que el grueso de los testimonios demostraba que, en cuanto a seguridad, el estado iba a la zaga de otros.

En el segundo caso, la ciudad de Tupelo, en respuesta a un tiroteo en el patio de un colegio durante el que no hubo víctimas mortales, pero en el que resultaron heridas cuatro personas, se aprobó una ordenanza que prohibía la posesión de armas de fuego a menos de cien metros de un colegio público. Los abogados a favor de las armas interpusieron una demanda y la Asociación Americana del Rifle intervino y presentó un escrito solemne y rimbombante como *amicus curiae*. El tribunal revocó la ordenanza apoyándose en la Segunda Enmienda, pero Sheila disintió y, al hacerlo, no pudo evitar la tentación de echarle un rapapolvo a la AAR.

Un rapapolvo que ahora se volvía contra ella. Sheila vio el último anuncio de Fisk en su despacho, sola y con la deprimente sensación de que sus posibilidades se volatilizaban. En un estrado tenía tiempo para justificar su voto y para arremeter contra los que sacaban sus palabras de contexto; pero en televisión solo disponía de treinta segundos. Era imposible, y los astutos manipuladores de Ron Fisk lo sabían.

Después de un mes en el Pirate's Cove, Clete Coley había abusado con creces de la hospitalidad del casino. El dueño estaba harto de regalar una suite del ático y de satisfacer el insaciable apetito de Coley. El candidato comía tres veces al día, muchas de ellas en la habitación. En las mesas de blackjack, bebía ron como si fuera agua y no había noche que no acabara borracho. Importunaba a los crupieres, insultaba a los demás jugadores y magreaba a las camareras. El casino se había embolsado unos veinte mil dólares por Coley, pero los gastos ascendían como mínimo a la misma cantidad.

Marlin lo encontró en el bar a media tarde, tomando una copa, calentándose para otra larga noche de mesas. Después de una pequeña charla, Marlin fue al grano.

—Nos gustaría que te retiraras de las elecciones —dijo—, y que cuando te despidas apoyes a Ron Fisk.

Clete entrecerró los ojos. Unas arrugas profundas surcaron su frente.

—¿Cómo?

—Ya me has oído.

—No estoy seguro de haberte oído bien.

—Te pedimos que te retires y que apoyes a Fisk. Es sencillo.

Coley apuró su vaso de ron sin apartar la mirada de Marlin.

—¿Y qué más? —preguntó.

—No hay mucho más que decir. Tus posibilidades son muy remotas, por decirlo suavemente. Has hecho un buen trabajo, has animado el cotarro y has atacado a McCarthy, pero ha llegado el momento de echarle un cable a Fisk para ayudarle a salir elegido.

—¿Y si no me gusta Fisk?

—Estoy seguro de que tú tampoco le gustas a él, pero eso es irrelevante. La fiesta ha terminado. Te lo has pasado bien, has salido en los titulares, has conocido a gente muy interesante por el camino, pero has dado tu último discurso.

—Las papeletas ya están impresas y mi nombre aparece en ellas.

—Eso significa que tus cuatro fans se quedarán con un palmo de narices, ¡qué lástima!

Coley dio un nuevo trago al ron.

—Vale, cien mil por entrar, ¿cuánto por salir?

—Cincuenta.

Sacudió la cabeza y miró las mesas de blackjack a lo lejos.

—No es suficiente.

—No estoy aquí para negociar. Son cincuenta mil en efectivo. La misma maleta que antes, aunque no tan pesada.

—Lo siento, mi precio es cien.

—Mañana estaré aquí, a la misma hora, en el mismo sitio.

Dicho esto, Marlin desapareció.

A las nueve de la mañana siguiente, dos agentes del FBI llamaron a la suite del ático con energía.

—¿Quién coño es? —preguntó Clete, cuando consiguió acercarse a la puerta, tambaleante.

—FBI. Abra.

Clete abrió un resquicio, pero no descorrió la cadena. Gemelos. Traje oscuro. El mismo peluquero.

—¿Qué quieren?

—Nos gustaría hacerle unas preguntas, y preferiríamos no tener que hacerlo desde este lado de la puerta.

Clete acabó de abrirla y los invitó a pasar con un gesto de la mano. Llevaba una camiseta y unos pantalones cortos, estilo NBA, que le llegaban hasta las rodillas y le tapaban medio culo. Coley se devanó los sesos intentando recordar qué ley habría infringido, mientras los veía sentarse en la pequeña mesa del salón. No le vino nada reciente a la mente, aunque a esas horas del día poco podía venirle. Encajó como pudo la voluminosa barriga —¿cuánto peso habría ganado en el último mes?— en una silla y echó un vistazo a sus placas.

—¿Le dice algo el nombre de Mick Runyun? —preguntó uno de ellos.

Desde luego que le sonaba, pero no estaba dispuesto a admitir nada.

—Tal vez.

—Traficante de metanfetamina. Le representó hace tres años en el tribunal federal. Le cayeron diez años, cooperó con el gobierno, un chico majo.

—Ah, ese Mick Runyun.

—Sí, ese. ¿Le pagó sus honorarios?

—Mis archivos están en el despacho de Natchez.

—Genial. Tenemos una orden para llevárnoslos. ¿Podemos encontrarnos allí mañana?

—Será un placer.

—De todos modos, suponemos que sus archivos no nos dirán demasiado sobre los honorarios pagados por el señor

Runyun. Una fuente fidedigna nos ha dicho que le pagó veinte mil dólares en efectivo y que usted nunca los declaró.

—¡No me diga!

—Si es cierto, habría cometido un delito al violar la ley RICO de asociación de malhechores y algunas otras federales.

—La vieja RICO. No tendríais trabajo sin ella.

—¿Mañana a qué hora?

—Tenía pensado hacer campaña mañana. Solo faltan dos semanas para las elecciones.

Miraron a aquel mostrenco con cara de sueño, despeinado y con resaca y les resultó cómico que fuera candidato para el tribunal supremo.

—Mañana al mediodía estaremos en su oficina de Natchez. Si no aparece por allí, tenemos orden de detenerlo. Eso impresionaría a los votantes.

Salieron de la habitación y cerraron de un portazo.

Entrada la tarde, Marlin apareció como había prometido. Pidió un café, aunque no lo tocó. Clete pidió una copa de ron con soda, aunque olía como si no fuera la primera del día.

—¿Cerramos el trato en cincuenta, Clete? —preguntó Marlin, después de mirar embrujado a la ajetreada camarera.

—Todavía estoy pensando.

—¿Fueron buenos contigo esos dos federales esta mañana?

Clete ni se inmutó, no hizo ni un solo gesto que revelara asombro. De hecho, no le sorprendía en absoluto.

—Buena gente —dijo—. Supongo que el senador Rudd está entrometiéndose de nuevo. Quiere que Fisk gane porque son de la misma especie. Todos sabemos que Rudd es tío del fiscal federal de allí abajo, un imbécil redomado que solo consiguió el cargo gracias a sus contactos. Estoy seguro de que no encontraría trabajo en ningún otro sitio. Rudd se vale de su sobrino, que manda al FBI a retorcerme el brazo. Yo desaparezco, cantando las alabanzas de Ron Fisk, y él consigue una gran victoria. Él está contento. Rudd está contento. El gran capital está contento. La vida es maravillosa, ¿no?

—Te acercas bastante —admitió Marlin—. Y tú también te llevaste veinte mil en efectivo en concepto de honorarios de un traficante de droga y no los declaraste. Bastante estúpido por tu parte, pero no es el fin del mundo. No hay nada que el senador no pueda arreglar. Sigue el juego, coge el dinero, despídete con una graciosa reverencia y no volverás a oír hablar de los federales nunca más. Caso cerrado.

Clete clavó sus ojos enrojecidos en los azules de Marlin.

—¿Prometido?

—Prometido. Un apretón de manos y puedes olvidarte de la reunión de mañana al mediodía en Natchez.

—¿Dónde está el dinero?

—Fuera, a la derecha, en el mismo Mustang verde.

Marlin dejó las llaves sobre la barra, con delicadeza. Clete las recogió y desapareció.

29

A solo quince días de las elecciones, Barry Rinehart estaba invitado a cenar en el tugurio vietnamita de Bleecker Street. El señor Trudeau quería que lo pusiera al día.

Barry se regodeó con su última encuesta durante el vuelo desde Boca Ratón. Fisk le sacaba dieciséis puntos a McCarthy, una ventaja que era imposible que perdiera. La cuestión del matrimonio entre homosexuales lo había puesto cuatro puntos por delante, los ataques de la ARMA a McCarthy habían añadido tres más, la campaña en sí iba sobre ruedas. Ron Fisk era una bestia de carga que hacía todo lo que Tony Zachary le decía, había suficiente dinero, los anuncios de televisión aparecían con perfecta regularidad y la respuesta de la propaganda por correo era extraordinaria. La campaña había recaudado trescientos veinte mil dólares de pequeños donantes preocupados por los matrimonios entre homosexuales y las armas. McCarthy se esforzaba para intentar alcanzarlo, pero se quedaba muy atrás.

El señor Trudeau estaba más delgado y bronceado, y quedó entusiasmado con los últimos resúmenes. La ventaja de dieciséis puntos acaparó la conversación de la velada. Carl no dejaba de preguntar a Rinehart una y otra vez por las cifras. ¿Podían confiar en ellas? ¿Cómo lo habían logrado? ¿Qué predecían, en comparación con otras elecciones en las que hubiera participado Barry? ¿Qué debería ocurrir para que perdieran de golpe esa ventaja? ¿Había visto alguna vez evaporarse una ventaja como aquella?

Barry le garantizó la victoria.

Durante los primeros tres trimestres del año, Krane Chemical había obtenido ventas decepcionantes y escasos beneficios. La compañía arrastraba problemas de producción en Texas e Indonesia. Tres plantas habían cerrado para llevar a cabo reparaciones graves e imprevistas. Una planta en Brasil había cerrado por razones desconocidas y había dejado en la calle a dos mil trabajadores. No se satisfacían los grandes pedidos. Clientes de toda la vida se iban, descontentos. El departamento de ventas no conseguía colocar el producto. La competencia rebajaba los precios y les robaba sus clientes. La moral estaba por los suelos y corrían rumores de recortes y despidos masivos.

Detrás del caos, Carl Trudeau manejaba los hilos con habilidad. No hacía nada ilegal, pero amañar los libros de contabilidad era un arte que había perfeccionado con los años. Cuando una de sus compañías necesitaba que los números fueran malos, Carl se encargaba de ello. Durante el año, Krane canceló inversiones destinadas a investigación y desarrollo, transfirió sumas de dinero inusualmente elevadas a reservas legales, se endeudó con líneas de crédito, saboteó la producción para hundir las ventas, infló los gastos, vendió dos divisiones que reportaban beneficios y consiguió perder la confianza de muchos de sus clientes. Y mientras tanto, Carl se encargaba de filtrar suficientes noticias como para sacar a flote una imprenta. Desde la sentencia, Krane había estado en el punto de mira de los periodistas de economía y cualquier dato negativo hacía correr ríos de tinta. Evidentemente, todos los artículos hacían referencia a los problemas legales que arrastraba la compañía. Gracias a los cuidadosos chivatazos de Carl, incluso se había mencionado la posibilidad de declararse en quiebra.

Las acciones empezaron el año a diecisiete dólares. Nueve meses después estaban a doce con cincuenta. A dos semanas de las elecciones, Carl estaba preparado para el último asalto contra las vapuleadas acciones ordinarias de Krane Chemical Corporation.

La llamada de Jared Kurtin le pareció un sueño. Wes lo escuchó con atención y cerró los ojos. No podía ser cierto.

Kurtin le explicó que su cliente le había dado instrucciones para que tanteara la posibilidad de llegar a un acuerdo en el caso de Bowmore. Krane Chemical no levantaba cabeza y hasta que los litigios no terminaran, no podría concentrarse en volver a ser competitiva. Su propuesta era reunir a todos los abogados en una sala e iniciar las negociaciones. Sería complicado por los muchos demandantes y la multitud de cuestiones a debatir. Sería difícil por la cantidad de abogados que habría que controlar. Insistió en que Mary Grace y Wes actuaran como vocales y consejeros de los abogados de los demandantes, pero ya perfilarían los detalles en la primera reunión. De repente, el tiempo era crucial. Kurtin ya había reservado una sala de conferencias en un hotel de Hattiesburg. Quería que la reunión empezara el viernes y, en caso de ser necesario, que se alargara durante el fin de semana.

—Hoy es martes —dijo Wes, aferrando el auricular con tanta fuerza que tenía los nudillos blancos.

—Sí, lo sé. Como ya le he dicho, mi cliente tiene prisa por iniciar el proceso. Puede que necesitemos semanas, o meses, para llegar a un acuerdo, pero estamos dispuestos a sentarnos a negociar.

Wes también estaba dispuesto a ello. Tenía una declaración el viernes, pero podía posponerla sin problemas.

—¿Cuáles son las reglas? —preguntó.

Kurtin contaba con la ventaja de haber podido dedicar horas a la planificación. Wes reaccionaba impulsado por la sorpresa y la emoción. Además, Kurtin se había enfrentado a algo similar en más ocasiones que Wes. Ya había negociado acuerdos colectivos muchas veces, mientras que Wes tenía que conformarse con verlos en sueños.

—Voy a enviar una carta a los abogados de los demandantes de los que tenemos constancia —dijo Kurtin—. Échele un vistazo a la lista y dígame si me he dejado alguno. Como sabe, siguen apareciendo por todas partes. Todos los abogados están invitados, pero no hay modo más fácil de echar a perder este tipo de reuniones que dar el micrófono a los abogados litigantes. Mary Grace y usted hablarán por los demandantes. Yo hablaré en nombre de Krane. El primer reto es identificar a todas las personas que hayan interpuesto una demanda, da igual de qué tipo. Según nuestros informes, son unas seiscientas, e incluyen desde casos por fallecimiento hasta hemorragias nasales. En las cartas que enviaré, pido a los abogados que nos informen del nombre del cliente, tanto si ya han presentado la demanda como si no. Una vez sepamos quién espera conseguir un trozo del pastel, lo siguiente será clasificar las demandas. A diferencia de otros acuerdos colectivos por reclamación de daños con diez mil demandantes, este será manejable en tanto que podemos hablar de demandas individuales. Según las cifras de las que disponemos en estos momentos, tenemos sesenta y ocho fallecidos, ciento cuarenta y tres afectados con posible resultado de muerte y el resto con distintas afecciones que, con toda seguridad, no ponen en peligro su vida.

Kurtin fue repasando los números como un corresponsal de guerra que informa desde las trincheras. Wes no pudo reprimir una mueca de disgusto, ni un nuevo pensamiento siniestro sobre Krane Chemical.

—De todos modos, empezaremos estudiando estos números. El objetivo es llegar a una cifra y luego compararla con la cantidad que mi cliente está dispuesto a pagar.

—¿Y qué cantidad es esa? —preguntó Wes, con una carcajada desesperada.

—Ahora no, Wes, tal vez más tarde. Voy a pedir a todos los abogados que rellenen un formulario estándar para cada cliente. Si nos los devuelven antes del viernes, eso que tendremos ganado. Me llevaré a todo mi equipo, Wes. Litigantes, ayudantes, expertos, contables, incluso habrá un tipo de Krane con bastante carácter. Además, cómo no, los habituales de las aseguradoras. Tal vez os iría bien alquilar una sala grande para los vuestros.

Wes estuvo a punto de preguntar con qué dinero. Estaba seguro de que Kurtin estaba enterado de su bancarrota.

—Buena idea —acabó diciendo.

—Una cosa más, Wes, la privacidad es muy importante para mi cliente. No es necesario que haya publicidad. Si se filtra algo, los demandantes, sus abogados y todo el pueblo de Bowmore se harán ilusiones y ¿qué ocurriría luego si las negociaciones no llegaran a ninguna parte? Lo mejor es llevarlo con la máxima discreción.

—De acuerdo.

Qué idiotez. Kurtin estaba a punto de enviar una carta a no menos de veinte bufetes. Babe, la de la cafetería de Bowmore, sabría lo de la reunión para llegar a un acuerdo antes de empezar a servir el desayuno.

A la mañana siguiente, *The Wall Street Journal* publicó un artículo de portada sobre el inicio de las negociaciones de Krane Chemical. Una fuente anónima que trabajaba para la compañía había confirmado los rumores. Los expertos metieron cuchara y cada uno expuso su opinión, pero en general se consideraba un paso positivo para la compañía. Los acuerdos son calculables, el pasivo es divisible. Wall Street entiende los grandes números y odia lo imprevisible. Existe una larga lista de compañías maltrechas que apuntalaron sus futuros financieros gracias a grandes acuerdos que, aunque costosos, consiguieron acabar con los procesos.

Krane abrió a doce con setenta y cinco y subió dos dólares con setenta y cinco en un día de gran volumen de operaciones.

A media tarde del miércoles, los teléfonos de Payton & Payton, así como los de otros bufetes, no dejaban de sonar. Tanto en la calle como por internet había corrido la voz de un acuerdo.

Denny Ott llamó y habló con Mary Grace. Un grupo de ciudadanos de Pine Grove se había congregado en la iglesia para rezar, cotillear y esperar un milagro. Le dijo que era como una vigilia. Como era de prever, circulaban versiones distintas de la verdad: que ya se había negociado un acuerdo y que el dinero estaba en camino; que no, que eso no sería hasta el viernes, pero que el viernes seguro; que no, que no había acuerdo que valiera, que solo era una reunión de abogados. Mary Grace le contó lo que sucedía y pidió a Denny que se lo transmitiera a los demás. Al final comprendió que o bien ella o bien Wes tendrían que acercarse por la iglesia para hablar con sus clientes.

Babe's estaba abarrotada de cafeteros nerviosos en busca de noticias. ¿Obligarían a Krane a limpiar los vertidos? Alguien que aseguraba saber muy bien de qué hablaba dijo que sí, que sería una de las condiciones del acuerdo. ¿A cuánto ascenderían las indemnizaciones por fallecimiento? Otra persona había oído que cinco millones por cada uno. La discusión se volvió acalorada. Los expertos salieron a la palestra, aunque pronto los hicieron callar a gritos.

F. Clyde Hardin se acercó hasta allí, después de salir de su despacho, e inmediatamente pasó a ser el centro de atención.

Mucha gente del lugar se había burlado de su demanda conjunta y lo habían acusado de montarse en el carro de los Payton con un puñado de clientes oportunistas. Él y su amiguito de Filadelfia, Sterling Bintz, aseguraban que su demanda conjunta incluía a cerca de trescientos «afectados de manera grave y permanente». Desde que la habían presentado en enero, no había ido a ninguna parte. Sin embargo, ahora, F. Clyde se había convertido en alguien importante de la noche a la mañana. Cualquier acuerdo tendría que incluir a «su gente». El viernes tendría un asiento en la mesa, explicó a la silenciosa multitud. Estaría allí sentado junto a Wes y Mary Grace Payton.

Jeannette Baker estaba detrás del mostrador de una pequeña tienda al sur de Bowmore cuando recibió la llamada de Mary Grace.

—No te emociones —le recomendó su abogada, muy seria—. Puede que sea un proceso lento y largo, y la posibilidad de llegar a un acuerdo es remota.

Jeannette tenía muchas preguntas, pero no sabía por dónde empezar. Mary Grace estaría en la iglesia de Pine Grove a las siete de la tarde para discutir lo que quisiera y verse con los demás clientes. Jeannette le prometió que allí estaría.

Con una sentencia de cuarenta y un millones, el caso de Jeannette Baker sería el primero que se pondría sobre la mesa.

La noticia del acuerdo se extendió descontroladamente por Bowmore. En las pequeñas oficinas del centro, agentes inmobiliarios, de seguros y secretarias no hablaban de otra cosa. El lánguido comercio de Main Street se detuvo en seco puesto que a amigos y vecinos les resultaba imposible pasar por el lado de alguien sin detenerse a comparar lo que sabía cada uno. Los secretarios judiciales del juzgado del condado de Cary recogían rumores, los corregían, embellecían unos, reducían otros y luego volvían a ponerlos en circulación. En los colegios, los docentes se reunían en la sala de profesores e intercambiaban información. Pine Grove no era la única iglesia donde los fieles y los esperanzados se congregaban en busca de oración y guía. Muchos pastores de la ciudad se pasaron la tarde al teléfono escuchando a las víctimas de Krane Chemical.

Un acuerdo cerraría el capítulo más desgraciado de la ciudad y le permitiría empezar de nuevo. La inyección de dinero compensaría a los que habían sufrido. El dinero se gastaría una y otra vez en la ciudad e impulsaría la moribunda economía. Krane estaría obligada a limpiar lo que había contaminado y una vez que se hubieran eliminado todos los vertidos, tal vez el agua volvería a ser segura. Bowmore con agua limpia... Un sueño casi imposible de creer. La comunidad por fin podría quitarse la etiqueta de condado del Cáncer.

Un acuerdo era un final rápido y definitivo a la pesadilla. Nadie quería repetir un litigio largo y desagradable. Nadie quería otro juicio como el de Jeannette Baker.

Nat Lester llevaba un mes despotricando de los directores de periódicos y los periodistas. Estaba furioso por la publicidad engañosa que había inundado el sur de Mississippi y aún más con los directores de esas publicaciones por no haber arremetido contra ella. Redactó un artículo en el que recogía los anuncios de Fisk —enviados por correo y publicados en la prensa, radio, internet y televisión— y los diseccionaba; destacaba las mentiras, las medias verdades y todo lo que estuviera manipulado. También estimó, tomando como referencia el coste de los anuncios en los medios de comunicación y la publicidad por correo, la cantidad de dinero que entraba en la campaña de Fisk. Calculaba que rondaba los tres millones y predecía que la gran mayoría procedía de fuera del estado. No había modo de comprobarlo hasta después de las elecciones. Envió el artículo por correo electrónico de un día para el otro a todos los periódicos del distrito, seguido de vehementes llamadas telefónicas. Lo actualizaba a diario, volvía a enviarlo y se hacía aún más odioso por teléfono. Al final surtió efecto.

Para su asombro, y gran satisfacción, los tres periódicos más importantes del distrito le informaron, por descontado extraoficialmente, de que tenían planeado publicar editoriales incisivos sobre la campaña de Fisk en las ediciones dominicales.

La suerte de Nat continuó. La cuestión del matrimonio entre personas del mismo sexo atrajo la atención de *The New York Times* y enviaron a un periodista a Jackson para investigar. Se llamaba Gilbert y no tardó en presentarse en el cuartel general de la campaña de McCarthy, donde Nat lo puso al día, extraoficialmente. Además, le proporcionó el teléfono de dos estudiantes gays de Derecho que estaban siguiendo a Meyerchec y Spano.

Los estudiantes, extraoficialmente, se lo contaron todo a Gilbert y le enseñaron el expediente de la pareja. Se habían pasado cuatro días en Chicago y habían averiguado muchas cosas. Se habían visto con Meyerchec en su bar cerca de Evanston, le habían dicho que eran nuevos en la ciudad y que querían conocer gente. Se pasaron allí horas, acabaron borrachos como cubas junto con los habituales del local y en ningún momento oyeron mencionar ni una sola palabra acerca del juicio de Mississippi. En las fotos del periódico de Jackson, Meyerchec llevaba el cabello rubio y gafas modernas. En Chicago, tenía el pelo más oscuro y no necesitaba gafas. Aparecía en una de las fotos que habían sacado en el bar, sonriente. En cuanto a Spano, habían visitado el estudio de diseño en el que trabajaba asesorando a compradores de pisos con bajo presupuesto. Fingieron ser los nuevos inquilinos de un viejo edificio de por allí cerca y pasaron dos horas con él. Spano se fijó en su acento y en cierto momento les preguntó de dónde eran. Cuando le dijeron que de Jackson, Mississippi, ni se inmutó.

—¿Has estado allí alguna vez? —le preguntó uno de ellos.

—He pasado por allí un par de veces —contestó Spano.

Aquella había sido la respuesta de un votante censado, con carnet de conducir del estado y que había presentado una demanda en el tribunal supremo. Aunque no habían visto a Spano por el bar de Meyerchec, por lo visto sí eran pareja. Compartían la misma dirección, una casa de una planta en Clark Street.

Los estudiantes de Derecho habían seguido llamando y acercándose hasta el piso medio vacío de Jackson sin respuesta alguna. Unos cuarenta días atrás, mientras llamaban, habían introducido un folleto de propaganda en la rendija de la puerta, cerca del pomo, y allí seguía; no la habían abierto. El viejo Saab no se había movido, y uno de los neumáticos se había deshinchado.

A Gilbert le cautivó la historia y quiso investigarla por su cuenta. Intentar casarse en Mississippi olía a cínico ardid para hacer saltar el tema del matrimonio entre homosexuales al primer plano de la campaña McCarthy-Fisk, aunque solo perjudicaba a McCarthy.

Gilbert estuvo dando la lata al abogado radical que representaba a Meyerchec y Spano, pero no llegó a ninguna parte. Persiguió a Tony Zachary durante dos días pero no le sacó ni una palabra. No le devolvieron las llamadas que hizo a Ron Fisk y a la oficina central de campaña. Habló por teléfono con Meyerchec y Spano, que le colgaron en cuanto sacó a relucir su vínculo con Mississippi. Reunió para citarlas algunas frases de Nat Lester y comprobó los datos que habían recabado los estudiantes de Derecho.

Gilbert acabó el reportaje y lo envió.

30

La primera discusión fue sobre quién iba a estar presente en la habitación. Por parte de la defensa, Jared Kurtin tenía el mando absoluto de su batallón y no había problemas. La bronca estaba en el otro bando.

Sterling Bintz llegó temprano, llamativamente acompañado de un séquito de hombres jóvenes de los cuales la mitad parecían abogados y la otra mitad matones. Alegó que representaba a más de la mitad de las víctimas de Bowmore y que, por tanto, tenía derecho a llevar la voz cantante en las negociaciones. Hablaba con su apocopada voz nasal y con un acento tan extraño por aquellos lugares que se ganó de inmediato el recelo de todo el mundo. Wes consiguió bajarle los humos, aunque por poco tiempo. F. Clyde Hardin, que masticaba un bollito y observaba desde un rincón, disfrutaba con la trifulca y rezaba para que se alcanzara pronto un acuerdo. El fisco había empezado a enviar cartas certificadas.

Un experto nacional en casos de responsabilidad civil por vertidos contaminantes de Melbourne Beach, Florida, apareció con su propio equipo y se unió al debate. Él también aseguraba que representaba a cientos de personas afectadas y, teniendo en cuenta su experiencia en acuerdos de reclamación de daños, suponía que debía ser él quien negociara con la parte demandada. Los dos abogados de demandas conjuntas no tardaron en enzarzarse en una pelea sobre quién robaba clientes a quién.

Había diecisiete bufetes más disputándose un puesto en la mesa. Unos cuantos eran firmas de prestigio expertas en daños personales, pero la mayoría estaba formada por abogados de pequeñas ciudades más acostumbrados a llevar casos de accidentes de tráfico, que habían conseguido hacerse con un par de clientes mientras husmeaban por Bowmore.

La tensión era alta antes del inicio de la reunión y, una vez que empezaron los gritos, se hizo evidente la posibilidad de llegar a los puños. Cuando la discusión estaba en pleno apogeo, Jared Kurtin les llamó la atención, muy tranquilo, y anunció que Wes y Mary Grace decidirían quién se sentaba dónde. Si alguien tenía algún problema con ello, su cliente, la compañía de seguros y él saldrían por la puerta con el dinero. Esto calmó los ánimos.

A continuación le llegó el turno a la prensa. Como mínimo, había tres periodistas pululando por allí para cubrir la reunión «secreta» y cuando se les pidió que salieran, se mostraron bastante reacios a obedecer. Por suerte, Kurtin había contratado guardias de seguridad armados, que finalmente acompañaron fuera del hotel a los periodistas.

Kurtin también había propuesto la presencia de un árbitro, incluso se había ofrecido a pagarlo él, una persona ecuánime y con experiencia en litigios y acuerdos. Wes había accedido y Kurtin había encontrado a un juez federal retirado en Fort Worth, que trabajaba de mediador a tiempo parcial. El juez Rosenthal asumió el control con toda calma después de que los abogados litigantes se hubieron sosegado. Necesitó una hora para negociar la disposición de los representantes. Él ocuparía la cabecera al final de la larga mesa. A la derecha, hacia la mitad, estaría el señor Kurtin, flanqueado por sus socios, asociados, Frank Sully, de Hattiesburg, dos ejecutivos de Krane y otro de la compañía aseguradora. Un total de once personas para la defensa, y otros veinte apiñados detrás.

A su izquierda, los Payton se sentarían en el centro, delante de Jared Kurtin, y estarían flanqueados por Jim McMay, el abogado litigante de Hattiesburg con cuatro casos de fallecimiento de Bowmore. McMay había ganado una fortuna con el litigio de los comprimidos de fentormina para adelgazar y había participado en varias reuniones para llegar a acuerdos en casos colectivos. Le acompañaba un abogado de Gulport, con una experiencia similar. Las demás sillas estarían ocupadas por abogados de Mississippi con casos legítimos de Bowmore. Los tipos de la demanda conjunta habían quedado relegados al fondo. Sterling Bintz manifestó su descuerdo con el lugar que le había sido asignado y Wes, enfadado, le dijo que se callara. Al ver la reacción de los matones, Jared Kurtin anunció que las demandas conjuntas eran la última prioridad para Krane y que si él, Bintz, tenía esperanza de ver algún céntimo, más le valía seguir calladito y no interrumpir.

—Esto no es Filadelfia —dijo el juez Rosenthal—. ¿Esas personas son guardaespaldas o abogados?

—Ambas cosas —contestó Bintz, con sequedad.

—Pues contrólelos.

Bintz tomó asiento, refunfuñando y lanzando improperios.

Eran las diez de la mañana y Wes parecía agotado. En cambio, su mujer estaba lista para empezar.

Estuvieron repasando la documentación durante tres horas sin descanso. El juez Rosenthal dirigía el tráfico mientras se aportaban los expedientes de los clientes, se llevaban a una sala contigua para fotocopiarlos, se revisaban y luego se clasificaban según el sistema arbitrario del juez: fallecimiento, Clase Uno; cáncer diagnosticado, Clase Dos; y todos los demás, Clase Tres.

Las negociaciones llegaron a un punto muerto cuando Mary Grace solicitó que se concediera prioridad al caso de Jeannette Baker y, por tanto, más dinero, teniendo en cuenta que ella había ido a juicio. ¿Por qué su caso tenía más valor que los demás casos de fallecimiento?, preguntó un abogado.

—Porque ella fue a juicio —contestó Mary Grace, sin vacilar, fulminándolo con la mirada.

En otras palabras, los abogados de Baker habían tenido las agallas de enfrentarse a Krane mientras los demás habían optado por sentarse y mirar. En los meses anteriores al juicio, los Payton habían acudido a cinco de los abogados litigantes presentes, como mínimo, incluido Jim McMay, y prácticamente les habían suplicado ayuda. Todos se la habían denegado.

—Reconocemos que el caso Baker merece mayor compensación —dijo Jared Kurtin—. Sinceramente, no puedo pasar por alto un veredicto de cuarenta y un millones de dólares.

Mary Grace le sonrió por primera vez en años. Incluso lo habría abrazado.

A la una, hicieron una pausa de dos horas para comer. Los Payton y Jim McMay se retiraron al restaurante del hotel e intentaron analizar el desarrollo de la reunión hasta el momento. Para empezar, les preocupaban las verdaderas intenciones de Krane. ¿De verdad quería llegar a un acuerdo? ¿O no era más que una maniobra que convenía a los planes de la empresa? El hecho de que los diarios financieros nacionales estuvieran tan informados de las charlas secretas sobre el acuerdo hizo sospechar a los abogados. Sin embargo, hasta ese momento, el señor Kurtin había dado muestras de ser un hombre con una misión. Ni los ejecutivos de Krane ni los de la aseguradora habían sonreído y tal vez eso fuera una señal de que estaban a punto de despedirse de su dinero.

A las tres de la tarde, en Nueva York, Carl Trudeau filtró la noticia de que las negociaciones iban bien en Mississippi. Krane era optimista sobre llegar a un acuerdo.

Las acciones cerraron la semana a dieciséis con cincuenta: habían subido cuatro dólares.

A las tres de la tarde, en Hattiesburg, los negociadores ocuparon de nuevo sus asientos y el juez Rosenthal volvió a poner en marcha la fábrica de papel. Tres horas después, las estimaciones iniciales habían finalizado. Sobre la mesa había las reclamaciones de setecientas cuatro personas. Sesenta y ocho personas habían muerto de cáncer y sus familias culpaban a Krane. Ciento cuarenta y tres tenían cáncer. Las demás sufrían un amplio abanico de enfermedades y afecciones menos graves, supuestamente causadas por el agua de boca contaminada de la estación de bombeo de Bowmore.

El juez Rosenthal felicitó a ambas partes después de un día tan duro y productivo y levantó la sesión hasta la mañana del sábado a las nueve en punto.

Wes y Mary Grace volvieron directamente al despacho e informaron a los demás. Sherman había estado en la sala de negociación todo el día y compartieron sus observaciones. Coincidieron en que Jared Kurtin había vuelto a Hattiesburg con el objetivo de llegar a un acuerdo y que su cliente parecía decidido a ello. Wes les advirtió que todavía era demasiado pronto para celebrarlo. Solo habían conseguido identificar las partes y el primer dólar no estaba en absoluto encima de la mesa.

Mack y Liza les suplicaron que los llevaran al cine. A la mitad de la sesión de las ocho, Wes empezó a cabecear. Mary Grace miraba la pantalla sin verla, comía palomitas y desmenuzaba mentalmente cifras relacionadas con gastos médicos, dolor y sufrimiento, pérdida de compañía humana, pérdida de ingresos, pérdida de todo. Ni se atrevió a considerar la posibilidad de ponerse a calcular honorarios de abogados.

El sábado por la mañana hubo menos trajes y corbatas sentados a la mesa. Incluso el juez Rosenthal vestía de manera más informal con un polo negro bajo una chaqueta sport.

Una vez que los impacientes abogados estuvieron en su sitio y se hizo el silencio, dijo con una voz imponente que debía de haber presidido muchos juicios:

—Propongo empezar con los casos de fallecimiento y dejarlos listos.

A la hora de negociar un acuerdo, no había dos casos de fallecimiento iguales. El deceso de un niño valía menos porque el menor no tenía capacidad de ahorro; en cambio, se valoraba más el de padres jóvenes por la pérdida de ingresos futuros. Algunos de los fallecidos habían sufrido durante años; a otros la enfermedad se los había llevado rápidamente. Todos aportaban cifras distintas para los gastos médicos. El juez Rosenthal propuso un nuevo baremo —arbitrario, pero que al menos era un punto de partida— por el que cada caso se clasificaría dependiendo del valor que tuviera. Los de mayor valía recibirían un cinco y los de menor (los de los niños) un uno. Se hicieron varios recesos mientras los abogados de los demandantes discutían la propuesta. Cuando por fin llegaron a un acuerdo, empezaron con Jeannette Baker. Se le otorgó un diez. El caso siguiente era el de una mujer de cincuenta y cuatro años que trabajaba a tiempo parcial en una panadería y que había fallecido después de estar luchando tres años contra la leucemia. Se le concedió un tres.

Fueron avanzando lentamente a lo largo de la lista. En cada caso, al abogado se le permitía hacer la presentación correspondiente y pedir una clasificación mayor. No obstante, en ningún momento a lo largo de todo el proceso, Jared Kurtin dejó entrever cuánto estaba dispuesto a pagar por los casos de fallecimiento. Mary Grace lo observaba con atención mientras los abogados hablaban. Lo único que revelaban su rostro y ademanes era una profunda concentración.

A las dos y media habían terminado con los de Clase Uno y pasaron a la lista siguiente, más larga y más complicada de clasificar, la de demandantes que seguían vivos, aunque luchando contra el cáncer. Nadie sabía cuánto tiempo más vivirían o cuánto sufriría cada uno. Nadie podía predecir la probabilidad de muerte. Los afortunados superarían el cáncer y seguirían con sus vidas. El debate se desintegró en varias discusiones acaloradas y hubo momentos en que el juez Rosenthal perdió los nervios y se vio incapaz de hacerles llegar a un acuerdo. Hacia el final del día, Jared Kurtin empezó a mostrar señales de cansancio y frustración.

Cerca ya de las siete de la tarde, y cuando la sesión empezaba a tocar a su fin, Sterling Bintz no pudo contenerse.

—No sé cuánto tiempo voy a poder seguir aquí sentado, contemplando este espectáculo —anunció, con brusquedad, acercándose al extremo de la mesa, en la otra punta del juez Rosenthal—. Llevo dos días aquí y todavía no se me ha permitido hablar, lo que evidentemente significa que se ha despreciado a mis clientes. Ya es suficiente. Represento una demanda conjunta de más de trescientas personas afectadas y ustedes parecen dispuestos a darles por el culo.

Wes iba a reprenderle, pero se lo pensó mejor. Que divagara lo que quisiera, de todos modos estaban a punto de levantar la sesión.

—¡Mis clientes no serán menospreciados! —insistió, a punto de ponerse a gritar, y todo el mundo se puso tenso. Había un atisbo de desesperación en su voz, mucho más evidente en su mirada, y tal vez era mejor dejarlo despotricar un poco—. Mis clientes han sufrido mucho y siguen sufriendo, pero parece que eso no les importa. No puedo quedarme aquí eternamente. Mañana por la tarde me esperan en San Francisco para negociar otro acuerdo. Tengo ocho mil casos contra

Schmeltzer por sus comprimidos laxantes y, viendo que aquí la gente prefiere charlar de todo menos de dinero, permítanme informarles de mis condiciones.

Eran todo oídos. Jared Kurtin y los chicos del dinero levantaron la cabeza y se pusieron un poco tensos. Mary Grace estudiaba hasta la última arruga del rostro de Kurtin. Si aquel chiflado iba a lanzar una cifra sobre la mesa, ella no iba a perderse la reacción de su adversario.

—No voy a aceptar un acuerdo por menos de cien mil para cada uno —dijo Bintz, con sorna—. Tal vez más, según el cliente.

Kurtin se mantuvo impasible; es decir, como siempre. Uno de sus asociados sacudió la cabeza; otro sonrió estúpidamente, divertido. Los dos ejecutivos de Krane fruncieron el ceño y se removieron en sus asientos, rechazando la propuesta por absurda.

Mientras la cifra de treinta millones de dólares pendía en el aire, Wes hizo unos cálculos sencillos. Bintz seguramente se llevaría una tercera parte, echaría unas migajas a F. Clyde Hardin y luego iría a por el siguiente filón colectivo.

F. Clyde estaba encogido en un rincón, en el mismo lugar que había ocupado durante horas. El vaso de papel que llevaba en la mano contenía zumo de naranja, hielo picado y dos dedos de vodka. Al fin y al cabo casi eran las siete de la tarde de un sábado. Los cálculos eran tan sencillos que los podría haber hecho hasta dormido. Se llevaba una tajada del 5 por ciento del total de los honorarios, o quinientos mil dólares si aceptaban la más que razonable petición que su coasesor había propuesto con tanto atrevimiento. Según el acuerdo privado entre ellos, también le correspondían quinientos dólares por cliente, y con trescientos clientes debería de haber recibido ya ciento cincuenta mil dólares. Sin embargo, no era así. Bintz le había entregado un tercio de esa cantidad, pero no parecía demasiado dispuesto a discutir el pago del resto. Era un abogado muy ocupado y costaba encontrarlo por teléfono. Estaba seguro de que acabaría cumpliendo, como le había prometido.

F. Clyde dio un trago al tiempo que la declaración de Bintz resonaba en la sala.

—No vamos a aceptar una miseria e irnos a casa —amenazó Bintz—. Espero que en algún momento de la negociación, y cuanto antes mejor, se pongan los casos de mis clientes encima de la mesa.

—Mañana por la mañana a las nueve —dijo de repente el juez Rosenthal, con brusquedad—. Se levanta la sesión por hoy.

«Una pésima campaña» era el titular del editorial del domingo de *The Clarion-Ledger* de Jackson. Apoyándose en una de las páginas del informe de Nat Lester, los redactores condenaban la campaña de Ron Fisk por su sórdida publicidad. Acusaban a Fisk de aceptar millones procedentes del gran capital y de utilizarlos para engañar a los electores. Sus anuncios estaban plagados de medias verdades y afirmaciones sacadas completamente de contexto. El miedo era su arma: miedo a los homosexuales, miedo al control de armas, miedo a los delincuentes sexuales. Se le condenaba por tildar a Sheila McCarthy de «liberal» cuando, de hecho, su trayectoria profesional, que los redactores habían estudiado, únicamente podía ser valorada de moderada. Arremetían contra Fisk por prometer que votaría esto o aquello en casos que todavía tenía que presidir como miembro del tribunal.

El editorial también censuraba todo el proceso electoral. Ambos candidatos estaban recaudando e invirtiendo tal cantidad de dinero que se ponía en entredicho su futura imparcialidad a la hora de tomar una decisión. ¿Cómo podía esperarse de Sheila McCarthy, que hasta el momento había recibido un millón y medio de dólares de los abogados litigantes, que olvidara esa aportación cuando esos mismos abogados se presentaran ante el tribunal supremo?

Acababa con un llamamiento a abolir las elecciones judiciales y abogaba por el nombramiento por méritos, llevado a cabo por un jurado independiente.

El *Sun Herald* de Biloxi se ensañaba aún más. Acusaba a la campaña de Fisk de engaño flagrante y se valía del mailing sobre Darrel Sackett como principal ejemplo. Sackett estaba muerto, no huido y al acecho. Llevaba muerto cuatro años, algo que Nat Lester había averiguado con un par de llamadas.

El *Hattiesburg American* invitaba a la campaña de Fisk a retirar aquellos anuncios engañosos y a desvelar la procedencia de los grandes contribuyentes antes del día de las elecciones. Exigía a ambos candidatos que dignificaran el proceso electoral y no mancharan la honrosa institución del tribunal supremo.

En la página tres de la sección A de *The New York Times*, la exposición de Gilbert iba acompañada de fotos de Meyerchec y Spano, así como de Fisk y McCarthy. Cubría las elecciones en general y a continuación se centraba en la cuestión del matrimonio entre homosexuales creado e introducido en las elecciones por los dos hombres de Illinois. Gilbert había realizado un trabajo concienzudo y había acumulado pruebas que demostraban que ambos residían en Chicago desde hacía tiempo y que prácticamente nada los vinculaba a Mississippi, aunque no mencionaba que pudieran estar siendo utilizados por políticos conservadores para sabotear a McCarthy. No hacía falta. El remate aparecía en el último párrafo, donde se citaba a Nat Lester: «Esos tipos son una pareja de títeres que Ron Fisk y quienes lo respaldan utilizan para crear una polémica que no existe. Su objetivo es caldear los ánimos entre los cristianos de la derecha y hacerlos desfilar hasta las urnas».

Ron y Doreen Fisk estaban sentados en la cocina, echando humo, enfrascados en la relectura del editorial de Jackson, con el café del desayuno intacto delante de ellos. La campaña había ido muy bien, sin contratiempos, iban por delante en las encuestas y solo faltaban nueve días para saborear la victoria. Entonces, ¿por qué el mayor periódico del estado de repente describía a Ron como una persona embustera y deshonesta? Era un bofetón doloroso y humillante, y además de no esperárselo, tampoco se lo merecían. Eran personas honradas, íntegras y buenos cristianos. ¿Por qué les hacían aquello?

Sonó el teléfono y Ron contestó.

—¿Has visto el periódico de Jackson? —preguntó Tony, con voz cansada.

—Sí, lo estamos leyendo ahora.

—¿Habéis visto el de Hattiesburg, el *Sun Herald*?

—No, ¿por qué?

—¿Leéis *The New York Times*?

—No.

—Leedlo por internet. Llámame dentro de una hora.

—¿Es malo?

—Sí.

Lo leyeron, estuvieron echando humo otra hora y al final decidieron saltarse los oficios religiosos de ese día. Ron se sentía traicionado, avergonzado y no estaba de humor para salir de casa. Según los últimos números enviados por sus encuestadores de Atlanta, disfrutaba de una ventaja considerable. Sin embargo, en esos momentos creía que la derrota era segura. Ningún candidato podía sobrevivir a una paliza como aquella. Culpó a la prensa liberal, culpó a Tony Zachary y a los que controlaban la campaña, y se culpó a sí mismo por ser tan inocente. ¿Por qué había depositado tanta confianza en unas personas a las que apenas conocía?

Doreen le aseguró que él no tenía la culpa. Se había entregado tanto a la campaña que había tenido muy poco tiempo para preocuparse de nada más. Todas las campañas son caóticas. Nadie puede controlar lo que hacen los trabajadores y los voluntarios.

Ron se descargó con Tony durante una larga y tensa conversación telefónica.

—Me has dejado en una situación muy comprometida —dijo Ron—. Me has humillado a mí y a mi familia hasta tal punto que no tengo fuerzas para salir de casa. Estoy pensando en abandonar.

—No puedes abandonar, Ron, has invertido demasiado en esto —contestó Tony, intentando controlar el pánico que sentía y tranquilizar a su hombre al mismo tiempo.

—Ese es el problema, Tony. Os he dejado generar demasiado dinero y se os ha ido de las manos. Detén los anuncios televisivos ahora mismo.

—Eso es imposible, Ron. Ya están en la parrilla.

—Entonces no poseo ningún control sobre mi propia campaña, ¿es eso lo que me estás diciendo, Tony?

—No es tan sencillo.

—No voy a salir de casa, Tony. Retira los anuncios ahora mismo. Detenlo todo. Voy a llamar a los directores de esos periódicos y voy a admitir mis errores.

—Ron, vamos, por favor.

—Mando yo, Tony, es mi campaña.

—Sí, y puedes dar las elecciones por ganadas. No lo jodas todo a nueve días del final.

—¿Sabías que Darrel Sackett estaba muerto?

—Bueno, no puedo...

—Contesta, Tony. ¿Sabías que estaba muerto?

—No estoy seguro.

—Sabías que estaba muerto y emitiste un anuncio falso deliberadamente, ¿verdad?

—No, yo...

—Estás despedido, Tony. Estás despedido y me retiro.

—No exageres, Ron. Cálmate.

—Estás despedido.

—Estaré ahí en una hora.

—Hazlo, Tony. Ven lo más rápido posible, pero hasta entonces estás despedido.

—Salgo inmediatamente. No hagas nada hasta que haya llegado.

—Voy a llamar a los directores ahora mismo.

—No lo hagas, Ron, por favor, espera a que llegue.

Los abogados no tuvieron tiempo para leer el periódico el domingo por la mañana. Se reunieron a las ocho en punto en el hotel para lo que seguramente sería el día más importante de todos los que llevaban reuniéndose. Jared Kurtin no había especificado en ningún momento cuánto tiempo estaría negociando antes de volver a Atlanta, pero todo el mundo daba por sentado que ese asalto se acabaría el domingo por la tarde. Aparte de la petición de treinta millones de dólares presentada por Sterling Bintz la tarde anterior, no se había hablado de dinero y eso tendría que cambiar el domingo. Wes y Mary Grace estaban decididos a irse ese día con una idea general del valor de los casos de Clase Uno y Clase Dos.

A las ocho y media, todos los abogados de los demandantes estaban en sus puestos, la mayoría de ellos formando corrillos, enfrascados en conversaciones serias y dando la espalda a Sterling Bintz, quien a su vez les daba la espalda a ellos. Su séquito estaba intacto. No se hablaba con el otro abogado que llevaba una demanda conjunta, el de Melbourne Beach. El juez Rosenthal llegó a las nueve menos cuarto y comentó lo raro que era que todavía no hubiera aparecido ningún miembro de la defensa. Los demás abogados no se habían dado cuenta. No había ni un alma sentada enfrente de ellos. Wes llamó a Jared Kurtin al móvil, pero saltó el contestador.

—Quedamos a las nueve de la mañana, ¿verdad? —preguntó Rosenthal, cinco minutos antes de la hora convenida.

Todo el mundo estuvo de acuerdo en que las nueve era la hora mágica. Esperaron, y el tiempo de repente empezó a pasar más despacio.

A las nueve y dos minutos, Frank Sully, el asesor local de Krane, entró en la sala tímidamente, como si estuviera avergonzado.

—Mi cliente ha decidido suspender las negociaciones hasta próximo aviso. Siento mucho las molestias —anunció.

—¿Dónde está Jared Kurtin? —preguntó el juez Rosenthal.

—Ahora mismo vuela hacia Atlanta.

—¿Cuándo tomó esa decisión vuestro cliente?

—No lo sé. Se me ha informado hace una hora. Lo siento mucho, juez. Por favor, acepten mis disculpas.

La sala pareció ladearse al tiempo que una de sus partes se hundía bajo el peso del repentino giro de los acontecimientos. Los abogados, que estaban emocionados ante la posibilidad de llevarse su trozo del pastel, dejaron caer sus plumas y se miraron boquiabiertos los unos a los otros, sin saber qué decir. Se oyeron profundos suspiros y juramentos apenas musitados. Muchos quedaron vencidos de hombros. Le hubieran arrojado algo a Sully, pero no era más que un tipo del lugar y hacía tiempo que sabían que no tenía ninguna clase de influencia.

F. Clyde Hardin se limpió el sudor de la cara húmeda e hizo grandes esfuerzos para no vomitar.

De repente todo el mundo tenía prisa por irse, por salir. Era desesperante estar allí sentado y mirar las sillas vacías, sillas que habían ocupado hombres que podrían haberlos hecho ricos. Los abogados litigantes recogieron sus pilas de papeles sin perder tiempo, volvieron a llenar sus maletines y se despidieron con un brusco adiós.

Wes y Mary Grace no abrieron la boca durante el trayecto de vuelta a casa.

31

El lunes por la mañana, *The Wall Street Journal* publicó la noticia de la ruptura de las negociaciones de Hattiesburg. El artículo, en la segunda página del diario, estaba firmado por un periodista que aseguraba contar con fuentes fiables dentro de Krane Chemical y que, además, culpaba a los abogados de los demandantes. «Sus exigencias eran muy poco realistas. Nosotros acudimos de buena fe y no llegamos a ninguna parte.» Otra fuente anónima añadía: «No hay nada que hacer. Por culpa de la indemnización, todos los abogados creen que su caso vale cuarenta millones de dólares». El señor Watts, ejecutivo de Krane, decía: «Estamos muy decepcionados. Queríamos dejar el litigio atrás y seguir adelante. Ahora nuestro futuro es incierto».

Carl Trudeau leyó el artículo en internet a las cuatro y media de la mañana, en su ático. Se echó a reír y se frotó las manos en previsión de una semana muy provechosa.

Wes estuvo llamando a Jared Kurtin toda la mañana, pero don importante estaba de viaje y no se le podía localizar. El móvil tenía conectado el buzón de voz. La secretaria acabó mostrándose bastante grosera, pero Wes había hecho otro tanto. Mary Grace y él dudaban que las desmedidas exigencias de Sterling Bintz hubieran ahuyentado a Jared Kurtin. En términos relativos, cualquier acuerdo factible tendría que considerar esos treinta millones de dólares como una fracción de la cantidad final.

En Bowmore, la noticia fue recibida como una nueva plaga.

En las oficinas generales de campaña de McCarthy, Nat Lester había trabajado toda la noche y todavía seguía conectado cuando Sheila llegó a las ocho y media, su hora habitual. Nat había enviado el reportaje del *Times* por correo electrónico a todos los periódicos del distrito y estaba llamando a directores de diarios y periodistas cuando ella entró con una sonrisa descansada y pidió un zumo de piña.

—¡Tenemos a esos payasos comiendo de la mano! —anunció Nat, alborozado—. Se han pillado los dedos con sus sucios jueguecitos.

—Felicidades. Es magnífico.

—Enviaremos los artículos y el reportaje del *Times* a todos los votantes censados.

—¿Cuánto cuesta eso?

—¿Y qué más da? A una semana de las elecciones, no podemos andarnos regateando. ¿Estás lista?

—Salgo en una hora.

Los siguientes siete días la llevarían a realizar treinta y cuatro paradas en veinte condados, y todo gracias al King Air que les había prestado uno de los abogados litigantes y a un pequeño jet de otro. Nat había organizado el desembarco, que se orquestaría con la ayuda de maestros de escuela, dirigentes sindicales, líderes de la comunidad negra y, por descontado, abogados litigantes. Sheila no volvería a Jackson hasta poco antes de las elecciones. Durante la campaña, la última tanda de anuncios televisivos inundaría el distrito.

Sus fondos para la campaña se quedarían a cero en el momento del recuento de votos. Sheila rezaba para que, al menos, no hubiera deudas.

Finalmente, Ron Fisk salió de casa el lunes por la mañana, aunque en vez de realizar el trayecto habitual hasta la oficina, Doreen y él viajaron a Jackson, a las oficinas de Visión Judicial para mantener una nueva, larga y estresante reunión con Tony Zachary. La tarde del domingo, habían estado cuatro horas intentando decidir cómo salir de aquella pesadilla, guarecidos en el hogar de los Fisk, y no habían sacado nada en claro. Ron había suspendido todas las actividades de campaña hasta que pudiera limpiar su buen nombre. Había despedido a Tony al menos en cuatro ocasiones, pero seguían en contacto.

A lo largo del día, y ya entrada la noche del domingo, Tedford, en Atlanta, había estado realizando encuestas sin parar y hacia el mediodía del lunes obtuvieron algunos resultados. A pesar del vapuleo de las críticas, Ron Fisk seguía tres puntos por delante de Sheila McCarthy. La cuestión del matrimonio entre homosexuales había hecho mella en los votantes, la mayoría de los cuales seguían decantándose por el candidato más conservador.

Ron ya no sabía si podía confiar en la gente que trabajaba en su campaña, pero la nueva encuesta consiguió levantarle algo el ánimo.

—Ya lo tienes ganado, Ron —no dejaba de repetir Tony—, no lo eches a perder.

Al final llegaron a un acuerdo, y Ron insistió en dejarlo por escrito, como si hubieran negociado un contrato. Primero, Ron seguiría en la carrera electoral. Segundo, Tony conservaría su puesto como director de campaña. Tercero, Ron se reuniría con los directores de los periódicos, admitiría sus errores y les prometería unas elecciones limpias durante los ocho días que quedaban. Cuarto, no habría propaganda de ningún tipo, ni anuncios televisivos, ni publicidad por correo, ni anuncios de radio, nada que no recibiera previamente el visto bueno de Ron.

Una vez restablecida su amistad, disfrutaron de una comida rápida en el Capitol Grill y luego Ron y Doreen volvieron a casa. Estaban orgullosos de no haber cedido terreno y ansiosos por retomar la campaña. Ya olían la victoria.

Barry Rinehart llegó a Jackson el mediodía del lunes y estableció su base en la suite más grande de un hotel del centro. No se iría de Mississippi hasta después de los comicios.

Esperó impaciente a que Tony llegara con la noticia de que todavía tenían un candidato en las elecciones. Para un hombre que se vanagloriaba de mantener la calma por mucha presión a la que estuviera sometido, las últimas veinticuatro horas habían puesto a prueba sus nervios de acero. Barry apenas había dormido. Si Fisk se retiraba, la carrera de Rinehart no se vería gravemente afectada, sino arruinada por completo.

Tony entró en la suite con una amplia sonrisa y ambos por fin rieron. Poco después repasaban los espacios reservados de publicidad y sus planes para seguir anunciándose. Contaban con el dinero para saturar el distrito con anuncios televisivos, y si el señor Fisk solo quería los positivos, que así fuera.

La reacción del mercado en relación con el anuncio de la ruptura de las negociaciones del acuerdo fue rápida e implacable. Krane abrió a quince dólares con veinticinco y al mediodía se cotizaba a doce con setenta y cinco. Carl Trudeau seguía la caída, satisfecho, mientras su valor neto se desplomaba. Por si el miedo y el caos no fueran suficientes, organizó una reunión entre la cúpula directiva de Krane y los abogados de la compañía especializados en quiebras y luego filtró la noticia a un periodista.

El martes por la mañana, la sección de economía de *The New York Times* publicaba un artículo donde se citaba a uno de los abogados: «Seguramente presentaremos una solicitud de declaración de quiebra esta semana». Las acciones cayeron en picado hasta los diez dólares y acabaron cotizándose a alrededor de los nueve con cincuenta por primera vez en veinte años.

Meyerchec y Spano llegaron a Jackson en un jet privado el mediodía del martes. Los recogió un coche con conductor que los llevó al despacho de su abogado, donde se encontraron con un periodista de *The Clarion-Ledger* de Jackson. En una entrevista de una hora, criticaron el artículo de Gilbert, reafirmaron su nueva ciudadanía y hablaron largo y tendido de la importancia de su caso, el cual todavía estaba pendiente de celebrarse en el tribunal supremo de Mississippi. No se soltaron la mano durante toda la entrevista y posaron para un fotógrafo del periódico.

Mientras tanto, Barry Rinehart y Tony Zachary estudiaban minuciosamente los resultados arrojados por la última encuesta. La ventaja de dieciséis puntos de Fisk había quedado reducida a cinco, la caída más brusca en setenta y dos horas que Barry había visto en toda su vida. Sin embargo, estaba demasiado curtido para dejarse dominar por el pánico. Por el contrario, Tony era un manojo de nervios.

Decidieron reorganizar los anuncios televisivos. Descartaron el de Darrel Sackett, que había servido de ataque, y otro en el que aparecían inmigrantes ilegales cruzando la frontera. Durante los siguientes tres días se concentrarían en el matrimonio entre homosexuales y en la glorificación de las armas. El fin de semana pasarían a los anuncios reconfortantes y dejarían a los votantes con una sensación amable y difusa sobre Ron Fisk y su imagen de persona honrada.

Entretanto, los ajetreados carteros del sur de Mississippi entregarían varias toneladas de propaganda de Fisk cada día hasta que la campaña acabara de una vez por todas.

Todo con la aprobación previa del señor Fisk, por supuesto.

Denny Ott dio por finalizada la carta después de varios borradores y le pidió a su mujer que la leyera. Cuando esta le dio el visto bueno, Ott la llevó a la estafeta de correos. La carta decía:

> Apreciado hermano Ted:
>
> He escuchado una grabación de tu sermón del pasado domingo, emitido por la emisora de radio WBMR durante tu hora de predicación. No sé si llamarlo sermón pues se parecía más a un discurso electoral. No dudo que la condena a los homosexuales forme parte de tus prédicas habituales desde el púlpito, y nada tengo que decir al respecto. Sin embargo, tu ataque contra los jueces liberales, a nueve días de las elecciones, no fue más que una diatriba contra Sheila McCarthy, cuyo nombre, por descontado, no se mencionó en ningún momento. Atacándola a ella, es evidente que apoyabas a su oponente.
>
> La ley prohíbe expresamente este tipo de discursos políticos, específicamente las regulaciones de Hacienda. Como organización sin ánimo de lucro recogida por el epígrafe 501 (C) (3), Templo de la Cosecha no puede dedicarse a actividades políticas. De hacerlo, se arriesga a perder su designación como tal, algo catastrófico para cualquier iglesia.
>
> He oído de fuentes fidedignas que otros pastores del lugar, miembros de tu Coalición de Hermanos, están participando en esta campaña, tanto ellos como sus iglesias. Estoy convencido de que todo forma parte de un intento bien coordinado para ayudar a la elección de Ron Fisk y no dudo de que este domingo, tanto tú como los demás, utilizaréis el púlpito para animar a vuestros feligreses a votar por él.
>
> El señor Fisk está siendo utilizado a favor de los intereses del gran capital para llenar nuestro tribunal supremo con jue-

ces que protejan a los empresarios que cometan algún delito, mediante la limitación de su responsabilidad. Solo sufrirán los que nada poseen: tu gente y la mía.

Deseo hacerte saber que este domingo estaré atento a tu sermón y no vacilaré en avisar a Hacienda si prosigues con tus actividades ilegales.

Que el Señor esté contigo,

DENNY OTT

El jueves al mediodía, el bufete de los Payton se reunió después de una comida rápida para dar un último repaso a su contribución tardía a la campaña. En una de las paredes de pladur del Ruedo, Sherman había dispuesto en orden cronológico la propaganda impresa que Fisk había utilizado hasta la fecha. Había seis anuncios a toda página insertados en diarios y cinco folletos de publicidad por correo. Últimamente, la colección se actualizaba a diario porque las imprentas de Fisk trabajaban a destajo.

La exposición era imponente y bastante deprimente.

Ayudándose de un callejero de Hattiesburg y de una lista de votantes censados, Sherman repartió los barrios que rodeaban la universidad. Él iría con Tabby de puerta en puerta, Rusty con Vicky y Wes con Mary Grace. Tenían doscientas puertas por delante a las que llamar durante los próximos cinco días. Olivia accedió a quedarse en el despacho para responder al teléfono. Tenía demasiada artritis para patear las calles.

Los demás grupos, muchos de ellos de las oficinas de abogados litigantes del lugar, harían campaña por el resto de Hattiesburg y por las urbanizaciones de la periferia. Además de repartir material de McCarthy, la mayoría de los voluntarios distribuirían folletos del juez Thomas Harrison.

La idea de llamar a cientos de puertas fue muy bien recibida, al menos por Wes y Mary Grace. El ánimo en el despacho era fúnebre desde el lunes. El fiasco del acuerdo había minado los ánimos. Los constantes rumores de que Krane podría incoar un procedimiento concursal los asustaba. Estaban distraídos e irritables y ambos necesitaban unas vacaciones.

Nat Lester organizó el último empujón. Todos los distritos electorales de los veintisiete condados estaban asignados y Nat tenía los números de móvil de todos los voluntarios. Empezó a llamarlos el jueves por la tarde y los perseguiría hasta entrada la noche del lunes.

La carta del hermano Ted se entregó en mano en la iglesia de Pine Grove. Rezaba así:

> Apreciado pastor Ott:
>
> Me conmueve tu preocupación y me complace que te hayas interesado por mis sermones. Escúchalos con atención y algún día llegarás a apreciar a Jesucristo como a tu salvador. Hasta entonces, continuaré rezando por ti y por todos los que descarrías.
>
> Hace catorce años Dios levantó nuestra casa de culto y luego redimió la hipoteca. El Señor me condujo hasta el púlpito, desde el que todas las semanas habla a su amado rebaño a través de mis palabras.
>
> Cuando escribo los sermones, solo escucho Su voz. Él condena la homosexualidad, a aquellos que la practican y a quienes la defienden. Está en la Biblia, a cuya lectura te aconsejo que dediques más tiempo.
>
> Además, no pierdas el tiempo preocupándote por mí y por mi iglesia. Estoy seguro de que ya tienes suficientes problemas en Pine Grove.
>
> Predicaré lo que yo decida. Envía a los federales, nada he de temer con Dios de mi parte.
>
> Alabado sea el Señor,
>
> Hermano Ted

32

Hacia el mediodía del viernes, Barry Rinehart había consolidado lo suficiente los resultados de sus encuestas como para llamar tranquilo al señor Trudeau. Fisk iba siete puntos por delante y parecía haber recuperado ímpetu. Además, Barry no tenía escrúpulos para redondear los números ligeramente y hacer que el gran hombre se sintiera mejor. De todos modos, llevaba mintiendo toda la semana. El señor Trudeau jamás sabría que habían estado a punto de perder una ventaja de dieciséis puntos.

—Vamos diez puntos por delante —dijo Barry, sin vacilar, desde su suite del hotel.

—Entonces, ¿ya está?

—No sé de ninguna elección en la que el candidato favorito haya perdido diez puntos en la última semana. Además, con todo el dinero que estamos invirtiendo en los medios de comunicación, creo que ganaremos.

—Buen trabajo, Barry —dijo Carl, y cerró la tapa del móvil.

Mientras Wall Street esperaba la noticia de la presentación de la solicitud de incoación de procedimiento concursal de Krane Chemical, Carl Trudeau compró cinco millones de acciones de la compañía mediante una transacción privada. El vendedor era un administrador de fondos que se encargaba de una cartera de acciones para la jubilación de los empleados públicos de Minnesota. Carl había estado vigilando las acciones durante meses, y el administrador de fondos por fin se había convencido de que Krane estaba desesperado. Se deshizo de los valores por once dólares la acción y se consideró afortunado.

Carl lanzó un plan para comprar otros cinco millones de acciones tan pronto abriera el mercado. La identidad del comprador no se desvelaría hasta diez días después, cuando tuviera que rendir cuentas ante la SEC, la comisión de vigilancia y control del mercado de valores.

Para entonces las elecciones ya habrían acabado.

En el año que había pasado desde el veredicto, había incrementado su participación en la compañía de manera secreta y metódica. Mediante fundaciones en el exterior, bancos panameños, dos compañías fantasma con sede en Singapur y el experto asesoramiento de un banquero suizo, en estos momentos el Trudeau Group poseía el 60 por ciento de Krane. La súbita incorporación de diez millones de acciones más convertiría a Carl en dueño del 77 por ciento.

A las dos y media del mediodía del viernes, Krane publicó un breve comunicado en la prensa en el que anunciaba que «se ha pospuesto indefinidamente la incoación de procedimiento concursal».

Barry Rinehart no seguía las noticias de Wall Street y los asuntos financieros de Krane Chemical no le interesaban lo más mínimo. Tenía cerca de tres docenas de cuestiones importantes de las que preocuparse durante las siguientes setenta y dos horas y no podía dejar nada al azar. Sin embargo, después de cinco días en la suite del hotel, necesitaba moverse.

Con Tony al volante, salieron de Jackson y fueron a Hattiesburg, donde Barry realizó una rápida visita por los lugares más importantes: los juzgados del condado de Forrest —donde se leyó el veredicto que lo empezó todo—, el centro comercial medio abandonado que los Payton llamaban su despacho —con Kenny's Karate a un lado y una licorería al otro— y un par de urbanizaciones donde los carteles de Ron Fisk duplicaban a los de Sheila McCarthy. Cenaron en un restaurante del centro llamado 206 Front Street y a las siete aparcaron junto al Red Green Coliseum, en el campus de la Universidad de Mississippi. Estuvieron en el coche durante media hora observando cómo llegaba la gente en furgonetas, autobuses escolares reconvertidos para la ocasión y autocares de primera calidad, todos con el nombre de su iglesia pintado con trazos vigorosos en los laterales. Venían de Purvis, Poplarville, Lumberton, Bowmore, Collins, Mount Olive, Brooklyn y Sand Hill.

—Algunas de esas poblaciones están a una hora de aquí —dijo Tony, satisfecho.

Los feligreses llegaban a raudales a los aparcamientos que rodeaban el coliseo y se apresuraban a entrar. Muchos llevaban carteles idénticos, azules y blancos, donde se leía: «Salvemos la familia».

—¿De dónde has sacado esos carteles? —preguntó Tony.

—De Vietnam.

—¿Vietnam?

—Los conseguí por un dólar con diez, cincuenta mil en total. La compañía china pedía un dólar con treinta.

—No está mal saber que algo ahorramos.

A las siete y media, Rinehart y Zachary entraron en el coliseo y se abrieron paso hasta los asientos de la ultimísima fila, tan lejos como les fuera posible de la multitud exaltada que quedaba abajo. El escenario estaba situado en uno de los extremos, con unas enormes pancartas de «Salvemos la familia» colgadas detrás. Un cuarteto de gospel muy conocido, cuyos miembros eran todos blancos (a cuatro mil quinientos dólares la noche, quince mil por un fin de semana), animaban el ambiente. La pista estaba cubierta de perfectas hileras de sillas plegables, miles de ellas, ocupadas por personas de un humor excelente.

—¿De cuánto es el aforo? —preguntó Barry.

—Ocho mil para un partido de baloncesto —dijo Tony, mirando a su alrededor. Varias gradas detrás del escenario estaban vacías—. Con las sillas de la pista, yo diría que se acerca a nueve mil.

Barry pareció satisfecho.

El maestro de ceremonias era un predicador del lugar, que consiguió que los asistentes guardaran silencio con una larga oración, hacia el final de la cual muchos de los feligreses empezaron a levantar las manos, como si quisieran tocar el cielo. Se alzó un audible murmullo durante el fervoroso rezo. Barry y Tony se limitaban a observar, complacidos en su aptitud pasiva.

El cuarteto volvió a enardecer los ánimos con otra canción y, a continuación, un grupo de gospel integrado por componentes negros (a quinientos dólares la noche) hizo vibrar al público con una animada interpretación de «Born to Worship». El primer orador era Walter Utley, de la Alianza de la Familia Americana de Washington, y, al verlo en el estrado, Tony recordó la primera reunión que habían tenido hacía diez meses, cuando Ron Fisk hizo la ronda. Parecía que hubieran pasado años. Utley no era un predicador, ni tampoco un buen orador. Aburrió a los asistentes con una lista aterradora de todos los males que se estaban proponiendo en Washington. Despotricó contra los tribunales, los políticos y otras malas personas. Cuando terminó, la gente aplaudió y enarboló los carteles.

Más música. Otra oración. La estrella del mitin era David Wilfong, un activista cristiano que siempre se las arreglaba para aparecer en todas las tertulias de importancia relacionadas con Dios. Veinte millones de personas escuchaban su programa de radio a diario. Muchas le enviaban dinero. Muchas compraban sus libros y cintas. Era un pastor culto, de voz imperativa y vibrante, que en cinco minutos consiguió que los asistentes lo ovacionaran de pie. Condenó la inmoralidad de cualquier tipo, pero se guardó la artillería pesada para los gays y las lesbianas que querían casarse. La gente no podía permanecer en su asiento o en silencio. Aquella era su oportunidad de expresar verbalmente su postura contraria y de hacerlo de manera muy pública. Cada tres frases, Wilfong tenía que esperar a que cesaran los aplausos.

Iba a cobrar cincuenta mil dólares por el fin de semana, dinero que se había originado meses atrás en algún lugar de los misteriosos abismos del Trudeau Group, aunque nadie podría seguirle la pista.

Tras veinte minutos de actuación, Wilfong se detuvo para hacer una presentación especial. Cuando Ron y Doreen Fisk subieron al escenario, el recinto pareció a punto de hundirse. Ron habló cinco minutos. Les pidió que fueran a votar el martes y que rezaran. Doreen y él se acercaron al borde del escenario acompañados de una rotunda ovación, con todo el mundo en pie. Saludaron y agitaron los puños en señal de victoria, y luego se pasearon hasta el otro lado del escenario mientras la gente pateaba el suelo con los pies.

Barry Rinehart consiguió reprimir su entusiasmo. Ron Fisk era la más perfecta de todas sus creaciones.

Al día siguiente y a lo largo del domingo, salvaron a la familia por todo el sur de Mississippi. Utley y Wilfong atraían a mucha gente, y, por descontado, la multitud adoraba a Ron y a Doreen Fisk.

Los que prefirieron no subir a un autobús parroquial para asistir al mitin, fueron bombardeados sin compasión con anuncios de televisión, y el cartero siempre estaba cerca, arrastrando hasta los hogares sitiados más propaganda electoral.

Mientras la campaña seguía adelante públicamente en un frenesí aturdidor, uno de sus aspectos más oscuros tomó forma durante el fin de semana: bajo la dirección de Marlin, una docena de agentes se repartieron por el distrito y saludaron a viejos contactos. Visitaron a alcaldes rurales en sus tierras, a predicadores negros en sus iglesias y a dirigentes políticos comarcales en sus cabañas de caza. Se revisaron los censos de votantes, se llegó a un acuerdo sobre la cifra y el dinero cambió de manos. La tarifa era veinticinco dólares por voto. Algunos lo llamaban «dinero para gasolina», como si pudiera justificarse como un gasto legal.

Los agentes trabajaban para Ron Fisk, aunque él jamás sabría de sus actividades. Las sospechas aumentarían tras el recuento, después de que Fisk recibiera un número increíble de votos de los distritos electorales negros, pero entonces Tony le aseguraría que solo se trataba de gente prudente que había comprendido lo que le convenía.

El 4 de noviembre, dos tercios de los votantes censados en el distrito sur emitieron su voto.

Cuando los colegios electorales cerraron a las siete de la tarde, Sheila McCarthy se dirigió derecha en coche al Biloxi Riviera Casino, donde sus voluntarios se preparaban para una fiesta, en la que no se admitían periodistas. Los primeros resultados fueron hasta cierto punto satisfactorios. Había ganado en el condado de Harrison, su hogar, con el 55 por ciento de los votos.

Nat Lester supo que estaban acabados cuando vio la cifra en Jackson, en las oficinas electorales centrales de McCarthy. Fisk se llevaba casi la mitad de los votos del condado que menos les preocupaba del distrito. Las cosas empezaron a empeorar muy poco después.

Ron y Doreen estaban comiendo pizza en la abarrotada

oficina de campaña en el centro de Brookhaven. Se estaba llevando a cabo el recuento de los votos del condado de Lincoln al otro extremo de la calle y cuando les anunciaron que sus vecinos habían acudido en masa a las urnas y les habían dado el 75 por ciento de los votos, empezó la fiesta. En el condado de Pike, al lado de casa, Fisk obtuvo el 64 por ciento de los votos.

Tras perder el condado de Hancock, en la costa, Sheila dio por finalizada la noche, así como su carrera en el tribunal supremo. En un lapso de diez minutos perdió el condado de Forrest (Hattiesburg), el de Jones (Laurel) y el de Adams (Natchez).

A las once de la noche se había hecho el recuento en todos los distritos electorales. Ron Fisk se anotaba una holgada victoria con el 53 por ciento de los votos. Sheila McCarthy había obtenido el 44 por ciento y Clete Coley había logrado conservar suficientes admiradores como para obtener el 3 por ciento restante. Era una contundente paliza, Fisk solo había perdido en los condados de Harrison y Stone.

Había batido a McCarthy incluso en el condado del Cáncer, aunque no en los cuatro distritos electorales dentro de los límites de la ciudad de Bowmore. Sin embargo, en las zonas rurales, donde los pastores de la Coalición de Hermanos habían trabajado el campo sin descanso, Ron Fisk había sacado casi el 80 por ciento de los votos.

Mary Grace lloró al ver las cifras definitivas del condado de Cary: Fisk, 2.238; McCarthy, 1.870; Coley, 55.

La única buena noticia fue que el juez Harrison había sobrevivido, aunque por poco.

Las cosas volvieron a la normalidad durante la semana posterior a las elecciones. Sheila McCarthy mostró su cara más digna de buena perdedora en varias entrevistas. Sin embargo, también añadió: «Será interesante ver cuánto dinero recaudó y gastó el señor Fisk».

El juez Jimmy McElwayne fue menos magnánimo. Se le citaba en varios artículos: «No me entusiasma trabajar con un hombre que pagó tres millones por un puesto en el tribunal».

Sin embargo, cuando se presentaron las cifras, esos tres millones se quedaron cortos. La campaña de Fisk presentó facturas por un total de cuatro millones cien mil dólares, con la friolera de dos millones novecientos mil recaudados durante los treinta y un días de octubre. El 91 por ciento de ese dinero provenía de fuera del estado. En el informe no aparecía ni una sola contribución procedente de grupos como Víctimas Judiciales por la Verdad, Víctimas en Rebeldía o ARMA, ni de pagos realizados a estos. Fisk firmó el informe, tal como exigía la ley, pero tenía muchas preguntas sobre la financiación. Presionó a Tony para obtener respuestas sobre sus métodos de recaudación de fondos y cuando dichas respuestas fueron vagas, intercambiaron duras palabras. Fisk lo acusó de ocultar dinero y de aprovecharse de su inexperiencia. Tony le respondió exaltado que le habían prometido fondos ilimitados y que no era justo protestar a aquellas alturas.

—¡Deberías agradecérmelo en vez de estar quejándote por el dinero! —le gritó, durante una larga y acalorada reunión.

Sin embargo, no tardarían en recibir los ataques de los periodistas y para entonces tendrían que presentar un frente unido.

La campaña de McCarthy había recaudado un millón novecientos mil dólares y había gastado hasta el último centavo. Tardarían años en liquidar el pagaré de quinientos mil dólares presentado por Willy Benton y firmado por doce de los directores de la ALM.

Una vez que estuvieron disponibles las cifras definitivas, estalló una tormenta en los medios de comunicación. Un equipo de periodistas de investigación de *The Clarion-Ledger* fue tras Tony Zachary, Visión Judicial, Ron Fisk y muchos de los contribuyentes de fuera del estado que habían enviado cheques de cinco mil dólares. Los grupos empresariales y los abogados litigantes intercambiaron palabras airadas a través de varios periódicos. Los editoriales reclamaron airadamente la necesidad de una reforma. El secretario de Estado persiguió a Víctimas Judiciales por la Verdad, Víctimas en Rebeldía y ARMA por algunos detalles como los nombres de los miembros y las cifras totales invertidas en publicidad. Sin embargo, las investigaciones toparon con una férrea oposición por parte de los abogados de Washington con amplia experiencia en cuestiones electorales.

Barry Rinehart lo contemplaba todo desde la comodidad de su magnífico despacho en Boca Ratón. Aquellas bufonadas postelectorales eran la norma, no la excepción. Los perdedores siempre se quejaban de la ausencia de juego limpio. En un par de meses, el juez Fisk habría tomado posesión del cargo y la mayoría de la gente ya habría olvidado la campaña que lo había llevado hasta allí.

Barry ya estaba por otros asuntos, negociando con nuevos clientes. Un juez del tribunal de apelaciones de Illinois había estado fallando en contra de las aseguradoras durante años y había llegado el momento de pararle los pies. Sin embargo, todavía estaban discutiendo sobre los honorarios de Barry, los cuales se habían disparado sustancialmente tras la victoria de Fisk.

Casi siete de los ocho millones de dólares que Carl Trudeau había hecho llegar por distintos medios a Barry y a sus «unidades» afines, seguían intactos y a buen recaudo.

Dios, gracias por la democracia, se repetía Barry varias veces al día.

—¡Que vote la gente!

Tercera parte

El dictamen

33

Ron Fisk prestó juramento como juez adjunto del tribunal supremo de Mississippi durante la primera semana de enero. Fue una ceremonia breve y discreta a la que acudieron Doreen y los tres niños, unos cuantos amigos de Brookhaven, Tony Zachary, los otros ocho miembros del tribunal y parte del personal. El juez primero, el miembro más antiguo, leyó un breve discurso de bienvenida, que dio paso al ponche y a las galletitas. El juez Jimmy McElwayne prefirió saltarse el refrigerio y regresó a su despacho. No había esperado que Ron Fisk le gustara y, hasta el momento, el nuevo juez no le había decepcionado. Fisk había dado un grave traspié al despedir sumariamente a los letrados y a la secretaria de Sheila sin haberse dignado siquiera entrevistarse con ellos ni una sola vez. Había vuelto a tropezar al presentarse a principios de diciembre y empezar a dar la lata al juez primero para consultar la lista de casos pendientes y echar un vistazo a los más urgentes. Con cuarenta años, Fisk era con diferencia el miembro más joven del tribunal, y algunos de sus colegas no le perdonaban su entusiasmo y sus ganas de trabajar.

Una vez jurado el cargo, Fisk tenía derecho a participar en todos los casos pendientes de decisión, independientemente del tiempo que estos hubieran sido debatidos con anterioridad en el tribunal. Se puso manos a la obra de inmediato y pronto empezó a alargar la jornada de trabajo. Diez días después de su llegada, votó de acuerdo con una mayoría de siete (entre los que se incluía el juez McElwayne) para revocar un caso de parcelación territorial fuera del condado de DeSoto, y disintió junto a tres más en una disputa sobre pantanos en el condado de Pearl River. Se limitó a votar, sin hacer un solo comentario.

Todos los jueces tienen la potestad de redactar una opinión sobre cualquier caso que llegue al tribunal, tanto si esta es concurrente con la mayoría como si difiere de ella. Ron deseaba redactar la suya con todas sus fuerzas, pero esperó, acertadamente. Lo mejor era no precipitarse.

A finales de enero, los ciudadanos de Mississippi pudieron comprobar hacia dónde soplaban los nuevos vientos en el tribunal post-McCarthy. El caso trataba de una anciana de ochenta años con Alzheimer, hallada desnuda y sucia debajo de su cama en la residencia de ancianos. La había encontrado su hijo, que, furioso, acabó denunciando a la residencia en nombre de su madre. A pesar de que las declaraciones disentían y los testimonios eran incompletos, en el juicio se demostró que nadie había atendido a la mujer al menos durante seis horas y que nadie le había dado de comer en nueve. La residencia era uno de los peores hogares de ancianos, uno de los muchos que pertenecían a una empresa de Florida con un largo y descorazonador historial de infracciones sanitarias y de seguridad. El jurado, del condado rural de Covington, le concedió una indemnización por daños y perjuicios de doscientos cincuenta mil dólares, a pesar de que era difícil evaluar el alcance de los daños físicos. Tenía la frente amoratada, pero la pobre mujer hacía una década que había perdido la cabeza. La parte interesante del caso era la indemnización por daños punitivos de dos millones, algo que no se había visto nunca en el condado de Covington.

El caso había sido asignado al juez Calligan, que reunió tres votos coincidentes y redactó una opinión que revocaba la indemnización de doscientos cincuenta mil dólares y ordenaba un nuevo juicio. Se necesitaban más pruebas sobre la cuestión de los daños. En cuanto a la indemnización por daños punitivos, esta «había escandalizado a la conciencia del tribunal», por lo que quedaba revocada y desestimada: rechazada para siempre. El juez McElwayne redactó una opinión por la que confirmaba el veredicto. Se esmeró en explicar en detalle la desdichada historia de la residencia: falta de personal, empleados sin los conocimientos necesarios, habitaciones, sábanas y toallas antihigiénicas, comida infecta, aire acondicionado insuficiente, habitaciones masificadas. A su opinión se unieron tres jueces más, de modo que el antiguo tribunal quedaba dividido a partes iguales. El nuevo hombre tendría la última palabra.

El juez Fisk no vaciló. Él también consideraba que las pruebas médicas eran insuficientes y aseguraba estar escandalizado por la indemnización por daños y perjuicios. Como abogado de aseguradoras, había pasado catorce años combatiendo las desproporcionadas reclamaciones por daños punitivos que con tanta despreocupación presentaban los abogados de los demandantes. Se había topado con una reclamación falsa por una suma exorbitante de dinero en al menos la mitad de los casos que había defendido por la «conducta vergonzosa e irresponsable» del demandado.

Con un resultado de cinco votos a cuatro, el tribunal anunció el nuevo curso que había tomado y envió el caso de vuelta al condado de Covington peor que cuando este lo había abandonado.

El hijo de la anciana víctima era un ganadero de cincuenta y seis años. También era diácono en una iglesia rural a unos kilómetros de la ciudad de Mount Olive. Su mujer y él habían sido convencidos simpatizantes de Ron Fisk porque lo consideraban un hombre piadoso que compartía sus valores y que protegería a sus nietos.

¿Por qué votaba el señor Fisk a favor de una empresa criminal de otro estado?

La secretaría judicial es la encargada de asignar los casos que se admiten a revisión en el tribunal supremo entre los nueve jueces, que no poseen control alguno sobre dicho proceso. Todos saben que de cada nueve casos uno acabará en su mesa. Trabajan en grupos de tres jueces durante seis semanas, tras las que los pequeños jurados vuelven a redistribuirse.

En casi todos los casos que llegan al tribunal supremo, los abogados solicitan una exposición oral, aunque pocas veces se les concede. Los jueces oyen a los abogados en menos del 5 por ciento de las apelaciones.

Dada la cuantía de la indemnización, los tres jueces que presidían el caso de Jeannette Baker contra Krane Chemical Corporation lo consideraron suficientemente importante para conceder una audiencia a los abogados, que comparecieron el 7 de febrero: Jared Kurtin y su tropa, y todo el bufete de Payton & Payton.

El caso había sido asignado al juez Albritton hacía meses. Ron Fisk no tenía trabajo ese día en el tribunal y por eso no estaba allí. Tony Zachary se pasó por la sala por curiosidad, pero se sentó en la última fila y no habló con nadie. Decidió tomar notas y llamar a Barry Rinehart en cuanto la vista hubiera acabado. También había un vicepresidente de Krane en la última fila haciendo lo propio.

Cada parte disponía de veinte minutos para llevar a cabo su exposición, tiempo controlado por un reloj digital que iba marcando los segundos. El secretario judicial les avisó: estaban prohibidos los alegatos prolijos. Jared Kurtin fue el primero, y no tardó en llegar al meollo de la apelación de su cliente. Krane siempre había defendido que no existía ninguna relación médica razonable y creíble entre el DCL y el cartolyx encontrado en sus propiedades y los cánceres que padecían tantos ciudadanos de Bowmore. Krane jamás admitiría que se habían llevado a cabo vertidos ilegales, pero, hipotéticamente hablando, aunque asumiera que se filtraran residuos tóxicos en el suelo y que estos acabaran en el agua, no existía una «relación causal» entre los productos químicos y los cánceres. Sí, de acuerdo, se había especulado mucho. Solo había que mirar la incidencia del cáncer en Bowmore o los conglomerados de cáncer. Sin embargo, la tasa de incidencia del cáncer varía de manera considerable de una zona a otra y, lo más importante, hay miles de carcinógenos en el aire, en la comida, en las bebidas, en los productos del hogar, la lista es interminable. ¿Quién puede asegurar que el cáncer que acabó con la vida del pequeño Chad Baker procedía del agua y no del aire? ¿Acaso pueden descartarse los carcinógenos encontrados en las comidas preparadas que la señora Baker había admitido consumir durante años? Es imposible.

Kurtin estaba en forma, y los tres jueces lo dejaron hablar durante diez minutos. A dos ya los tenía en el bolsillo, aunque no al juez Albritton, quien finalmente preguntó:

—Señor Kurtin, discúlpeme, pero ¿había más fábricas o plantas en la zona que fabricaran pesticidas o insecticidas?

—No, que yo sepa, señoría.

—¿Significa eso que no?

—La respuesta es no, señoría. No había más fábricas en el condado de Cary.

—Gracias. Con todos los expertos con que cuentan, ¿encontraron cualquier otra fábrica o planta donde se procesara o se deshicieran del dicloronileno, el cartolyx o el aklar?

—No, señoría.

—Gracias. Cuando afirma que en otras partes del país también se dan altos porcentajes de casos de cáncer, no estará insinuando que alguno de esos lugares supera quince veces la media nacional, ¿verdad?

—No, no lo insinúo, pero sí cuestionamos que la supere en quince veces.

—Bien, entonces, ¿estipularía usted una incidencia de cáncer mayor a doce veces la media nacional?

—No creo que...

—Eso es lo que su experto dijo en el juicio, señor Kurtin. La incidencia en Bowmore supera en doce veces la media nacional.

—Sí, creo que es correcto, señoría.

—Gracias.

No hubo más interrupciones, y Kurtin acabó pocos segundos después del timbre del cronómetro.

Mary Grace estaba espectacular. Puede que los hombres se vieran limitados a trajes negros o azul marino, camisas blancas, corbatas sin gracia y relucientes zapatos negros, el atuendo diario, habitual y aburrido, pero para las mujeres no había ninguna norma establecida. Mary Grace llevaba un vestido alegre que le llegaba justo por encima de las rodillas y una chaqueta a juego de media manga. Zapatos de tacón de aguja. Mucha pierna, aunque ocultas para los tres jueces una vez subía al estrado.

Retomando el hilo donde el juez Albritton lo había dejado, se lanzó a un ataque contra la defensa de Krane. Durante veinte años como mínimo, la compañía había estado vertiendo ilegalmente toneladas de carcinógenos de grupo 1 en el suelo. Como causa directa de estos vertidos, el agua de boca de Bowmore había acabado contaminada por esas mismas sustancias cancerígenas, ninguna de las cuales se fabricaban, vertían o ni siquiera se encontraban en cantidades significativas en ningún otro lugar del condado. La gente de Bowmore bebió el agua igual que los tres miembros de ese jurado habían bebido agua esa mañana.

—Se han afeitado, se han lavado los dientes, se han duchado, han utilizado el agua de la ciudad para el café y el té. La han bebido en casa y aquí, en el trabajo. ¿Alguno se ha parado a pensar en el agua? ¿De dónde viene? ¿Si es segura? ¿Alguno de ustedes se ha detenido a pensar por un solo momento si su agua contenía carcinógenos? Seguramente no. La gente de Bowmore tampoco.

Como resultado directo de beber agua, la gente enfermó. La ciudad se vio arrasada por una oleada de cáncer jamás vista en el país.

—Y, como siempre, esta selecta y responsable compañía de Nueva York —aquí se volvió y señaló con la mano a Jared Kurtin— lo negó todo. Negó los vertidos, el encubrimiento, negó haber mentido, incluso negó sus propias negaciones. Y lo más importante, negó cualquier causalidad entre sus carcinógenos y el cáncer. De hecho, tal como hoy hemos oído, Krane Chemical echa la culpa al aire, al sol, al medio ambiente, incluso a la mantequilla de cacahuete y al pavo en lonchas que Jeannette Baker compraba para alimentar a su familia.

»Al jurado le gustó mucho esa parte del juicio —continuó Mary Grace, para unos asistentes que aguardaban en silencio—. Krane vertió toneladas de productos químicos contaminantes en nuestro suelo y en nuestra agua, pero, eh, echémosle la culpa a la mantequilla de cacahuete Jif.

Tal vez fuera por respeto hacia la mujer, o quizá fue su reticencia a interrumpir una exposición tan vehemente, el caso es que ninguno de los tres jueces dijo nada.

Mary Grace terminó con un rápido repaso a la ley. La legislación no les exigía que demostraran que el DCL encontrado en los tejidos de Pete Baker procediera directamente de las instalaciones de Krane. Hacer eso elevaría el estándar de prueba a prueba clara y convincente y la ley solo exigía una preponderancia de la prueba, un estándar menos riguroso.

Cuando se le acabó el tiempo, se sentó junto a su marido. Los jueces dieron las gracias a los abogados y a continuación pasaron al siguiente caso.

La reunión de invierno de la ALM fue deprimente. Todo el mundo acudió. Los abogados litigantes estaban nerviosos, profundamente preocupados, incluso asustados. El nuevo tribunal había revocado las dos primeras sentencias a favor del demandante que tenía pendientes nada más empezar el año. ¿Iba a ser aquello el principio de una mala racha? ¿Había llegado el momento de dejarse llevar por el pánico o ya era demasiado tarde?

Un abogado de Georgia ayudó a ensombrecer aún más el ambiente con un resumen de la lamentable situación de su estado. El tribunal supremo de Georgia también estaba compuesto por nueve miembros, ocho de los cuales eran leales al gran capital y revocaban sistemáticamente las sentencias de demandantes heridos o fallecidos. Habían revocado veintidós de los últimos veinticinco fallos. A resultas de esto, las aseguradoras ya no estaban dispuestas a pactar, ¿para qué? Ya no temían a los jurados porque eran dueñas del tribunal supremo. Tiempo atrás, en la mayoría de los procesos se conseguía un acuerdo antes de llegar a juicio y para un abogado litigante eso significaba un número de causas manejable. En esos momentos no había manera de llegar a un acuerdo y el abogado de la parte demandante tenía que llevar todos los casos a juicio. E incluso, aunque obtuviera un veredicto favorable, todavía tenía que enfrentarse a una apelación. En consecuencia, los abogados aceptaban menos casos y cada vez había más personas con lesiones, con reclamaciones legítimas, que no estaban siendo indemnizadas.

—Las puertas de las salas de tribunal se cierran a marchas forzadas —dijo, como colofón.

Aunque solo eran las diez de la mañana, muchos empezaron a buscar un bar.

El siguiente orador consiguió levantarles el ánimo, aunque solo un poco. Presentó a la antigua jueza Sheila McCarthy, que recibió una cálida acogida. Sheila agradeció a los abogados litigantes su firme apoyo y les dio a entender que no estaba acabada en el mundo de la política. Despotricó contra los que habían conspirado para derrotarla y, cuando su intervención ya tocaba a su fin, consiguió ponerlos en pie al anunciar que se había pasado a la práctica privada, que había pagado la cuota y que se enorgullecía de ser miembro de la Asociación de Abogados Litigantes de Mississippi.

El tribunal supremo de Mississippi decide, de media, unos doscientos cincuenta casos cada año. En su mayoría se trata de contenciosos rutinarios, poco complicados, aunque otros presentan cuestiones novedosas sobre las que el tribunal nunca ha fallado hasta entonces. Prácticamente todos los litigios se despachan de un modo ordenado, casi elegante; sin embargo, de vez en cuando, alguno inicia una guerra.

El caso trataba sobre una enorme desbrozadora de cuchilla conocida como zamparrastrojos. Esta en cuestión la arrastraba un tractor John Deere cuando topó con una tapa de alcantarilla abandonada, oculta entre la maleza de un solar, y una de las piezas, de diez centímetros de acero afilado, de las hojas giratorias del zamparrastrojos salió volando por los aires. La pieza recorrió seiscientos metros antes de impactar contra la sien de un niño de seis años llamado Aaron que iba de la mano de su madre, cuando estaban a punto de entrar en la sucursal de un banco en la ciudad de Horn Lake. Aaron quedó gravemente herido, estuvo a punto de morir en varias ocasiones y, en los cuatro años que transcurrieron desde el accidente, se había sometido a once operaciones. Los gastos de hospital superaban con creces el tope de quinientos mil dólares del seguro médico de la familia. Los gastos para su cuidado futuro se estimaban en setecientos cincuenta mil dólares.

Los abogados de Aaron habían dictaminado que el zamparrastrojos tenía quince años de antigüedad y no estaba equipado con cubiertas laterales, ni con cubiertas que impidieran el salto de la broza, ni con ningún otro dispositivo de seguridad que gran parte de la industria llevaba utilizando en los últimos treinta años. Los demandaron. Un jurado del condado de DeSoto indemnizó a Aaron con setecientos cincuenta mil dólares. Después, el juez aumentó la indemnización para que incluyera también los gastos médicos y dictaminó que si el jurado había encontrado responsabilidad, entonces Aaron debía tener derecho a una cantidad mayor por daños.

El tribunal supremo se enfrentaba con varias opciones: 1) confirmar la sentencia del jurado e indemnizar al niño con setecientos cincuenta mil dólares; 2) confirmar la indemnización aumentada por el juez a tres millones cien mil dólares; 3) desestimar la presunción de responsabilidad o daños y devolverlo a un juzgado de primera instancia para que volviera a celebrarse el juicio; o 4) revocar la sentencia y desestimar el caso. La responsabilidad parecía clara, de modo que solo había que discutir la cantidad de dinero.

El caso se asignó al juez McElwayne. Su primera opinión coincidía con el juez que había presidido el caso y abogaba por aumentar la indemnización. De hecho, si hubiera podido, habría propuesto una cantidad aún mayor. No había suma suficiente que pudiera compensar al niño por el dolor insufrible que había soportado y que tendría que soportar en el futuro. Ni tampoco indemnización suficiente que subsanara una futura fuente de ingresos. La criatura, que solo iba de la mano de su madre, había quedado incapacitada de por vida por una máquina inherentemente peligrosa que había sido fabricada sin la debida atención a las normas de seguridad.

El juez Romano del distrito central era de otra opinión. Hasta la fecha no se había enfrentado a una indemnización cuantiosa contra la que no pudiera arremeter, pero esta le suponía un reto. Decidió que el zamparrastrojos no tenía ningún defecto de diseño y que había sido montado debidamente en la fábrica, pero que a lo largo de los años sus múltiples dueños habían ido retirando los dispositivos de seguridad pertinentes. De hecho, la cadena de propiedad no quedaba clara. Esa es una de las características de aparatos como las desbrozadoras. No son máquinas limpias y seguras, sino que están diseñadas para realizar una tarea: cortar la maleza y la broza mediante una serie de hojas afiladas que rotan a gran velocidad. Son máquinas extremadamente peligrosas, pero, sin embargo, eficaces y necesarias.

El juez McElwayne acabó obteniendo tres votos. El juez Romano presionó a sus colegas durante varias semanas hasta obtener otros tres. Una vez más el chico nuevo tendría la última palabra.

El juez Fisk estuvo batallando con el caso. Leyó los escritos poco después de haber jurado su cargo y cambiaba de opinión de un día para otro. Estaba de acuerdo en que el fabricante podía esperar que su aparato acabara modificado con el tiempo, sobre todo tratándose de algo tan, en principio, peligroso como una desbrozadora. Sin embargo, no quedaba suficientemente claro si el fabricante había cumplido con todas las normas federales en la fábrica. Ron sentía gran simpatía hacia el niño, pero no iba a permitir que sus sentimientos se convirtieran en un factor de decisión.

Por otro lado, en su programa electoral había defendido la limitación de la responsabilidad. Había recibido los ataques de los abogados litigantes y el apoyo de la gente a la que a estos les encantaba demandar.

El tribunal esperaba, necesitaba una decisión. Ron había dado tantos virajes de ciento ochenta grados que acabó mareado. Cuando por fin emitió su voto a favor de Romano, perdió el apetito y se fue pronto a casa.

El juez McElwayne revisó la opinión de Fisk y expresó su

manifiesta disconformidad acusando a la mayoría de reescribir los hechos, de cambiar los estándares legales y de burlarse del proceso judicial en un intento de imponer su visión para reformar el vigente sistema de agravios. Varios de los jueces que formaban la mayoría contraatacaron —Ron no—, y cuando por fin se hizo público el dictamen, este revelaba más sobre la agitación interna del tribunal supremo que sobre la difícil situación de Aaron.

Aquellas desagradables invectivas entre juristas civilizados eran muy poco habituales, y los egos desmedidos y los sentimientos heridos no hicieron más que ahondar el abismo que se abría entre ambas facciones. No existía un terreno propicio para un avenimiento, ni un lugar para el acuerdo.

Las compañías aseguradoras ya podían estar tranquilas si un jurado concedía una indemnización sustancial.

34

Los amargos desacuerdos del juez McElwayne continuaron hasta la primavera, pero después de la sexta derrota consecutiva, con un nuevo cinco a cuatro, perdió parte de los arrestos para seguir en la brecha. Debían decidir un caso sobre una negligencia grave cometida por un médico incompetente; cuando el tribunal revocó la sentencia, McElwayne se convenció de que sus colegas habían virado tanto a la derecha que ya no había marcha atrás.

Un cirujano ortopédico de Jackson hizo una chapuza en una operación rutinaria de hernia discal y, al quedar el paciente parapléjico, este acabó denunciándolo. El médico ya había sido demandado cinco veces, había perdido su licencia para ejercer la medicina en dos estados y había estado en tratamiento por adicción a los calmantes en al menos tres ocasiones. El jurado concedió una indemnización de un millón ochocientos mil dólares al paciente parapléjico por daños reales y luego sancionó al médico y al hospital con cinco millones por daños punitivos.

El juez Fisk, en la primera opinión redactada que añadiría a la de la mayoría, declaró que los daños reales eran excesivos y que la indemnización por los punitivos era desorbitada. El dictamen final resolvió que la causa debía devolverse al juzgado de primera instancia para repetir el juicio solo por los daños reales. Sobreseídos los punitivos.

El juez McElwayne estaba fuera de sus casillas. Su disensión estaba llena de vagas insinuaciones sobre ciertos intereses especiales del estado que ahora tenían más influencia en el tribunal supremo que cuatro de sus miembros. La última frase de su borrador inicial era casi difamatoria: «El artífice de la opinión mayoritaria finge indignación ante la cantidad de la indemnización por daños punitivos. Sin embargo, no deberían escandalizarle tanto cinco millones de dólares ya que, al fin y al cabo, ese fue el precio del cargo que ahora ocupa». Con ánimo jocoso, le envió una copia del borrador a Sheila McCarthy por correo electrónico. Sheila rió, pero también le pidió que borrara la última frase. Al final, lo hizo.

McElwayne dejó constancia de su furibunda disensión a lo largo de cuatro páginas. La opinión de Albritton concurría con la de los otros tres. En privado se preguntaban qué satisfacción podía reportarles redactar dictámenes inútiles el resto de sus carreras.

Las opiniones disidentes inútiles eran música para los oídos de Barry Rinehart, que repasaba con detenimiento todos los dictámenes que procedían de Mississippi. Su personal analizaba las opiniones, los casos pendientes y los juicios con jurado recientes que podrían acabar en el tribunal de apelaciones. Como siempre, Barry nunca bajaba la guardia.

Elegir a un juez amistoso era toda una victoria, pero no sería completa hasta que el pago se hiciera efectivo. Hasta el momento, el juez Fisk mantenía un historial de voto perfecto. Baker contra Krane Chemical estaba listo para sentencia.

Durante uno de los vuelos a Nueva York para encontrarse con el señor Trudeau, Barry decidió que su hombre necesitaba una inyección de confianza en sí mismo.

La cena se celebró en el University Club, en el último piso del edificio más alto de Jackson. El acto no se había hecho público, era prácticamente secreto, y solo podía acudirse con invitación, aunque estas no habían sido impresas. Después de varias llamadas telefónicas, habían conseguido reunir a unos ochenta comensales para la velada, que se celebraba en honor del juez Ron Fisk. Doreen también asistía y tenía el gran honor de sentarse junto al senador Myers Rudd, que acababa de volar directamente desde Washington. Sirvieron solomillo y langosta. El primer orador fue el presidente de la asociación médica estatal, un cirujano muy circunspecto de Natchez, que estuvo varias veces al borde de las lágrimas al hablar sobre la gran sensación de alivio que reinaba en la comunidad médica. Durante años, el personal sanitario había trabajado con miedo a ser demandados, había pagado primas desorbitadas a las aseguradoras, había sido objeto de demandas frívolas y de insultos a su profesionalidad en las declaraciones de los juicios, pero eso había cambiado. Gracias a la nueva dirección que había tomado el tribunal supremo, ahora podían ejercer la medicina sin tener que estar más atentos a cubrirse las espaldas que a atender a sus pacientes. Agradecía a Ron Fisk su valor, su buen juicio y su compromiso con la causa de los médicos, las enfermeras y los hospitales del estado de Mississippi.

El senador Rudd iba ya por el tercer whisky y el anfitrión sabía por experiencia que el cuarto acarrearía problemas, así que le pidió que dijera unas palabras. Media hora después, tras rememorar sus batallitas por todo el mundo y encontrar la solución para todo menos para el conflicto de Oriente Próximo, Rudd finalmente recordó por qué estaba allí. Nunca utilizaba notas, nunca preparaba los discursos, nunca malgastaba el tiempo en reflexiones previas. Su sola presencia bastaba para entusiasmar a los invitados. Ah, sí, Ron Fisk. Les contó cómo se habían conocido en Washington, el año anterior, lo llamó «Ronnie» tres veces como mínimo y cuando vio que el anfitrión señalaba el reloj, tomó asiento y pidió el cuarto whisky.

El siguiente orador fue el director ejecutivo de la Junta de Comercio, un veterano en miles de dolorosas batallas con los abogados litigantes. Habló con elocuencia sobre el cambio drástico en el marco del desarrollo económico del estado. Las compañías, tanto las más antiguas como las de nueva creación, de repente se animaban a poner en práctica planes arriesgados sin miedo a correr unos riesgos que pudieran llevarlos a juicio. Las empresas extranjeras se interesaban en instalar fábricas en el estado. Gracias, Ron Fisk.

La reputación que arrastraba Mississippi de infierno judicial, de vertedero de miles de juicios frívolos, de paraíso para los abogados litigantes despilfarradores había cambiado de la noche a la mañana. Gracias, Ron Fisk.

Muchas compañías estaban empezando a ver las primeras señales de una estabilización de las primas de seguros de responsabilidad civil. Todavía no había nada definitivo, pero el futuro parecía prometedor. Gracias, Ron Fisk.

Después de que el juez Fisk recibiera una lluvia de halagos, que estuvieron a punto de abochornarlo, le pidieron que pronunciara unas palabras. Agradeció a todos su apoyo durante la campaña electoral. Estaba muy satisfecho de la labor que había desempeñado durante los tres primeros meses en el tribunal y estaba seguro de que la mayoría se mantendría unida en cuestiones de responsabilidad y daños. (Aplauso clamoroso.) Sus colegas eran juristas brillantes y grandes trabajadores, y confesó que le entusiasmaba el reto intelectual que suponían los casos. No se sentía desfavorecido en lo más mínimo por su inexperiencia.

En nombre de Doreen, agradeció aquella magnífica velada.

Era viernes por la noche y volvieron a Brookhaven flotando en una nube de elogios y admiración. Los niños estaban en la cama cuando llegaron a medianoche.

Ron durmió seis horas y se despertó angustiado pensando dónde iba a encontrar un receptor. La temporada de béisbol estaba a punto de empezar. Las pruebas eran a las nueve de la mañana para los niños de once a doce años. Josh, de once, mejoraba a buen ritmo y sería uno de los recién llegados a la liga con mejor nivel. A causa de las exigencias de su trabajo, Ron no podía comprometerse a ser primer entrenador, ya que no podría asistir a todos los entrenamientos, pero estaba decidido a no perderse ni un partido. Él llevaría a los lanzadores y a los receptores mientras uno de sus antiguos socios de bufete se encargaría de los demás, como primer entrenador. Otro padre organizaría los entrenamientos.

Era el primer domingo de abril, una mañana fría en todo el estado. Un nervioso grupo de jugadores, padres y, sobre todo, entrenadores se reunió en el parque de la ciudad para el inicio de la temporada. Enviaron a los niños de nueve y diez años a un campo y a los de once y doce a otro. Se evaluaría a los jugadores, los clasificarían y luego los distribuirían.

Los entrenadores se reunieron detrás de la base del bateador para organizarse. Intercambiaron los habituales comentarios nerviosos, golpes bajos e insultos desenfadados. La mayoría de ellos habían sido entrenadores en la misma liga el año anterior. Por entonces, Ron estaba considerado uno de los más populares, un padre joven dispuesto a pasar muchas horas en el campo, de abril a julio. Ahora, sin embargo, se sentía ligeramente por encima de los demás. Había organizado una campaña brillante y había ganado unas elecciones políticas con un récord de votos. Eso lo hacía único entre sus iguales. Después de todo, solo había un juez del tribunal supremo en todo Brookhaven. Percibía cierto distanciamiento que no acababa de gustarle, aunque tampoco sabía si lo incomodaba.

Incluso ya lo llamaban «juez».

El juez Fisk sacó un nombre del sombrero. Su equipo sería el de los Rockies.

Vivían tan apretujados en el piso durante la semana que los sábados tenían que escapar.

Los Payton consiguieron sacar de la cama a Mack y a Liza tentándolos con un desayuno en una crepería cercana. Después salieron de Hattiesburg y llegaron a Bowmore antes de las diez. La señora Shelby, la madre de Mary Grace, les había prometido una comilona a la sombra de un roble: bagre seguido de helado casero. El señor Shelby tenía la barca preparada, y Wes y él se llevaron a los niños a un pequeño lago donde picaban las percas.

Mary Grace y su madre se sentaron en el porche y charlaron durante una hora de lo de siempre, evitando cualquier tema que remotamente pudiera aludir a cuestiones judiciales: las novedades familiares, los cotilleos que corrían por la parroquia, las bodas y los funerales, pero se mantuvieron alejadas del cáncer, que llevaba años dominando las conversaciones del condado de Cary.

Mucho antes de comer, Mary Grace se acercó hasta la ciudad, a Pine Grove, donde se encontró con Denny Ott, con quien compartió sus últimas impresiones sobre el nuevo tribunal supremo, un resumen bastante deprimente. No era la primera vez que advertía a Denny sobre una posible derrota. El pastor estaba preparando a su gente, aunque sabía que sobrevivirían porque, en realidad, ya habían perdido todo lo demás.

Un par de manzanas más allá, aparcó el coche en la entrada de gravilla de la caravana de Jeannette Baker. Se sentaron en el exterior, bajo la sombra de un árbol, y charlaron sobre hombres, acompañadas de una botella de agua. El actual novio de Jeannette era un viudo de cincuenta y cinco años con un buen trabajo, una bonita casa y muy poco interés en el pleito. Lo cierto era que el proceso no acaparaba la atención tanto como antes. Habían transcurrido diecisiete meses desde el anuncio de la sentencia y ni un solo centavo había cambiado de manos, ni había previsiones de que lo hiciera.

—Creo que este mes tendremos ya una decisión —dijo Mary Grace—, aunque será un milagro si ganamos.

—Rezo para que ocurra un milagro —dijo Jeannette—, pero estoy preparada para todo. Lo único que quiero es que se acabe de una vez.

Mary Grace se fue tras una larga charla y un breve abrazo. Condujo por las calles de su ciudad natal, pasó junto al instituto y las casas de sus amigos de la infancia, junto a los comercios de Main Street y finalmente salió al campo. Se detuvo en Treadway's Grocery, donde se compró un refresco y saludó a la mujer que conocía de toda la vida.

De vuelta a casa de sus padres, pasó junto al Departamento de Bomberos Voluntarios de Barrysville, un pequeño edificio metálico con un viejo coche de bomberos que los chicos sacaban a pasear y lavaban los días de elecciones. El edificio también había servido de colegio electoral donde, cinco meses antes, el 74 por ciento de la buena gente de Barrysville había votado a favor de Dios y las armas y en contra de los homosexuales y los liberales. A apenas ocho kilómetros de los límites de Bowmore, Ron Fisk había convencido a aquella gente de que él era su protector.

Tal vez lo fuera. Tal vez su sola presencia en el tribunal fuera intimidante para algunos.

La secretaría judicial desestimó la apelación de Meyerchec y Spano por insuficiencia procesal. No presentaron los escritos exigidos y, tras los pertinentes avisos por parte de la secretaría, su abogado le comunicó que sus clientes no deseaban seguir adelante con la apelación. No se les pudo localizar para conocer sus impresiones y el abogado no respondía a las llamadas de los periodistas.

El día de la desestimación, el tribunal supremo alcanzó un nuevo mínimo en su cruzada a favor de la limitación de la exposición empresarial. Una compañía farmacéutica llamada Bosk, de capital privado, había fabricado y comercializado un poderoso calmante llamado Rybadell que resultó ser altamente adictivo. Al cabo de pocos años, Bosk empezó a recibir un alud de demandas. Durante uno de los primeros juicios, sorprendieron a los ejecutivos de Bosk mintiendo. La oficina del fiscal de Pensilvania abrió una investigación y se acusó a la compañía de conocer las propiedades adictivas del Rybadell y de intentar ocultar esa información. El medicamento era muy rentable.

Un antiguo policía de Jackson llamado Dillman sufrió un accidente de moto y se hizo adicto al Rybadell durante la recuperación. Combatió la dependencia durante dos años, tiempo en el que su salud y el resto de su vida quedaron hechos trizas. Lo detuvieron en dos ocasiones por hurto. Dillman acabó demandando a Bosk en el juzgado de distrito del condado de Rankin. El jurado dictaminó que la compañía era responsable y concedió una compensación de doscientos setenta y cinco mil dólares al antiguo policía, la indemnización más baja por Rybadell del país.

En la apelación, el tribunal supremo revocó el caso, cinco contra cuatro. La razón principal, expuesta por el juez Romano en la opinión mayoritaria, era que Dillman no debía recibir ninguna indemnización por daños porque era drogadicto.

En una rencorosa opinión disidente, el juez Albritton pidió a la mayoría que fuera valiente y presentara un asomo de prueba de que el demandante fuera drogadicto «antes de introducirse en el Rybadell».

Tres días después del dictamen, cuatro ejecutivos de Bosk se declararon culpables de ocultar información a la Food and Drug Administration y de mentir a los investigadores federales.

35

Los beneficios del primer trimestre de Krane Chemical resultaron mucho mayores de lo previsto. De hecho, sorprendieron a los analistas, que esperaban un dólar con veinticinco por acción a mucho estirar. Cuando Krane presentó un beneficio de dos dólares con cinco centavos por acción, la compañía y su milagroso resurgimiento atrajeron todavía más interés, si cabía, de la prensa económica.

Las catorce plantas trabajaban a toda máquina. Habían rebajado los precios para recuperar cuota de mercado. El departamento de ventas hacía horas extras para completar los pedidos. La deuda había disminuido drásticamente. La mayoría de los problemas que habían perseguido a la compañía a lo largo del año anterior habían desaparecido de repente.

Las acciones habían registrado una constante e impresionante subida desde cifras de un solo dígito y ya se cotizaban a alrededor de los veinticuatro dólares cuando se publicó la noticia de los beneficios. Subieron a treinta. La última vez que habían estado a ese precio había sido el día posterior a la sentencia de Hattiesburg, cuando iniciaron su caída en picado.

Ahora el Trudeau Group era el dueño del 80 por ciento de Krane, unos cuarenta y ocho millones de acciones. Desde los rumores de quiebra justo antes de las elecciones de noviembre, el valor neto del señor Trudeau había aumentado en ochocientos millones y esperaba ansioso poder doblar esa cantidad.

Antes de que el tribunal supremo emita su dictamen final, los jueces pasan varias semanas leyendo las notas de los demás y las opiniones preliminares. A veces discuten, en privado, presionan en busca de votos que sustenten su postura o se sirven de sus letrados para enterarse de lo que se rumorea en los pasillos. De vez en cuando, llegan a puntos muertos cuya resolución conlleva meses.

Lo último que leyó el juez Fisk a última hora del viernes fue la opinión disidente del juez McElwayne en el caso Jeannette Baker contra Krane Chemical Corporation. Todo el mundo daba por sentado que otros tres jueces concurrirían en la disensión. El juez Calligan sería el encargado de redactar la opinión mayoritaria. Romano estaba trabajando en una opinión concurrente y todo apuntaba a que Albritton escribiría una opinión disidente. Aunque faltaba ultimar los detalles, casi nadie dudaba de que la sentencia sería revocada por cinco votos a cuatro.

Fisk leyó el escrito disidente, se mofó de él y decidió que lo primero que haría el lunes por la mañana sería concurrir con Calligan. Luego, el juez Fisk se cambió de ropa y se convirtió en el entrenador Fisk. Era la hora del partido.

Los Rockies abrieron la temporada con un torneo de fin de semana en Russburg, una de las ciudades del estuario, a una hora al noroeste de Jackson. Jugarían un partido el viernes por la noche, al menos dos el sábado y tal vez otro el domingo. Los partidos serían a cuatro entradas y se animaba a todos los participantes a que probaran a jugar y a lanzar en posiciones distintas. No había trofeos porque no se trataba de un campeonato, solo un torneo no excesivamente competitivo para empezar la temporada. Había apuntados treinta equipos en las divisiones de once y doce años, entre los que se incluían otros dos de Brookhaven.

El primer oponente de los Rockies era un equipo de la pequeña población de Rolling Fork. La noche era fría, se respiraba un aire limpio y el complejo deportivo estaba a rebosar de jugadores, padres y animación, creada por la celebración simultánea de cinco partidos.

Doreen estaba en Brookhaven con Clarissa y Zeke, que tenía un partido el sábado por la mañana, a las nueve.

Josh jugó de segunda base en la primera entrada y, cuando le tocó batear, su padre estaba dando instrucciones junto a la tercera base. Al quedar eliminado tras fallar cuatro lanzamientos, su padre le dio ánimos y le recordó que no iba a darle a la pelota si no separaba el bate del hombro. En la segunda entrada, Josh fue al montículo del lanzador y no tardó en eliminar a los dos primeros bateadores a los que se enfrentó. El tercero era un chico bajito y fornido de doce años, el receptor, que bateaba en séptimo lugar. Lanzó la primera pelota nula, pero con mucha fuerza.

—Baja y lejos —le gritó Ron desde el banquillo.

El segundo lanzamiento no fue ni bajo ni llegó lejos, sino una pelota rápida directa al centro de la base del bateador, que la golpeó con fuerza. La pelota rebotó en el cilindro de aluminio del bate y salió disparada de la base con mayor velocidad de la que había llegado. Josh se quedó inmóvil una fracción de segundo y, cuando quiso reaccionar, la tenía en la cara. El niño dio un ligero respingo al recibir el impacto de la pelota en plena sien. Luego salió escorada hacia la zona que quedaba entre la segunda y la tercera base, hasta que entró rodando en el campo de la izquierda.

Josh tenía los ojos abiertos cuando su padre se acercó corriendo. Se había desplomado en la base del montículo, aturdido y quejumbroso.

—Di algo, Josh —dijo Ron, tocando la contusión con delicadeza.

—¿Dónde está la pelota? —preguntó Josh.

—No te preocupes por eso. ¿Me ves bien?

—Creo que sí.

Las lágrimas acudían a sus ojos y cerró los puños con fuerza para retenerlas. Tenía un raspón y había un poco de sangre en el pelo. Ya se le había empezado a hinchar.

—Traed hielo —dijo alguien.

—Llamad a una ambulancia.

Los demás entrenadores y árbitros revoloteaban alrededor. El niño que había golpeado la pelota esperaba a un lado, a punto de llorar.

—No cierres los ojos —dijo Ron.

—Vale, vale —dijo Josh, con respiración agitada.

—¿Quién juega de tercera base con los Braves?

—Chipper.

—¿Y de medio?

—Andruw.

—¡Muy bien!

Al cabo de unos minutos, Josh se incorporó y los espectadores aplaudieron. Luego se puso en pie y se dirigió al banquillo con la ayuda de su padre, donde se tumbó en la banqueta. Ron, con el pulso todavía acelerado, colocó una bolsa de hielo con sumo cuidado en el chichón que a Josh le había salido en la sien. El juego se reanudó lentamente.

Llegó un médico y examinó a Josh. Parecía que el niño respondía sin problemas. Veía, oía, recordaba los detalles, incluso mencionó si podía volver al campo. El médico dijo que no, igual que el entrenador Fisk.

—Tal vez mañana —dijo Ron, para tranquilizarlo.

Ron tenía todavía un nudo en la garganta, aunque empezaba a calmarse. Se lo llevaría a casa en cuanto acabara el partido.

—Parece que está bien —dijo el médico—, pero no estaría de más que le hicieran una placa.

—¿Ahora? —preguntó Ron.

—No hay prisa, pero yo la haría esta noche.

Al final de la tercera entrada, Josh estaba sentado bromeando con sus compañeros. Ron había regresado a la línea de la tercera base y estaba dando instrucciones en voz baja a uno de los corredores cuando uno de los Rockies lo llamó desde el banquillo.

—¡Josh está vomitando!

Los árbitros detuvieron el juego y los entrenadores despejaron el banquillo de los Rockies. Josh estaba mareado, sudaba profusamente y tenía náuseas. El médico no se había alejado demasiado y al cabo de unos minutos llegó una camilla con dos sanitarios. Ron sostuvo la mano de su hijo de camino al aparcamiento.

—No cierres los ojos —no dejaba de repetir Ron—. Dime algo, Josh.

—Me duele la cabeza, papá.

—Estás bien, pero no cierres los ojos.

Subieron la camilla a la ambulancia, la afianzaron y dejaron sitio para que Ron se sentara junto a su hijo. Cinco minutos después se detenían en la entrada de urgencias del Henry County General Hospital. Josh estaba despierto y no había vuelto a vomitar desde que habían salido del estadio.

Una hora antes había ocurrido un accidente de coche en el que se habían visto implicados tres vehículos y en urgencias no daban abasto. El primer médico que examinó a Josh pidió un TAC y le dijo a Ron que no podía pasar de allí.

—Creo que está bien —dijo el médico, y Ron buscó una silla en la abarrotada sala de espera.

Llamó a Doreen y consiguió manejar la delicada conversación. Los minutos se alargaban, daba la impresión de que el tiempo se había detenido.

El entrenador jefe de los Rockies, el antiguo socio del bufete de Ron, llegó apurado y convenció a Ron para que saliera un momento. Tenía que enseñarle algo.

—Es esto —dijo, sacando un bate de aluminio del asiento trasero del coche.

Era un Screamer, un bate muy popular fabricado por Win Rite Sporting Goods, uno de los muchos que podían encontrarse en cualquier estadio del país.

—Fíjate bien —dijo el entrenador, frotando la etiqueta del bate, que alguien había intentado rayar—. Es un menos siete; hace años que se prohibió.

Menos siete informaba de la proporción entre el peso y el tamaño del bate. Medía setenta y tres centímetros y medio, pero solo pesaba medio kilo, mucho más fácil de balancear sin aplicar fuerza al impactar con la pelota. La normativa vigente prohibía una diferencia mayor a cuatro puntos. El bate tenía no menos de cinco años.

Ron lo miró sin salir de su asombro, como si fuera un rifle humeante.

—¿De dónde lo has sacado?

—Le eché un vistazo cuando el crío volvió al plato. Se lo enseñé al árbitro, que dijo que era antirreglamentario y fue tras el entrenador. Yo también fui tras él, pero, para serte sincero, el tipo no parecía tener ni idea. Me lo dio.

Llegaron más padres de los Rockies y luego algunos de los jugadores. Se reunieron alrededor de un banco cerca de la salida de urgencias y esperaron. Transcurrió una hora antes de que el médico regresara para informar a Ron.

—El TAC está limpio —anunció el médico—. Creo que está bien, solo es una contusión leve.

—Gracias a Dios.

—¿Dónde viven?

—En Brookhaven.

—Puede llevárselo a casa, pero que guarde reposo absoluto durante unos días. No puede hacer deporte de ningún tipo. Si tiene mareos, dolor de cabeza, visión doble o borrosa, las pupilas dilatadas, le pitan los oídos, un sabor en la boca extraño, cambios de humor o parece aletargado, llévelo al médico de cabecera. —Ron asintió y se dispuso a anotarlo—. Se lo escribiré y se lo daré con el alta médica y el TAC.

—Bien, claro.

El médico se detuvo unos segundos y miró a Ron con curiosidad.

—¿A qué se dedica? —le preguntó al fin.

—Soy juez, del tribunal supremo.

El médico sonrió y le tendió la mano.

—Le envié un cheque el año pasado. Gracias por lo que está haciendo.

—Gracias a usted, doctor.

Una hora después, a las doce menos diez de la noche, abandonaron Russburg. Josh iba sentado en el asiento delantero, con una bolsa de hielo en la sien, escuchando el partido de los Braves y los Dodgers por la radio. Ron le echaba una mirada cada diez segundos, dispuesto a actuar a la más mínima señal de alarma. No hubo ninguna, hasta que llegaron a las afueras de Brookhaven.

—Papá, me duele un poco la cabeza.

—La enfermera dijo que era normal que te doliera un poco la cabeza. Pero si te duele mucho, significa problemas. En una escala de uno a diez, ¿cuánto te duele?

—Tres.

—Vale, cuando llegue a cinco, me avisas.

Doreen los esperaba en la puerta, con millones de preguntas. Leyó el alta médica en la mesa de la cocina mientras Ron y Josh comían un sándwich. Aunque estaba hambriento cuando salieron de Russburg, Josh dejó el sándwich al cabo de dos bocados. De repente parecía irritado, pero hacía horas que debía estar en la cama. Cuando Doreen quiso hacerle su propio examen físico, Josh la rechazó con malos modos y se fue al lavabo.

—¿Tú qué crees? —preguntó Ron.

—Yo creo que está bien —contestó ella—. Tal vez un poco malhumorado y amodorrado.

Tuvieron una dura pelea a la hora de decidir cómo iban a dormir. Josh tenía once años y de ninguna de las maneras compartiría la cama con su madre. Ron le dejó claro, con bastante firmeza, que esa noche en concreto y en esas circunstancias tan poco habituales, dormiría con su madre. Ron dormitaría en una silla, junto a la cama.

Bajo la atenta mirada de ambos progenitores, Josh se durmió enseguida. A continuación lo hizo Ron, en la silla, y hacia las tres y media de la madrugada Doreen claudicó y cerró los ojos.

Volvió a abrirlos una hora después, alarmada por los gritos de Josh. Había vuelto a vomitar y tenía la cabeza a punto de estallar. Estaba mareado, decía incoherencias, lloraba y aseguraba que lo veía todo borroso.

El médico de familia era un amigo íntimo, llamado Calvin Treet. Ron lo llamó mientras Doreen corría a la casa de al lado en busca de una vecina. Al cabo de diez minutos entraban por la puerta de urgencias del hospital de Brookhaven. Ron llevaba a Josh en brazos y Doreen tenía los papeles del alta y el escáner. El médico de urgencias realizó un rápido examen y el resultado no fue nada halagüeño: ritmo cardíaco irregular, pupilas desiguales y somnolencia. El doctor Treet se hizo cargo del niño en cuanto llegó, mientras el médico de urgencias repasaba el alta médica.

—¿Quién leyó el escáner? —preguntó Treet.

—El médico de Russburg —contestó Ron.

—¿Cuándo?

—Sobre las ocho de la tarde de ayer.

—¿Hace ocho horas?

—Más o menos.

—No se ve nada —dijo—. Le haremos otro.

El médico de urgencias y una enfermera se llevaron a Josh a una sala de reconocimiento.

—Tendréis que esperar aquí, volveré enseguida —les dijo Treet a los Fisk.

Se dirigieron a la sala de espera como un par de sonámbulos, demasiado aturdidos y angustiados para decir nada. La sala estaba vacía, pero daba la impresión de haber sobrevivido a una noche movida: latas de refresco vacías, periódicos por el suelo, envoltorios de caramelos por las mesas. ¿Cuántas personas más habrían estado allí esperando, desorientadas, a que los médicos aparecieran con malas noticias?

Entrelazaron las manos y rezaron largo rato. Al principio lo hicieron en silencio y luego fueron repitiendo lo mismo una y otra vez, en voz baja. Al terminar, sintieron que la oración les había procurado cierto alivio. Doreen llamó a casa, habló con la vecina que estaba cuidando a los niños y prometió volver a llamarla cuando supieran algo.

Cuando Calvin Treet entró en la sala, enseguida supieron que algo no iba bien. Tomó asiento y los miró a los ojos.

—Según nuestro escáner, Josh tiene una fractura craneal. El que trajisteis de Russburg no es de gran ayuda porque pertenece a otro paciente.

—¡Qué coño estás diciendo!

—El médico de allí miró el TAC equivocado. Apenas se lee el nombre del paciente, pero no es Josh Fisk.

—No puedo creerlo —dijo Doreen.

—Pues así es, pero ya nos preocuparemos más tarde de eso. Prestadme atención, lo que ocurre es lo siguiente: la pelota golpeó a Josh justo aquí —dijo, señalando su sien—. Es la parte más delgada del cráneo, el hueso temporal. La fisura se llama fractura lineal, y tiene unos cinco centímetros. Dentro del cráneo hay una membrana que recubre el cerebro y que se alimenta de la arteria meníngea media, la cual atraviesa el hueso. Cuando el hueso se fracturó, la arteria sufrió una rotura, lo que provocó que la sangre se acumulara entre el hueso y la membrana, y esto a su vez comprimió el cerebro. El coágulo de sangre, o hematoma epidural, creció y aumentó la presión dentro del cráneo. El único tratamiento posible en estos momentos es una craneotomía, es decir, extraer el coágulo abriendo el cerebro.

—¡Oh, Dios mío! —exclamó Doreen, tapándose los ojos.

—Por favor, escuchadme —les pidió Treet—. Tenemos que llevarlo a Jackson, a la unidad de traumatología del University Medical Center. Yo llamaría a su ambulancia aérea y lo llevaría en helicóptero.

El médico de urgencias llegó en ese momento, muy agitado, y se dirigió al doctor Treet.

—El paciente está empeorando. Tiene que echarle un vistazo.

Cuando el doctor Treet se puso en pie para volver a entrar, Ron se levantó y lo agarró del brazo.

—Calvin, sé sincero, ¿es muy grave?

—Lo es, Ron. Podría no salir de esta.

Subieron a Josh al helicóptero y despegaron sin perder tiempo. Lo acompañaron Doreen y Calvin Treet mientras Ron se dirigía a casa para comprobar cómo estaban Zeke y Clarissa y meter cuatro cosas en una bolsa, antes de lanzarse a la interestatal 55 y pisar a fondo el acelerador, desafiando a cualquier policía que se atreviera a detenerlo. Cuando no discutía con Dios, maldecía al médico de Russburg que había mirado el escáner equivocado. De vez en cuando volvía la cabeza y miraba el objeto de diseño defectuoso y sumamente peligroso que descansaba en el asiento trasero.

Nunca le habían gustado los bates de aluminio.

36

A las ocho y diez del sábado por la mañana, unas trece horas después de haber recibido un pelotazo en la cara, Josh se sometió a una operación quirúrgica en el University of Mississippi Medical Center de Jackson.

Ron y Doreen esperaron en la capilla del hospital con los amigos que iban llegando de Brookhaven, acompañados de su pastor. En el presbiterio de la iglesia de St. Luke se llevaba a cabo una oración de vigilia. El hermano de Ron llegó al mediodía con Zeke y Clarissa, tan angustiados y conmocionados como sus padres. Pasaron horas sin noticia de los cirujanos. El doctor Treet desaparecía de vez en cuando en busca de información, pero casi nunca volvía con algo relevante. A medida que algunos de sus amigos se iban, llegaban otros para sustituirlos. También acudieron los abuelos, tíos y primos, que esperaron con ellos, rezaron y salieron para dar una vuelta por el amplio hospital.

Cuatro horas después de que los Fisk vieran a su hijo por última vez, el cirujano jefe apareció y les hizo una señal para que lo siguieran. El doctor Treet se unió a la conversación a mitad del pasillo, lejos de los demás. Se detuvieron cerca de unos servicios. Ron y Doreen se cogieron de la mano, esperando lo peor.

—Ha sobrevivido a la cirugía y está respondiendo todo lo

bien que cabría esperar —les informó el cirujano, con voz cansada y profunda—. Hemos eliminado un gran hematoma que comprimía el cerebro. Se ha reducido la presión intracraneal, pero buena parte del cerebro estaba inflamada. Para serles sincero, la inflamación es bastante preocupante, puede que haya sufrido daños irreversibles.

Los términos «vida» o «muerte» son fáciles de entender, pero la palabra «daños» habla de miedos que no se definen de inmediato.

—No va a morir —dijo Doreen.

—Por ahora está vivo y sus signos vitales son buenos. Tiene un 90 por ciento de posibilidades de sobrevivir. Las próximas setenta y dos horas serán cruciales.

—¿Qué daños? —preguntó Ron, yendo al grano.

—Ahora mismo es imposible saberlo. Algunos podrían revertirse con tiempo y rehabilitación, pero lo veremos más adelante. En estos momentos solo queda rezar para que evolucione positivamente en los próximos tres días.

El sábado por la noche trasladaron a Josh a la UCI. Aunque se encontraba en un coma inducido, a Ron y a Doreen les permitieron pasar a verlo diez minutos. Apenas lograron mantener la entereza cuando lo vieron por primera vez. Tenía la cabeza vendada como una momia y de la boca le salía un tubo conectado a un respirador. Doreen no se atrevía a tocarlo en ninguna parte, ni siquiera en los pies.

Una enfermera comprensiva accedió a colocar una silla fuera de la sala para que uno de los padres pasara la noche allí. Ron y Doreen enviaron al equipo de apoyo de vuelta a Brookhaven y empezaron a turnarse entre la UCI y la sala de espera. Ninguno de los dos se planteaba dormir y estuvieron paseando por los pasillos hasta la madrugada del domingo.

Los médicos parecían satisfechos con la primera noche de

Josh. Después de que los informaran de su evolución, Ron y Doreen fueron en busca de un motel cerca del hospital. Se ducharon y durmieron un poco antes de retomar sus posiciones en el hospital. El ritual de espera se reanudó, igual que las oraciones de vigilia en casa. El constante desfile de visitas pronto se convirtió en una pesadilla. Ron y Doreen querían estar solos en la habitación, con su hijo.

A última hora del domingo, cuando la gente ya se había ido, Doreen se quedó en la UCI y Ron fue a pasear por los pasillos del hospital para estirar las piernas y tratar de mantenerse despierto. Encontró otra sala de espera para los familiares de los pacientes de pronóstico leve. Era mucho más acogedora, el mobiliario era más bonito y había más máquinas expendedoras. Su cena consistió en un refresco bajo en calorías y en una bolsa de galletas saladas. Estaba masticándolas, con la cabeza en otra parte, cuando se le acercó un niño pequeño que parecía a punto de tocarle la rodilla.

—Aaron —lo llamó su madre, con sequedad, desde el otro extremo de la sala—. Ven aquí.

—No pasa nada —dijo Ron, sonriendo al niño, que se apartó rápidamente.

Aaron. El nombre le trajo un recuerdo. Aaron era el chico que había recibido el impacto en la cabeza de una pieza de metal que había salido despedida de una desbrozadora. Lesión cerebral, discapacidad permanente y la ruina económica para la familia. El jurado había considerado responsable al fabricante y el juicio había tenido una sentencia clara. En este momento, el juez Fisk no recordaba por qué había votado con la mayoría con tanta tranquilidad para revocar la sentencia.

Entonces, hacía apenas dos meses, jamás había sentido el dolor de un padre por un hijo que padecía una lesión grave. O el miedo de perderlo.

Ahora, en medio de esta pesadilla, Aaron se le apareció bajó otra luz. Al leer los informes médicos del caso, lo había hecho desde la comodidad de su despacho, muy alejado de la realidad. El niño sufría lesiones de gravedad, lo que era una lástima, pero los accidentes ocurren a diario. ¿Podría haberse prevenido el accidente? Así lo creyó entonces y así lo seguía creyendo en estos momentos.

El pequeño Aaron volvió a la carga, mirando embobado la bolsa de galletas, que temblaba.

—¡Aaron, deja a ese señor ahora mismo! —le gritó la madre.

Ron miró las temblorosas galletas.

Se podría haber prevenido el accidente y así debería haber sido. Si el fabricante hubiera cumplido la normativa vigente, la desbrozadora habría sido mucho más segura. ¿Por qué había protegido al fabricante?

El caso ya había pasado, había sido desestimado por cinco hombres supuestamente sensatos, ninguno de los cuales había demostrado jamás ni una pizca de compasión por los que sufrían. Se preguntó si los otros cuatro —Calligan, Romano, Bateman y Ross— se habrían paseado alguna vez por las salas sepulcrales de un hospital a cualquier hora del día o de la noche, a la espera de la noticia de si su hijo viviría o moriría.

No, no lo habían hecho. Si no, no serían lo que son ahora.

El domingo cedió el paso lentamente al lunes. Empezaba una nueva semana, aunque por completo diferente a cualquiera anterior. Ron y Doreen se negaron a abandonar el hospital durante más de una o dos horas. Josh no evolucionaba bien y temían que cada visita que hacían a su cama fuera la última en que lo vieran con vida. Los amigos les llevaron mudas, comida, periódicos y se ofrecieron a quedarse allí si los Fisk querían ir a casa a descansar unas horas. Sin embargo, Ron y Doreen se mantuvieron firmes y siguieron adelante con determinación, como zombis, convencidos de que Josh estaría mejor si los tenía cerca. Cansados y ojerosos, se les agotó la paciencia para recibir al desfile de visitas y empezaron a esconderse por el hospital.

Ron llamó al despacho e informó a su secretaria de que no sabía cuándo iba a volver. Doreen le comunicó a su jefe que se tomaba un permiso. Cuando este le explicó, con delicadeza, que según la política de la empresa no se concedían tales permisos, ella le informó, con educación, que había llegado el momento de cambiar dicha política. El hombre accedió de inmediato.

El hospital se encontraba a quince minutos del edificio Gartin y el martes por la mañana Ron se pasó por allí para echar un rápido vistazo a lo que tenía encima de la mesa, donde se habían acumulado unas cuantas pilas nuevas de papeles. Su letrado principal le leyó la lista de los casos pendientes, pero Ron parecía distraído.

—Creo que voy a tomarme un permiso. Háblalo con el jefe —le indicó al letrado—. De unos treinta días, tal vez sesenta. No puedo concentrarme en esto ahora.

—Sí, no te preocupes. Esta mañana tenías planeado concurrir en el caso Baker contra Krane.

—Puede esperar. Todo puede esperar.

Consiguió salir del edificio sin ver a ningún otro miembro del tribunal.

La edición del martes de *The Clarion-Ledger* publicaba un artículo sobre Josh y su lesión. El juez Fisk no deseaba hacer ninguna declaración, pero una fuente anónima conocía bien los hechos. Los médicos le habían extraído un gran coágulo de sangre que le presionaba el cerebro. Aunque su vida no corría peligro, todavía era demasiado pronto para hablar de problemas a largo plazo. No se mencionaba al médico que había valorado el TAC equivocado.

Sin embargo, las habladurías que circulaban por internet no tardaron en rellenar los huecos. Se decía que un bate de béisbol prohibido había tenido algo que ver, se especulaba sobre una lesión cerebral grave y corría por ahí la declaración de alguien del Henry County General Hospital según la cual los médicos de ese centro la habían cagado. También corrían un par de descabelladas teorías según las cuales el criterio jurídico del juez Fisk había sufrido una conversión drástica. Un rumor aseguraba que estaba a punto de renunciar a su cargo.

Wes Payton seguía atentamente el desarrollo de los acontecimientos desde su despacho. Su mujer no. Mary Grace se volcaba en el trabajo y utilizaba otros casos para distraerse, pero Wes estaba obsesionado con la historia de Josh. Como padre, no quería ni imaginar el horror por el que estaba pasando Fisk, pero al mismo tiempo tampoco podía evitar preguntarse cómo iba a afectar aquella tragedia al caso Baker. No esperaba un cambio radical de postura por parte de Ron Fisk, pero la esperanza era lo último que se perdía.

Habían rezado todo lo que sabían y solo les faltaba pedir un milagro. ¿Podría ser aquel?

Siguieron esperando. Cualquier día de aquellos tomarían la decisión.

A primera hora de la tarde del martes, Josh empezó a mostrar signos de mejora. Estaba despierto, lúcido y no tenía problemas para ejecutar órdenes. No podía hablar por culpa del tubo de respiración, y no se estaba quieto, lo que era una buena señal. La presión del cerebro se había reducido hasta niveles que podían considerarse casi normales, aunque el equipo médico les había avisado de que quizá pasarían días, tal vez incluso semanas, antes de atreverse a ofrecerles un pronóstico a largo plazo.

Ya que Josh estaba despierto, los Fisk decidieron pasar la

noche en casa, animados por médicos y enfermeras. La hermana de Doreen se ofreció a quedarse en la UCI, a cuatro metros de la cama de su sobrino.

Salieron de Jackson aliviados de abandonar el hospital y con ganas de ver a Zeke y a Clarissa. Hablaron de qué prepararían de cena, de las largas duchas que iban a tomarse y de su cómoda cama. Se prometieron aprovechar las próximas diez horas porque la pesadilla no había hecho más que empezar.

Sin embargo, no iba a resultarles tan fácil relajarse. El móvil de Ron sonó cuando apenas habían salido de Jackson. Era el juez Calligan, que inició la conversación con un largo e interminable cuestionario sobre el estado de Josh. Le transmitió las condolencias de todos los del tribunal y le prometió pasarse por el hospital en cuanto pudiera. Ron se lo agradeció, pero enseguida tuvo la sensación de que la llamada tenía un motivo laboral.

—Solo un par de cosas, Ron —dijo Calligan—, aunque ya sé que ahora mismo estás ocupado en otros asuntos.

—Ya lo creo.

—Por aquí no hay nada demasiado urgente, salvo un par de causas. Parece que el proceso sobre los vertidos tóxicos de Bowmore está en tablas, cuatro a cuatro. Supongo que era de esperar. Me preguntaba si ibas a concurrir conmigo en este caso.

—Creía que Romano también iba a redactar su opinión.

—Sí, va a hacerlo, de hecho ya ha terminado, igual que Albritton. Todas las opiniones están listas, pero necesitamos la tuya.

—Deja que lo consulte con la almohada.

—De acuerdo. Lo otro es ese caso de la residencia de ancianos del condado de Webster. Un nuevo empate, cuatro a cuatro.

—Un caso muy desagradable —dijo Ron, indignado.

Un nuevo pleito relacionado con un hogar de ancianos, donde habían encontrado a un paciente prácticamente abandonado por el personal, medio desnutrido, tendido en sus propias heces, cubierto de úlceras, sin medicación y desvariando. La empresa dueña del centro había reportado grandes beneficios, lo que sorprendió mucho al jurado, teniendo en cuenta, tal como quedó demostrado, lo poco que se invertía en la atención de los pacientes. El maltrato que sufrían los ancianos en esa residencia era tan flagrante que Ron se sintió asqueado solo de leerlo.

—Sí, sí lo es. Trágico —dijo Calligan, como si fuera capaz de sentir compasión.

—Y supongo que queréis revocar la sentencia.

—No veo responsabilidad, y la indemnización por daños es desorbitada.

En los tres meses y medio que Ron llevaba en el tribunal, el juez Calligan jamás había sido capaz de ver responsabilidad en ningún caso de fallecimiento o lesiones. Calligan creía que los jurados eran estúpidos y que se dejaban manipular fácilmente por elocuentes abogados litigantes; sin olvidar que también creía que era su sagrada responsabilidad corregir cualquier injusticia (sentencia a favor del demandante) desde la comodidad de su sillón.

—Deja que lo consulte con la almohada —insistió Ron.

La llamada empezó a irritar a Doreen.

—Sí, buena idea. Si pudiéramos dar carpetazo a estos dos casos, Ron, podrías tomarte un corto permiso.

La decisión de tomarse un permiso, corto o largo, solo competía a cada juez. Ron no necesitaba la aprobación de Calligan. Le agradeció la llamada y colgó.

La cocina de los Fisk estaba llena de comida que habían llevado sus amigos, sobre todo de pasteles, tartas y guisos. Lo dispusieron todo en una de las encimeras y cenaron con Zeke, Clarissa, dos vecinos y los padres de Doreen.

Durmieron seis horas seguidas y luego volvieron al hospital.

A su llegada, encontraron a Josh en medio de un ataque prolongado, el segundo en la última hora. Se le pasó y sus constantes vitales se estabilizaron, pero fue un paso atrás en su lenta recuperación. El jueves por la mañana volvía a estar despierto, aunque irritable, intranquilo, incapaz de concentrarse, no recordaba nada del accidente y estaba muy agitado. Uno de los médicos les explicó que aquel estado era sintomático del síndrome posconmocional.

El jueves por la noche, el entrenador de los Rockies, el antiguo socio del bufete de Ron, se acercó hasta Jackson para hacerles una nueva visita. Ron y él cenaron en el restaurante del hospital, donde repasaron sus notas mientras daban cuenta de la sopa y la ensalada.

—He investigado un poco —dijo el entrenador—. Win Rite dejó de fabricar ese tipo de bates hace seis años, seguramente en respuesta a las quejas por las lesiones que ocasionaban. De hecho, la industria se ciñó a un menos cuatro y no subió de ahí. Con los años, la aleación de aluminio se vuelve más ligera, pero también se endurece. La pared del cilindro del bate absorbe la pelota al entrar en contacto con esta y luego la lanza de nuevo cuando la pared recupera su forma original. El resultado es un bate más ligero, pero también mucho más peligroso. Los abogados preocupados con la seguridad llevan años quejándose de estos bates y se han hecho muchos estudios. En una de las pruebas, una máquina lanzapelotas lanzó una pelota rápida a casi ciento cincuenta kilómetros por hora y esta salió disparada del bate a casi doscientos. Hay registradas dos muertes, una en un instituto y otra en una universidad, pero existen cientos de lesionados de todas las edades. Por eso, la liga de béisbol infantil y otras organizaciones juveniles decidieron prohibir cualquier bate por encima del menos cuatro. El problema es obvio. Win Rite y los demás fabricantes tienen un millón de bates viejos en circulación que siguen usándose, y uno de ellos acabó apareciendo en el partido del pasado viernes.

—¿No los retiraron? —preguntó Ron.

—Por lo visto, no. Y saben de sobra que son peligrosos. Sus propias pruebas lo demuestran. —Ron mordisqueó una galleta salada, consciente de la dirección que tomaba la conversación y reacio a ayudar que así fuera—. Seguramente el equipo de los Rolling Fork es responsable, pero no vale la pena las molestias. También podría responsabilizarse al ayuntamiento de Russburg porque el árbitro, que por cierto es funcionario, no comprobó el equipo; pero el pez grande es sin duda Win Rite. Beneficios de dos millones. Seguro que están bien cubiertos con sus pólizas de seguros. Es un caso claro de responsabilidad. Daños indeterminados, pero considerables. En general, un buen caso, salvo por un pequeño problema: nuestro tribunal supremo.

—Pareces un abogado litigante.

—No siempre están equivocados. Si quieres saber mi opinión, yo presentaría una demanda por producto defectuoso.

—No recuerdo haber pedido tu opinión. Además, no puedo presentar una demanda, sería el hazmerreír del estado.

—Y el próximo niño, ¿qué, Ron? ¿Qué me dices de la próxima familia que tenga que vivir la misma pesadilla? Las demandas han retirado del mercado muchos productos defectuosos y han protegido a muchas personas.

—Ni hablar.

—¿Por qué el estado de Mississippi y tú tenéis que pagar millones de dólares en gastos médicos cuando Win Rite está ganando miles de millones? Fabricaron un producto defectuoso, pues que paguen.

—Eres un abogado litigante.

—No, soy tu antiguo socio. Ejercimos juntos durante catorce años y el Ron Fisk que yo recuerdo tenía un gran respeto a la ley. El juez Fisk parece dispuesto a cambiar eso.

—Vale, vale, ya he oído suficiente.

—Lo siento, Ron. No debería haber...

—No pasa nada. Vamos a ver cómo está Josh.

Tony Zachary regresó a Jackson el viernes, momento en que se enteró de la noticia de Josh Fisk. Se dirigió directamente al hospital y finalmente encontró a Ron dormitando en el sofá de la sala de espera. Estuvieron charlando una hora sobre el accidente, la operación y también sobre la salida de pesca que Tony había hecho a Belice.

Tony estaba muy preocupado por el pequeño Josh. Esperaba que se recuperara pronto y por completo, aunque lo que realmente quería saber y no se atrevía a preguntar era cuándo zanjaría la apelación del caso Krane.

En cuanto subió al coche, llamó a Barry Rinehart con la alarmante noticia.

Una semana después de ingresar en el hospital, trasladaron a Josh de la UCI a una habitación privada, que quedó inmediatamente inundada de flores, peluches, cartas de sus compañeros de clase, pelotas y suficientes dulces para alimentar a todo un colegio. Colocaron un catre junto a la cama para que uno de sus padres pudiera quedarse a dormir.

Aunque la habitación sirvió en un principio para levantar el ánimo, las cosas se torcieron casi de inmediato. El equipo de neurólogos llevó a cabo exámenes exhaustivos. No había parálisis, pero sí un deterioro de la coordinación motriz, junto con graves pérdidas de memoria e incapacidad para concentrarse. Josh se distraía con facilidad y tardaba en reconocer los objetos. Le habían quitado los tubos, pero hablaba con evidente lentitud. Cabía la posibilidad de una ligera mejoría en los meses siguientes, pero era bastante probable que los daños fueran permanentes.

Sustituyeron los gruesos vendajes de la cabeza por unos más ligeros. Le dejaron levantarse para ir al lavabo. Ron le ayudó, intentando reprimir las lágrimas ante la visión descorazonadora de su hijo arrastrando los pies con torpeza y avanzando con paso lento e inseguro.

Su pequeña estrella del béisbol había jugado el último partido.

37

El doctor Calvin Treet fue a Russburg y concertó una visita con el médico de urgencias que había valorado el TAC. Después de estudiar ambos escáneres, el de Josh y el del otro paciente, discutieron brevemente antes de que el médico admitiera que, aquella noche, urgencias había sido un caos, que no disponían de suficiente personal y que sí, que se habían cometido errores. No podía haber nada peor que haberla pifiado en el diagnóstico del hijo de un juez del tribunal supremo.

—¿La familia interpondrá una demanda? —preguntó, evidentemente afectado.

—No lo sé, pero debería avisar a su compañía de seguros.

Treet se llevó el expediente a Jackson y lo comentó con Doreen y Ron. Les explicó el procedimiento estándar para realizar un escáner y luego les relató la conversación que había mantenido con el médico de urgencias.

—¿Qué deberíamos hacer? —preguntó Doreen.

Treet sabía que acabarían preguntándoselo, sabía que sus amigos le pedirían que juzgara la actuación de otro médico, y hacía días que había decidido ser lo más sincero posible.

—Deberían haberlo traído aquí de inmediato para extraerle el coágulo de sangre. Es neurocirugía, pero es un procedimiento relativamente rutinario. Josh habría vuelto a casa dos días después de la operación, completamente curado y sin sufrir daños.

—La tomografía se la hicieron a las ocho de la tarde del viernes —dijo Ron— y tú viste a Josh en Brookhaven unas nueve horas después, ¿no?

—Más o menos.

—Entonces, ¿la presión fue aumentando en su cráneo durante nueve horas?

—Sí.

—¿Y la compresión del coágulo de sangre daña el cerebro?

—Sí.

Se hizo un profundo y largo silencio mientras sacaban la conclusión evidente.

—Calvin, ¿qué harías tú si fuera tu hijo? —acabó preguntando Ron.

—Demandar a esos cabrones. Es una negligencia grave.

—No puedo demandarlos, Calvin. Quedaría en completo ridículo.

Tras un partido de squash, una ducha y un masaje en el gimnasio del Senado, Myers Rudd subió a una limusina y tuvo que soportar el tráfico de la tarde como cualquier otro. Una hora después, llegó a la terminal aérea de Dulles, donde embarcó en un Gulfstream 5, la más reciente adquisición de la flota del señor Carl Trudeau. El senador ni sabía quién era el dueño del avión privado, ni conocía al señor Trudeau, lo que en la mayoría de las culturas habría resultado extraño teniendo en cuenta la cantidad de dinero que Rudd había recibido de ese hombre. Sin embargo, en Washington, el dinero llega a través de una miríada de conductos extraños y difusos. A menudo, quienes lo reciben solo tienen una vaga idea de su procedencia, y otras veces ni la más mínima. En la mayoría de las democracias, la transferencia de tales cantidades de dinero se consideraría una flagrante corrupción, pero en Washington la corrupción ha sido legalizada. El senador Rudd ni sabía ni le importaba si alguien era su dueño. Acumulaba más de once millones de dólares en el banco, dinero que acabaría por embolsarse si no se veía obligado a malgastarlo en alguna frívola campaña. A cambio de tal inversión, Rudd mantenía un historial de voto impecable en todas las materias relacionadas con la industria farmacéutica, química, petrolífera, energética, las compañías de seguros, los bancos, o lo que fuera.

Sin embargo, era un hombre del pueblo.

Esa noche viajaba solo. Las dos auxiliares de vuelo le sirvieron cócteles, langosta y vino, y apenas había acabado de cenar cuando el Gulfstream inició el descenso hacia el aeropuerto internacional de Jackson. Lo esperaba otra limusina y, veinte minutos después de aterrizar, el senador se bajó en una entrada lateral del University Medical Center. Encontró a Ron y a Doreen en una habitación de la tercera planta, mirando la televisión, sin verla, mientras su hijo dormía.

—¿Cómo está el crío? —preguntó con gran afecto, mientras ellos se ponían en pie, agotados, e intentaban adecentarse.

Se habían quedado mudos de asombro al ver aparecer allí al gran hombre, de repente, a las nueve y media de la noche de un martes. Doreen no encontró los zapatos.

Charlaron en voz baja sobre Josh y su evolución. El senador dijo que estaba en la ciudad por negocios, ya de vuelta a Washington, pero había oído la noticia y no había podido menos que pasarse un momento para hacerles una breve visita. Les conmovió su presencia. De hecho, estaban muy nerviosos y todavía no se lo creían.

Una enfermera rompió el hechizo y anunció que era hora de apagar la luz. El senador abrazó a Doreen, le pellizcó una mejilla, le estrechó la mano con fuerza, le prometió hacer todo lo que pudiera para ayudar y luego salió de la habitación acompañado de Ron, que se sorprendió al no ver a su séquito esperándolo en el pasillo. Ni un solo empleado, recadero, guardaespaldas, chófer. Nadie.

El senador había venido de visita, solo. El gesto significó mucho para Ron.

Rudd ofreció el mismo saludo breve e idéntica sonrisa de plástico a todos con los que se cruzaban por el pasillo. Aquella era su gente y él sabía que lo adoraban. El senador empezó a despotricar sobre una discusión trivial en el Congreso y Ron fingió sentirse fascinado, aunque en realidad deseaba que el hombre se fuera. En la puerta de salida, Rudd le deseó lo mejor, le prometió que rezaría por la familia y volvió a ofrecerle su ayudar para lo que fuera.

—Por cierto, juez —dijo el senador, como si acabara de ocurrírsele en ese momento, mientras se estrechaban la mano—, convendría que zanjaras el caso Krane.

Ron se quedó boquiabierto, con la mano flácida, intentando encontrar una respuesta. Ron trataba de mantenerse a flote cuando el senador acabó de despedirse.

—Sé que harás lo correcto. Esas sentencias están acabando con nuestro estado.

Rudd le dio una palmadita en el hombro, lo obsequió con otra de sus sonrisas de plástico, salió por la puerta y desapareció.

De nuevo en la limusina, Rudd ordenó al conductor que se dirigiera hacia el norte de la ciudad, a una urbanización donde pasaría la noche, junto con su amante de Jackson. Luego volvería a toda prisa a Washington en el Gulfstream, a primera hora de la mañana.

Ron se tumbó en el catre e intentó encontrar la postura para pasar otra larga vigilia. El patrón de sueño de Josh se había vuelto tan irregular que cada noche era una nueva aventura. Cuando la enfermera hizo la ronda a medianoche, tanto el padre como el hijo estaban despiertos. Doreen, por fortuna, estaba en el motel, profundamente dormida gracias a las pastillitas verdes que las enfermeras les proporcionaban a escondidas. Ron se tomó una y la enfermera dio a Josh su sedante.

En la sombría oscuridad de la habitación, Ron intentó explicarse la súbita aparición del senador Rudd. ¿Se trataba solo de la visita de un político arrogante que cruzaba la línea para ayudar a un gran contribuyente? Rudd no vacilaba en aceptar dinero de quien quisiera dárselo, legalmente, por lo que no le sorprendería que se hubiera llevado una buena tajada de Krane.

¿O había algo más? Krane no había contribuido con un solo centavo a la campaña de Fisk. Tras las elecciones, Ron había repasado minuciosamente los informes después de que también a él le sorprendiera la cantidad recaudada y gastada. Había discutido y se había peleado con Tony sobre la procedencia del dinero, pero Zachary insistía una y otra vez en que todo estaba en los informes, y Ron los había examinado a conciencia. Los contribuyentes eran ejecutivos, médicos, abogados y grupos de presión, todos ellos partidarios de la limitación de la responsabilidad. Ya lo sabía cuando empezó la campaña.

Se olió una conspiración, pero el cansancio finalmente pudo con él.

Entre las profundas tinieblas de un sueño inducido por los fármacos, Ron oyó un ruidito repetitivo y continuo que no supo identificar. Clic, clic, clic, el mismo sonido una y otra vez, y muy rápido. Cerca.

Alargó la mano en la oscuridad y, al tocar la cama de Josh, se puso en pie de un salto. Gracias a la tenue luz que entraba por el baño, vio que su hijo sufría un ataque espeluznante. Todo su cuerpo se convulsionaba con violencia. Tenía el rostro contraído en una mueca, la boca abierta y la mirada perdida. El traqueteo subió de intensidad. Ron pulsó el botón para avisar a las enfermeras y luego asió a Josh por los hombros, para intentar tranquilizarlo. Estaba atónito ante la virulencia del ataque. Dos enfermeras entraron corriendo y se hicieron cargo de la situación. Las siguió una tercera, acompañada de un médico. Poco podía hacerse, aparte de introducir un depresor en la boca de Josh para impedir que se mordiera la lengua.

Ron no pudo seguir mirando y retrocedió hasta un rincón, desde donde contempló a su hijo gravemente enfermo oculto en una maraña de manos solícitas mientras la cama seguía agitándose y los barrotes no dejaban de traquetear. El ataque empezó a remitir y las enfermeras enseguida le lavaron la cara con agua fría, hablándole con ternura. Ron salió de la habitación e inició otra y mecánica excursión por los pasillos.

Los ataques se repitieron de manera intermitente durante veinticuatro horas, hasta que se detuvieron de repente. Para entonces, Ron y Doreen estaban tan extenuados que solo les quedaban fuerzas para mirar a su hijo y rezar para que siguiera tranquilo. Vinieron más médicos a examinarlo; intercambiaron palabras incomprensibles con expresión poco halagüeña. Le realizaron más pruebas y se lo llevaron durante horas.

Los días pasaban y se desdibujaban. El tiempo había dejado de existir.

El sábado por la mañana, Ron se pasó por el despacho del palacio de justicia de Gartin. Ambos letrados estaban allí, a petición de él. Había doce casos pendientes de decisión y Ron había leído los sumarios y las recomendaciones. Los letrados tenían una pila preparada y estaban a punto para pasar lista.

Una condena por violación, del condado de Rankin. Ratificada, por unanimidad.

Una disputa electoral, del condado de Bolivar. Ratificada, opinión concurrente con la de otros siete.

Un caso mortalmente aburrido sobre un contrato de garantía por el que se había formado un gran revuelo, del condado de Panola. Ratificada, por unanimidad.

Etcétera. Entre las preocupaciones de Ron y el poco interés que mostraba en el trabajo, ventilaron los primeros diez casos en veinte minutos.

—Baker contra Krane Chemical —dijo un letrado.

—¿Qué es lo que se rumorea? —preguntó Ron.

—Cuatro a cuatro, y los cuchillos vuelan. Calligan y compañía no las tienen todas consigo respecto a ti. McElwayne y los suyos sienten curiosidad. Todo el mundo está expectante, a ver qué haces.

—¿Creen que he sucumbido a la presión?

—Nadie está seguro. Creen que estás sometido a mucho estrés y se baraja un drástico viraje de ciento ochenta grados por lo que ha ocurrido.

—Dejemos que especulen. Todavía no voy a decidir nada sobre el caso Baker y el del hogar de ancianos.

—¿Estás pensando en votar a favor de la ratificación de las sentencias? —preguntó el otro letrado.

A esas alturas, Ron ya sabía que la mayoría de los rumores que corrían por el tribunal los creaban y los difundían los propios letrados, todos ellos.

—No lo sé —contestó.

Media hora después, volvía al hospital.

38

Una lluviosa mañana de sábado de ocho días después, subieron a Josh Fisk a una ambulancia para llevarlo a Brookhaven. Una vez allí, ocuparía la habitación de un hospital, a cinco minutos de su hogar, en el que estaría en observación durante una semana y luego, con un poco de suerte, lo mandarían a casa.

Doreen iba con él en la ambulancia.

Ron fue al palacio de justicia de Gartin y se dirigió a su despacho de la cuarta planta. No se veía a nadie por allí, justo lo que deseaba. Leyó la opinión de Calligan a favor de la revocación de la sentencia del caso Baker por tercera o cuarta vez, y aunque en su momento había estado completamente de acuerdo con él, ahora tenía dudas. Podría haberla redactado el propio Jared Kurtin. Calligan consideraba nulas casi todas las declaraciones de los expertos en el caso Baker y criticaba al juez Harrison por admitir la mayoría de ellas. Las palabras más duras las reservaba para el experto que había relacionado los derivados carcinógenos con los cánceres, a quien tildaba de «especulativo en el mejor de los casos». Exigía un estándar de prueba imposible mediante el cual se demostrara sin lugar a dudas que las toxinas del agua de Bowmore habían causado los cánceres que habían acabado con la vida de Pete y Chad Baker. Como siempre, ponía el grito en el cielo ante la desmesura del veredicto y culpaba a la exagerada pasión que habían mostrado los abogados de Baker durante el proceso, la cual había encendido los ánimos del jurado.

Ron leyó la opinión de McElwayne y también le sonó muy diferente.

Había llegado el momento de votar, de tomar una decisión y, sencillamente, no tenía agallas para hacerlo. Estaba harto del caso, harto de la presión, harto de la rabia de saberse manipulado como una marioneta por unas fuerzas poderosas que debería haber sabido reconocer antes. El infierno por el que estaba pasando a causa de Josh había minado sus fuerzas y lo único que quería era irse a casa. No confiaba en su capacidad para decidir lo correcto, ni siquiera para saber discernir qué lo era. Había rezado hasta el agotamiento. Había intentado compartir sus inseguridades con Doreen, pero ella estaba tan abstraída e indecisa como él.

Si revocaba la sentencia, traicionaría sus verdaderos sentimientos. Sin embargo, sus sentimientos eran cambiantes, ¿no? Como jurista imparcial, ¿cómo podía cambiar de bando de repente por la tragedia familiar que estaba viviendo?

Si confirmaba la sentencia, traicionaría a aquellos que lo habían elegido. El 53 por ciento de la gente había votado a Ron Fisk porque creía en su programa. ¿De verdad? Tal vez lo habían votado porque habían sabido vendérselo.

¿Sería justo para todos los Aaron de ahí fuera que Ron cambiara egoístamente su filosofía jurídica por su hijo?

Odiaba hacerse esas preguntas, que lo agotaban aún más. Se paseó por el despacho, más confuso que nunca, y pensó en irse. Corre, se dijo. Sin embargo, estaba harto de salir corriendo, de pasearse de un lado al otro y de hablar con las paredes.

Redactó su opinión a máquina: «Concurro y convengo con el juez Calligan en este caso, aunque con grandes dudas. Este tribunal, con mi complicidad y sobre todo gracias a mi presencia, no ha tardado en convertirse en ciego protector de aquellos que desean limitar drásticamente la responsabilidad en todo lo referente al área de daños personales. Un camino muy peligroso».

Redactó su segunda opinión para el caso del hogar de ancianos: «Concurro con el juez Albritton y confirmo la sentencia dictaminada en el juzgado de distrito del condado de Webster. Las actuaciones del hogar de ancianos ni siquiera alcanzan los mínimos de atención a la tercera edad que nuestras leyes exigen».

A continuación escribió una nota interna que decía: «Estaré de permiso durante los próximos treinta días. Me necesitan en casa».

El tribunal supremo del estado de Mississippi publicaba las resoluciones en su página web todos los jueves al mediodía.

Y todos los jueves al mediodía unos cuantos abogados se sentaban delante de su ordenador, nerviosos de antemano, o procuraban que otros lo hicieran por ellos. Jared Kurtin tenía a un asociado de guardia. Sterling Bintz comprobaba su móvil de última generación a esa hora en punto, independientemente de dónde se encontrara. F. Clyde Hardin, que seguía en la época de las cavernas respecto a la tecnología, se sentaba a oscuras en su oficina cerrada, se bebía el almuerzo y esperaba. Todo abogado que llevara una causa relacionada con Bowmore se mantenía a la expectativa.

Aunque no fueran abogados, otros muchos también compartían su nerviosismo. Tony Zachary y Barry Rinehart habían acordado ponerse en contacto por teléfono en cuanto se publicaran los dictámenes. Carl Trudeau contaba los minutos cada semana. En el centro y al sur de Manhattan, docenas de analistas financieros vigilaban la página web. Denny Ott comía un sándwich con su mujer en el despacho de la iglesia. En la casa del párroco no había ordenador.

Sin embargo, en ningún otro lugar se temía y se esperaba tanto la hora mágica como en las deslustradas entrañas de Payton & Payton. El bufete al completo se había reunido en el Ruedo, en la mesa de trabajo siempre abarrotada, donde estaban comiendo mientras Sherman no apartaba la vista del portátil. El primer jueves de mayo, a las doce y cuarto, anunció: «Aquí está». Todos apartaron el plato. De repente el aire se volvió irrespirable. Wes no quiso mirar a Mary Grace y ella no quiso mirarlo a él. De hecho, ninguno de los presentes se atrevió a mirar a los ojos a los demás.

—El dictamen lo ha redactado el juez Arlon Calligan —continuó Sherman—. Esto me lo salto. Cinco, diez, quince páginas, veamos, una opinión mayoritaria de unas veintiuna páginas, apoyada por Romano, Bateman, Ross y Fisk. Sentencia revocada y sobreseída. Fallo definitivo a favor del demandado, Krane Chemical. Romano también concurre con cuatro páginas llenas de sus chorradas de siempre, pero Fisk es muy breve. —Silencio mientras seguía pasando páginas—. Y luego una opinión disidente de doce páginas de McElwayne y Albritton. Tengo más que suficiente. No pienso leer esa mierda en un mes como mínimo.

Se levantó y salió de la habitación.

—No podemos decir que sea una sorpresa —comentó Wes.

Nadie respondió.

F. Clyde Hardin lloriqueó sobre su escritorio. Aunque aquella tragedia llevaba meses rondándolo, no por ello fue menos demoledora. Su única oportunidad de hacerse rico se había desvanecido y con ella todos sus sueños. Maldijo a Sterling Bintz y a su disparatada demanda colectiva. Maldijo a Ron Fisk y a los otros cuatro payasos que habían formado la mayoría. Maldijo a los borregos ciegos del condado de Cary y de todo el sur de Mississippi a los que habían engañado para que votaran en contra de Sheila McCarthy. Se sirvió otro vodka y siguió maldiciendo y bebiendo hasta que se desmayó, con la cabeza sobre el escritorio.

Siete puertas más abajo, Babe recibió una llamada y le comunicaron la noticia. La cafetería pronto se llenó de la gente que pasaba por Main Street en busca de respuestas, rumores y ánimos. Para muchos, la noticia no tenía sentido. No limpiarían el agua, no se recuperarían, no recibirían ninguna compensación, ni una disculpa. Krane Chemical se libraba y se burlaba de la ciudad y de sus víctimas.

Denny Ott recibió una llamada de Mary Grace, que le hizo un breve resumen de la situación, poniendo especial énfasis en que el litigio había acabado. No quedaban opciones viables. La única salida era apelar al Tribunal Supremo de Estados Unidos y ellos, por descontado, presentarían la documentación necesaria, pero era muy poco probable que el Supremo aceptara un caso como aquel. Wes y ella se pasarían por allí para hablar con sus clientes.

Denny y su mujer abrieron la sala auxiliar, sacaron galletas y botellas de agua y esperaron a que la gente llegara para ofrecerle consuelo.

A última hora de la tarde, Mary Grace entró en el despacho de Wes y cerró la puerta. Llevaba dos hojas de papel y le tendió una de ellas. Era una carta dirigida a los clientes de Bowmore.

—Échale un vistazo —dijo, y se sentó para leerla ella también.

Decía así:

> Apreciado cliente:
>
> Hoy, el tribunal supremo del estado de Mississippi ha fallado a favor de Krane Chemical. La apelación de Jeannette

Baker ha sido revocada y sobreseída, lo que significa que no hay posibilidad de repetir el juicio ni de presentar una nueva demanda. Tenemos intención de solicitar una revisión de la causa, que es lo acostumbrado, aunque también una pérdida de tiempo. Asimismo, apelaremos al Tribunal Supremo de Estados Unidos, si bien únicamente se trata de un mero formalismo, ya que rara vez dicho tribunal revisa causas procedentes de tribunales estatales, como es el caso.

El fallo de hoy, del cual os enviaremos una copia la semana que viene, impide cualquier actuación contra Krane. El tribunal exige un estándar de prueba que imposibilita hacer recaer la responsabilidad en la compañía, y es tristemente obvio lo que ocurriría con un nuevo veredicto ante este mismo tribunal.

No hay palabras para expresar nuestra decepción y frustración. Llevamos cinco años batallando contra enormes obstáculos y hemos perdido en muchos frentes.

Sin embargo, nuestras penalidades no son comparables a las vuestras. Seguiremos dedicándoos nuestros pensamientos, nuestros rezos y estaremos a vuestra disposición siempre que lo necesitéis. Nos sentimos honrados por la confianza que habéis depositado en nosotros. Que Dios os bendiga.

—Muy bonito —dijo Wes—. Enviémosla por correo.

Con los movimientos de la tarde, Krane Chemical regresó al mercado con mayor fuerza que nunca. Ganó cuatro dólares con setenta y cinco por acción y cerró a treinta y ocho con cincuenta. El señor Trudeau había recuperado los mil millones que había perdido, y todavía quedaban muchos más por venir.

Hizo llamar a Bobby Ratzlaff, a Felix Bard y a dos confidentes más a su despacho para celebrar una pequeña fiesta. Bebieron champán Cristal, fumaron unos habanos y se felicitaron por el sorprendente giro. Ahora consideraban a Carl un verdadero genio, un visionario. No había flaqueado ni en los peores momentos. Su mantra había sido: «Comprad, comprad».

Le recordó a Bobby la promesa que le hizo el día de la sentencia. Ni un solo céntimo, que tan duramente habían ganado, pasaría jamás a manos de aquella panda de ignorantes y sus malditos abogados.

La invitación rezaba: «Le invitamos a acompañar al señor y a la señora Trudeau en el viaje inaugural de su megayate, *Brianna*, el miércoles 26 de mayo a las seis de la tarde, en el muelle 60».

Tenía cincuenta y ocho metros de eslora, lo que lo situaba en la posición vigesimoprimera de la lista de mayores yates registrados en Estados Unidos. Carl había pagado por él sesenta millones de dólares dos semanas después de que Ron Fisk fuera elegido, y luego se gastó quince millones más en renovaciones, mejoras y caprichos.

Había llegado el momento de presumir de él y exhibir uno de los resurgimientos más espectaculares de la historia reciente de las finanzas. La tripulación, compuesta por dieciocho miembros, acompañaba a los invitados a realizar visitas guiadas por el yate a medida que iban llegando y les servían copas de champán. Gracias a las cuatro cubiertas por encima del nivel de flotación, la embarcación podía acomodar fácilmente a treinta amigos agasajados en alta mar durante un mes, aunque, por descontado, Carl ni siquiera se planteara tener a tanta gente viviendo cerca de él. Los afortunados que se encontraran entre los elegidos para realizar un largo crucero tendrían acceso a un gimnasio con entrenador, un spa con masajista, seis jacuzzis y chef las veinticuatro horas del día. Comerían en una de las cuatro mesas repartidas por el barco, la más pequeña para diez comensales y la mayor para cuarenta. Para cubrir las horas de recreo, había equipos de submarinismo, kayaks con el suelo transparente, un catamarán de nueve metros de eslora, motos acuáticas, equipo de pesca y, por descontado, ningún megayate está completo sin un helicóptero. Entre otros lujos, también podrían disfrutar de una sala de proyección, cuatro chimeneas, un salón descubierto, suelos con calefacción en los baños, una piscina privada nudista para tomar el sol y caoba, latón y mármol italiano por todas partes. El camarote de los Trudeau era más amplio que su dormitorio en tierra. Además, Carl había encontrado por fin el lugar permanente para *Abused Imelda*: en el salón de la tercera cubierta. Nunca más lo saludaría en el vestíbulo de su ático después de un duro día de trabajo en la oficina.

Mientras un cuarteto de cuerda tocaba en la cubierta principal, el *Brianna* desatracó y puso rumbo hacia el sur del Hudson. Anochecía, había una bella puesta de sol y la vista del sur de Manhattan desde el río era imponente. La ciudad vibraba con su energía desbordante, todo un espectáculo desde la cubierta de un barco como aquel. El champán y el caviar también ayudaban a crear el ambiente adecuado. Los pasajeros de los ferrys y de embarcaciones más pequeñas se quedaban boquiabiertos al ver pasar el *Brianna* por su lado, al tiempo que sus dos motores diesel Caterpillar de dos mil caballos dejaban atrás una tranquila estela.

Un pequeño ejército de camareros vestidos de etiqueta se movía hábilmente por las cubiertas, llevando bebidas en bandejas de plata y canapés tan primorosamente preparados que daba lástima comerlos. Carl soslayó a la mayoría de sus invitados y se dedicó a los que controlaba de un modo u otro. Brianna era la perfecta anfitriona, se prodigaba por todas partes, besaba a hombres y mujeres y se aseguraba de que todo el mundo la viera.

El capitán realizó un amplio viraje para que los invitados pudieran contemplar la isla de Ellis y la estatua de la Libertad, luego puso rumbo hacia el norte, en dirección al Battery Park, en el extremo sur de Manhattan. Ya había anochecido y las hileras de rascacielos iluminaban el distrito financiero. El *Brianna* paseó toda su majestuosidad por el East River, bajo los puentes de Brooklyn, Manhattan y Williamsburg. El cuarteto de cuerda se retiró y lo mejor de Billy Joel sonó por el excelente equipo de sonido del barco. Algunos se arrancaron a bailar en la segunda cubierta. Alguien cayó a la piscina de un empujón y no tardaron en seguirle otros, para quienes ir con ropa o no pronto fue opcional. Eran los más jóvenes.

Siguiendo las instrucciones de Carl, el capitán viró en el edificio de Naciones Unidas y aumentó la velocidad, aunque nadie lo percibió. En ese momento, Carl estaba concediendo una entrevista en su amplio despacho de la tercera cubierta.

A las diez y media en punto, según lo previsto, el *Brianna* atracó en el muelle 60 y los invitados iniciaron el lento desfile hacia sus casas. El señor y la señora Trudeau se despidieron de ellos, abrazos, besos, saludos con la mano, deseando que no se entretuvieran demasiado. Les esperaba una cena a medianoche. Catorce invitados permanecieron en el barco, siete parejas afortunadas que navegarían hacia el sur, a Palm Beach, para pasar unos días. Se cambiaron de ropa para ponerse más cómodos y se encontraron en el salón para tomar otra copa, mientras el chef acababa de preparar el primer plato.

Carl susurró al segundo de a bordo que era hora de zarpar y quince minutos después el *Brianna* desatracó de nuevo del muelle 60. Carl se excusó unos minutos mientras su mujer entretenía a los invitados. Subió la escalera hasta el cuarto nivel y se dirigió a una pequeña cubierta elevada, su lugar preferido de aquel nuevo y fabuloso capricho. Era un puesto de observación, el punto más alto de la embarcación sobre el agua.

Se aferró a la barandilla metálica y contempló las colosales torres del distrito financiero mientras el frío viento lo despeinaba. Entrevió su edificio y su despacho, en lo más alto.

Todo subía. Las acciones ordinarias de Krane se cotizaban a cincuenta dólares, los beneficios eran desorbitados y su valor neto superaba los tres mil millones y aumentaba a un ritmo constante.

Dieciocho meses atrás, algunos de aquellos imbéciles de allí enfrente se habían reído. Krane está acabada. Trudeau es un idiota. ¿Cómo pueden perderse mil millones en un día?, decían entre carcajadas.

¿Dónde estaban ahora esas risas?

¿Dónde estaban ahora esos expertos?

El gran Carl Trudeau había vuelto a ser más listo que ellos. Había arreglado el desaguisado de Bowmore y había salvado a su compañía. Había hecho caer en picado sus propias acciones, las había comprado a precio de ganga y ahora prácticamente todas eran suyas, lo que lo hacía aún más rico.

Estaba destinado a subir posiciones en la lista Forbes, y mientras navegaba por el Hudson en lo más alto de su magnífica embarcación y contemplaba con engreída satisfacción las relucientes torres de Wall Street, admitió que eso era lo único que importaba.

Ahora que tenía tres mil millones, quería seis.

Nota del autor

Me siento obligado a defender mi estado natal y a hacerlo con este aluvión de descargos. Todos los personajes son completamente ficticios. Cualquier parecido con una persona real es pura coincidencia. El condado de Cary no existe, así como tampoco la ciudad de Bowmore, Krane Chemical ni ningún producto como el pillamar 5. Por lo que sé, tampoco existen el dicloronileno, el aklar ni el cartolyx. El tribunal supremo del estado de Mississippi está presidido por nueve jueces electos, ninguno de los cuales fue escogido como modelo o inspiración para los personajes mencionados o descritos en las páginas anteriores. Ninguna de las organizaciones, asociaciones, grupos, ONG, comités asesores, iglesias, casinos o empresas son reales, todas son ficticias. Algunas de las poblaciones y ciudades pueden encontrarse en un mapa, otras no. La campaña electoral es producto de mi imaginación. El litigio está inspirado en varios casos reales. Algunos edificios existen en la realidad, aunque no estoy seguro de cuáles.

En otra vida, trabajé como miembro de la Cámara de Representantes de Mississippi y, en calidad de diputado, tenía la potestad de elaborar leyes. En este libro se han enmendado, modificado, soslayado e incluso destrozado algunas de esas leyes. La ficción a veces así lo exige.

Algunas de las leyes, sobre todo las relativas al juego en

los casinos, perduran sin ningún tipo de alteración por mi parte.

Tras impugnar mi propio libro, debo añadir que hay mucho de verdad en la historia. En tanto que se permita la entrada de capital privado en unas elecciones judiciales, habrá intereses opuestos en liza por un cargo en el tribunal. Los problemas son bastante habituales, las facciones encontradas se definen suficientemente, las tácticas no son nuevas y los resultados no se alejan demasiado del objetivo.

Como siempre, me he servido del conocimiento y la experiencia de otros. Mis más sinceros agradecimientos a Mark Lee, Jim Craig, Neal Kassell, Bobby Moak, David Gernert, Mike Ratliff, Ty, Bert Colley y John Sherman. Stephen Rubin publicó el libro, el vigésimo publicado por Doubleday, y su plantilla —John Fontana, Rebecca Holland, John Pitts, Kathy Trager, Alison Rich y Suzanne Herz— lo hicieron posible una vez más.

Y gracias a Renee por su habitual paciencia y profusión de observaciones sobre el texto.

John Grisham

1 de octubre de 2007